DER VERTRAG

DER VERTRAG

ROMAN

Anto Krajina

IDEOS

Die Handlung dieses Romans sowie die darin vorkommenden Personen sind frei erfunden; eventuelle Ähnlichkeiten mit realen Begebenheiten und tatsächlich lebenden oder bereits verstorbenen Personen wären rein zufällig.

ISBN 978-3-9524052-3-9

Gedruckt im Vereinigten Königreich

Bibliografische Information Der Deutschen Bibliothek

Die Deutsche Bibliothek verzeichnet diese Publikation in der deutschen Nationalbibliografie; detaillierte bibliografische Daten sind im Internet über *http://dnb.de* abrufbar.

DER VERTRAG

Zugeeignet allen, die dieses verrückte Dasein lieben
und das klare Denken nicht scheuen.

Am Tag vor dem Interview, fünf Wochen nach ihrer Flucht, lag Vivien in ihrem Bett in einem großen, hellen Zimmer des Universitätsspitals. Nur befugte Mitglieder des Personals durften den Raum betreten. Darüber, wer befugt war, entschied Professor Frederic, die höchste Autorität auf dem Gebiet der Psychologie an der führenden Universität des Landes. Er war ein groß gewachsener, schlanker, immer tadellos rasierter Herr in den Fünfzigern und trug einen sorgfältig getrimmten, schmalen Menjoubart. Er hatte blaue Augen, und sein dichtes Haupthaar war grau, fast weiß. Er war kurzsichtig, aber er trug weder eine Brille noch Linsen. Stattdessen benutzte er ein Monokel, das ihm, an einem unsichtbaren Faden befestigt, um den Hals hing. Seine Erscheinung machte ihn zum vollkommenen Ladykiller und Idol der großstädtischen ungebildeten, wohlhabenden Frauen mittleren Alters, deren Herzenswunsch war, einen solchen Ehemann zu haben. Alles im Zusammenhang mit ihm war für sie ein unerschöpfliches Gesprächsthema.

Nur Professor Frederic persönlich und Frau Simple, die von ihm beauftragte Krankenschwester, waren befugt, Viviens Zimmer zu betreten. Frau Simple war bereits in den Vierzigern und ihrem Boss restlos ergeben. Klein war sie und stämmig, emsig und zuverlässig und ging in ihrer Arbeit völlig auf. In einem kleinen Etui hatte sie ein Foto, das vor Jahren aufgenommen worden war, an dem Tag, als Professor Frederic die Leitung im Fachbereich Psychologie übernommen hatte. Es zeigte Professor Frederic und sie auf dem prächtigen Rasen vor dem Universitätsspital. Neben ihr erschien Professor Frederic noch größer und wichtiger. Sein linker Arm ruhte in herablassend beschützender Art auf ihrer linken Schulter, und ihr Gesicht strahlte vor Freude. Seit dem ersten Tag hatte dieses Foto für sie einen unschätzbaren Wert. Sie ließ es vergrößern und einige Kopien davon in vergoldete Rahmen einfassen. Nun stand je eines in ihrer Küche, im Wohnzimmer und selbstverständlich in ihrem Schlafzimmer. Am runden Esstisch in ihrer Küche standen nur zwei Stühle, obwohl er für vier Personen vorgesehen war, weil Frau Simple es nicht ausstehen konnte, dass irgendjemand seine Nase in ihre persönlichen Angelegenheiten stecke. Ein eingerahmtes Foto von ihr und Professor Frederic stand immer auf dem Esstisch ihr gegenüber. Während der Mahlzeiten lagen daneben ein schöner weißer Teller und ein feines Silberbesteck, hübsch angeordnet auf einer makellos weißen Serviette. Sie deckte den Tisch immer für zwei Personen, und nach der Mahlzeit wusch sie beide Teller und beide Bestecke ab, denn sie legte großen Wert darauf, dass vor dem nächsten Frühstück wieder alles in perfekter Ordnung war, wenn sie den Tisch für zwei deckte.

*

Zwei Türen mit einem großen Zwischenraum trennten Vivien von der Außenwelt. Jedes Mal, wenn sie hereinkam oder hinausging, schloss die Krankenschwester die Außentür ab. Auf Professor Frederics Geheiß tat sie das sehr behutsam, sodass sie in der Tat kein Geräusch verursachte.

Viviens Eltern wollten mit ihr sprechen, aber die Krankenschwester sagte ihnen, dass Vivien sie nicht sehen möchte.

Das Universitätsspital befand sich auf einer Anhöhe am Stadtrand. Es war ein massives und recht hohes Gebäude. Viviens Zimmer musste sich wahrscheinlich in einem der obersten Stockwerke befinden, denn durch das Fenster in ihrem Zimmer sah sie weit unten ein Meer von Hausdächern. Das Fenster war über alle Maßen groß und gestattete einen herrlichen Blick auf die ehrwürdige alte Hauptstadt, die an den beiden Ufern eines berühmten Flusses lag und von den Wäldern umgeben war, die denselben Namen wie die Stadt selbst trugen. Und weil viele große Musiker den aktivsten Teil ihres Lebens dort verbracht hatten, wurde die Stadt früher und wird oft auch heute ‚Stadt der Musik' genannt.

*

Viviens Geschichte war eine ganz besondere. Die Leute von der Presse sowie jene von Radio und Fernsehen sagten, sie sei Millionen wert. Professor Frederic wusste, dass Viviens Fall eine Goldmine war, aber das interessierte ihn nicht. Der Fall war für ihn von überragender Bedeutung, weil er ihm eine ausgezeichnete Gelegenheit bot, die Gesellschaft zu beeindrucken und zugleich sein größtes persönliches Problem zu lösen. Er bemühte sich aber, den Eindruck zu erwecken, er sei lediglich ein hingebungsvoller Wissenschaftler und Helfer, der Vivien vor der neugierigen Öffentlichkeit beschützte, und zwar aus rein humanen und, falls aus irgendwelchen anderen, dann ausschließlich wissenschaftlichen Motiven.

*

Um überzeugend zu wirken und auch den leisesten Verdacht verschwinden zu lassen, seine Gründe könnten doch persönlicher Natur sein, hatte er sich einen etwa gleichaltrigen Assistenten zugelegt. Es war Professor Bourgh, einer seiner Kollegen, Wissenschaftler, Arzt und Psychologe in einem. Professor Bourgh war nicht nur einer der besten medizinischen Experten im Lande, sondern auch ein hervorragender Kenner von allen Arten von Giften. Jedes Wochenende streifte er durch die umliegenden Wälder, und jedes Mal, wenn er zurückkehrte, brachte er einen Korb voll allerlei Kräuter und Pilze nach Hause. Er wusste viel besser als irgendeine Hausfrau, wie man Pilze und Früchte einmache. Gelegentlich schenkte er seinem Boss ein Töpfchen mit seinen eingemachten Pilzen.

Professor Frederic schätzte die eingemachten Pilze seines Assistenten sehr und war überzeugt, dass sie viel besser waren als die in Geschäften erhältlichen. Als führender Psychologe im Land verbrachte er viel Zeit an wissenschaftlichen Kongressen. Dort unterließ er es nie, seinen Kollegen von den ausgezeichneten eingemachten Pilzen zu erzählen, die ihm sein Assistent schenkte. Seine spannende Pilzgeschichte war jeweils auch sein wichtigster Beitrag zu tiefen sachlichen Diskussionen, die er mit seinen Kollegen bei solchen Treffen führender Autoritäten in Psychologie und Psychiatrie hatte. Wegen seiner Pilzgeschichte war er in den wissenschaftlichen Kreisen als ‚Pilzmensch' bekannt. Den Namen seines Assistenten erwähnte Professor Frederic nie. Er sprach immer von ‚seinem Assistenten'. In den wissenschaftlichen Kreisen blieb Professor Bourgh deswegen bloß ein anonymer Assistent, ein Niemand.

*

Professor Bourgh war nur ein wenig jünger als Professor Frederic. Seine Arme und Beine waren gleich lang wie die seines Vorgesetzten, jedoch war er im Unterschied zu Professor Frederic nicht groß. Sein Aussehen war auf einen Unfall zurückzuführen, den er in seiner Kindheit gehabt hatte. Sein Rücken war deformiert und wesentlich kürzer, als er es hätte sein sollen, und jede körperliche Anstrengung bereitete ihm große Schmerzen und schlaflose Nächte. Professor Frederic wusste das wohl. Professor Bourgh mochte manches nicht, aber eines hasste er. Es war nämlich die demütigende und herablassende Art, wie sein Boss ihn grüßte, wenn er morgens – mindestens eine Stunde später als alle anderen – zur Arbeit kam. Dann klopfte er ihm auf die Schulter und fragte ihn, ob er die Nacht zuvor gut geschlafen habe. Er fragte ihn in der Art, wie junge Burschen einen alten Mann fragen und sich dabei Mühe geben, freundlich zu klingen. Professor Bourgh durfte sich keine unfreundliche Antwort erlauben, denn Professor Frederic war sein Vorgesetzter.

Sie beide waren mit Viviens Geschichte vertraut, aber Professor Frederic war an der Quelle, Professor Bourgh dagegen nicht. Jeder von ihnen bemühte sich mit allen Kräften, den geheimen Wettlauf gegen alle anderen männlichen Mitglieder des Betreuungsteams zu seinen Gunsten zu entscheiden. Viviens Fall zu managen galt öffentlich als deren Aufgabe. Professor Frederic sorgte geschickt dafür, dass sein Kollege allen Sitzungen und Beratungen fern blieb, indem er ihn mit irgendeiner Aufgabe beschäftigte, wenn solche Sitzungen stattfanden. Somit war Professor Bourgh nur formell ein Mitglied des Teams.

***

Bereits am frühen Morgen hatten sich alle Mitglieder des beauftragten Teams im Konferenzsaal des Universitätsspitals versammelt, um die Einzelheiten im Zusammenhang mit dem bevorstehenden Interview zu besprechen.

Jeder von ihnen war ein Experte auf einem besonderen Gebiet.

Frau Panther, die einzige Frau im Team, war Juristin, und der Hauptbereich ihrer Tätigkeit war der Jugendschutz. Sie war bereits in den Fünfzigern, sehr groß gewachsen, sehnig und zäh. Sie schien immer außerordentlich beschäftigt und unter Zeitdruck zu sein, sodass sie es sich unmöglich erlauben konnte, nicht zu rauchen. Zwar rauchte sie den ganzen Tag durch, aber sie gebrauchte ihr Feuerzeug nur ein einziges Mal, nämlich wenn sie morgens ihre erste Zigarette anzündete. Ihre Stimme war rau, und sie schien darauf stolz zu sein. Sie war sogar überzeugt, dass man sie wegen ihrer rauen Stimme ernster nahm. Trotz ihres beeindruckenden beruflichen Erfolgs behauptete sie, dass Männer bevorzugt wurden. Wenn sie von Frauenrechten sprach, wiederholte sie häufig das Wort ‚leider'. Sie glaubte sogar, Frauen seien Opfer der natürlichen Ungerechtigkeit, weil sie eben als Frauen geboren wurden. Dennoch hatte sie nie daran gedacht, sich einer Geschlechtsumwandlung zu unterziehen. So etwas könnte sie nicht tun, sagt sie. Eine klare Begründung, warum sie es nicht könnte, gab sie nie, aber ganz spontan sagte sie immer wieder, sie hasse Männer. Und doch tat sie alles, was sie nur konnte, um ihren Lebensstil jenem der Männer anzugleichen. Sie war zutiefst davon überzeugt, dass ihr das auf besonders originelle Art und Weise auch gelang, und hielt sich eben deswegen für sehr kreativ. So trug sie zum Beispiel nur selten einen Rock und, falls doch, dann einen äußerst kurzen. Stattdessen trug sie lieber gepolsterte Bluejeans, die ihren mageren Po verdächtig rund und hervorstehend erscheinen ließen. Ihr bevorzugtes Schuhwerk waren sehr hohe, grellfarbige Stiefel mit hohen Absätzen, die sie wie ein Präriefräulein, ein Cowgirl, erscheinen ließen, von dem Cowboys in ihrer Einsamkeit träumten und sangen. Natürlich ahnte sie nicht, dass sie wie ein Präriefräulein aussah. Eigentlich hielt sie die Cowboys und alles im Zusammenhang mit ihnen für sehr primitiv und ohne jegliche Kultur. Sich selbst hielt sie für einen Freigeist, eine herausragende Intellektuelle, genial und ihrer Zeit weit voraus. Dem Betreuungsteam im Zusammenhang mit Viviens Fall schloss sie sich an, sobald es bekannt wurde, dass Vivien am Leben war. Sie wusste, dass Vivien sie brauchen würde, und unternahm sofort eine lange Fahrt, um das Meeting nicht zu verpassen. Sie war sich bewusst, dass es ein Fehler gewesen wäre, die einmalige Gelegenheit zu verpassen, Vivien zu helfen, den Übergang von ihrem soeben abgeschlossenen zu dem nun bevorstehenden Lebensabschnitt leichter zu bewältigen.

Gleich nach ihrem unverhofften Auftauchen wurde Vivien im Universitätsspital unter Quarantäne gestellt, unerreichbar für die neugierige Öffentlichkeit, insbesondere für allerlei Paparazzi. Bereits während der ersten Stunden, als Vivien noch auf der Polizeistation war, hatte Frau Panther das Vorrecht, als erste Frau Vivien zu sehen und mit ihr zu sprechen. Nie vorher hatte sie Vivien gesehen. Nur damals, unmittelbar nach dem tragischen Ereignis, hatte sie ihre Fotos in der Presse gesehen; das war aber Jahre zuvor. Als sie Vivien auf der Polizeistation sah, war sie beeindruckt, ja überwältigt von ihrer Persönlichkeit, insbesondere von Viviens Entschlossenheit. Im ersten Augenblick wollte sie Vivien raten wegzugehen, irgendwohin, weit weg vom Rummel und Treiben, und nach langer qualvoller Zeit endlich etwas Sonne und Meer zu genießen und auszuruhen. Jedoch konnte sie ihren geplanten Ratschlag nicht aussprechen, denn es wurde ihr sofort bewusst, dass es unmöglich war, Vivien zu überreden, ihre eigenen Ideen aufzugeben. Nach einem längeren Gespräch begriff sie, dass Vivien nicht mehr bereit war, ein Leben im Verborgenen zu führen und gegen ihren Willen ein Niemand zu sein.

„Viviens Gefühl, einen Auftrag zu haben, ist unglaublich", betonte Frau Panther immer wieder. Ihre Bemerkung, dass es für die Öffentlichkeit ein großer Verlust gewesen wäre, Viviens Energie von der Welt zu isolieren, anstatt sie gebührend zu lenken, war später ein wichtiger Beitrag zum Gedankenaustausch während der Sitzung des Betreuungsteams.

*

Als seriöse Professionelle hatten alle Mitglieder des Betreuungsteams mehr oder weniger dieselben Ideen, wie Viviens Fall behandelt werden sollte. Dennoch hatte jedes Mitglied des Teams jene selben Ideen auf seine eigene Art und Weise.

Herr Corner, der wichtigste Medienberater im Land, hatte zum Beispiel bereits einen sehr genauen Plan, was getan werden sollte. Ausgebrütet hatte er seinen Plan in seinem großen und luxuriösen Büro in seiner Medienagentur. Es war ein beeindruckendes Gebäude in einem der begehrtesten Stadtviertel. Die Möbel in seinem Büro waren von feinster Qualität, ultramodern und sehr teuer. Alle Türen und Fenster in seiner Agentur waren aus Chromstahl und schusssicherem Glas. Ihr Design strahlte zugleich Festigkeit und Transparenz aus, und sie waren immer tadellos sauber und poliert. Er sagte, dass die Möblierung in seinem Büro genau dem Geschmack und Standard seiner Klientel entsprach. Seine Klienten spürten das selbstverständlich jedes Mal, wenn sie das Vorrecht hatten, die Rechnungen zu begleichen. Sie fühlten sich geehrt, denn die

Höhe der Rechnungen stärkte ihr Bewusstsein, dem ersten Rang anzugehören. Zwar machte Herr Corner kein Hehl daraus, dass er auf seinen Reichtum stolz war, jedoch mochte er nicht bloß als ein reicher und erfolgreicher Mann, sondern noch lieber als Freund von Kunst und Kultur angesehen werden. Sein Geschäftsberater war zugleich sein Vertrauter. Auf seines Beraters Geschmack vertraute er nicht weniger als auf dessen Ergebenheit. Auf seinen Rat hin hatte er vor Jahren begonnen, Werke moderner Kunst zu sammeln. Nun stand seine Sammlung im ganzen Land keiner nach, wo – es sei erwähnt – jeder Vermögende bemüht war, eine eigene Kunstsammlung anzulegen. Sogar sein Bürosessel war ein Produkt großer künstlerischer Fantasie und einmaligen handwerklichen Könnens. Er erwarb ihn bei einer Versteigerung und zahlte viel Geld dafür.

Einst gehörte der Sessel einem extravaganten Milliardär, der alle Sessel in seiner Lieblingsbar in einer seiner zahlreichen Villen mit der zarten Haut von den Penissen junger atlantischer Wale hatte bespannen lassen. Jene, die damals in der Lage gewesen wären, ihn daran zu hindern, zeigten gebührendes Verständnis für seinen verfeinerten Geschmack und unternahmen nichts, sobald er ihnen eine opulente Bestechungssumme für ihre kooperative Haltung in einer so wichtigen Angelegenheit angeboten hatte. Nach dem Tode jenes Milliardärs wurden seine einmaligen Sessel, die Zeugen seines hohen und ganz besonderen Kunstverständnisses, versteigert und waren nun in Büros und Villen der Leute mit ähnlichem Geschmack gebührend untergebracht. Einer der Sessel gelangte auf Umwegen in Herrn Corners Büro. Es war ein luxuriöses Möbelstück, bespannt mit goldgelbem Leder, hergestellt von der Haut der empfindlichsten Körperteile der atlantischen Wale, die eigens zu dem Zweck getötet wurden. Die offizielle Rechtfertigung für deren Tötung war damals wie üblich, dass man sie für wissenschaftliche Zwecke unbedingt benötigte.

Sein Sechstagebart war immer säuberlich gestutzt. Bei keinem Gespräch vergaß er zu betonen, dass es besonders wichtig sei, sich intellektuell zu betätigen. Er tat es besonders gern, wenn er von den neuesten Sportwagenmodellen sprach. Sportwagen waren für ihn übrigens ein unerschöpfliches Gesprächsthema. Falls man sich mit ihm auf ein Gespräch einließ und falls man nur verschiedene Automarken, jedoch nicht die neuesten Modelle bestimmter Automarken kannte, lief man Gefahr, von ihm als ein tragischer Ignorant bezeichnet zu werden.

Sein Tätigkeitsbereich war riesig, und sein Dienst an der Gesellschaft einfach unschätzbar, wenn man die Tatsache bedenkt, dass er zugleich die wichtigsten Arbeitgeber sowie die größten Gewerkschaften, die Verbrecher sowie deren Opfer beriet. Jedes Mal empfahl er beiden gegnerischen Parteien, hartnäckig das Maximum zu fordern, denn er liebte Hahnenkämpfe. Die blutenden Gockel selbst, obwohl in bitteren Kampf gegeneinander verwickelt, schätzten seine Unterstützung, und seine anspornenden Worte empfanden sie als labende Salbe auf ihren Wunden. Als ausgezeichneter Vermittler übernahm er wichtige Aufträge von Diktatoren und verbrecherischen Regierungen sowie von äußerst gefährlichen Individuen aus aller Welt und half ihnen, sich bei der Weltgemeinschaft Gehör zu verschaffen und von ihr geduldet zu werden. Er beherrschte die Kunst, auch die schwersten Veruntreuungsfälle auszuglätten und die schmutzigsten Formen der Korruption zu übertünchen und als völlig unbedeutend erscheinen zu lassen. Daher schien er durchaus Recht zu haben, wenn er seine Tätigkeit als wohlwollende Vermittlung bezeichnete. So ist es auch verständlich, dass er in allen Kreisen hoch angesehen war.

Er war sich seiner einmaligen Stellung und seines Einflusses bewusst, und offiziell wollte er dem Betreuungsteam lediglich helfen, für Vivien die beste praktische Lösung zu finden. Er war ein erfolgreicher Junggeselle, dessen Altruismus so weit ging, dass er beschlossen hatte, einen Fonds zu gründen, der Viviens Namen tragen und den Armen und Bedrängten auf der ganzen Welt helfen sollte. Er hatte sich bereit erklärt, den Fonds zu verwalten und Viviens persönlicher Berater zu sein. Natürlich tat er das, ohne irgendeine offizielle Belohnung für seine Bemühung zu beanspruchen. Alle Mitglieder des Teams waren sich wohl bewusst, dass er die zentrale Persönlichkeit war und dass ohne ihn nichts erreicht werden konnte. Sie teilten seine Meinung, dass das Interview die Zuschauer und Leser dazu bewegen musste, Vivien zu bewundern, mit ihr zu leiden und sich mit ihr zu freuen, sie zu mögen und aus ihrer Erfahrung zu lernen.

„Wir müssen aus ihr machen, was sie ist – ein befolgungswürdiges Beispiel", fasste er die Erläuterung seines Planes zusammen.

Alle anderen nickten zustimmend.

*

Professor Frederic nickte auch, aber sein Gesichtsausdruck war ernst. Er saß in seinem bequemen Sessel, sein rechtes Sprunggelenk ruhte auf seinem linken Knie. Während er Herrn Corner zuhörte, nickte er und starrte auf den Boden. Er hielt beide Hände mit einander zugewandten Handflächen vor sich und bewegte sie gelegentlich leicht, als wollte er jemandem etwas erklären. Von dem, was er hörte, schien er nicht besonders begeistert zu sein, weil er befürchtete, Herr Corner könnte allen anderen im Team die Show stehlen und ihm persönlich unendlich viel mehr als bloß die

Show selbst. Er war gewohnt, immer Hahn im Korb zu sein, und nun fiel es ihm schwer, mit dem zweiten Platz im Team Vorlieb zu nehmen.

*

„Nun gibt es für Vivien ein kollektives Himmelsfenster", fügte Herr Corner hinzu.

Professor Frederic hörte plötzlich auf zu nicken und die Hände zu bewegen, weil Herr Corner etwas spontan gesagt hatte, was irgendwie für Psychologen hätte reserviert sein müssen.

Von einem Nichtpsychologen benutzt, waren solche Worte für Professor Frederic eine Art Eindringen in sein eigenes professionelles Reich. Denn wie konnte ein Nichtpsychologe es sich erlauben, solche Ausdrücke wie ‚kollektives Himmelsfenster' zu gebrauchen? Die magischen, rätselhaften und tief emotionalen Worte, die Herr Corner soeben ausgesprochen hatte, ließen sich nicht mehr unausgesprochen machen. Nun schwebten sie im Raum, von ihm klar gesagt und ebenso von allen Teammitgliedern klar vernommen.

*

Herr Corner war ein mit der Massenpsychologie wohlvertrauter, vollblütiger Professioneller. Er wusste, dass das menschliche Gehirn grundsätzlich zwei Funktionen hatte. Die eine Funktion war, meinte er, falls erforderlich, alle Arten von Informationen zu behalten und zu gebrauchen. Und die zweite Funktion war – ebenso falls erforderlich –, alle Informationen zu vergessen. Ein Gehirn, das nicht fähig war, alte Informationen zu vergessen, konnte unmöglich Platz für neue schaffen, es konnte nicht lernen. Er hatte das

Verhalten von Massen eingehend studiert und war zum Schluss gekommen, dass das Interesse der Massen an schockierenden Ereignissen einem bestimmten Muster folgte. Er hatte herausgefunden, dass der Mond, der Menstruationszyklus der Frauen und das Interesse der Massen an Skandalen nach demselben Rhythmus zunahmen und abnahmen. Nach seinem ersten Erscheinen nahm der Mond ständig zu und erreichte nach zwei Wochen das Maximum. Dann schien er als Vollmond wie ein erleuchtetes Fenster am dunklen, nächtlichen Himmel. Ähnlich erreichten der Menstruationszyklus der Frau nach der Menstruation sowie das Interesse der Leser und Zuschauer an einem Fall, nachdem er sich ereignet hatte, den Höhepunkt am Ende der zweiten Woche. Das war der geeignete Augenblick, wenn das himmlische Fenster weit offen stand, wenn die Massen angesprochen werden sollten. Nach dem kritischen Punkt nahm die Helligkeit des Mondes, die Fruchtbarkeit der Frauen sowie das Interesse der Massen an dem betreffenden Ereignis ab.

*

„In unserem Fall", fuhr Herr Corner fort, „wächst das Interesse der Öffentlichkeit an Viviens Geschichte zwar noch immer, jedoch nur bis morgen Nachmittag. Morgen Abend müssen wir das himmlische Fenster für die Massen öffnen und Vivien Millionen von Fernsehzuschauern zeigen, um sie für den Hauptteil des Planes, der später folgen soll, vorzubereiten. Nach diesem Treffen müssen wir genau wissen, wie Vivien am Bildschirm aussehen und wie sie gekleidet sein soll, was sie sagen wird und wie sie wird sprechen müssen. Wir müssen alle Fragen, die man ihr stellen wird, und die geeigneten Antworten bestimmen, die sie geben soll. Die erste Generalprobe müssen wir heute aufnehmen und uns die Aufnahme zusammen mit Vivien morgen Vormittag anschauen. Danach soll sie bis zum Abend ausruhen. Morgen Abend werden wir wissen, ob es uns gelungen ist, Vivien für die größte und wichtigste Prüfung ihres Lebens gut vorzubereiten", sagte er.

Jemand versuchte, etwas zu sagen, aber Herr Corner beachtete es nicht und fuhr fort.

„Es ist wahr, dass einige Fehler gemacht wurden, und zwar gleich am Anfang. Verursacht wurden sie durch ungeschickte Fragen an Vivien, gestellt von den Leuten ohne Takt und Geschick und ohne auch nur eine Spur von Sozialintelligenz."

Das Wort ‚Sozialintelligenz' sorgte bei Professor Frederic noch einmal für Irritation, denn Herr Corner hatte wieder einmal etwas gebraucht, was von Psychologen eigens für Psychologen geschaffen wurde und was Unbefugte niemals hätten verwenden dürfen.

„Sie erwähnten Fehler, die man zu Beginn gemacht hatte. Würden Sie bitte erklären, was Sie meinen?", fragte Frau Panther, denn sie fühlte sich von Herrn Corner persönlich angegriffen. Sie wusste, dass sie als Erste mit Vivien ein richtiges Gespräch gehabt hatte. Auch wusste sie, dass sie Vivien bestimmt zahlreiche Fragen gestellt hatte, jedoch konnte sie sich nicht erinnern, dass irgendeine der Fragen ungeschickt sein konnte. Als Juristin, deren Aufgabe der Schutz der Jugend war, wusste sie, dass sie auch persönliche Fragen stellen durfte, falls sie dem Klienten nützlich sein konnten. Sie tat das jeden Tag, und sie tat es auch, als sie mit Vivien sprach. Sie fragte Vivien zum Beispiel, wen von ihrer Familie sie zuerst zu sehen wünschte und was sie in der nahen Zukunft zu tun beabsichtigte. Sie hatte Mühe, sich vorzustellen, warum solche neutralen Fragen irgendwelche Fehler verursachen konnten.

„Ich möchte nicht auf Details eingehen und herauszufinden versuchen, wer Vivien die ungeschickten Fragen gestellt hatte. Sie werden ihr wohl gestellt worden sein, sonst hätte sie jene unglücklichen Antworten nicht gegeben“, sagte Herr Corner.

„Welche Antworten meinen Sie?“, fragte Frau Panther.

„Ich denke an Viviens Antworten wie zum Beispiel jene, dass sie ihre Mutter nicht liebe, dass sie sie weder sehen noch mit ihr sprechen möchte und dass sie nie mehr mit ihr wohnen könnte und so weiter. Wir alle konnten ihre Antworten in der Presse lesen, nicht wahr? Selbstverständlich kann man Vivien deswegen keine Vorwürfe machen, aber solche Fehler können buchstäblich alles verderben“, fügte Herr Corner hinzu.

„Könnten wir nicht …?“, versuchte Frau Panther es noch einmal, aber Herr Corner beachtete sie nicht und fuhr fort.

„Diese Fehler werden wir morgen Abend im Interview verbessern“, sagte er.

„Und wie werden wir es machen?“, fragte Frau Panther.

„Wir müssen ihr wieder dieselben Fragen stellen, das ist klar, aber zuerst werden wir ihr erklären müssen, dass dieses Interview für ihre Zukunft von allergrößter Bedeutung ist. Sie wird verstehen müssen, dass dieses Interview ihr alle Türen öffnen aber auch schließen kann. Wir müssen die Psychologie der Massen nutzen, insbesondere die der Eltern. Durch Viviens Worte müssen sie gerührt werden“, erklärte Herr Corner.

Beim Hören der Worte „Psychologie der Massen“ hörte Professor Frederic auf zu nicken und die Hände zu bewegen.

„Erwachsene im Allgemeinen, vor allem die Eltern, haben nicht viel übrig für die Kinder, die ihre Eltern hassen“, fährt Herr Corner fort. „Sie können nur jene Kinder gern haben, die ihre Eltern lieben. Nach dem Interview werden Millionen von Zuschauern mit diesem einmaligen Fall vertraut sein, um den wir uns kümmern dürfen. Die Weltpresse wird diesem Fall Tausende von Artikeln und Kommentaren widmen, und das ist genau, was wir brauchen. Danach werden wir nämlich nach geeigneten Mitteln suchen müssen, um Viviens Fall, unseren Fall, auf eine noch höhere Berühmtheitsstufe zu heben. Eines darf aber unter keinen Umständen geschehen!"

Indem er dies sagte, hob Herr Corner die Hand mit gestrecktem Zeigefinger, als drohte er allen, den Sichtbaren und den Unsichtbaren, die sich erdreisten könnten, sich in die Angelegenheiten des Teams einzumischen.

Alle Mitglieder des Teams hielten den Atem an und starrten ihn an, ohne sich zu rühren.

„Es darf nicht geschehen, dass irgendjemand sich in unsere Angelegenheit einmischt. Dies ist unser Fall, und wir werden niemandem gestatten, das soeben gelegte goldene Ei zu stehlen!", fügte Herr Corner noch hinzu.

Alle außer Professor Frederic atmeten erleichtert auf.

„Alle Leute werden sie gern haben. Mamas und Omas werden vor Freude weinen, und die ganze Nation und später – davon bin ich überzeugt – auch die ganze Welt wird in Liebe für die Opfer und im Kampf gegen alle Arten von Verbrechern und Terroristen vereint sein. Wir, unser kleines Team, werden auf uns selbst stolz sein, dass es uns gelungen ist, diesen Fall gebührend zu handhaben. Dieser Fall gibt uns eine einmalige Gelegenheit, der ganzen Welt zu zeigen, über welch außerordentliches, kreatives und heilendes Potenzial unser Land verfügt", sagte Herr Corner, wobei er mit einem kurzen prüfenden Blick die Gesichter seiner Zuhörer überflog.

Alle rührten sich nun leicht und lehnten sich mit dem Gefühl von Selbstgefälligkeit langsam zurück.

„Zum Glück hat die Öffentlichkeit Viviens Gesicht noch nicht zu sehen bekommen. Jedoch müssen wir auf der

Hut sein, denn einige unklare und verdächtige Fotos sind bereits im Umlauf. Ebenso zum Glück sind die Zeitungen bis jetzt sehr vorsichtig gewesen und haben solche Fotos nicht veröffentlichen wollen. Das ist natürlich sehr gut, denn, hätten sie es getan, hätte unser Interview keine Wirkung. Das ist auch ein wichtiger Grund, warum das Interview morgen Abend stattfinden muss", unterstrich Herr Corner.

*

„Wir dürfen nicht die Tatsache vergessen, dass Vivien jahrelang ohne den normalen, üblichen Menschenkontakt gewesen ist. Was soll geschehen, falls sie beschließt, morgen doch nicht im Fernsehen zu erscheinen, weil sie sich nicht wohl fühle oder einfach, weil sie keine Lust habe?", fragte Professor Frederic.

„Nun, das ist natürlich nie ausgeschlossen, jedoch ist die Wahrscheinlichkeit, dass sie es sich anders überlegt, sehr, sehr klein. Das behaupte ich, weil ich ihr bereits erklärt habe, dass es nicht bloß wichtig, sondern von absolut entscheidender Bedeutung ist, dass das Interview morgen Abend stattfinde. Sie hat begriffen, dass das nicht einfach unser Wunsch ist, sondern absolute Notwendigkeit. Ich habe ihr vorgeschlagen, dass wir ihr Interview vom Staatsfernsehen ausstrahlen lassen, denn es ist der effizienteste Weg, ihren Fall einem großen Publikum vorzustellen. Sie hat meinen Vorschlag angenommen.

Mit ihr habe ich die Fragen besprochen, die ihr im Interview gestellt werden sollen. Wir haben den Fragenkatalog sowie die Antworten auf die Fragen vereinbart. Sie hat sich alle Fragen und Antworten aufgeschrieben und auswendig gelernt. Ebenso haben wir sogar die Einzelheiten vereinbart, wie ihr Make-up, die Farbe von Hose, Hemd und Schal, die sie im Interview tragen wird, einfach alles“, führte Herr Corner weiter aus.

Alle außer Professor Frederic billigten es leicht nickend.

„Vivien weiß bereits genau, wann sie im Interview die Augen schließen oder das Gesicht mit beiden Händen bedecken muss, um den Anschein zu verstärken, sie strenge sich sehr an, geeignete Worte für ihre Antwort zu finden. Sie weiß auch, wann sie die Hände – schön brav Handfläche an Handfläche – zwischen den Knien wird halten müssen, um die Anmut ihrer Unschuld zu betonen. Sie wollte es versuchen und wiederholte es mehrere Male, um sicher zu sein, dass sie es richtig mache. Ich war von ihrer Entschlossenheit und ihrer Flexibilität einfach beeindruckt. Sie wiederholte unermüdlich jede Einzelheit, bis alles spontan sowie tadellos wirkte. Nun weiß sie genau, wie sie sich benehmen muss, um reizvoll, jedoch weder gekünstelt noch aufdringlich zu wirken.

Und was die Antworten auf die Fragen anbelangt, haben wir vereinbart, dass sie niemanden kritisiert. Wahre Opfer kritisieren nie. Sie tragen ihr Leid mit Würde. Sie hat alles bestens verstanden. Statt andere zu kritisieren, soll sie von ihrem eigenen Leid sprechen, von ihrer Trauer, von ihren Qualen, von ihrer Entschlossenheit auszuharren und von ihrer Bereitschaft zu vergeben. Ich habe ihr erklärt, dass sie eine ganz besondere Sendung hat, denn mit ihrem Beispiel kann sie die ganze Welt beeinflussen und bewirken, dass sich alles, aber auch wirklich alles zum Besseren wende. Sie war überglücklich, als sie das hörte. Ich fragte sie alles ab, was wir vereinbart hatten; sie wusste und beantwortete alles genau so, wie wir es abgemacht hatten. Unser ganzes Gespräch sowie alle vereinbarten Bewegungen und Handlungen, kurzum, die gesamte Probe, sind aufgenommen worden. Danach schauten wir uns die Aufnahme zusammen an und besprachen jede Bewegung, die sie im Interview wird ausführen müssen. Sie machte alles einfach tadellos. Meiner Meinung nach könnte sie eine große Schauspielerin werden.

Sie hat verstanden, dass im Interview alle Fragen im Zusammenhang mit ihrem Verhältnis zu ihrer Mutter und zu ihrem Entführer besonders vorsichtig zu behandeln sind.

Wir besprachen einige mögliche Antworten auf die Frage, die sich auf ihr Verhältnis zu ihrer Mutter bezieht, und kamen zum Schluss, dass die brauchbarste und vernünftigste Antwort wäre, niemand stünde ihr näher als ihre Mutter.

Ebenso kamen wir überein, dass die beste Antwort auf die Frage, die sich auf ihr Verhältnis zu ihrem Entführer bezieht, wäre, dass es da gar keine emotionalen oder intimen Momente gegeben hatte. Dies ist von überragender Bedeutung, denn Viviens Intimsphäre muss um jeden Preis geschützt werden. Dafür gibt es selbstverständlich mehrere Gründe, jedoch ist einer von besonderer Bedeutung. Zuerst einmal müssen wir uns darüber im Klaren sein, dass Rohheit und Aggressivität zwei besonders starke Elemente im Charakter der Massen sind. Deswegen haben die Massen für Helden mehr übrig als für bemitleidenswerte Menschen. Sogar jene weniger Aggressiven, jedoch gleich Unwissenden – ich meine jene mit dem religiösen Zug – zeigen wenig Mitleid mit vergewaltigten Mädchen, weil sie sich nie ganz vom Gefühl befreien können, dass das Opfer in jedem Fall auf irgendeine Weise dem Verbrecher in die Hand arbeitet. Vom Opfer erwarten sie entweder die bedingungslose Unschuld oder den Tod. Vergewaltigt und völlig unschuldig zu sein ist für sie ein unmöglicher Zustand. Vivien muss die Herzen der Massen als die Idee der siegreichen Unschuld gewinnen, als Siegerin im Kampf gegen das Übel, das in dem niedrigsten Bereich aller Menschen immer anwesend ist. Sie muss sozusagen mit ihrer nackten Ferse den Kopf der bösen

Schlange zerquetschen. Das ist es, was die Massen von ihr erwarten, und genau das müssen sie von uns erhalten.

Ihre Unschuld, vereint mit ihrer Entschlossenheit, muss die bösen Eindringlinge nach vielen bitteren Jahren des Krieges fortjagen. Orléans ist immer und überall möglich. Warum sollten unsere Zeit und unsere Stadt nicht der Ehre würdig sein, auch eine siegreiche Unschuld zu erschaffen und somit die Geschichte unseres Landes, ja der ganzen Menschheit zu bereichern? Und warum sollten wir hier nicht gut genug sein, diese Erschaffung zu lenken?", sagte Herr Corner.

*

Als Herr Corner zu sprechen begann, ahnten die Teammitglieder nicht, worauf er hinauswollte, aber nach dem, was er soeben gesagt hatte, begriffen sie plötzlich, was ihm vorschwebte. Ihre weit offenen Augen verrieten, dass sie entzückt und voller Freude waren.

Nur Professor Frederic schien sich dessen nicht bewusst zu sein, was Herr Corner gesagt hatte. Mit seinen langen Beinen weit nach vorn gestreckt und den beiden Händen zwischen den Knien saß er da mit tief gesenktem Kopf in seinem Sessel und sah niemanden vor sich. Er schien ganz in seine eigenen Gedanken versunken.

„Wir sollten nicht vergessen", fuhr Herr Corner fort, „dass Hunderte von Millionen von Menschen eine Frau als Mutter Gottes verehren, nur weil sie auserwählt wurde, eine Jungfrau zu sein und zu bleiben, nach der Empfängnis und nach der Geburt dessen, der wiederum von Hunderten von Millionen als der einzige Sohn Gottes verherrlicht wird.

Nun hoffe ich, dass es ganz klar ist, warum wir Viviens Unschuld beschützen müssen. Ihre Unschuld ist die Hauptsäule, auf der unser Erfolg beruhen kann und muss.

Dies möchte ich betonen, denn in unserer Nachbarschaft läuft zurzeit ein ähnlicher Fall. Es tut mir leid, aber ich muss mich korrigieren: Der Fall ist, nur oberflächlich gesehen, ähnlich; eigentlich ist er ganz, grundsätzlich verschieden. Zwar stimmt es, dass sowohl Vivien als auch das Mädchen in der Nachbarschaft entführt wurden. Ebenso ist es wahr, dass beide sehr jung waren, als sie entführt wurden, und es stimmt ebenso, dass beide Mädchen Schreckliches durchmachen und viel leiden mussten.

Vivien war nur zehnjährig, als das Unliebsame geschah, das andere Mädchen war bereits dreizehn. Viviens Eltern waren getrennt, die Eltern des anderen Mädchens lebten zusammen in einer glücklichen Ehe. Vivien musste jahrelang leiden, das andere Mädchen nur etwa fünf Wochen lang.

Zweifelsohne sind das alles wichtige Unterschiede. Der größte und für uns einzig bedeutsame Unterschied jedoch, an dem wir eigentlich interessiert sind, ist, dass das andere Mädchen von ihrem Entführer vergewaltigt wurde. Sie wurde an die Wand angekettet und vergewaltigt, täglich mehr als einmal! Das Mädchen gab an, dass sie entjungfert und dann immer wieder vergewaltigt wurde, mehrmals täglich, und zwar auf die brutalste Art. Sie flehte ihren Entführer an, er möge Mitleid mit ihr haben und sie verschonen, aber nichts half ihr. Sie gab einen ausführlichen Bericht von allem ab, was mit ihr geschehen war. Sie tat es ohne Zweifel, weil sie hoffte, die Leute würden Mitleid mit ihr haben. Ihr Entführer hat alles gestanden, was beweist, dass sie ihre Geschichte nicht erfunden hatte. Nichts half ihr jedoch. Sie wurde entjungfert, aber die Leute haben kein Mitleid mit ihr. In ihren Augen ist sie für ihr Unglück auch selbst teilweise verantwortlich. Ihr Entführer hat sich bereits entschuldigt, wie er das nach jeder Entführung und nach jeder Vergewaltigung zu tun pflegt. Die Leute schätzen es sehr, wenn Männer sich wegen ihres schlechten Benehmens den Frauen gegenüber entschuldigen. Die vergewaltigten Frauen selbst scheinen bereit zu sein, ihnen zu vergeben. Hinzu kommt, dass viele Männer, die in der Lage sind, über die Strafe für Vergewaltigung zu entscheiden, auch zur Ansicht neigen, dass eine Frau zu vergewaltigen irgendwie zur Natur des Mannes gehöre und deshalb nicht unbedingt als Verbrechen behandelt werden sollte.

Der Entführer des anderen Mädchens wird sich nun einer Therapie in einer psychiatrischen Klinik unterziehen müssen und wird bald wieder auf freiem Fuß sein. Sein Opfer ist vernichtet, erledigt. Die Massen scheinen sich jedoch um ihr Schicksal nicht groß zu kümmern.

*

Unser Fall ist, wie ich es bereits betont habe, grundsätzlich verschieden. Vivien hat weder etwas gesagt, noch wird sie im Interview ein einziges Wort über ihr Verhältnis zu ihrem Entführer sagen. So wird sie bis zum Schluss eine vollkommen unschuldige Jungfrau bleiben, die gar keinen Grund hat zu jammern und auf das Mitleid zu hoffen. Sie ist unberührt, und das ist unser Vorteil, den wir nutzen müssen. Wir müssen aus ihr machen, was sie ist. Sie ist ein Vorbild, dem man nacheifern soll", fasste Herr Corner noch einmal zusammen, indem er dieselben Worte wiederholte, die er am Anfang gebraucht hatte.

***

Vivien fand die Probe des Interviews und die lange Diskussion, die sie mit Herrn Corner drei Tage zuvor gehabt hatte, sehr unterhaltsam. Die ganze Probe wurde aufgenommen. Es war das erste Mal, dass sie zu einem großen Publikum sprach. Es war zwar ein unsichtbares Publikum, sie wusste es, jedoch nicht irgendeines, nicht einfach eine Gruppe von Menschen – es war das größtmögliche. Das Publikum, zu dem sie sprach, wartete begierig darauf, ihr Gesicht zu sehen und von ihr persönlich ihre eigene ergreifende Geschichte zu hören, mit ihr zu leiden und sich mit ihr zu freuen. Sie wusste zwar, dass es ihr nicht möglich sein werde, Millionen von weit offenen Augen von jungen Menschen ihres Alters, Millionen von Augen voller Tränen von Müttern, Großmüttern und Millionen von Neugierigen zu sehen, die einfach beschlossen hatten, an dem Abend zu Hause zu bleiben, um das Interview mit ihr im Fernsehen zu verfolgen, aber sie wusste auch, dass sie es tun würden, denn ihre Erfahrung war einmalig, und ihr Mut, ihre Kraft und ihre Ausdauer waren beispiellos.

*

Sie wusste, dass ihr Interview der Anfang dessen war, wovon sie geträumt hatte, seitdem ihre Eltern geschieden waren. Sie war sehr klein, als das geschah, ein kleines Mädchen, rundlich, intelligent, fähig, selbst die schwersten Dinge zu lernen, jedoch ohne auch den geringsten Wunsch, irgendetwas zu lernen. Sie hasste ihre Eltern, sie hasste ihre Lehrer und sie hasste ihre Klassenkameraden. Die ganze Zeit, zu Hause, in der Schule, auf dem Weg zur Schule und auf dem Weg nach Hause war sie umgeben von Menschen, die ihr fremd waren. Sie war immer allein, allein in einer Großstadt voller Menschen, die an ihr gar kein Interesse hatten, genau wie sie an ihnen kein Interesse hatte.

*

Seit damals waren bereits einige Jahre vergangen, und nun war sie erwachsen. Ihr war etwas gelungen, was niemand glauben konnte. Alles ähnelte einer erfundenen Geschichte. Sie wusste aber wohl, dass ihre Geschichte nicht erfunden war. Sie wusste, dass sie gelitten und an sich, an ihrem Charakter und an ihrer Persönlichkeit hart gearbeitet hatte. Nun war sie stark und wusste, dass sie bereit war, mit dem zu beginnen, wofür sie viel gelitten hatte und wofür sie sogar noch mehr zu leiden bereit war, viel mehr, falls erforderlich. Der größte Teil ihrer Geschichte, praktisch alles, war bis zur Stunde nach Plan verlaufen, den sie gleich am Anfang gehabt hatte. Natürlich waren viele unerwartete Dinge geschehen, jedoch waren irgendwie auch sie in dem Grundplan enthalten, den sie heimlich für sich gemacht hatte.

Nun hatte sie fünf angenehme Wochen verbracht, ohne von irgendjemandem gestört zu werden, und fühlte sich wohl.

*

Professor Frederic besuchte sie regelmäßig, mindestens zweimal jeden Tag. Jedes Mal, bevor er kam, sie zu sehen, nahm er sein Monokel ab und steckte es in die Brusttasche seines Hemdes, und jedes Mal hatte er mit ihr ein längeres Gespräch. Von ihm hörte sie auch zum ersten Mal, dass sie sehr schön sei. Jedes Mal, wenn er es ihr sagte, hielt er zärtlich ihre Hände und schaute ihr dabei gerade in die Augen. Dann sagte er ihr jedes Mal, dass er ihre Kraft und ihre Entschlossenheit bewunderte, vor allem aber ihr Lächeln. Sie mochte alles, was er zu ihr sagte. Und wie großzügig er war! Jedes Mal, wenn er kam, brachte er ihr eine kleine

Überraschung mit. Einmal war es ein riesiger Apfel – er schmeckte ausgezeichnet. Ein andermal war es eine kleine Schachtel Schokolade – nie vorher hatte sie etwas so Feines gekostet. Und wieder ein anderes Mal war es ein winziges Körbchen mit außerordentlich schmackhaften Muskattrauben.

*

Einmal brachte er ihr außer einigen feinen Süßigkeiten auch einige Gedichte, die er persönlich geschrieben hatte. Die Gedichte waren, sagte er ihr, seine ersten literarischen Versuche, aber er habe nie daran gedacht, sie zu veröffentlichen. Es gab fünf oder sechs Gedichte, und jedes Gedicht war gesondert auf einem Blatt geschrieben. Auf jedes Blatt waren sein voller Name, sein akademischer Titel und seine Stellung an der Universität gedruckt. Jedes Gedicht hatte vierzehn Zeilen. Vivien schrie vor Freude. Sie drückte seine Hände, um sich so bei ihm zu bedanken, und er tat das Gleiche. Sie empfand es als sehr angenehm, dass seine Hände die ihrigen ganz umfassten. Auch hatte sie den Eindruck, dass sein Gesicht plötzlich viel röter wurde, als es sonst war.

*

Sobald Professor Frederic weggegangen war und die Tür hinter ihm abgeschlossen wurde, wurde es Vivien bewusst, wie sehr anders es war, gefangen in jenem Keller zu sein, wo sie nur mit ihrem Entführer selbst zu tun hatte, und frei in einem schönen, hellen Zimmer zu sein und mit jemandem zu tun zu haben, der so nett und großzügig war und dazu noch Gedichte schrieb. Auch sie wollte immer Gedichte schreiben, aber sie wusste nicht, wie sie anfangen sollte. Nun war jemand da, der mit dem Schreiben von Gedichten gerade begonnen hatte, und sie war neugierig zu wissen, wie ein solcher Anfang aussehen könnte.

Sie machte es sich bequem in ihrem Bett, nahm das Blatt mit der Nummer eins darauf und begann zu lesen. Sie las langsam, Zeile für Zeile. Nachdem sie das Gedicht fertig gelesen hatte, musste sie eine kleine Pause machen – der Inhalt des Gedichtes zwang sie dazu. Sie konnte sich nicht des Eindrucks erwehren, dass sie während ihrer Gefangenschaft im Keller ihres Entführers etwas Ähnliches gelesen hatte. Ihr Entführer brachte ihr regelmäßig verschiedenste Bücher aus der Bibliothek und ermutigte sie zur Lektüre.

Im ersten Gedicht, das sie soeben gelesen hatte, sprach der Autor jemanden an – wahrscheinlich eine Frau – und stellte die Frage, ob es angebracht wäre, sie mit einem schönen Sommertag zu vergleichen, gab auch zugleich die Antwort, dass ein solcher Vergleich nicht standhielte, weil die Frau, die er ansprach, noch lieblicher war und ihr Wesen noch milder.

Sie las alle Gedichte von Professor Frederic, und alle kamen ihr irgendwie nicht ganz unbekannt vor. Sie versuchte eine Weile lang, sich das seltsame Déjà-vu-Gefühl zu erklären, aber dann gab sie auf und kam zum Schluss, dass sie wahrscheinlich irgendetwas verwechselte, denn Professor Frederic hatte ihr doch persönlich gesagt, die Gedichte seien seine ersten literarischen Versuche, waren also nicht veröffentlicht, sonst hätte er ihr eine Kopie des Buches gegeben.

Die Sprache in den Gedichten verstand sie nicht ganz, und doch hatte sie den Eindruck, dass Professor Frederics Gedichte von besonderer Schönheit waren.

*

Vivien hatte soeben zum dritten oder sogar vierten Mal die Gedichte fertig gelesen und die Blätter auf den Nachttisch neben ihrem Bett gelegt, als die Tür plötzlich aufging und in demselben Augenblick Professor Frederic ins Zimmer trat.

„Hallo, hallo!", sagte er seltsam enthusiastisch, als hätte er sie seit langer Zeit nicht gesehen, obwohl er das Zimmer gerade eine halbe Stunde vorher verlassen hatte. Sein Gesicht war ganz rot, und sie hatte den Eindruck, dass er sich im siebten Himmel fühlte. Seine Stimme war sogar noch freundlicher als sonst, jedoch war darin auch ein gewisser Triumph ob irgendeines besonderen Erfolgs nicht zu überhören. Er näherte sich und stellte auf den Nachttisch einen kleinen Teller. Zwei große frische Feigen waren darauf.

„Kosten Sie sie", sagte er, „sie sind ausgezeichnet. Ich vermute, sie kommen von einem der Mittelmeerländer."

„Herrlich", sagte sie, nachdem sie von einer gekostet hatte.

„Fein, weiter genießen. Nach dem Mittagessen komme ich wieder vorbei", sagte er.

„Ich hoffe es", erwiderte sie lächelnd. Professor Frederic lächelte auch. Einen kurzen Augenblick lang drückte er noch zärtlich ihre Hand und verließ den Raum. In der Tür winkte er ihr noch zu, schenkte ihr noch ein Lächeln und schloss die Tür ab.

***

Vivien fand das Interview sehr angenehm, und alle Teammitglieder waren außerordentlich freundlich. Die Fragen wurden ihr in genau derselben Reihenfolge gestellt, wie sie sie drei Tage davor mit Herrn Corner besprochen und beantwortet hatte.

Die Teammitglieder wurden aufgefordert, während der Probe selbst keine Fragen zu stellen oder das Interview in irgendeiner Weise zu unterbrechen. Während des Interviews konnten sie sich Notizen machen, und ihre Bemerkungen sollten sie erst danach vorbringen. Herr Rocky, ein schon betagter Psychologe, wurde beauftragt, sie zu interviewen.

*

„Von Ihnen, liebe Vivien, erwarten wir keine speziellen Antworten. Sagen Sie uns, was Sie uns sagen möchten. Sagen Sie uns nicht, was Sie uns nicht sagen möchten“, betonte der Interviewer gleich am Anfang, bevor das eigentliche Interview begann.

Vivien dankte Herrn Rocky für seine freundlichen und ermutigenden Worte mit einem Lächeln, und das Interview begann.

„Könnten Sie uns sagen, wie es Ihnen gelungen ist, die außerordentlichen seelischen und körperlichen Qualen so lange Zeit auszuhalten?“, war die erste Frage, die ihr gestellt wurde.

Alle Teammitglieder waren überwältigt, als sie sagte: „Gleich am Anfang meiner Gefangenschaft war ich fest entschlossen, älter zu werden, stärker zu werden und zu fliehen, in jedem Fall und um jeden Preis zu fliehen. Ich schaffte es, weil ich mich selbst dazu verpflichtet hatte, standhaft zu bleiben und mein Versprechen zu halten.“

„Großartig!“, „Wunderbar!“, „Gewaltig!“, flüsterten die Teammitglieder geräuschlos im Dunkeln hinter der Kamera.

„Sie sagten, Sie hätten etwas versprochen?"

„Ja, ich versprach, nicht aufzugeben."

„Aber wem versprachen Sie das?"

„Ich schloss mit mir selbst einen Vertrag, eine Art Pakt."

„Sie schlossen einen Vertrag?"

„Ja, ich schloss einen Vertrag mit mir selbst. Ich entwarf ihn und unterzeichnete ihn in meinem Geist."

„Sie erzählen uns völlig neue, unerhörte Dinge. Könnten Sie uns das bitte ein wenig erklären? Es ist doch üblich, dass es für einen Vertrag mindestens zwei Parteien geben muss, nicht wahr?"

„Das stimmt; eine Partei war ich, und die andere Partei war mein zukünftiges Ego. Meine Aufgabe war, mich vorzubereiten, älter und stärker zu werden, um fähig zu sein, das Versprechen auszuführen. Die Aufgabe meines zukünftigen Egos war, jenes auszuführen, was ich vorzubereiten versprochen hatte."

Während sie diese Frage beantwortete, hielt Vivien ihre Hände zu Fäusten geballt, wie sie vorher von Herrn Corner unterwiesen worden war. Herr Corner saß in der hintersten Reihe, hinter der Kamera, und tat dasselbe. Als sie beim Wort ‚stärker' angelangt war, hob er seine rechte zur Faust fest geballte Hand. Professor Frederic, der in der vordersten Reihe saß, ballte gleichzeitig die Faust vor sich, ohne sie zu heben. Herr Corner konnte diese Geste von Professor Frederic nicht sehen. Vivien sah sie beide und tat dasselbe. Die beiden Herren waren unabhängig voneinander glücklich, und die anderen Teammitglieder – sie saßen in der Reihe dazwischen – waren beeindruckt.

„Was Sie soeben gesagt haben, klingt fantastisch, ist aber nicht leicht zu verstehen", betonte der Interviewer.

„Was ich sage, klingt vielleicht etwas seltsam, ich weiß, jedoch war es gerade diese feste Entschlossenheit, die mir zu überlegen half, was ich tun sollte, als der günstige Augenblick kam."

„Das ist tatsächlich faszinierend", sagte der Interviewer und fuhr fort: „Glauben Sie, Ihr Entführer merkte, dass Sie zu fliehen beabsichtigten?"

„Bestimmt. Er wusste alles über meinen Geheimplan zu fliehen. Eigentlich wusste er mehr als das. Oft unterhielten wir uns darüber", sagte Vivien.

„Das ist umwerfend! Könnten Sie uns bitte mehr darüber sagen?"

„Als den günstigsten Augenblick für die Flucht schlug ich die Zeit vor, wenn wir zusammen einkaufen gingen, denn in der Menschenmenge hätte ich leicht verschwinden oder schreien und Polizisten oder Leute auf der Straße um Schutz bitten können. Das schlug ich vor, weil ich überzeugt war, dass Leute mir geholfen hätten."

„War er mit Ihnen einverstanden?"

„Nein, das war er nicht. Er sagte, dass er in dem Fall alle umbringen würde, die versuchen sollten, mir bei der Flucht zu helfen."

„Ach, wie furchtbar!" bemerkte der Interviewer.

„In der Tat. Ich begriff, wie ungerecht das den freundlichen, unschuldigen, selbstlosen Menschen gegenüber gewesen wäre. Das konnte ich ihnen einfach nicht antun. Aus diesem einfachen Grund musste ich die Idee, so zu fliehen, aufgeben und beschloss, nach anderen Fluchtmöglichkeiten zu suchen."

„Haben Sie dann zusammen eine andere Fluchtmöglichkeit besprochen?"

„Ja. Er schlug vor, ich sollte es eher versuchen, wenn es nicht viele Leute in der Nähe gab, so etwa, wenn wir nachts zusammen spazieren gingen und praktisch allein waren, sodass ich niemanden um Schutz bitten konnte. In dem Fall, sagte er, hätte er keine Gelegenheit, jemanden zu töten."

„Konnten Sie diesen seinen Vorschlag annehmen?“

„Nein, weil er drohte, sich selbst zu töten, falls ich ihn verließe.“

„So erpresste er Sie eigentlich?“

„Ja, das ist wahr. Er spielte mit meinem Gewissen. Er wusste, dass ich nicht die Ursache seines Todes sein wollte.“

„Obwohl Sie also zutiefst leiden mussten, wollten Sie Ihren Peiniger nicht verletzen?“

„Richtig. Ich wollte ihm einfach nicht gestatten, aus mir seine Mörderin zu machen. Es gab da aber noch etwas: Seine Mutter kam regelmäßig, reinigte das ganze Haus und kochte für ihn. Sie dachte, dass in seinem Leben alles in bester Ordnung sei. Sie hatte keine Ahnung, was er eigentlich heimlich machte. Ich wollte ihr Herz nicht brechen, indem ich flüchte und dadurch alles an die Öffentlichkeit bringe; das hätte ihre ganze naive Welt zerstört. So etwas konnte ich ihr nicht antun.“

Vivien sagte es auf eine milde Art und sehr langsam, als suchte sie nach geeigneten Wörtern. Sie sprach mit weicher, jedoch sehr klarer Stimme, wobei sie ihre Hände tugendhaft gegeneinander gepresst in ihrem Schoß hielt.

Viviens Worte entzückten alle Teammitglieder. Spontan schlossen sie alle die Augen und bedeckten die Gesichter mit den Händen.

„Welch hohe Gewissenhaftigkeit, welch erhabenes Verantwortungsgefühl!“, dachten sie.

„Könnten Sie uns etwas mehr über das Benehmen Ihres Entführers Ihnen gegenüber sagen? War er grob zu Ihnen?“

„Er war nicht grob zu mir. Im Gegenteil, ich hatte sogar oft den Eindruck, dass er sich bemühte, freundlich zu mir zu sein. In seinem Gesicht gab es immer etwas wie einen Versuch zu lächeln, jedoch gelang es seinem versuchten Lächeln nie, die Kruste aus Traurigkeit zu durchbrechen.“

„Wie wurden Sie mit der Angst fertig, die Sie ja sicher haben mussten?“

„Jedes Mal, wenn er hereinkam und das Essen brachte, hatte ich natürlich Angst. Falls er sich aber zu mir setzte, um mit mir über dies und jenes zu plaudern, hatte ich weniger Angst. Das geschah aber nicht sehr oft. Meistens sagte er kein Wort. Er kam herein, stellte das Tablett auf den Tisch und verschwand, ohne mich auch nur anzuschauen. In solchen Augenblicken schien der Schlüssel, den er im Schloss drehte, viel mehr Lärm als sonst zu machen, und ich fürchtete mich sehr.“

„Hatten Sie nicht Angst, er könnte Sie töten?“

„Gewiss hatte ich Angst, denn Entführer sind gefährliche Menschen, und ihr Benehmen ist unberechenbar. Jedes Mal, wenn er mit mir nicht sprach, hatte ich Angst, er könnte mich vergiften, und aß nichts außer Früchten. Alles andere warf ich in die Toilettenschüssel. Daher hatte ich oft Hunger.“

„Wagten Sie manchmal, wegen seines Benehmens zu protestieren?“

„Nein, nie, weil das zu gefährlich gewesen wäre. Ich glaube, er war überzeugt, zu mir sehr großzügig und freundlich zu sein.“

„So haben Sie ihn nie wegen etwas beschuldigt?“

„Das ist richtig, aber ich bestand auf vielen Dingen, die ich für wichtig hielt.“

„Sagen Sie uns bitte etwas mehr darüber. Das ist wirklich erstaunlich.“

„Es gelang mir zum Beispiel, bei ihm zu erwirken, dass er mit mir jedes Jahr meinen Geburtstag sowie Weihnachten, Silvester und Ostern feierte. Wir gingen zusammen einkaufen und holten alles, was ich mir zu essen und trinken wünschte. Auf meinen Wunsch hin kaufte er mir Kleider, die mir gefielen, und so weiter.“

„Und er machte das für Sie, ohne zu protestieren?“

„Oh ja. Eigentlich machte er für mich noch mehr als das. Ich wollte zum Beispiel um jeden Preis einen Fernsehapparat in meinem Zimmer haben, um mich darüber auf dem Laufenden zu halten, was bei uns im Land und in der Welt geschah und wie die Öffentlichkeit auf mein Verschwinden reagierte. Ich tat das, weil ich wusste, dass das Verfolgen von Fernsehprogrammen der beste Weg war, darüber auf dem Laufenden zu bleiben, was in der ganzen Welt geschah. Ich wollte um jeden Preis imstande sein, mich gewählt auszudrücken, wenn ich einmal frei bin.

Ich wollte fähig sein, im Interview klare Antworten zu geben, das bestimmt stattfinden sollte, sobald ich mich einmal befreit habe. Es war mir klar, dass mein künftiges Leben vom Interesse der Öffentlichkeit an meinem Fall abhängen würde. Daher musste alles, was ich plante und tat, dem Interesse angepasst werden. Wären die Massen damals nicht daran interessiert gewesen, was mit mir geschah, wäre all mein Planen und Leiden umsonst gewesen. Ich verlangte von ihm, dass er mir Bücher aus der Bibliothek bringe, weil ich lesen und lernen wollte. Er merkte, dass ich es sehr ernst meinte, und tat, was ich wollte. Er selbst war auch ein begeisterter Leser, und recht häufig gingen wir spät abends spazieren und unterhielten uns über die Bücher, die wir beide gelesen hatten. In solchen Augenblicken hatte ich keine Angst, er könnte mich töten. Vielmehr hatte ich Angst, ich könnte im Zimmer eingeschlossen und verlassen bleiben. Das hätte geschehen können, denn er fuhr jeden Tag mit seinem Wagen in die Stadt, und wenn man mit dem Auto fährt, kann ein Unfall leicht passieren. Niemand hätte etwas gemerkt. Mein Entführer teilte meine Meinung, dass es viel schlimmer wäre, im Keller eingeschlossen und verlassen zu bleiben als getötet zu werden. Er meinte aber, dass der schlimmere Fall als Geschichte für ein Buch oder einen Film viel reizvoller wäre. Wie bereits gesagt, machte er mehrere Male eine Andeutung, wie ich fliehen könnte. Jedes Mal betonte er aber, dass er sich nicht kontrollieren könnte, wenn ich es zu tun versuchte. In dem Fall, betonte er wiederholt, würde jemand sterben müssen. Ich war einfach verzweifelt, denn einerseits war ich fest entschlossen, um jeden Preis aus meinem Kerker zu fliehen, anderseits wollte ich weder für seinen Tod noch für den Tod eines anderen verantwortlich sein."

„Was Sie vermeiden wollten, ist leider geschehen – Ihr Entführer hat Selbstmord begangen."

„Ich weiß, dass er Selbstmord begangen hat, weil ich geflüchtet bin. Die Last der Einsamkeit konnte er nicht länger tragen. Es ist schade, dass er es getan hat; seinen Tod wünschte sich niemand."

„Jetzt sind Sie frei, und für Sie beginnt ein neues Leben. Wie sehen Ihre Zukunftspläne aus?"

„Zuerst möchte ich mein Abitur machen. Dann möchte ich an der Universität studieren. Und dann werde ich weitersehen. Vor alledem aber werde ich einen Fonds schaffen, der meinen Namen trägt und auf meine Schmerzen, meine Leiden, meine Kraft und meinen Mut gründet. Helfen möchte ich allen Hungernden, allen Verschwundenen in den Ländern ohne Menschenrechte und allen Frauen, die nicht dieselben Rechte haben wie Männer. In diesem Interview wende ich mich an die ganze Menschheit mit der Bitte, mich in meiner Bemühung, den Notleidenden zu helfen, tatkräftig zu unterstützen. Hunderten von Millionen Hungernder, Unterdrückter, Entbehrender zu helfen ist ein kostspieliges Unternehmen. Daher appelliere ich an Sie, großzügig zu sein. Ich werde persönlich auf jede Kleinigkeit im Zusammenhang mit meinem Fonds achten und dafür sorgen, dass alles, was Sie spenden, jenen zugute kommt, die in Not sind. Ich werde nie mehr erlauben, dass irgendetwas im Zusammenhang mit meiner Person ohne mein Mitwissen geschieht. Nie mehr werde ich als Opfer jemandem auf Gnade und Ungnade ausgeliefert sein. Allen Opfern in der Welt werde ich helfen, frei zu werden und ihre Würde und Achtung zu erlangen. Meine Anwälte werden mich in meiner Bemühung unterstützen."

„Liebe Vivien, wir danken Ihnen für das Gespräch", sagte der Interviewer zum Schluss.

***

Gleich nach dem Interview wurden die Kameras und Mikrophone abgeschaltet und weggeräumt. Voller Begeisterung näherten sich die Teammitglieder Vivien und gratulierten ihr mit lobenden Worten.

„Liebe Vivien, ich möchte Ihnen gratulieren und meine Bewunderung aussprechen. Es war ein großes Vergnügen, Ihnen zuzuhören. Das Interview verlief so reibungslos, weil Sie sich gewählt ausdrücken und eine tadellose Aussprache haben. Sie meisterten alles so wunderbar, weil Sie seit dem ersten Tag genau wussten, was Sie wollten. Wir alle im Team tun alles, was wir können, um Ihnen zu helfen, Ihre Träume zu verwirklichen“, sagte Herr Corner, offensichtlich sehr zufrieden.

Alle Teammitglieder nickten und applaudierten.

Vivien strahlte vor Glück.

„Nun möchte ich vorschlagen, dass Vivien und wir alle uns zusammen die Aufnahme des Interviews anschauen, um zu sehen, ob irgendetwas hinzugefügt oder gestrichen werden sollte“, sagte Herr Corner.

Der Vorschlag wurde einstimmig angenommen.

Professor Frederic verschwand für einen Augenblick, und als er zurückkam, stellte er ein Tablett und ein großes Glas mit frisch gepresstem Orangensaft auf den Tisch vor Vivien. Er sagte nichts, sondern lächelte sie bloß an. Sie dankte ihm, indem sie seine Hand drückte. Es entging Herrn Corner nicht, dass Vivien Professor Frederic ein strahlendes, gewinnendes Lächeln schenkte und dessen Hand vertraulich drückte. Ebenso konnte Professor Frederic seinen neidischen Blick nicht übersehen. Was Professor Frederic getan hatte, geschah nur einen Augenblick bevor Herr Corner Vivien fragen wollte, ob sie etwas trinken möchte. Nun hatte er den Eindruck, dass es dem schlauen Rivalen gelungen war, von der Prinzessin den Türschlüssel ihres Schlafgemachs zu erhalten.

Herr Corner forderte alle Teammitglieder auf, alle Bemerkungen, die sie im Zusammenhang mit dem Interview haben sollten, aufzuschreiben. Darauf wurde das aufgenommene Interview auf die Leinwand projiziert. Während der Projektion herrschte vollkommene Stille. Nach der Projektion rührte sich niemand. Alle warteten, um zuerst Herrn Corners Meinung zu hören, bevor sie für sich selbst ihre eigene bildeten.

„Ich persönlich finde das Interview überwältigend und möchte vorschlagen, dass wir es nicht mehr wiederholen, denn eine bessere und vollkommenere Aufnahme als diese ist kaum möglich. Morgen Abend wird diese Aufnahme – wie vorgesehen – im Fernsehen ausgestrahlt werden. Übermorgen Abend können wir uns alle wieder hier zu einem Geplauder treffen. Ich sehe keinen Grund, dass wir uns vorher nochmals treffen, denn jetzt ist alles klar und genau festgelegt", sagte Herr Corner gleich nach der Projektion.

Sein Vorschlag wurde einstimmig angenommen.

„Ich danke Ihnen für Ihre Unterstützung. Vivien kann jetzt aufatmen und braucht an das Interview nicht mehr zu denken", fügte er noch an und lächelte Vivien zu. Alle anderen richteten ihre Blicke auf Vivien und applaudierten billigend.

Viviens Gesicht strahlte vor Freude.

Professor Frederic schlug vor, dass Vivien und Doktor Ovale, einer seiner Assistenten im Institut für Psychologie, den er persönlich für die Aufgabe bestimmt hatte, einen lockeren Spaziergang in die Stadt unternehmen.

„Vivien sollte vor dem Interview im Fernsehen die letzten Stunden ihrer Anonymität genießen, das heißt, bevor ihr Gesicht jedermann bekannt wird", sagte er.

Die Idee wurde von allen Mitgliedern gutgeheißen.

Bevor Vivien und Doktor Ovale weggingen, erinnerte

Professor Frederic Vivien unauffällig daran, dass sie ihm versprochen hatte, nach dem Spaziergang in der Stadt in sein Büro zu kommen und mit ihm zusammen zu Abend zu essen. Vivien nickte und lächelte.

*

Am Tag bevor die Teammitglieder erfuhren, dass Doktor Ovale mit der Aufgabe beauftragt worden war, äußerte Peter Strong, ein besonders gut aussehender, charmanter, intelligenter junger Mann und ebenso ein Assistent von Professor Frederic, den Wunsch, Vivien auf ihrem Stadtbummel zu begleiten. Professor Frederic bedauerte es sehr, aber er habe für die Aufgabe bereits jemanden bestimmt und müsse nun sein Wort halten.

Doktor Ovale war im Assistentenzimmer und wartete auf Professor Frederics Anruf. Er brauchte nicht lange zu warten, und nur eine Minute nach dem Anruf kam er.

Alle Männer im Team freuten sich über Professor Frederics Wahl und hielten Doktor Ovale für besonders geeignet, Vivien Gesellschaft zu leisten.

Er war ein kleiner, rundlicher, humorvoller Mann in den Dreißigern, gar nicht attraktiv, jedoch sehr freundlich, charmant und belesen. In Biologie und Psychologie hatte er ein beachtliches Wissen; außerdem unterhielt er sich gern über Politik, Kunst, Film und Mode.

Von der Idee, auszugehen und einen angenehmen Stadtbummel zu genießen, war Vivien hell begeistert, sodass sie und Doktor Ovale sofort aufbrachen. Sie trug eine große Sonnenbrille und ein lila Kopftuch. So gut gelaunt und so wunderbar verkleidet war sie, dass nicht einmal ihre Eltern und ehemaligen Schulkameraden sie hätten erkennen können.

*

Gleich nachdem Vivien und Doktor Ovale weggegangen waren, berichteten Herr Hole und Herr Late, die zwei bekanntesten Anwälte in der Stadt – wie vorher abgemacht – ausführlich darüber, was sie bereits getan hatten. Sie waren mit der Aufgabe betraut worden, für Vivien eine gebührende Entschädigung für die ihr zugefügten seelischen und körperlichen Leiden zu erwirken und den rechtlichen Rahmen für die Gründung von Viviens internationalem Hilfsfonds zu schaffen.

Die beiden Anwälte waren die führenden Spezialisten im Land in Sachen Entschädigung für zugefügte Leiden sowie für das Medienrecht. Ihre großen, irgendwie futuristischen Büros, in denen sie Dutzende von Leuten beschäftigten, befanden sich auf zwei Etagen in einem hypermodernen Gebäude in dem begehrtesten Stadtviertel. Sie hatten einen internationalen Ruf und im ganzen Land einen großen Einfluss in allen Bereichen. Auf ihr Drängen hin erwähnten die Zeitungen nicht einmal eine Möglichkeit, dass Vivien von ihrem Entführer hätte sexuell missbraucht werden können. Sie forderten die Zeitungen dazu auf, weil Herr Corner ihnen erklärt hatte, dass Viviens unberührte Jungfräulichkeit für den Erfolg des gesamten Planes von absolut entscheidender Bedeutung war.

Aus dem Bericht von Herrn Hole und Herrn Late war ersichtlich, dass auch sie ihre persönlichen Gründe hatten, am Erfolg des ganzen Planes zutiefst interessiert zu sein.

*

Herr Late war Junggeselle Ende der Fünfziger. Er hatte sich immer eine glückliche Familie gewünscht, aber wegen seines dynamischen, geschäftigen Lebens hatte er nie das Glück gehabt, eine geeignete Partnerin zu finden. Das betonte er immer wieder, wenn man ihn nach seinem Familienstand fragte. Da er nun im Alter war, wo Männer in der Regel nicht mehr daran denken, Kinder zu zeugen, war er selbst etwas überrascht, dass durch Viviens Fall in ihm plötzlich bestimmte Wünsche erweckt worden waren, die er früher für endgültig aufgegeben gehalten hatte.

Er wusste, dass Herr Hole, sein Geschäftspartner, bereits seit Jahren zwei schöne Geliebte hatte. Da aber beide Beziehungen Herrn Holes kinderlos geblieben waren, nahm er an, dass Herr Hole entweder keine Kinder wünschte oder keine haben konnte. Herr Late verfügte über großes Wissen und viel Erfahrung in juristischen Angelegenheiten, und seine Hauptaufgabe war, wenn immer aufgefordert, Herrn Hole in Geschäftsfragen zu beraten. In Sachen Liebe bat ihn Herr Hole nie um Rat.

*

Herr Hole war acht Jahre jünger als sein Kollege. Er durfte sich etwas erlauben, wovon keines der Teammitglieder träumen konnte: Wenn er mit Vivien sprach, gebrauchte er einen Kosenamen, den er für sie erfunden hatte. Natürlich gebrauchte er ihn nur, wenn sie allein waren. Dann gebrauchte auch sie für ihn den Kosenamen, den sie für ihn erfunden hatte. In seiner bemerkenswerten Berufskarriere hatte er nur zwei Klientinnen vom selben Rang wie Vivien. Es waren zwei besonders schöne junge Frauen. Für jede von ihnen hat er eine großzügige finanzielle Entschädigung erwirkt, groß genug, um ihr eine Zukunft in Muße zu ermöglichen. Dank seiner herausragenden Kenntnisse des Gesetzes und der Lücken darin tauchte nie die Frage auf, ob es gerechtfertigt gewesen war, den jungen Damen solch stattliche Geldsummen aus der Staatskasse zu gewähren. Seit dem ersten Tag erwiesen sich die beiden Damen ihm auf jene reizvolle Art und Weise dankbar, deren nur eine schöne junge Frau fähig ist. Sie gaben ihm genau das, was er von ihnen erwartete.

Seine schönen Geliebten hörten nie auf, ihm dankbar zu sein. Im Gegenteil, sie taten alles, was sie nur konnten, um ihn zu befriedigen. Die Sache hatte aber einen Haken: Die beiden Damen waren nur einige Jahre jünger als er. Sie waren also in einem zwar noch schönen Alter, jedoch nicht mehr in jenem, das schon auf ersten Blick wilde Lust hätte wecken müssen oder zum Kindergebären zu empfehlen gewesen wäre.

Einige Zeit davor hatte er gemerkt, dass die Kraft seiner Männlichkeit plötzlich stark nachgelassen hatte, und es war gerade dieses Nachlassen, das ihn veranlasste, gleich an die Nachkommenschaft zu denken, an etwas, woran er – gleich wie sein Geschäftspartner – wegen seiner rastlosen, geschäftigen Lebensweise vorher nie gedacht hatte.

Zwar hatte ihm jemand Jahre davor geraten, seine Spermien auf einer Samenbank konservieren zu lassen, um sicher zu sein, dass er sich später in jedem Alter fortpflanzen könnte, falls er den Wunsch danach verspüren sollte. Ein Freund von ihm, der selbst Arzt war, riet ihm jedoch davon ab, indem er ihm erklärte, dass jene, die künstliche Befruchtung durchführten, oft statt der Spermien des Samenspenders ihre eigenen benutzen, falls die Frau, die befruchtet werden sollte, besonders schön war. Nach der entmutigenden Geschichte gab er die Idee auf, seine Spermien auf einer Samenbank konservieren zu lassen.

*

Nun sagte ihm sein Instinkt, dass Vivien die dritte Klientin von mindestens demselben Standard sein musste, wie seine beiden schönen Geliebten es einst in Viviens Alter gewesen waren.

Mit ihrer zarten Jugend und ihrer engelhaften Schönheit erschien ihm Vivien wie vom Himmel geschickt, um ihn aus seiner schweren Lage zu retten. Für sie zu sorgen hielt er jetzt für sein fraglos wichtigstes Anliegen. Zum ersten Mal hatte er das Gefühl, dass er in seinem eigenen Interesse handelte, wenn er für einen anderen etwas tat. Indem er für Vivien eine passende Entschädigungssumme erwirkte, die ihr eine Zukunft in Muße und frei von materiellen Sorgen ermöglichen sollte, hoffte er, würde sie gebührend anbeißen.

Sobald er ihr die Unterlagen und die Hausschlüssel gegeben hatte, woraus ersichtlich war, dass sie nun die Eigentümerin des bequemen Hauses und des schönen Gartens ihres toten Entführers geworden war sowie dass Herr Hole alles unternommen hatte, um ihr eine sorglose Zukunft zu ermöglichen, fiel sie in seine Arme und schloss die ihrigen um seinen Hals. Seine linke Hand drückte ihr Haupt zärtlich gegen seine Brust, während seine rechte langsam ihren Rücken hinunterglitt, bis sie auf der herrlich geformten oberen Krümmung ihres hervorstehenden, prallen Pos stehen blieb.

Das geschah in Herrn Holes Büro drei Tage vor der Probe, die sie mit Herrn Corner hatte.

Vivien war auf dem besten Weg, sich jenen Lebensstil zu gönnen, von dem sie immer geträumt und für den sie hart gearbeitet hatte.

***

Professor Bourgh war nur ein oder zwei Jahre jünger als sein Boss. Er hatte dichtes, welliges Haar, das trotz seines Alters die ursprüngliche dunkelbraune Farbe behalten hatte. Seine Augen waren beeindruckend grün und seine Gesichtszüge regelmäßig. Er hatte gesunde, wohlgeformte Beine, und er wäre eigentlich von hohem Wuchs gewesen, wäre sein Rücken nicht in jenem bösen Unfall, den er in seiner Jugend gehabt hatte, schwer verletzt und deformiert worden. Er war ein außerordentlich intelligenter und begabter Mann und verfügte über großes Wissen, nicht nur in Naturwissenschaften und Medizin, sondern auch in Sprachen und Musik. Trotz seiner herausragenden Fähigkeiten und Verdienste hatte er keine hohe Stellung an der Universität. Seine Beförderung hat Professor Frederic, sein Boss, immer verhindert. Professor Frederic behandelte ihn nicht als einen gleichwertigen Kollegen, sondern sprach von ihm immer als von seinem ersten und besten Assistenten. Professor Frederic hatte eigentlich noch zwei Assistenten. Einer von ihnen war Doktor Ovale. Er war schon seit längerer Zeit Professor Frederics Assistent. Der andere Assistent, erst seit kurzem bei Professor Fredereic, war noch nicht dreißig. Nach abgeschlossenem Biologiestudium kam er in das Institut von Professor Frederic, um eine andere Disziplin kennen zu lernen und dann vielleicht eine Doktorarbeit zu schreiben. Als jüngster Assistent von Professor Frederic musste er für seinen Mentor viel unbezahlte Arbeit erledigen. So war er jeden Tag von morgens bis abends beschäftigt. Er war ein außerordentlich begabter, sympathisch mannhafter Kerl mit grünlichen Augen und welligem, dunkelbraunem Haar, immer freundlich und hilfsbereit.

Doktor Ovale und Herr Strong taten nie etwas für Professor Bourgh. Herr Strong hatte ihn eigentlich nie gesehen.

Professor Bourgh hatte keine Assistenten. Trotz seines recht unangenehmen körperlichen Zustands, der ihm seit dem Unfall in seiner Jugend keinen gesunden Schlaf gestattete, war er nie der Arbeit ferngeblieben und hatte sich nie verspätet. Der Denker, den er am meisten schätzte und der ihm irgendwie auch als Vorbild diente, war jener berühmte Philosoph, der angeblich die Pünktlichkeit überaus schätzte und unbedingte moralische Forderungen an jeden Einzelnen stellte. In seiner Philosophie ging der weise Mann so weit, dass er von jedem Einzelnen ein Benehmen forderte, das mit dem Grundsatz im Einklang steht, der als Basis für das allgemeingültige Gesetz dienen könnte. Professor Bourgh bemühte sich, nach Möglichkeit seinem großen Vorbild nachzueifern. In Sachen Pünktlichkeit schien er besonders erfolgreich gewesen zu sein – er ging zur Arbeit und verließ das Büro immer pünktlich um die gleiche Zeit.

*

So kam er auch fünf Tage vor dem Interview pünktlich zur Arbeit. Sein Büro befand sich dem von Professor Frederic gegenüber. Nur die Türen ihrer Büros sahen gleich aus, das Innere jedoch war ganz verschieden. Das Büro von Professor Frederic war viel geräumiger. Alle Möbelstücke drin waren echte Antiquitäten, und die riesigen Fenster ermöglichten eine herrliche Aussicht auf die große Stadt. Es war außerdem immer tadellos sauber, denn Frau Simple beaufsichtigte persönlich die beiden Frauen, die das Büro täglich reinigten.

Das Büro von Professor Bourgh war sehr billig und bescheiden eingerichtet. Das einzige Fenster in seinem Büro war sehr klein, und alles, was man dadurch erblicken konnte, war die Wand des benachbarten Gebäudes.

*

Professor Bourgh war zufällig anwesend und sah Vivien, als sie unmittelbar nach ihrer Flucht ins Spital zur Behandlung gebracht wurde. Als er ihr die Hand schüttelte, schaute sie ihm gerade in die Augen und länger als den anderen Herren, die sie begrüßten. Später fragte sie Professor Frederic, wer der Herr mit den auffallend grünen Augen und der angenehm weichen Stimme gewesen war. Professor Frederic sagte aber, der Mann sei wahrscheinlich irgendjemand gewesen, der sich zufällig dort eingefunden hatte, und er persönlich wüsste nicht, wer der Mann sein könnte.

*

Professor Bourgh war von Viviens ganzer Erscheinung beeindruckt. Sie erinnerte ihn stark an Ann, seine erste und einzige Liebe. Zwischen Ann und Vivien lag eine Zeitlücke von dreißig Jahren, in der Professor Bourgh träumte und trauerte. Er träumte von seinem Glück, das von sehr kurzer Dauer gewesen war, und trauerte, weil er es für immer verloren hatte. Ann war die erste und einzige Frau, mit der er eine intime Beziehung gehabt hatte. Als er sie verlor, verlor er auch den Wunsch, eine andere Frau zu suchen.

Viviens Ankunft änderte aber alles. Sie war schlank, von einmalig schönem Körperbau, und ihre rosa Wangen strahlten die Morgenfrische eines schönen Frühlingstages aus. Er verliebte sich in ihr unschuldiges Lächeln und in die Art, wie sie sprach. Was aber seine Fantasie nicht in Ruhe ließ, waren ihre kleinen Brüste, die sich in ihrer natürlichen Pracht unter der dünnen Bluse, die sie damals anhatte, kegelförmig abzeichneten, weil Vivien keinen Büstenhalter trug, und ihr kleiner, straff hervortretender Po.

Seit dem Augenblick beschäftigte er sich nur mit einem Gedanken – wie in den Zug des Glücks einzusteigen, der soeben angekommen war und der jeden Augenblick abfahren konnte.

*

„Das Leben ist voller Überraschungen“, dachte er, während er an seinem Arbeitstisch saß.

„Vielleicht wartet dieser Zug des Glücks hier und jetzt nur meinetwegen. Falls dem so ist, dann ist es für mich wahrscheinlich der letzte. Nur die Mutigen dürfen auf die Unterstützung des Glücks hoffen. Die Entscheidung, was ich in meiner jetzigen Lage machen muss, duldet keinen Aufschub“, überlegte er weiter.

„Ich weiß, dass ich nicht mehr jung bin. Auch weiß ich, dass mein deformierter Rücken mich nicht gerade attraktiv macht. Mein einziger Trumpf ist meine hohe Intelligenz. Die Position, leider der höchste Trumpf in der Gesellschaft, ist in seiner Hand – er ist der Boss. Er ist sogar etwas älter als ich, aber sein Rücken ist nur krumm, wie es für sein Alter typisch ist. Er hat viel bessere Aussichten als ich, dessen muss ich mir bewusst sein. Die Frage ist bloß, ob er jetzt dieselben Absichten hat wie ich. Hätte er jemals den Wunsch gehabt, eine Familie zu gründen, hätte er keine Mühe gehabt, eine schöne Frau zu finden, denn er sah immer recht gut aus, und schüchtern war er nie. Offensichtlich wollte er aber lieber Junggeselle bleiben und alle schönen Blumen pflücken, denen er auf seinem Weg begegnen sollte. Vivien wäre das neueste Stück in seiner Sammlung, nicht jedoch unbedingt das letzte. Für mich wäre sie die Auferstehung meiner ersten Liebe und zugleich meine letzte. Deswegen bin ich mehr im Recht als er. Wenn ich bloß irgendwie den Trumpf der

Position ganz in meiner Hand hätte, könnte das meine Aussichten verbessern. Das kann aber leider nicht geschehen, solange er in seiner jetzigen Position bleiben möchte. Solange er der Boss ist, kann ich es mit ihm nicht aufnehmen, obwohl in diesem Institut niemand außer mir kompetent ist“, führte Professor Bourgh seinen inneren Monolog.

*

Plötzlich kam es ihm in den Sinn, dass er seinem Boss wieder ein Töpfchen von seinen frisch eingemachten Pilzen geben wollte, die er ihm einige Tage davor versprochen hatte. Seiner großen Mappe entnahm er einen hübschen kleinen Karton mit dem Töpfchen darin und stellte ihn auf den Schreibtisch. Dann erhob er sich sehr langsam, denn er hatte furchtbare Rückenschmerzen, nahm den Karton, ging in kleinen Schritten zur Tür und öffnete sie. Dort musste er stehen bleiben, denn, was er vor sich sah, gestattete ihm nicht, weiter zu gehen. In Viviens Begleitung war sein Boss gerade dabei, dessen Büro zu betreten. Vivien ging voraus, sodass er nur ihren Rücken sehen konnte. Ihr Haar war zu einem Büschel hochgekämmt und ließ ihren anmutigen Hals ganz zum Vorschein kommen. Durch ihre Bewegung vorwärts zeigte sich die ganze Pracht ihres herrlich geformten Pos.

„Kann ich …?“, versuchte er seinen Boss anzusprechen.

„Morgen bitte, nicht heute“, unterbrach Professor Frederic seinen Kollegen und verschwand mit Vivien in seinem luxuriösen Büro. Das Einzige, was Professor Bourgh noch hören konnte, war, dass der Schlüssel im Türschloss gedreht wurde.

Er schloss die Tür seines Büros, ging zurück zu seinem Schreibtisch und setzte sich. Den Karton stellte er auf den Schreibtisch.

„Der Schuft war so erregt und in Erwartung von etwas sehr Angenehmem, dass er mir nicht einmal einen Augenblick lang zuhören konnte", dachte er.

Eine kurze Weile saß er still, dann öffnete er den Karton, nahm das Töpfchen mit den eingemachten Pilzen heraus und stellte es auf den Tisch vor sich hin. Er drehte es langsam zwischen den Händen und nickte dabei.

„Welch furchtbarer Fehler hätte geschehen können, aber zum Glück ist er nicht passiert. Ich war dem Abgrund so nah, und doch genügend weit davon entfernt. Hätte er mir zugehört und dieses Töpfchen genommen, würde diese ganze Geschichte wesentlich ärmer ausfallen. So aber kann mein Beitrag zu deren Bereicherung wesentlich bedeutender sein. Er soll das Töpfchen mit dem eingemachten Inhalt morgen haben – mit einer kleinen, jedoch wesentlichen Modifikation, natürlich. Er hat sich ordentlich darum bemüht, dass die Abänderung gebührend von mir ausgeführt werde. Nun ist das wohl das Einzige, was ich für ihn tun kann", flüsterte er entschlossen.

Den Karton mit dem Töpfchen legte er wieder in seine große Mappe zurück.

„Jetzt aber gleich nach Hause. Hier darf ich nicht länger warten, denn es könnte geschehen, dass er herauskommt und mich hier antrifft und somit eine so wichtige Entscheidung und einen so guten Anfang zunichte macht."

Er stand auf, schloss die Tür seines Büros ab und ging nach Hause, so schnell er konnte.

***

Gleich nachdem sie den Raum betreten hatten, forderte Professor Frederic Vivien auf, am eleganten runden Tisch in der Mitte seines Büros Platz zu nehmen, und bot ihr auf glänzenden silbernen Tellern fein angeordnete Früchte und Schokolade an. Sie dankte ihm für seine Großzügigkeit und setzte sich.

„Ich liebe diesen Raum", sagte sie, sich etwas neugierig und verwundert umsehend.

„Alles in Ihrem Büro ist so besonders, so einmalig", fügte sie hinzu und schaute ihn verschmitzt verführerisch aus den Augenwinkeln an.

„Ich danke Ihnen für das Kompliment, ich liebe einfach schöne Dinge", sagte Professor Frederic, seine Stimme zitterte.

„Ich glaube es Ihnen, und es ist auch offensichtlich, dass Sie einen verfeinerten Geschmack haben", sagte sie.

„Wenn Sie sich genau umsehen, werden Sie merken, dass jedes Möbelstück in meinem Büro echt und stil- sowie zeitgerecht ist. Ich hasse Imitationen, kann sie nicht ausstehen", sagte er.

„Ich schätze Ihre Einstellung, neige persönlich auch dazu; jedoch muss ich zugeben, dass ich nicht verstehe, warum alte Gegenstände – gleich, ob Möbelstücke oder Bilder oder Vasen oder sonst etwas – ohne weiteres für kostbar und schön gehalten werden, kostbarer und schöner als Gegenstände, die vielleicht vor einer Woche angefertigt wurden", sagte Vivien.

„Ich bin nicht sicher, dass ich Ihnen eine Erklärung dafür geben könnte. Alles, was ich dazu sagen kann, ist, dass ich dank meiner emotionalen Intelligenz weiß, dass dem so ist", sagte Professor Frederic.

„Könnten Sie mir bitte die Bedeutung des Ausdrucks ‚emotionale Intelligenz' erklären? Ich habe das so oft gehört, aber ich verstehe nicht, was damit gemeint ist“, fragte Vivien.

Professor Frederic biss seine Oberlippe mit seinen Unterzähnen und fing an, seinen rechten Daumen gegen den Zeigefinger und den Mittelfinger zu reiben. Er suchte nach geeigneten Worten, um etwas auszudrücken, was ihm allem Anschein nach auch völlig unklar war. Offensichtlich war es ihm peinlich.

Vivien war überrascht, denn der Herr vor ihr, ein Professor der Psychologie, in seinem Fach die führende Autorität des Landes, konnte offenbar etwas nicht erklären, was Psychologen für sich erfunden hatten und immer wieder gebrauchten.

„Wenn wir von der Intelligenz sprechen, dann unterscheiden wir klar zwischen der sozialen und der emotionalen Intelligenz. In jedem Fall meinen wir eigentlich einfach Kompetenz. Verstehen Sie, was ich meine?“, sagte er.

„Ich hoffe es“, sagte Vivien mit der Absicht, ihm keine weiteren Unannehmlichkeiten zu bereiten, was ihr auch gelang.

„Fein, es freut mich. Sobald Sie maturiert haben, können Sie in unserem Institut Psychologie studieren“, sagte Professor Frederic sichtbar erleichtert.

„Das möchte ich gern. Ich danke Ihnen sehr, Sie sind so großzügig. Es ist wunderbar, immer jemanden bei sich zu haben, der alle Fragen beantworten kann. Ich habe immer so viele Fragen und möchte mit jemandem leben, der alle meine Fragen beantworten kann“, sagte Vivien mit vorgespielter Naivität.

„Das ist natürlich ein Privileg. Glücklich sind jene, die ein solches Privileg genießen dürfen“, sagte Professor Frederic.

„Ihre Frau muss ein glücklicher Mensch sein“, sagte Vivien.

„Ich bin nicht verheiratet", sagte Professor Frederic.

„Sie sind nicht verheiratet? Warum nicht?", fragte Vivien.

„Ich hatte nicht das Glück gehabt, die richtige Person kennen zu lernen", antwortete Professor Frederic.

„Das Leben ist sehr seltsam. Manchmal suchen die Menschen jahrelang, sogar jahrzehntelang die richtige Person und finden keine. Manchmal geschieht es aber, dass sie der richtigen Person völlig unerwartet begegnen", sagte Vivien.

„Sie haben vollkommen Recht, jedoch glaube ich, dass jene, die zusammengehören, am Ende einander auch finden müssen", sagte Professor Frederic mit zitternder Stimme.

„Dann glauben Sie an eine Art Schicksal, nicht wahr?", fragte Vivien.

„Nein, eigentlich nicht. Ich glaube nicht, dass es so etwas wie Schicksal überhaupt gibt", antwortete Professor Frederic.

„Aber Sie sagten soeben, dass Menschen, die *zusammengehören,* einander finden *müssen,* nicht wahr?", sagte Vivien.

„Ja, das stimmt, ich sagte es, aber das spricht nicht gegen meine Auffassung des Schicksals", versuchte Professor Frederic sich aus dem Widerspruch zu befreien, in den er sich hineinmanövriert hatte.

„Dessen bin ich mir nicht ganz sicher, denn, falls zwei Menschen *zusammengehören*, wie Sie es soeben sagten, dann sind sie eine Art Einheit, bevor sie einander finden, und daher *müssen* sie einander finden, nicht wahr?", erklärte Vivien ihre Meinung.

„Wahrscheinlich haben Sie Recht", gab Professor Frederic nach.

„Waren Sie schon einmal richtig verliebt?", fragte Vivien.

„Eigentlich nicht bis vor kurzem, aber jetzt ..."

„Vor ein paar Tagen oder Wochen muss also etwas Wichtiges in Ihrem Leben geschehen sein. Ist meine Vermutung richtig?", fragte Vivien.

„Sie haben vollkommen Recht“, antwortete Professor Frederic. Seine riesige birnenförmige Nase wurde augenblicklich röter.

„Für wen schrieben Sie jene schönen Gedichte? Ich frage das, weil Sie eine Frau ansprechen, die Sie besonders schön finden, lieblicher sogar als einen schönen Sommertag. Waren Sie nicht in jene Frau verliebt, für die Sie das Gedicht schrieben?“, fragte Vivien.

„Ich kann mich nicht erinnern, für wen ich es geschrieben habe. Niemand außer Ihnen hat es je gelesen. Sie können entscheiden, für wen es geschrieben wurde“, sagte Professor Frederic und rieb dabei die Handflächen nervös gegeneinander – sein Blick war auf die Tischfläche gerichtet.

„Ich liebe jenes Gedicht. Während ich es las, hatte ich den Eindruck, dass ich es immer gekannt hatte, dass es irgendwie mich ansprach“, sagte Vivien.

„Ich bin sehr glücklich und erfreut, das von Ihnen zu hören. Sie ermutigen mich, weiterzuschreiben. Sie sind meine Muse, wenn ich das sagen darf“, fügte Professor Frederic kaum hörbar hinzu.

„Ich fühle mich sehr geehrt, aber habe ich das verdient? Ich sage das, denn ich habe für Sie nichts getan, Sie für mich aber sehr viel. Sie haben mich völlig verwöhnt. Erst jetzt begreife ich, wie schön es ist, verwöhnt zu werden“, sagte Vivien.

„Sie haben für mich bereits so viel getan, und später können Sie noch viel mehr tun“, sagte Professor Frederic.

„Ist das möglich?“, fragte Vivien.

„Ja, es ist möglich. Sobald Sie Ihr Studium in meinem Institut beginnen, werden wir es einrichten, dass Sie das für mich tun. Bis dann müssen wir beide Geduld haben. Nehmen Sie meinen Vorschlag an?“, fragte Professor Frederic.

„Ich bin begeistert, kann kaum erwarten, das Vorrecht zu genießen, das für Sie zu tun“, sagte Vivien.

„Dann sind wir beide auf derselben Bahn“, fügte Professor Frederic hinzu.

„Vergessen Sie nicht, dieser Vertrag verpflichtet“, sagte Vivien und lächelte.

„Sie können sicher sein, dass ich mein Wort halten werde“, sagte Professor Frederic mit zitternder Stimme.

„Und ich werde Sie immer im Auge behalten, um Sie ständig an Ihr Versprechen zu erinnern“, sagte Vivien und lächelte auf ihre schelmische Art, wobei sie den Zeigefinger in der Luft bewegte, als drohte sie.

„Oh, tun Sie es bitte. Ich werde glücklich sein, den Blick ihrer beiden Augen auf mir zu spüren. Jetzt müssen wir aber gehen, denn das Mittagessen ist in wenigen Minuten bereit. Ich muss noch einen Augenblick hier bleiben, denn ich habe noch etwas mit meinem Assistenten zu besprechen. Er wollte mir etwas geben, als wir in mein Büro eintraten. Jeden Tag kommen so viele Briefe, und man muss jeden Tag so viele Dinge erledigen. Wenn man ein wichtiges Amt innehat, geht es nicht anders“, sagte Professor Frederic.

„Sie können jetzt gleich auf Ihr Zimmer gehen; Frau Simple hat Ihr Mittagessen wahrscheinlich bereits gebracht“, fügte er noch hinzu.

„Ich freue mich auf das Mittagessen; ich habe richtig Hunger; mein Magen knurrt“, sagte Vivien lächelnd und ging weg.

*

Professor Frederic ging hinaus und wollte ins Büro seines Assistenten eintreten. Er tat es, ohne vorher anzuklopfen, aber die Tür war abgeschlossen. Das war noch nie vorher während der Arbeitszeit geschehen. Er war verärgert. Er klopfte laut an und rief den Namen seines Assistenten. Es kam keine Antwort. Dann ging er in sein Büro zurück und entnahm einer winzigen Schublade in seinem Schreibtisch den Dietrich. Er öffnete die Tür von Professor Bourghs Büro. Niemand war darin.

„Seine Mappe ist nicht hier, er muss weg sein. Warum schloss er die Tür ab? Früher tat er das nie. Er musste wahrscheinlich irgendetwas Dringendes in der Stadt erledigen. Ich schließe die Türe wieder ab", murmelte er.

„Hoffentlich ist nichts Ernstes passiert", dachte er.

„Ach, das ist gar nicht möglich. Wäre das der Fall gewesen, hätte man mich wohl sofort benachrichtigt", versuchte er sich selbst zu beruhigen. Seine Stimme verriet eher Wut als Reue, aber sein Gesichtsausdruck verriet Besorgnis.

***

Sobald er zu Hause angekommen war, nahm Professor Bourgh das Töpfchen mit eingemachten Pilzen aus der Mappe und stellte es auf den Tisch. Dann legte er sich auf das Sofa in seinem Wohnzimmer, um auszuruhen, denn er fühlte sich erschöpft, und sein Rücken schmerzte ihn. Das war jedoch nebensächlich. Der Hauptgrund war, dass er vor der schwersten aller Entscheidungen stand. Deswegen wollte er die Sache zuerst gründlich erwägen.

*

„Wir alle haben unsere Schicksale und unsere Verpflichtungen“, sann er liegend mit den Händen unter dem Kopf nach. Sein Rücken tat ihm weh, jedoch spürte er nicht die ganze Kraft der Schmerzen – die Wucht der Stunde ließ es nicht zu.

„Mein Schicksal wollte es, dass mir jener böse Unfall zustieß, dass ich meine Wirbelsäule verletzte, dadurch bis ans Ende meiner Tage krumm und buckelig bleibe und keine Augenweide biete. Dessen bin ich mir bewusst, denn unzählige Blicke des Mitleids erinnern mich ständig daran. Seine Blicke voller falscher Freundlichkeit und seine herablassenden und bemitleidenden Worte sind aber schlimmer als alle anderen. Er benutzt seine falsche Freundlichkeit, um seine Überlegenheit zu unterstreichen und um mich zu zwingen, meine Unterlegenheit zu spüren. Er glaubt, ich wisse nicht, wie ignorant er ist. Er wurde als Abteilungsleiter eingesetzt, nur weil sein Bruder Gesundheitsminister ist, ein hohes Tier in der Politik. Mein Schicksal ist zu leiden. Zum Glück habe ich auch meine Aufgaben, viel höhere als er. Ich muss dafür sorgen, dass fruchtlose Bäume nicht zu hoch wachsen.

Ich kann viel ertragen, aber auch ich habe meine Grenzen. Er hatte viele junge Frauen gehabt, jedoch liebte er keine von ihnen. Er gebrauchte sie und warf sie wie alte Socken weg, hielt sie für schmutzig und wertlos, sobald sie ihm zum Opfer fielen. Wir beide teilten das Zimmer, als wir Studenten waren. Es ergab sich, dass ich Ann kennen lernte, meine erste und einzige Liebe. Ann war mein ganzes Glück. Ich erzählte ihr von meinem Unfall, sie wusste alles über mich. Sie wollte von mir ein Kind haben. Wir hatten eine intime Beziehung etwa einen Monat lang. Ich war der glücklichste Mensch auf der Welt. Dann begann er jedes Mal, wenn mich Ann besuchte, im Zimmer zu bleiben, und gestattete uns nicht, ungestört allein zu sein. Plötzlich verließ mich Ann, und ich sah sie nie mehr. Gleich nachdem sie aufgehört hatte, mich zu besuchen, ging auch er weg und fand irgendwo in der Stadt ein anderes Zimmer. Es ergab sich später, dass wir beide bei derselben Institution angestellt wurden. So viele Jahre lang habe ich versucht, ihm alles zu vergeben und zu vergessen, was er mir angetan hat. Ich habe ihm geholfen, seine Doktorarbeit zu schreiben; ohne meine Hilfe hätte er es nie geschafft. Ich habe alle seine Reden geschrieben und alle wissenschaftlichen Arbeiten für ihn gemacht. Ich habe ihm viel von meiner Freizeit geschenkt, indem ich ihm delikate Probleme zu erklären versuchte, die er ohne meine Hilfe nie hätte verstehen können. Kurzum, ich versuchte mit meinem ganzen Herzen und mit meinem ganzen Verstand meinen Feind zu lieben. Bis jetzt bin ich erfolgreich gewesen. Jetzt möchte ich aber nicht mehr erfolgreich sein, ich möchte versagen. Mein Kelch des Leides läuft über. Die Stunde ist gekommen, in der etwas getan werden muss, in der alle offenen Rechnungen beglichen werden müssen. All jene wie er kann ich nicht daran hindern, mit ihrer abscheulichen Praxis fortzufahren, aber ich kann wenigstens in meiner nächsten Nähe etwas tun. Lass mich mal die Zweige wegschneiden, die mich persönlich ins

Gesicht stechen. Andere, die wie ich gestochen werden, müssen selbst versuchen, sich zu helfen. Ich kann nicht überall anwesend sein.

Niemand außer Vivien weiß, was sie während ihrer Gefangenschaft erdulden musste. In mancherlei Hinsicht ist sie noch ein Kind. Anderseits ist sie aber eine erwachsene junge Frau, die eine furchtbare Erfahrung gemacht hat, und deswegen reifer als viele Frauen, die doppelt so alt sind wie sie. Sie ist außerordentlich intelligent und würde mich wahrscheinlich als Partner akzeptieren, wenn sie wüsste, dass mein Buckel nicht die Folge einer genetischen Störung ist, sondern eines tragischen Unfalls in meiner Jugend. Wenn sie meine Fotos vor dem Unfall sähe, würde ich ihr in einem ganz anderen Licht erscheinen. Wenn sie ein Gespräch mit mir hätte, wäre es ihr sofort klar, dass mein Samen besonders gut aussehende, intelligente und gesunde Kinder zeugen würde. Nach alledem, was sie erlebt hat, sehnt sie sich vielleicht nach jemandem, der bereit wäre, für sie zu leben. Wahrscheinlich würde sie mir gern ein Kind gebären. Wäre er ein ehrlicher Mensch, hätte ich nichts dagegen, dass er sich mit ihrer Unschuld fortpflanzt. Ich weiß aber, wer er ist, und ich darf das nicht zulassen. Würde ich ihn nicht daran hindern, wäre ich ein Verbrecher. Er liebt meine Pilze, kann nicht genug davon haben und bittet mich immer wieder, dass ich ihm welche bringe. Das Schicksal wollte es, dass er mit ihr sein Büro gerade dann betrat, als ich die Absicht hatte, ihm ein Töpfchen voll von meinen besten Pilzen zu geben, von jenen, die er besonders gern hat. Hätte ich ihn in dem entscheidenden Augenblick nicht gesehen, hätte ich ihm die Pilze gegeben, die nur eingemacht, jedoch nicht für den unerwarteten Zweck präpariert sind. Nun wird er sie erhalten als eingemachte *und* so präparierte, wie es die jetzige Situation erfordert. Er soll verschwinden, aber nicht leiden.

Ich weiß, was leiden bedeutet, und möchte, dass niemand leidet, nicht einmal er. Ich werde eine ausreichende Dosis der Substanz Nr. 17 dem köstlichen Inhalt beifügen und ihn dadurch noch köstlicher machen. Das wird ihn in die Welt befördern, wo niemandem Leid oder Schaden zugefügt werden kann. Eine Viertelstunde, nachdem er sie gegessen hat, wird er dort sein. Das reicht gerade bequem, dass er zum Sofa oder zum Bett geht, um auszuruhen, denn er wird schmerzfrei sein und sich sehr müde fühlen. Bald wird er tief einschlafen und nie mehr in diese Welt zurückkehren, in der er so viele Tränen verursacht hat. Kein Spezialist der forensischen Wissenschaften kann herausfinden, was geschehen ist. Keine Flasche in keinem Institut auf der Welt enthält meine Substanz Nr. 17. Sie wird aus völlig harmlosen Stoffen hergestellt, die wir jeden Tag benutzen. Eine halbe Stunde, nachdem sie eingenommen worden ist, zerfällt die magische Substanz in ihre Bestandteile, ohne irgendwelche Spuren zu hinterlassen. Man könnte sie leicht missbrauchen. Deswegen darf ich niemandem das Geheimnis verraten, woraus sie besteht und wie man sie herstellt. Mein Geheimnis soll mit mir sterben. Auch jene Wissenschaftler, die unabhängig von mir auf dieselbe Idee kommen, wie man sie herstellt, werden das Geheimnis bestimmt niemandem verraten und werden es ins Grab mitnehmen. Die Substanz sollte nur von besonderen Menschen für bestimmte Leute in besonderen Fällen verwendet werden. Lasst uns jetzt die Delikatesse zubereiten", dachte er während seines langen, stillen Selbstgesprächs.

*

Er stand langsam auf und begab sich ins Zimmer, in dem er Hunderte von Glastöpfchen, gefüllt mit allerlei Pulvern und

Flüssigkeiten, aufbewahrte. Auf den winzigen Gefäßen waren Etiketten aufgeklebt, beschriftet mit Zahlen und seltsamen Zeichen, die sonst von niemandem verwendet wurden. Vom Regal nahm er mehrere braune Töpfchen mit schwarzen Deckeln herunter. Auf jedem gab es ein Etikett mit einer Kombination aus Zahlen und seltsamen Buchstaben. Aus jedem Töpfchen nahm er – jedes Mal mit einem anderen winzigen, zylinderförmigen Schöpflöffelchen von jeweils verschiedener Größe – eine bestimmte Menge des Inhalts und leerte es in ein sauberes Gefäß, bestimmt für die Mischung Nr. 17. Gleich darauf schloss er alle Gefäße mit Ingredienzien sorgfältig wieder und stellte sie auf das Regal zurück. Das Gefäß mit dem Zaubercocktail schüttelte er mehrere Male kräftig. Dann öffnete er es und entnahm ihm ein ungebrauchtes zylinderförmiges Schöpflöffelchen voll Substanz und leerte es in das Töpfchen mit eingemachten Pilzen. Er legte den Deckel auf das Töpfchen mit Pilzen und drehte ihn sorgfältig zu. Dann schüttelte er das Gefäß kräftig fast eine Minute lang, damit das Gift den ganzen Inhalt gründlich durchdringe. Zum Schluss leerte er den Rest der tödlichen Mischung in die Toilette und wusch das Glastöpfchen mit Wasser und Alkohol. Die Pilzdelikatesse war bereit, das Ende von Professor Frederic herbeizuführen.

„Das wär's", murmelte er und stellte das Töpfchen mit Pilzen wieder in seine große Mappe.

*

„Jetzt muss ich ein wenig schlafen, fühle mich müder als sonst", dachte er. Er ging ins Wohnzimmer und legte sich auf das breite Sofa. Er schlief gleich ein. Während er schlief, hatte er einen Traum. Jemand in seiner Nähe sprach zu ihm. Die Person konnte er nicht sehen, sondern nur ihre Stimme hören. Sie war mild und angenehm, erinnerte ihn stark an Anns Stimme.

„Was auch immer du tust“, sagte die Stimme, „wird geschehen, nur was geschehen kann, und nur eines kann geschehen. Was auch immer du tust und wie auch immer du dich anstrengst, kannst du niemals etwas herbeiführen, was nicht geschehen kann. Die Welt ist gleich vollständig mit deinem Tun und ohne dein Tun. Du bist nur dir selbst verantwortlich, denn die ganze Welt ist dein eigenes Produkt, deine eigene Kreation. Vergiss nicht, dass wir vor unserer Geburt keinen Vertrag unterzeichnen, in dem wir erklären, dass wir geboren werden möchten, oder den Wunsch äußern, so zu sein, wie wir eben sind. Unsere Eltern und unsere Erbanlage können wir nicht wählen. Den Ort und die Zeit unserer Geburt sowie alles andere, was irgendwie damit zusammenhängt, können wir ebenso nicht wählen, obwohl wir oft das Gefühl haben, wir könnten es. Daher gibt es in jedem Augenblick nur eine einzige wahre Möglichkeit, die verwirklicht werden kann, und alles, was geschieht, muss geschehen – nur so, wie es geschieht, und nicht anders. Man kann nicht von allen erwarten dass sie das begreifen, aber von dir schon.

Jeder Einzelne ist beteiligt an dem Gesamtgeschehen in dieser seltsamen Welt der Menschen, wobei jede Verhaltensweise eines jeden Einzelnen sowohl fördern als auch hindern kann.

Du liebst Mathematik und weißt nur zu gut, dass die so genannten negativen Zahlen genauso wichtig sind wie die so genannten positiven Zahlen. An all das musst du immer denken, wenn du ein würdiger und unparteiischer Richter sein willst. Vergiss nicht, dass das von dir gefällte Urteil an dir vollstreckt sein wird, denn jeder andere bist doch du selbst“, sagte die Stimme.

Professor Bourgh wachte auf. Seine Armbanduhr zeigte ihm, dass er volle fünf Stunden geschlafen hatte. Er fühlte sich frisch und spürte kaum noch Schmerzen; auch aufstehen konnte er viel leichter und schneller als sonst. Unverzüglich nahm er das Töpfchen mit Pilzen aus der Mappe und entleerte es in die Toilette. Dann nahm er ein anderes ohne irgendwelche magische Substanz und steckte es in die Mappe.

***

Nachdem Vivien und Doktor Ovale weggegangen waren, beschlossen die Teammitglieder, noch eine Weile zu bleiben, um die Interviewaufnahme zu besprechen. Herr Corner forderte zuerst alle Mitglieder auf, ihre Meinung zum Interview zu sagen. Als gescheite und vorsichtige Leute erinnerten sich alle Teilnehmer genau, was Herr Corner bereits zum Interview gesagt hatte. Daher waren sie alle von Viviens Spontaneität, ihrer klaren Aussprache, ihrem reichen Wortschatz und ihrer Entschlossenheit beeindruckt. Jedes Mitglied fügte jedoch auch ein paar eigene Worte hinzu, um den gemeinsamen positiven Eindruck zu unterstreichen.

„Ich bin sicher, dass Millionen junger Frauen auf der ganzen Welt sie bewundern und in ihr ein Vorbild sehen werden, dem man nacheifern soll", sagte Frau Panther.

Herr Hole und Herr Late informierten die anderen Mitglieder des Teams, dass sie die notwendigen Schritte unternommen hatten, um für Vivien eine gebührende Entschädigung für den erlittenen Schaden zu sichern, die ihr eine bequeme und sorgenfreie Zukunft ermöglichen würde.

„Wir beide", sagte Herr Hole, auf seinen Kollegen hinweisend, „werden alles, was im Zusammenhang mit Vivien läuft, genau überwachen, damit niemand nach irgendetwas von ihrem wohlverdienten Eigentum greifen kann."

Niemand äußerte sich zu Herrn Holes Worten.

„Nun, da Vivien frei ist", sagte Professor Frederic, „ ist es von überragender Wichtigkeit, sie voll und ganz in das wirkliche Leben zu integrieren. Für sie ist es eine völlig neue Situation, und es wird schon recht viel Zeit erforderlich sein, das Programm ihrer Integration in unsere Welt der Freiheit, aber auch des Drucks und der Spannung zu verwirklichen. Das wird natürlich viel Energie und guten Willen, Geduld und Liebe erfordern. Um das überhaupt zu ermöglichen, habe ich für Vivien hier im Spital alles organisiert. Sie wird jede erforderliche Bequemlichkeit haben, und man wird sich rund um die Uhr um sie kümmern. Frau Simple, meine Assistentin, und ich werden ihr jederzeit zur Verfügung stehen. Während dieser Übergangszeit ihrer Integration sollte sie durch nichts gestört werden, und das bedeutet keine Interviews für Radio oder Fernsehen oder Zeitungen und keine Besuche welcher Art auch immer. Das wird eben viel Zeit erfordern, wahrscheinlich mehrere Jahre. Da ich aber für Vivien eine Art väterliche oder wegen meines Alters eher großväterliche Liebe verspüre, bin ich bereit, diese Verantwortung zu übernehmen."

Niemand kommentierte seine Worte. Nur Herr Hole sagte: "Wir werden alles tun, um Vivien vollkommen glücklich zu machen."

*

„Meiner Meinung nach", fuhr Herr Corner nach der langen Diskussion fort, in der nichts außer Lob für Vivien zu hören war, „ist die Interviewprobe so gut und so spontan, dass sie einfach nicht besser sein kann. Alles, was wir zu tun haben, ist, die Aufnahme, die wir soeben gemacht haben, auszustrahlen."

Alle Teammitglieder unterstützten einstimmig den Vorschlag und vereinbarten, dass sie sich am Abend des Tages nach der Fernsehausstrahlung treffen und die Reaktion der Presse besprechen.

***

Vivien und Doktor Ovale schlenderten vergnügt im Stadtzentrum herum. Sie besuchten mehrere der elegantesten und teuersten Geschäfte, denn Vivien wollte aus Spaß teuere Ringe und Ohrringe, Uhren und Armringe, Halsketten und sogar einige Sonnenbrillen anprobieren, obwohl die Sonnenbrille, die sie trug, in der Tat sehr elegant war. Die jungen Verkäuferinnen taten alles, was sie konnten, um sie zufrieden zu stellen. Sie hielten sie nämlich für die verwöhnte Tochter eines ausländischen Millionärs und hofften, sie würde viel Geld ausgeben. Vivien hatte ihr Vergnügen daran, dass man sie wie einen Star oder eine sehr wichtige Persönlichkeit behandelte. Sie lachte viel und flüsterte Doktor Ovale irgendetwas unbekümmert ins Ohr. Dann lachte er auch, wie es ein persönlicher Leibwächter oder jemand tut, der bezahlt ist, einer unverschämt reichen und verwöhnten Person Gesellschaft zu leisten.

„Wollen Sie nicht etwas kaufen?“, fragte Doktor Ovale.

„Nein, es macht mir nur Spaß vorzuspielen – Mädchen sind einfach anders, wissen Sie. Eigentlich ist dieses ganze glitzernde Zeug ein großer Unsinn“, sagte sie kichernd.

*

„Haben Sie sich schon einmal gefragt, was Menschen überhaupt bewegt, Schmuck zu tragen?“, fragte Doktor Ovale, als sie wieder auf der Straße waren.

„Eigentlich nicht; das ist eine gute Frage“, sagte Vivien.

„Es ist sehr seltsam. Menschen geben manchmal riesige Geldsummen aus für glänzende Stückchen Metall und glitzernde Mineralien, ohne sich zu fragen, wozu sie sie überhaupt brauchen“, sagte Doktor Ovale.

„Oh, ich glaube, sie finden solche Schmuckstücke einfach attraktiv“, sagte Vivien.

„Ich glaube, dass die Erklärung nicht ganz überzeugt", sagte Doktor Ovale.

„Wieso?", Fragte Vivien.

„Ich glaube, dass etwas nur dann attraktiv ist, wenn es anzieht und anlockt ", sagte Doktor Ovale.

„Das ist es eben – Schmuck lockt die Betrachter an, näher zu kommen und genauer hinzusehen, und das ist es, was Menschen – besonders Mädchen – oft möchten", meinte Vivien.

„Tut das der Schmuck wirklich? Denken Sie nur einen Augenblick nach: Jemand ist etwa zehn Schritte von Ihnen entfernt. Können Sie ihren oder seinen Schmuck deutlich genug sehen, dass er Sie einlädt, näher zu kommen und sich die Person genauer anzusehen?", fragte Doktor Ovale.

„Nein, sicher nicht – das ist ziemlich überzeugend", gab Vivien zu.

„Es muss offensichtlich einen anderen Grund geben, dass Leute Schmuck tragen", sagte Doktor Ovale.

„Vielleicht finden Leute Schmuck einfach schön", sagte Vivien, froh, eine andere Erklärung vorschlagen zu können.

„Das Wort ‚schön' ist nicht weniger problematisch als das Wort ‚attraktiv'", sagte Doktor Ovale.

„Oh, Sie sind so grausam zu mir. Warum sollte es problematisch sein, es gibt schöne Dinge, und es gibt hässliche Dinge, das ist sehr klar", sagte Vivien.

„Was ist Ihrer Meinung nach schöner, überwältigender und faszinierender: ein blank poliertes Stück Metall, genannt Ohrring, das man am Ohr befestigt, oder das menschliche Ohr selbst?", fragte Doktor Ovale.

„Das menschliche Ohr ist bestimmt schöner und faszinierender", sagte Vivien.

„Ich bin mit Ihnen durchaus einverstanden. Aber falls wir uns darüber einig sind, müssen wir auch …"

„Warten Sie, warten Sie, ich weiß, was Sie sagen wollen", unterbrach ihn Vivien.

„Ja bitte, ich höre Ihnen zu", sagte Doktor Ovale lächelnd.

„Ich glaube, Sie möchten sagen, dass das blank polierte Stück Metall, da es weniger schön ist, das menschliche Ohr nicht schmücken kann, weil das Ohr selbst schöner ist als der Ohrring. Habe ich Recht?", sagte Vivien.

„Bestimmt haben Sie Recht. Das gilt natürlich nicht nur für das menschliche Ohr, sondern für jeden Teil des menschlichen Körpers. Viele Leute durchbohren verschiedene Teile ihres Körpers, bedecken ihre Haut mit bizarren Tätowierungen und verstümmeln ihren Körper auf verschiedenste Weise, nur weil sie nicht wissen, was sie eigentlich tun. Leider denken die meisten Menschen nie darüber nach. Täten sie das, würden sie sofort merken, dass etwas Schöneres mit etwas, was weniger schön ist, unmöglich verziert und verschönert werden kann", sagte Doktor Ovale.

„Das ist wunderbar. Jetzt bin ich stolz darauf, dass ich keinen Schmuck trage und keine Tätowierungen habe. Ich habe Glück gehabt, dass ich Ihnen noch rechtzeitig begegnet bin", sagte Vivien lachend.

„Wie Sie sehen, ist das Wort ‚schön' mindestens so problematisch wie das Wort ‚attraktiv'. Wäre das nicht der Fall, wären viele Aspekte unseres Lebens anders, und es gäbe bestimmt viel weniger Aufhebens und Getue um völlig unbedeutende Dinge", sagte Doktor Ovale.

„Könnten Sie mir bitte ein Beispiel dafür geben?", fragte Vivien.

„Zum Beispiel, wie Leute ihr Gesicht schminken, ihre Fingernägel und ihr Haupthaar gestalten und färben, von Schuhen und Kleidern erst gar nicht zu sprechen, die häufig recht unbequem und nicht selten für den Körper direkt schädlich sind. Ganz zuoberst in diesem seltsamen Theater stehen alle Arten von so genannten Schönheitswettbewerben", sagte Doktor Ovale.

„Jetzt habe ich aber ein Durcheinander im Kopf. Ich glaube, dass ich Ihr Argument verstehe, wenn von der Attraktivität und der Schönheit des Schmucks und der Kleider die Rede ist. Aber die jungen Frauen, die an solchen Schönheitswettbewerben teilnehmen, sind weder glänzende Metallstücke noch glitzernde Steinchen noch unbequeme Kleider oder Schuhe – sie selbst sind schön, nicht wahr?", versuchte Vivien eine ausführlichere Erklärung zu erhalten.

„Sie haben vollkommen Recht, sie sind schön, sogar sehr, und zwar nicht nur jede von denen, die sich an einem Schönheitswettbewerb beteiligen, sondern eine jede andere Frau könnte für jemanden die ersehnte Prinzessin sein. Und gerade aus dem einfachen Grund sollte die Schönheit eines beliebigen Menschen mit niemandem und mit nichts verglichen werden. Ein großer Dichter sagt in einem seiner Gedichte, dass nicht einmal die Schönheit eines Sommertages genügt, um mit der Schönheit der von ihm bewunderten Frau verglichen zu werden", sagte Doktor Ovale.

Vivien blieb plötzlich stehen und starrte Doktor Ovale an. Auch er blieb stehen.

„Geht es Ihnen gut?", fragte er sie.

„Ja, … es … geht, ja, es geht mir gut …", antwortete Vivien irgendwie abwesend.

„Wollen wir uns nicht irgendwo hinsetzen und etwas trinken? Wir sind schon lange auf den Beinen", sagte Doktor Ovale.

„Mir geht es gut, gar kein Problem. Aber die Idee, dass wir uns irgendwo hinsetzen und etwas trinken, finde ich sehr verlockend", beruhigte ihn Vivien.

„Schauen Sie, dort drüben, es sieht richtig einladend aus", sagte Doktor Ovale und wies auf ein winziges Café auf der anderen Seite der reizvollen kleinen Gasse, die sie entlang spazierten.

„Oh ja, es sieht sehr nett aus und verspricht mit all den Blumentöpfen zwischen den Tischen und den Fußgängern sogar viel Ungestörtheit“, sagte Vivien.

*

Die Kellnerin, ein nettes junges Mädchen, führte sie an den kleinen Tisch in der Ecke, als hätte sie gewusst, dass sie vieles zu besprechen hatten.

„Es ist schon ein angenehmes Plätzchen. Besonders diese Ecke. Sie gestattet, der Welt volle Aufmerksamkeit zu schenken, ohne von ihr beachtet zu werden“, sagte Doktor Ovale.

„Ich teile ganz Ihre Meinung; auch mir gefällt der Ort sehr“, sagte Vivien.

„Was hätten Sie gern?“, fragte die Kellnerin.

„Was können Sie uns anbieten?“, fragte Doktor Ovale lächelnd.

„Wir haben alles, alle Arten von alkoholfreien Getränken, alle Arten von starken Getränken, was Sie gerade begehren; belegte Brötchen, Kuchen, Eiscreme, einfach alles“, sagte die Kellnerin.

„Was hätten Sie gern? Vielleicht Orangensaft?“, fragte Doktor Ovale seine Begleiterin.

„Oh nein, keinen Orangensaft, zumindest heute nicht. Ich glaube, es wird schon eine Weile dauern, bevor ich wieder Orangensaft trinken kann“, sagte Vivien.

Ihre Antwort kam Doktor Ovale etwas rätselhaft vor.

„Stehen Sie mit Orangensaft auf Kriegsfuß?“, fragte Doktor Ovale lächelnd.

„Das nicht, eigentlich trinke ich gern Orangensaft, aber manchmal können bestimmte Dinge sogar ein sonst sehr angenehmes Getränk wie frischen Orangensaft verderben", sagte Vivien.

„Vergessen Sie alles, was Ihre Laune verderben könnte", sagte Doktor Ovale.

„Ist das möglich?", fragte Vivien.

„Vielleicht schon", sagte Doktor Ovale.

„Aber wie?", fragte Vivien.

Die Kellnerin wollte sie nicht unterbrechen, denn sie selbst wollte hören, wie sich alles vergessen ließe, was einem die Laune verderben könnte.

„Versuchen Sie zu verstehen, dass das ganze Leben bloß ein Traum ist. Wenn der Traum angenehm ist, genießen Sie ihn. Ist er unangenehm, vergessen Sie nicht, dass es nur ein Traum ist", sagte Doktor Ovale.

„Die Unterweisung ist großartig, ich muss sie behalten", sagte Vivien.

Ein glückliches Lächeln ging über das Gesicht der Kellnerin, während sie auf ihrem Schreibblock schnell etwas aufschrieb.

„Was möchten Sie statt des Orangensaftes?", fragte Doktor Ovale.

„Ich nehme Eiscreme; zwei große Kugeln Vanilleeis und ein Biskuitröhrchen, bitte", sagte Vivien.

„Ihre Bestellung ist sehr originell, macht mich neugierig. Ich nehme das Gleiche", sagte Doktor Ovale.

„Sie sind Psychologe, nicht wahr?", fragte Vivien.

„Sie haben vollkommen Recht", antwortete Doktor Ovale lächelnd.

„Was ist eigentlich der Zweck der Psychologie?", fragte Vivien.

„Nun, ich persönlich denke, Psychologie sollte versuchen zu verstehen, was die Seele ist, und wie sie funktioniert – Psychologie heißt doch Seelenkunde", antwortete Doktor Ovale.

„Aber was ist die Seele?“, fragte Vivien.

„Ich glaube, es ist etwas in uns, was aus allen unseren Erfahrungen besteht und sich in Gefühle kleidet. Viele von unseren Erfahrungen sind uns bewusst, aber die Zahl jener, die uns nicht bewusst sind, ist unendlich größer. Sie alle aber äußern sich in unseren Gefühlen und in unserem Verhalten“, antwortete Doktor Ovale.

„Alle Definitionen, die ich bis jetzt in Büchern gefunden habe, fand ich nicht besonders sinnvoll. Die Definition, die Sie mir soeben geboten haben, ist die beste, die ich kenne; damit kann ich etwas anfangen“, sagte Vivien.

„Vielen Dank, das höre ich gern. Indem sie mit den Menschen reden, die an seelischen Spannungen leiden, versuchen die Psychologen herauszufinden, was deren seelische Spannungen verursacht hat. Falls es ihnen gelingt, die Ursache ihres Problems zu finden, können sie dann auch versuchen, den Leidenden zu helfen, das Problem loszuwerden“, antwortete Doktor Ovale.

„Das klingt gut, aber funktioniert das, oder ist es bloß eine schöne Theorie, reines Wunschdenken?“, fragte Vivien.

„Nun, was soll ich sagen? Wir versuchen es; falls es nicht klappt, versuchen wir es wieder, wir versuchen es einfach immer wieder“, antwortete Doktor Ovale.

„Sie sagten, die Seele sei etwas, was aus allen unseren Erfahrungen besteht, nicht wahr?“, fragte Vivien.

„Jawohl“, sagte Doktor Ovale.

„Aber alle unsere Erfahrungen machen doch unser ganzes Leben aus, nicht wahr?“, fragte Vivien.

„Ja, das kann man so sagen“, sagte Doktor Ovale

„Sie sagten, ‚wir‘ wären uns einiger unserer Erfahrungen bewusst, einiger unbewusst, nicht wahr?“, fragte Vivien.

„Ja, das ist richtig“, bestätigte Doktor Ovale.

„Aber wer ist dieses ‚wir‘, dem etwas bewusst oder unbewusst ist? Von alledem, was Sie gesagt haben, bekomme ich den Eindruck, dass die Summe von allen unseren Erfahrungen und das ‚wir' nicht ein und dasselbe ist", sagte Vivien.

„Ich befürchte, dass ich Ihre Frage nicht beantworten kann. Eigentlich habe ich mir darüber nie Gedanken gemacht", sagte Doktor Ovale. Es war ihm etwas peinlich.

„Sind Körper und Seele zwei verschiedene Dinge?", fragte Vivien.

„Ich weiß es nicht genau, aber ich würde eher sagen, ja", antwortete Doktor Ovale.

„Trennen sie sich voneinander, wenn ein Mensch stirbt?", fragte Vivien.

„Wahrscheinlich schon", antwortete Doktor Ovale.

„Löst sich die Seele auf wie der Körper?", fragte Vivien.

„Ich bin nicht sicher, aber ich glaube schon", antwortete Doktor Ovale.

„Wenn ich Sie richtig verstehe, stirbt die Seele, wenn der Körper stirbt", sagte Vivien.

„Das scheint der Fall zu sein, aber ich bin nicht sicher", sagte Doktor Ovale.

„Aber dann existiert die Seele nicht ohne den Körper", sagte Vivien.

„Dem scheint so zu sein", sagte Doktor Ovale.

„Wenn das stimmt, dann muss die Seele im Körper enthalten oder mindestens von ihm abhängig sein", sagte Vivien.

„Wahrscheinlich haben Sie Recht", sagte Doktor Ovale.

„Wie ich die Sache verstehe, habe ich den Eindruck, dass Körper und Seele nicht zwei verschiedene Dinge sind, sondern eher zwei verschiedene Arten, dasselbe zu sehen", sagte Vivien.

„Das ist wirklich großartig", sagte Doktor Ovale.

„Ob das großartig ist oder nicht, weiß ich nicht, aber

das ist die Schlussfolgerung, zu der ich nach langer Überlegung während meiner Gefangenschaft gelangt bin", sagte Vivien.

„Sie fragten mich, wer oder was mit ‚wir' eigentlich gemeint sei, wenn Leute es im Gespräch benutzen, nicht wahr?", fragte Doktor Ovale.

„Das stimmt", antwortete Vivien.

„Haben Sie vielleicht auch auf die Frage eine Antwort gefunden?", fragte Doktor Ovale.

„Ich glaube es", antwortete Vivien.

„Sagen Sie es mir bitte", bat Doktor Ovale.

„Es ist der Punkt, wo die Wege des Körpers und der Seele ununterbrochen einander begegnen und ineinander enthalten sind. Wenn Leute allgemein reden, sagen sie ‚wir'. Wenn der Einzelne aber von sich selbst redet, sagt er ‚ich'", sagte Vivien.

„Aber wo treffen die beiden Wege aufeinander?", fragte Doktor Ovale.

„Sie treffen aufeinander im Rohr", sagte Vivien und drehte dabei mit den Fingern das bräunliche, fingerförmige Biskuitröhrchen senkrecht zwischen den beiden Eiskugeln.

„Was meinen Sie mit Rohr?", fragte Doktor Ovale.

„Es ist das Rohr, in welchem der Weg hin und der Weg her aufeinander treffen und miteinander verschmelzen", antwortete Vivien.

„Würden Sie bitte versuchen, Ihre Idee noch anders zu erklären, denn ich verstehe immer noch nicht, was Sie mit dem magischen Rohr meinen?", bat Doktor Ovale.

„Beachtet man die Unterschiede, erschafft man den Körper, und das ist eine Art, durch das magische Rohr zu schauen. Beachtet man die Unterscheide nicht, erschafft man die Seele, und das ist die andere Art, durch das magische Rohr zu schauen", sagte Vivien.

„Und was ist das Bewusstsein?“, fragte Doktor Ovale.

„Es ist die Vertrautheit mit diesen beiden Wegen, diesen beiden Richtungen, mit der Richtung der Unterschiede, die den Körper erschafft, und mit der Richtung ohne Unterschiede, die die Seele erschafft“, antwortete Vivien.

„Und was geschieht mit dem magischen Rohr, wenn der Mensch stirbt?“, fragte Doktor Ovale.

„Nichts kann mit dem magischen Rohr geschehen“, antwortete Vivien.

„Wieso?“, fragte Doktor Ovale.

„Weil das Geschehen selbst das magische Rohr ist“, antwortete Vivien.

„Das ist sogar noch schwerer zu verstehen. Versuchen Sie bitte, es noch genauer zu erklären“, bat Doktor Ovale.

„Das magische Rohr mit nur einer Öffnung, das Halbrohr sozusagen, ist die so genannte tote Welt. Das magische Rohr mit zwei Öffnungen, die verschieden weit sind, ist die so genannte belebte Welt. Verschiedene Grade des Unterschieds zwischen den beiden Öffnungen sind verschiedene Stufen des Lebens. Große Unterschiede zwischen den beiden Öffnungen sind Formen des so genannten primitiven Lebens.

Wenn der Unterschied zwischen den beiden Öffnungen sich verkleinert, sprechen wir von den höheren Formen des Lebens. Und wenn schließlich der Unterschied zwischen den beiden Öffnungen des magischen Rohres gänzlich verschwindet, das heißt, wenn die beiden Öffnungen ganz gleich sind, werden auch alle Unterschiede und die Abwesenheit aller Unterschiede ebenso gleich. *Der* Zustand ist das eigentliche Bewusstsein. Natürlich wird das Wort ‚Bewusstsein’ viel gebraucht, ohne dass dabei klar ist, was man damit meint. Auf *der* Ebene sind die so genannten toten Elemente so geordnet und miteinander vereint, dass ihre Anordnung als Einheit dem Wissen von sich selbst das Leben schenkt. Das Wissen von sich selbst setzt natürlich das Wissen vom Anderen voraus. Für das Bewusstsein ist das ‚Andere' die Welt. Der Ort, wo das Bewusstsein geschieht, heißt ‚ich' oder ‚wir'. Die meisten Organismen, die sich Menschen nennen, können diese Wörter zwar aussprechen, jedoch ist ihnen deren Inhalt äußerst selten bewusst", sagte Vivien.

„Mir brummt der Kopf. Ich glaube, ich werde den Beruf wechseln müssen; für meinen jetzigen bin ich wahrscheinlich nicht gut genug", sagte Doktor Ovale.

„Der Grund, warum Sie es tun sollten, ist, dass Sie dafür zu gut sind", sagte Vivien.

„Warum meinen Sie, dass ich zu gut bin?", fragte Doktor Ovale etwas überrascht.

„Sie sind ehrlich", antwortete Vivien.

„Wie ist es Ihnen gelungen, all diese verrückten Dinge zu lernen? Sie sind doch so jung. Wer war Ihr Lehrer?", fragte Doktor Ovale.

„Vielen Dank für Ihre freundlichen Worte. Seit ich mich erinnern kann, hatte ich nur eine treue Freundin, die mich überallhin begleitete. Diese treue Freundin war meine unermüdliche Lehrerin. Diese treue Lehrerin unterrichtete mich viele schöne Dinge, von denen jedes einzelne so kostbar ist, dass es – trotz aller Schläge und Schwierigkeiten – dem menschlichen Leben Sinn und Inhalt schenken kann", sagte Vivien.

„Wer war Ihre Lehrerin?", wiederholte Doktor Ovale seine Frage.

„Die wunderbare Lehrerin war die Einsamkeit. Immer, wenn ich ihre Anwesenheit spürte und das Gefühl hatte, dass all meine Schiffe gesunken waren, hörte ich gleichzeitig ihre aufmunternde Stimme, trotz allem nicht aufzugeben. Andere Freunde kommen und gehen, aber die Einsamkeit ist immer da, wenn alle Freunde weg sind und wenn das Leben besonders stark bedrückt", sagte Vivien.

„Für jedes Wort bin ich Ihnen dankbar. Von Ihnen habe ich in so kurzer Zeit so viel gelernt, mehr, als ich es jemals für möglich gehalten hätte. Wenn ich Ihnen irgendwie dienen kann, zögern Sie nicht, es mir zu sagen", sagte Doktor Ovale.

„Ich schulde Ihnen Dank für dieses schöne Gespräch, das Sie mit Ihrer Bemerkung auslösten, dass die Schönheit mit nichts verglichen werden sollte, weil sie immer etwas Persönliches und deswegen auch Einmaliges ist. Und weil jede Äußerung der Schönheit immer ein einmaliger Fall ist, duldet sie keinen Vergleich. Ich werde mir die Idee für immer merken. Wer war übrigens der Dichter, den Sie am Anfang erwähnten, unmittelbar bevor wir beschlossen, uns irgendwo hinzusetzen und etwas zu trinken?", fragte Vivien.

„Er hieß und heißt noch immer Shakespeare", sagte Doktor Ovale lächelnd. „Der Vers, auf den ich mich bezog, ist in einem seiner Sonette."

„Ich bin Ihnen unendlich dankbar – nun sind bestimmte Dinge viel klarer", sagte Vivien.

„Wollen wir uns nicht langsam auf den Heimweg begeben? Wir sind schon lange in der Stadt. Ich denke, wir sollten vor Einbruch der Dunkelheit zurück sein", sagte Doktor Ovale.

„Bevor wir weggingen, hatte ich die Absicht, vor Einbruch der Dunkelheit zurück zu sein. Jetzt kümmere ich mich nicht mehr darum, wann wir zurückkehren werden. Je länger wir draußen bleiben, umso besser. Hier ist es viel aufregender als im Spitalzimmer. Aber wir können unseren Spaziergang fortsetzen; wir brauchen nicht zu eilen. Gehen wir", sagte Vivien und aß das letzte Stückchen Eis. Das Biskuitröhrchen legte sie auf den Teller. Dann löste sie ihr lila Kopftuch und steckte es in die Seitentasche ihrer türkisfarbigen Jacke. Ohne das Kopftuch erhielt ihr jugendliches Gesicht wieder seinen natürlichen Rahmen aus glänzenden Locken, und Ihre Augen wurden noch ausdrucksvoller.

„Möchten Sie das Biskuit nicht essen?", fragte Doktor Ovale etwas überrascht.

„Nein, es ist bloß ein trockenes Röhrchen. Der Charme war immer und wird immer in den süßen Eiskugeln sein ", sagte Vivien und warf ihm einen kurzen schelmischen Blick zu.

Doktor Ovale errötete ein wenig. Er wusste nicht, ob er verstanden hatte, was seine charmante Begleiterin sagen wollte, aber er mochte ihre Worte.

***

Vivien und Doktor Ovale setzten ihren Spaziergang gemächlich fort. Es war ein angenehmer Nachmittag, typisch für den Spätsommer in jenem Teil der Welt. Viele Leute bummelten noch entspannt oder saßen in den Straßencafés, unterhielten sich fröhlich und lachten.

Vivien konnte noch nicht ganz glauben, dass sie nun in einer Situation war, die sich von ihrer Lage nur einige Wochen davor grundsätzlich unterschied. Jetzt konnte sie ihren Begleiter jederzeit verlassen, ohne ihm vorher irgendetwas sagen zu müssen, und niemand wäre deswegen verletzt oder getötet oder bedroht worden. Ihr Begleiter war ein netter Mensch, ein kultivierter Herr, gebeten, sie nicht zu beaufsichtigen, sondern ihr lediglich Gesellschaft zu leisten und behilflich zu sein, falls sie irgendetwas benötigen sollte.

*

Eine Weile gingen sie langsam nebeneinander her, ohne etwas zu sagen. Plötzlich lächelten sie – wie abgemacht – einander an.

„Lieben Sie das Leben?“, fragte Vivien ihren Begleiter.

Doktor Ovale schaute ihr gerade in die Augen. Das Lächeln wich plötzlich aus seinem Gesicht. Irgendwie war er überrascht, obwohl er auf eine solche Frage grundsätzlich immer vorbereitet war – er hatte sie sich selbst bereits viele Male gestellt.

„Ich bin nicht so sicher, aber ich hasse es bestimmt nicht“, antwortete er.

„Ich sehe, was Sie sagen möchten, aber etwas gern haben ist nicht dasselbe wie es nicht hassen“, sagte Vivien.

„Ich bin mit Ihnen einverstanden, und deswegen habe ich ein zwiespältiges Gefühl, wenn es um das Leben geht. Ich kann nicht sagen, dass ich es liebe, aber auch nicht, dass ich es hasse. Ich sage das, weil meiner Meinung nach das Leben weder gut noch schlecht ist. Nur bestimmte Aspekte des Lebens kann man als angenehm oder unangenehm bezeichnen. Kein Aspekt des Lebens kann jedoch das Leben als Ganzes charakterisieren", sagte Doktor Ovale.

*

„Sie sind Psychologe, und ich nehme an, dass Leute mit allerlei seelischen Problemen Sie oft um Rat bitten, nicht wahr?", fragte Vivien.

„Oh ja, bestimmt", antwortete Doktor Ovale.

„Nun, was denken Sie, was ist die Quelle des wahren Glücks?", fragte Vivien.

„Das ist eine gute Frage, jedoch erfordert sie eine sehr lange und sehr ausführliche Antwort", sagte Doktor Ovale.

„Wunderbar, fahren Sie fort. Sie können sicher sein, eine aufmerksame Zuhörerin zu haben", sagte sie und stieß ihren Begleiter sanft in die Rippen.

„Weil alle Lebewesen verschieden sind, bedürfen sie auch verschiedener Dinge, um sich wohl zu fühlen und befriedigt zu sein. In dieser Hinsicht sind Menschen keine Ausnahme. Jedes menschliche Individuum hat seine eigene, sehr spezielle, absolut einmalige Lebensgeschichte, die niemand vorher haben konnte und die sich nie in der Zukunft wiederholen wird. Kurz gesagt, brauchen wir uns gar nicht zu bemühen, einmalig zu sein, denn jeder von uns muss unvermeidlich einmalig sein. Aus diesem einfachen Grund muss jeder von uns auch sein besonderes, persönliches Wünschen und Begehren haben. Was einen Menschen befriedigt, kann für einen anderen völlig wertlos sein. Je mehr es jemandem gelingt, seine persönlichen Wünsche zu erfüllen, desto zufriedener scheint er zu sein.

Und doch scheint es einen bestimmten Wert mit universellem Charakter zu geben, der jedermann glücklich macht", sagte Doktor Ovale.

„Und was ist der Wert?", fragte Vivien.

„Die Gesundheit", antwortete Doktor Ovale.

„Soll es bedeuten, dass jemand, der nicht gesund ist, auch nicht glücklich sein kann?", fragte Vivien etwas erstaunt.

„Das scheint der Fall zu sein", sagte Doktor Ovale.

„Meinen Sie das ernst? Ich frage das, weil es bestimmt viele Menschen gibt, denen es gesundheitlich nicht gut geht, und doch lieben sie das Leben. Sie sind glücklich, dass sie überhaupt am Leben sind, obwohl sie jeden Tag kämpfen müssen, um einfach am Leben zu bleiben", sagte Vivien.

„Oh, ich glaube es Ihnen, Sie haben vollkommen Recht, aber es ist vielleicht erforderlich, die Bedeutung des Wortes ‚Gesundheit' zu erklären, um Missverständnisse zu vermeiden", sagte Doktor Ovale.

„Was ist nun die Gesundheit?", fragte Vivien. Eine Prise Zweifel war in ihrer Stimme nicht zu überhören.

„Die Gesundheit ist die Fähigkeit, den Trunk zu genießen, der aus Lieben und persönlichen Beschwerden besteht. Nur ein in dem Sinn gesunder Mensch ist ein wirklich glücklicher Mensch. Diese Definition der Gesundheit klingt vielleicht übertrieben einfach, jedoch erscheint sie umso überzeugender, je mehr man sich Gedanken darüber macht", sagte Doktor Ovale.

„Die Erläuterung finde ich sehr überzeugend, denn jene Menschen, die lieben können, sind stark; sie haben eine Sache, und sind deswegen bereit, alle Beschwerden zu ertragen, die das praktische Leben mit sich bringt", sagte Vivien.

„Auch ich liebe diese Erklärung, aber sicher bin ich nicht, ob sie ausreicht", sagte Doktor Ovale.

„Warum sollte sie nicht ausreichen?“, fragte Vivien.

„Hm, stellen Sie sich jemanden vor, der von niemandem geliebt wird. Wie kann der Mensch andere Menschen lieben? Ist in einem solchen Fall die Liebe für andere überhaupt denkbar?“, fragte Doktor Ovale.

„Ich bin noch nicht sehr belesen, aber ich erinnere mich, irgendwo gelesen zu haben, dass die wahre Liebe bedingungslos ist, dass sie sogar die schlimmsten Feinde einschließt. Das bedeutet, dass solche bedingungslose Liebe einen sehr allgemeinen Charakter hat. Menschen, die dieser bedingungslosen Liebe nicht fähig sind, kennen gar nicht das wahre Glück. Was sie als Liebe bezeichnen, ist eher der Wunsch zu besitzen, der sehr leicht in Hass umschlägt, sobald ihre Liebe nicht erwidert wird“, sagte Vivien.

„Könnten Sie mir dafür ein Beispiel nennen?“, fragte Doktor Ovale.

„Nehmen Sie zum Beispiel einen Mann, der sich in eine Frau verliebt. Sie erwidert aber seine Liebe nicht, sondern wählt einen anderen Mann. Falls der Mann, dessen Liebe nicht erwidert wurde, sich verletzt fühlt und beginnt, dieselbe Frau zu hassen, dann hat er sie eigentlich nie geliebt. Was er für sie empfunden hat, ist bloß der Wunsch, sie zu besitzen. Falls er sie aber auch weiterhin liebt und schätzt, trotz der Tatsache, dass sie seine Liebe nicht erwidert hat, dann können seine Gefühle für sie als wahre Liebe bezeichnet werden“, sagte Vivien.

„Das ist ein wunderbares Konzept der Liebe, eine herrliche Mischung aus Gefühl und Vernunft. Ist es aber nicht ein zu hohes Ziel, für die Sterblichen kaum erreichbar?“, sagte Doktor Ovale.

„Ich bin mit Ihnen einverstanden, es ist ein besonders hohes Ziel, jedoch ist es auch eines von größter Bedeutung; und gerade deswegen lohnt es sich, keine Anstrengung und kein Opfer zu scheuen, um es zu erreichen. In den Jahren meiner Gefangenschaft las ich viel, nicht nur Bücher, sondern auch die Tagespresse und sah auch jeden Tag fern, um auf dem Laufenden zu bleiben, was in der Welt geschah. Ich habe den Eindruck, dass die Erziehung in allen Gesellschaften auf der ganzen Welt auf dem falschen Weg ist“, sagte Vivien.

„Warum glauben Sie, dass sie auf dem falschen Weg ist?“, fragte Doktor Ovale.

„Einfach weil sie nur Unterschiede unterstreicht und unterrichtet, aber gar nicht imstande ist, eine Ahnung von dem Selben zu vermitteln. Die Folge davon ist, dass Menschen weder füreinander fühlen noch einander verstehen können. Daher leben sie nie füreinander, sondern immer nebeneinander und praktisch immer gegeneinander. Es herrscht eigentlich ununterbrochen ein stiller Kampf aller gegen alle. Dieser Kampf wird euphemistisch als Wettbewerb bezeichnet.

In allen Gesellschaften auf der Welt und in allen Bereichen des Lebens werden die Menschen ermuntert zu kämpfen, die anderen zu besiegen und zu triumphieren. Alle Eltern in allen Gesellschaften auf der Welt spornen ihre Kinder an, sich allen anderen gegenüber durchzusetzen und über allen anderen zu stehen. Dasselbe tun auch alle Regierungen, wenn sie ihre Soldaten zur Kampfbereitschaft anspornen, Militärparaden veranstalten oder Manöver durchführen. Immer geht es darum, dass man die anderen einschüchtern will, indem man die eigene Stärke zeigt. Die kleinen Paraden und Manöver sollen die kleinen lokalen Rivalen einschüchtern, die großen Machtdemonstrationen gelten den globalen Rivalen. Alles zusammen ähnelt stark dem Verhalten der Affen in ihren Horden. Der einzige Unterschied ist, dass die Affen nur ihre scharfen Zähne fletschen können, während jene, die sich Menschen nennen, über allerlei viel wirksamere Waffen verfügen. Das perverse zivilisierte Spiel ist so alt wie die Menschheitsgeschichte selbst. Abgesehen von den wenigen trügerischen Ruhepausen wurde es durch die Jahrhunderte immer gespielt. Immer wieder wird es besonders laut und intensiv, und dann verursacht es viel Blutvergießen und alle Sorten von Tragödien. Die Historiker sind im Nachhinein immer klug und schreiben in dicken Büchern, dass man solche bewaffneten Auseinandersetzungen eigentlich hätte verhindern können. Sie begreifen nicht, dass Kriege geschehen mussten und müssen, weil die menschliche Art immer aus Gesellschaften bestanden hat und nie imstande gewesen ist, eine einzige menschliche Gemeinschaft zu bilden. Wenn Leute von der Vergangenheit sprechen, neigen sie dazu, die früheren Zeiten zu idealisieren, sprechen sogar von dem ‚goldenen Zeitalter'. In der Tat war aber keine Zeit in der Vergangenheit eine besonders glückliche. Bis zur Stunde basierten alle menschlichen Gesellschaften auf hierarchischen Strukturen und dem Kampf zwischen den reichen und mächtigen Ausbeutern auf der einen Seite und den armen und machtlosen Ausgebeuteten auf der anderen. Aus den Reibereien und dem Kampf zwischen diesen beiden Lagern besteht jenes, was man so stolz als Geschichte der menschlichen Zivilisation nennt", sagte Vivien.

„Wahrscheinlich haben Sie Recht. Nie vorher habe ich mir Gedanken über den grundlegenden Unterschied zwischen Gesellschaft und Gemeinschaft gemacht, und ich bin noch nicht sicher, dass ich den Unterschied zwischen den beiden kenne", sagte Doktor Ovale.

„Oh, der Unterschied ist riesig. Jede Gesellschaft sieht in jeder anderen einen Rivalen und einen potenziellen Feind. Dieses Prinzip gilt auch für die Situation innerhalb einer jeden Gesellschaft selbst. Daher erachtet jedes Individuum jedes andere Individuum in jeder Gesellschaft als einen potenziellen Rivalen, eigentlich eine Art potenzieller Gefahr. Daher gibt es Grenzen zwischen verschiedenen Gesellschaften, und alle Gesellschaften unterhalten irgendeine Form von Streitkräften, die zum Töten ausgebildet und jederzeit kampfbereit sind. Der Zweck solcher Streitkräfte ist, das eigene Territorium vor dem unerlaubten Betreten durch andere Gesellschaften zu schützen. Nach dem gleichen Prinzip wickelt sich das Leben auch innerhalb einer jeden Gesellschaft ab: Jedes Individuum sieht in jedem anderen Individuum eine potenzielle Gefahr, und daher hat heimlich jeder Angst vor jedem. So sind allerlei Schlüssel und geheime persönliche Kodes ein typischer Zug des Lebens innerhalb jeder modernen Gesellschaft. Deren Zweck ist doch zu sichern, dass die persönliche Sphäre des materiellen Interesses eines jeden Individuums für alle anderen Individuen unzugänglich bleibt. In einer solchen Welt versuchen jene, die im Besitz von Reichtum sind, mit allen Mitteln, den bestehenden Zustand zu erhalten. Sie sprechen immer von Ruhe und Ordnung als der wichtigsten Angelegenheit überhaupt. Jene anderseits, die sich beraubt und ausgebeutet fühlen, versuchen mit allen Mitteln, ihre Lage zu ändern. Sie sprechen immer von Gleichheit und Gerechtigkeit als der wichtigsten Vorbedingung für Ruhe und Ordnung", sagte Vivien.

„Sie haben Recht, es ist furchtbar, aber das ist leider die menschliche Natur. Sogar Meuten, Herden und Horden von Tieren sowie einzelne Tiere innerhalb von Meuten, Herden und Horden verteidigen ihre Reviere und ihre Positionen und kämpfen um Vormachtstellung, um bestimmte Vorrechte und Vorteile zu genießen, nicht wahr? Das weiß jeder, der sich mit dem Verhalten von Tieren ein wenig beschäftigt hat", sagte Doktor Ovale.

„Ist das wirklich die *menschliche* Natur?“, fragte Vivien.

„Den Eindruck habe ich“, sagte Doktor Ovale.

„Oder ist das nicht eher jenes Überbleibsel der tierischen Natur in uns, das als solches erkannt und mit jenem delikaten Etwas, Vernunft genannt, überwunden werden soll? Dieses delikate Etwas sollten wir doch haben, bevor wir uns als Menschen bezeichnen dürfen. Solange wir in Begriffen von Hierarchie denken und wie Tiere in Meuten und Horden um Vormachtstellung kämpfen und dann unser tierisches Benehmen als etwas Natürliches, daher auch als offensichtlich ‚menschliche Natur', bezeichnen, haben wir kein Recht, uns als menschliche Wesen zu bezeichnen, nicht wahr?“, sagte Vivien.

„Das klingt gut, aber ohne Hierarchie gibt es Anarchie“, sagte Doktor Ovale.

„Während meiner Gefangenschaft habe ich mir darüber viel Gedanken gemacht und bin zum Schluss gekommen, dass Anarchie das prominenteste Kind der Hierarchie ist. Jede Hierarchie ist *schwanger* mit Anarchie. Das *Kind*, genannt Anarchie, wird geboren, wenn Hierarchie ihren Höhepunkt erreicht hat“, sagte Vivien.

„Würden Sie bitte Ihre Meinung erklären?“, bat Doktor Ovale.

„In tierischen Meuten, Herden und Horden kontrollieren die stärksten Tiere jene schwächeren Mitglieder und gestatten ihnen nicht, die gleichen Rechte zu genießen. Da es in tierischen Meuten, Herden und Horden keine Gewehre und andere delikate Waffen gibt, ist die körperliche Stärke das Einzige, was gilt, sodass eine Rebellion ausgeschlossen ist.

In menschlichen Horden, Gesellschaften genannt, schaffen die Reichen und Mächtigen die Armut und Hoffnungslosigkeit. Sie bringen Gesetze, die nur ihren eigenen Interessen dienen. Indem sie das tun, zwingen sie die Armen, das Gesetz zu brechen. Somit vererbt in allen Gesellschaften jede lebende Generation jeder kommenden Spannung, Kampf und Hass. In menschlichen Horden ist eine Rebellion immer denkbar, denn auch die Armen und Ausgebeuteten können genügend wirksame Waffen besorgen, um Anschläge zu verüben und die Reichen und Mächtigen zu töten. Selbst die strengsten Sicherheitsmaßnahmen und die besten Leibwächter garantieren keine absolute Sicherheit. Es ist interessant, dass die Menschen diese einfache Tatsache nicht begreifen können, obwohl sie in der langen Geschichte unzählige Male bestätigt wurde", sagte Vivien.

„Glauben Sie, dass es gegen diese Misere trotz allem eine Arznei gibt?", fragte Doktor Ovale.

„Ich glaube schon, dass es eine Arznei gibt, aber sie kann nicht gebraucht werden", sagte Vivien.

„Und warum nicht?", fragte Doktor Ovale.

„Weil machtgierige Leute, jene, die Macht und Einfluss besitzen und entscheiden könnten, sich darüber keine Gedanken machen. Daher kennen sie die Arznei einfach nicht. Jene anderseits, die sich Gedanken darüber machen und die eine geeignete Arznei kennen, sind sehr, sehr wenige, und sie möchten weder Macht haben noch im Namen anderer entscheiden", sagte Vivien.

„Was wäre die Arznei?", fragte Doktor Ovale.

„Nun, die einzige Arznei wäre die *Einsicht*, dass du zugleich jeder andere Mensch bist. Wenn ich sage *du*, dann meine ich nicht dein Nachbar oder dein Verwandter oder dein Freund: Ich meine *du selbst*", sagte Vivien.

„Helfen Sie mir bitte zu begreifen, was Sie meinen", sagte Doktor Ovale.

„Während meiner Gefangenschaft las ich auch ein Buch über Genetik. Aus dem, was ich verstanden habe, schließe ich, dass wir alle aus denselben Elementen aufgebaut sind, die man überall in der Natur finden kann, sowie dass die Eiweißstoffe in uns allen aus etwa denselben zwanzig Aminosäuren bestehen. Es ist bloß ihre unterschiedliche Reihenfolge, ihre unterschiedliche Anordnung, die uns alle in den Augen aller anderen Menschen als andere erscheinen lässt, die – wiederum aus demselben Grund – uns allen als andere erscheinen. Die unterschiedliche Erscheinung, das äußere Spiel, das unterschiedliche Kleid sozusagen, in das wir alle gehüllt sind, heißt Körper. Anders gesagt, steckt derselbe Mensch in so vielen verschiedenen Kleidern, wie es Individuen auf der Welt gibt. Wir alle sehen verschiedene Körper der Menschen und erkennen uns selbst nicht in ihnen, weil wir nicht wissen, was hinter dem äußeren Spiel, hinter dem Kleid steckt. Und weil uns das Wissen davon fehlt, sind wir bereit, andere Individuen zu misshandeln, auszubeuten, ja zu töten, denn es ist uns nicht bewusst, dass wir dadurch uns selbst misshandeln, ausbeuten oder sogar töten", sagte Vivien und schaute ihn an.

„Das ist einfach fantastisch. Sie sollten ein Buch darüber schreiben und alles bis in die Einzelheiten erklären. Es könnte ein Bestseller sein, und sie könnten reich werden", sagte Doktor Ovale voller Begeisterung.

„Vielleicht wäre das möglich, aber das wäre bestimmt keine Arznei; der Weltschmerz wäre dadurch bestimmt nicht gelindert", sagte Vivien.

„Warum sollte ein gutes Buch mit einer so tiefen Erklärung nicht imstande sein, die zurzeit herrschende hierarchische Denkweise zu ändern und dadurch ein gesünderes und freundlicheres Verhältnis der Menschen zueinander entstehen zu lassen?", sagte Doktor Ovale.

„Viele ausgezeichnete Bücher über Genetik und Biochemie sind bereits geschrieben worden. Wenn jene Machtgierigen sie gelesen und verstanden hätten, könnten die Dinge jetzt ganz anders aussehen. Ich hätte zum Beispiel in meiner frühesten Kindheit nicht so viel leiden müssen und wäre nicht entführt worden. Die Schwierigkeit liegt darin, dass die Ignoranz der Machthaber keine gewöhnliche ist. Sie ist ganz anders als die Ignoranz der Menschen, die nie eine Schule besucht haben. Das Unwissen der Machthaber ist von höherer Ordnung. Es gedeiht unter der bunten Hülle aus Unsinn und Oberflächlichkeit, die an allerlei offiziellen Institutionen erlangt wird, an denen solche Leute ausgebildet werden. Ihre Fähigkeit, die Massen mit allerlei Tricks und Bluffs an der Nase herumzuführen, bereitet ihnen höchste Genugtuung und Selbstzufriedenheit sowie natürlich das Gefühl, wichtiger zu sein als gewöhnliche Menschen. Leute an der Macht mit der Art von Ignoranz sind unverbesserlich brutal und daher sehr gefährlich. Ihre Entscheidungen müssen für alle anderen verheerende Folgen haben, jedoch letzten Endes auch für sie selbst. Sie können weder verstehen, was ich Ihnen gesagt habe, noch daraus die logische Folgerung ziehen", sagte Vivien.

„Und was wäre die logische Folgerung aus dem, was Sie gesagt haben, und was wäre die Folge, ich meine, was würde folgen, wenn sie es verstehen könnten?", fragte Doktor Ovale.

„Die Folgerung wäre, dass wir alle versuchen müssen, alles zu tun, was wir irgend können, um uns zu helfen, indem wir mit allen Mitteln versuchen, den anderen zu helfen", sagte Vivien.

„Regierungen müssen regieren und befehlen, aber, was Sie mir erzählen, kann man doch nicht befehlen", sagte Doktor Ovale.

„Mit keinem Wort war vom Befehlen die Rede. Befehle schaffen Verwirrungen und Katastrophen. Die ganze Menschheitsgeschichte strotzt davon. Ich sprach von *Einsicht* und *Verständnis.* Wenn Einsicht und Verständnis fehlen, dann helfen auch keine Befehle und keine Gesetze. Befehle und Gesetze sind für Geschöpfe, die in hierarchisch organisierten Horden, genannt Gesellschaften, leben, nicht für Menschen", sagte Vivien.

„Und was wäre die praktische Folge, wenn Leute an der Macht sich zu der Einsicht, von der Sie sprechen, irgendwie durchringen könnten?", fragte Doktor Ovale.

„Die Folge, die sich daraus ergäbe, wäre für praktisch alle, die sich Menschen nennen, etwas Unvorstellbares", sagte Vivien.

„Das klingt sehr aufregend. Erzählen Sie mir bitte mehr darüber", bat Doktor Ovale.

„Möchten Sie wirklich, dass ich es Ihnen erzähle?", fragte Vivien. Ihr Gesichtsausdruck und ihre Stimme waren voller Ernst.

„Warum fragen Sie mich das?", fragte Doktor Ovale recht überrascht.

„Weil das, was Sie von mir hören möchten, praktisch für jedermann schockierend sein muss. Das möchte ich betonen, denn in der ganzen Menschheitsgeschichte hat es nie eine radikale Idee gegeben. Alle Ideen, die von allerlei ‚radikalen' Begründern und Reformern – gleich ob religiöser oder weltlicher Natur – vorgeschlagen wurden, setzen immer das Fortbestehen der Hordenhierarchie voraus. Sie waren und sind gut für Tiere in Horden, jedoch nicht für Menschen. Aus dem einfachen Grund war keine solche Idee radikal, und alle waren katastrophale Fehlschläge. Sie alle mussten Blutvergießen und Zerstörung verursachen. Kurzum, sie sind wertlos.

Möchten Sie noch immer, dass ich Ihnen mehr über die praktischen Folgen erzähle, die sich aus der wichtigsten Einsicht ergeben würden?", fragte Vivien.

„Ja, bitte", sagte Doktor Ovale.

„Fein, dann hören Sie gut zu, und machen Sie mich bitte für nichts verantwortlich", sagte Vivien.

„Ich verspreche und schwöre feierlich, fahren Sie fort", sagte Doktor Ovale und versuchte zu lächeln.

Vivien lächelte nicht mit.

„Die praktische Folge wäre, dass alle Institutionen und Praktiken, die sich aus der Ignoranz unserer Vorfahren und den tierischen Instinkten in ihnen ergeben haben, sofort ihren jetzigen Wert und ihre Bedeutung verlieren würden. Man würde sie aufgeben, und sie würden unverzüglich verschwinden. Das würde geschehen ohne eine einzige vergossene Träne, denn Menschen würden von heute auf morgen begreifen, dass solche Institutionen und Praktiken Produkte tragischer Irrtümer sind, die sich auf dem schmerzhaften Weg, Menschheitsgeschichte genannt, ergeben mussten. Kurz gesagt: Die jetzige Welt, die aus vielen Gesellschaften besteht, die ununterbrochen um Vormachtstellung gegeneinander kämpfen, wäre durch eine Weltgemeinschaft ersetzt", sagte Vivien.

„An welche Institutionen denken Sie?", fragte Doktor Ovale.

„Ich denke zum Beispiel an Staaten mit ihren politischen Systemen, ihren riesigen schmarotzenden diplomatischen Apparaten, ihren politischen Parteien und ihren Grenzen; schmarotzende Armeen von Politikern, die verblödete Massen an der Nase herumführen, indem sie ihnen mit allerlei machiavellistischen Tricks die Überzeugung vermitteln, das Leben ohne Politiker wäre gar nicht möglich; gewaltige schmarotzende Armeen von gesunden, kräftigen, bewaffneten, zum Töten abgerichteten Leuten, die jederzeit bereit sind, wie Roboter oder Kampfhähne gegeneinander zu kämpfen, sobald es ihnen befohlen wird; Armeen von

Polizeibeamten, die die kostbare Zeit ihres Lebens damit verbringen, dass sie Armeen von Kriminellen jagen, die in allen Gesellschaften einfach gedeihen müssen, in der menschlichen Gemeinschaft jedoch undenkbar wären; Armeen von Geheimagenten, die ihr Leben damit verbringen, dass sie einander böse Streiche spielen. Falls es ihnen gelingt, bestimmten Rivalen ihrer Herren großen Schaden zuzufügen, werden sie befördert und belohnt; Millionen von Angestellten in ungeheuren Beamtenapparaten, die in Millionen von Büros Tag für Tag, ihr ganzes Leben lang vollkommen unnötige, verdummende Tätigkeiten ausüben; Armeen von so genannten Studenten, die an allerlei seltsamen Institutionen jahrelang leeres Stroh dreschen, tief überzeugt, dass sie nach der Ausbildung für ihre Anstrengung ein leichtes Leben verdienen, welches mit der schmutzigen manuellen Arbeit nichts zu tun hat; Armeen von allerlei Clowns und Angebern, die reinen Unsinn produzieren und sich als Künstler und Schauspieler bezeichnen – denken Sie bloß an allerlei Hollywoods und Bollywoods; Armeen von Leuten mit starken, trainierten Körpern, die riesige Geldsummen dafür erhalten, dass sie möglichst schnell rennen, möglichst hoch oder weit springen, einander möglichst wuchtig schlagen, ein möglichst großes Gewicht heben, oder dafür, dass sie mit Fuß, Hand, Schläger und so weiter allerlei Bälle schießen, werfen, schlagen, dass sie möglichst schnell schwimmen, rudern und so weiter und somit die verdummten Massen unterhalten, indem sie bei ihnen die niedrigsten, rohsten und primitivsten Instinkte reizen und sie somit am Denken hindern; Armeen von Leuten, die im Dienst der so genannten Massenmedien stehen und mit genau gezielten In*form*ationen das Meinen und Denken der Massen zwingen, eine bestimmte *Form* anzunehmen, wodurch das effizienteste In*form*ieren zur

Hauptursache der größten Verwirrung wird; Armeen von so genannten Buchautoren, die fleißig Berge von Unsinn produzieren und dadurch viel dazu beitragen, dass Unwissende noch unwissender werden, jedoch stolz darauf, zig erbauliche Detektivromane, Biographien von allerlei Stars, Horrorgeschichten, Sciencefiction-Produkte und allerlei Bestseller gelesen zu haben; Armeen von allerlei Geistlichen, die den Unwissenden sehr erfolgreich absurde Geschichten über das ewige Leben in irgendeinem Jenseits, welcher Art auch immer, frei von Leiden, Sorgen und Wünschen, erzählen, dadurch Unwissen und Hass mehren und fleißig zur allgemeinen Tragödie der Menschheit beitragen; Armeen von Finanzhaien, durch deren Raffgier und Skrupellosigkeit das Leben anderer zerstört und so vielen so viel Leid verursacht wird; Armeen von ..."

„Halt!", sagte Doktor Ovale ziemlich laut und blieb stehen. Er schaute sie an. Sein Gesichtsausdruck war ernst, irgendwie besorgt. Vivien schaute ihm gerade in die Augen. Es gab etwas Mildes und Warmes, jedoch Entschiedenes in ihrem Gesicht. Sie fühlte sich erleichtert und zufrieden, denn sie hat endlich ihre Meinung offen ausgesprochen, die sie schon längere Zeit mit sich getragen hatte.

„Ist es Ihnen bewusst, was Sie reden? Das ist vollkommen verrückt!", sagte er.

„Ja, ich weiß ganz genau, wovon ich rede und was ich tue. Möchten Sie wissen, was ich tue?", sagte sie lächelnd.

„Sagen Sie es mir bitte", sagte Doktor Ovale. Sein Gesicht war noch immer gleich ernst.

„Ich beichte Ihnen, Sie sind mein Beichtvater, nun in meine tiefsten Geheimnisse restlos eingeweiht – sind Sie zufrieden?", sagte sie mit verführerischem Lächeln.

„Wenn alles, was Sie soeben erwähnt haben, geschähe, Millionen von Gebäuden und dazu gehörenden Einrichtungen würden ebenso verschwinden. Es gäbe komplette, hundertprozentige Arbeitslosigkeit, denn alle Städte als die wichtigste Siedlungsform heutzutage müssten verschwinden – verstehen Sie, was ich meine?", fragte Doktor Ovale.

„Natürlich verstehe ich Sie, ich verstehe Sie bestens, denn gerade darum geht es. Städte in ihrer ursprünglichen Form als einfache, aneinanderklebende Hütten oder Pfahlbauten waren für unsere Vorfahren wahrscheinlich die einzige Möglichkeit, in einer äußerst gefährlichen Umwelt zu überleben. Damals existierte aber noch keine der Institutionen, die ich soeben erwähnt habe. Alle Leute mussten jagen und sammeln, um zu überleben. Wir können uns einfach nicht vorstellen, wie schwer das Leben damals gewesen sein muss", sagte Vivien.

„Einen Augenblick bitte!", unterbrach sie Doktor Ovale.

„Ja bitte", sagte sie mit einer Stimme voller Selbstvertrauen.

„Wenn alle Einrichtungen, die Sie erwähnt haben, verschwänden, hätten wir die gleiche Situation wie jene ganz am Anfang, vor vielen, vielen Jahrtausenden, nicht wahr? Wir alle müssten kämpfen, vierundzwanzig Stunden täglich, um zu überleben. Habe ich Recht?", sagte Doktor Ovale.

„Das ist eine völlig falsche Schlussfolgerung, denn damals hatten die Menschen weder Wissen noch Erfahrung, die wir heute haben, um sich ein einfaches und doch ein bequemes Leben zu ermöglichen. Sie waren schwach, weil ihnen das Wissen fehlte. Was sie taten, war der einzige Weg, sich vor gefährlichen wilden Tieren zu schützen, zu überleben. Aus dem einfachen Grund diente die ursprüngliche Form der menschlichen Siedlung dem Zweck, sie war die einzige mögliche Lösung. Im Laufe der Geschichte jedoch gingen aus den kleinen Hüttensiedlungen moderne Städte hervor, in denen die Quelle aller Probleme unserer Welt zu suchen ist.

*

Nun haben wir jedoch eine völlig neue Situation. Die Menschen sind mächtig, denn sie verfügen über ungeheures Wissen und eine Menge Erfahrung auf allen Gebieten. Deswegen sind sie Millionen Mal stärker als alle gefährlichen wilden Tiere zusammen. Somit haben die Städte ihren ursprünglichen Sinn und Zweck verloren. Nun sind sie Orte, wo Leute zusammenströmen in der Hoffnung, irgendeine Beschäftigung zu finden, die ihnen ermöglichen wird, allerlei oberflächliche, zeitvertreibende Unterhaltungen zu genießen, die alle zusammen vielleicht am besten mit dem Wort ‚*fun*' bezeichnet werden können. Wer in der Stadt leben und sich die städtischen Vergnügungen gönnen will, muss unbedingt über den magischen goldenen Schlüssel verfügen, der Geld heißt. Dieser magische Schlüssel öffnet alle Türen. Deswegen erstaunt es nicht, dass so viele Leute – manchmal sogar jene in hoch respektablen gesellschaftlichen Positionen wie Polizeipräsidenten oder Botschafter – nicht zögern, sich kriminell zu betätigen, um noch mehr Geld zu verdienen. Dem ist so, weil das Leben in der Stadt einen ansteckenden Charakter hat und immer mehr Geld erfordert. Leute, die eine gewisse Zeit in der Stadt gelebt haben, hassen die Idee, auf das Land zurückzukehren und als Bauern zu leben. Sie ziehen das gefährliche Leben des Kriminellen in der Stadt dem einfachen, ruhigen Leben des Bauern weitab vom städtischen Gewimmel vor. Das ist eine wohl bekannte Tatsache.

Um die ständig wachsende Kriminalität in den Städten zu bekämpfen, haben die städtischen Behörden keine andere

Wahl, als noch mehr Polizeibeamte, noch mehr Geheimagenten, noch mehr Richter, noch mehr Anwälte, noch mehr Büroangestellte, noch mehr Spezialisten anzustellen, um die Kriminellen zu suchen und zu jagen und so weiter ohne Ende. All das zwingt die Kriminellen, neue Strategien zu entwickeln und noch besser und subtiler organisiert zu sein als die Polizei. Gäbe es die Verbrecher nicht, wären all jene, die die Kriminalität bekämpfen, überflüssig. In der Situation, wie sie nun einmal ist, sind sie aber unverzichtbar.

Vergessen wir nicht, dass alle Leute in allen Diensten, die ich erwähnt habe, zum nichtproduktiven Teil der Bevölkerung gehören, dass sie alle aber gut gefüttert, gut gekleidet und gut bezahlt werden müssen. Somit züchtet die Stadt alle Arten von Kriminalität und unproduktiver Lebensweise. Alle großen Städte sind es bereits, und die kleineren werden bald außer Kontrolle sein.

Mein Entführer erzählte mir, dass er mehrere Polizeibeamte persönlich kannte. Sie hätten ihm gesagt, erzählte er mir, die Polizei sei nicht daran interessiert, dass die Kriminalität völlig verschwinde, denn dank der Kriminalität existiere sie als notwendige gesellschaftliche Einrichtung. Mit anderen Worten sorgten Kriminelle für die Daseinsberechtigung der Polizei als Institution. Mag das auch noch so seltsam klingen, aber bedenken Sie ein wenig: Sind professionelle Armeeleute an einer Welt interessiert, in der niemand etwas von Waffen hören will? Sind Anwälte und Richter an einer Welt interessiert, in der es weder Kriminelle noch Morde noch Ehescheidungen noch Streitereien um Land und Vermögen gibt? Sind all jene Topingenieure, die Kanonen, Kampfflugzeuge, Raketen, U-Boote, Atomwaffen und so weiter bauen, an einer Welt interessiert, in der niemand solche Dinge benötigt? Und wie wenig können jene Leute, die Geld und allerlei skurrile Scheinwerte kaufen und verkaufen und die so frech sind, dass sie sogar von ihren ‚Produkten' reden, eben, wie können solche Leute an einer Welt interessiert sein, in der alle Menschen arbeiten und in der daher kein Geld erforderlich ist? Denken Sie nur, wie wenig religiöse Leader und Würdenträger an einer Welt interessiert sein können, in der jedermann sich in den milden Armen der Ewigkeit wohl aufgehoben fühlt, ohne Riten und Gebäude, in und mit denen man versucht, irgendeinen himmlischen Herrscher zu besänftigen und gewogen zu stimmen, nur weil die Menschen endlich den Sinn des Wortes ‚Ewigkeit' begriffen haben? Denken Sie nur ein wenig darüber nach", sagte Vivien.

„Wo würden all die Leute arbeiten, falls all die Institutionen und Dienste, die Sie erwähnt haben, verschwinden sollten?", fragte Doktor Ovale.

„Zuerst einmal soll betont werden, dass die in all jenen Institutionen und Diensten in allen Gesellschaften auf der Welt Beschäftigten gar nicht arbeiten. Sie üben verschiedene Tätigkeiten aus, aber sie arbeiten nicht. Es ist natürlich eine andere Frage, ob Menschen solche Tätigkeiten brauchen oder nicht. In allen Gesellschaften sind sie unerlässlich; in einer menschlichen Gemeinschaft wären sie undenkbar", sagte Vivien.

„Könnten Sie das bitte erklären, denn ich verstehe nicht ganz, wie Sie es meinen", sagte Doktor Ovale.

„Falls professionelle Sportler hart trainieren, zum Bespiel jeden Tag stundenlang rennen mit der Absicht, an einem Marathonlauf oder irgendeiner Meisterschaft teilzunehmen, oder wenn Diebe einen Tunnel unter der Straße durchgraben mit der Absicht, das Geld aus der Bank zu rauben, sind sie sehr aktiv, denn sie üben eine sehr anstrengende Tätigkeit aus, aber sie arbeiten nicht.

Falls jemand aber den Boden kultiviert und Setzlinge anpflanzt mit der Absicht, Gemüse zu produzieren, oder falls er Holzstücke nimmt und daraus einen Tisch anfertigt, dann arbeitet er", sagte Vivien.

„Es tut mir leid, aber ich sehe immer noch nicht den Unterschied zwischen der Arbeit und der einfachen Tätigkeit", sagte Doktor Ovale.

„Jede Arbeit ist eine Tätigkeit, aber nicht jede Tätigkeit ist unbedingt eine Arbeit.

Leute, die arbeiten, üben eine Tätigkeit aus, wobei etwas bereits in der Natur Vorhandenes umgestaltet und durch die Arbeit mit neu geschaffenem Wert veredelt wird, der für das menschliche Leben nötig, ursprünglich jedoch nicht vorhanden ist.

Leute, die bloß eine Tätigkeit ausüben wie etwa einen Tunnel durchgraben, um eine Bank auszurauben, oder jeden Tag stundenlang rennen mit der Absicht, einen Sportrekord zu brechen, schaffen bestimmt keinen neuen Wert, der für das menschliche Leben erforderlich ist", sagte Vivien.

„Nun glaube ich zu verstehen, warum die Leute in all jenen Institutionen, die Sie erwähnt haben, eigentlich gar nicht arbeiten; sie üben nur eine Tätigkeit aus mit der Absicht, an Geld zu kommen, etwas, was keinen realen, sondern nur einen angegebenen Wert, den so genannten Nominalwert hat. Der Nominalwert ermöglicht Hunderten von Millionen von Menschen in allen Gesellschaften, wie sie nun einmal sind, ein verschwenderisches, parasitäres, albernes Leben.

Wenn die soeben erwähnten Institutionen verschwänden, würden die Leute nicht aufhören zu arbeiten. Sie würden aufhören, ihre oberflächlichen, völlig sinnlosen Tätigkeiten auszuüben", sagte Doktor Ovale, um zu zeigen, dass er den Unterschied zwischen Arbeit und Tätigkeit verstanden hatte.

„Nun ist es hoffentlich klar, was ich sagen wollte. Nur wenn all jene nicht produktiven Institutionen verschwänden, *wenn das Wunder geschähe*, gäbe es genug Arbeit für alle und für immer. Das Geld würde verschwinden, und das Wort ‚Arbeitslosigkeit' könnte es nicht geben", sagte Vivien.

„Wieso nicht?", fragte Doktor Ovale.

„Jedermann – und wenn ich sage jedermann, dann meine ich auch jedermann – würde in dem Fall im Einklang mit seinem körperlichen Zustand in dem so genannten produktiven oder primären Sektor, das heißt Landwirtschaft und Handwerk, arbeiten. Das Land würde niemandem gehören, jedoch würde jedermann das Stück Land direkt neben seinem Haus und noch woanders, weiter weg von seinem Haus kultivieren. Jedermann würde mehrere Handwerke erlernen, die für ein einfaches Leben wichtig sind. Weil alle in der Gemeinschaft arbeiten würden, gäbe es weder Angestellte noch Arbeitgeber und, selbstverständlich, kein Geld und keine Bezahlung. Die Sicherheit für jeden Einzelnen bestünde in seinem Nachbarn und nicht in Policen von Versicherungsgesellschaften", sagte Vivien.

„In Ihrer fiktiven Gemeinschaft gäbe es dann offensichtlich weder Papier noch Hefte noch Bücher noch Schulen, wie wir sie kennen, habe ich Recht?", fragte Doktor Ovale.

„Sie haben fast Recht. Ich sage ‚fast', denn jedermann würde Buchstaben und Zahlen lernen, obwohl es keine Bücher zum Lesen gäbe", sagte Vivien.

„Wo würden die Leute Buchstaben und Zahlen schreiben, wenn es kein Papier gäbe?", fragte Doktor Ovale.

„Warum sollte man nicht Buchstaben mit geeigneten Wörtern, Zahlen sowie mathematische Formeln auf gebackenen Tonplättchen eingravieren und als nützliche Dekoration an Hauswände befestigen, sodass sie jedermann immer sehen und so leicht lernen kann? Statt in Heften könnte man Buchstaben, Zahlen und Formeln zum Üben sehr wohl auf Tafeln aus Wachs oder feuchtem Ton schreiben, die man unbegrenzt immer wieder gebrauchen kann, ohne dass dabei irgendwelcher Abfall entsteht. Bereits die alten Römer waren schlau genug, um solche Tafeln zu gebrauchen, warum sollten wir nicht dasselbe tun?", sagte Vivien.

„Aber wozu sollten die Leute Buchstaben, Zahlen und mathematische Formeln lernen, wenn es weder Romane noch Lehrbücher geben würde?", fragte Doktor Ovale.

„Den pragmatischen Aspekt Ihrer Frage kann man einfach nicht überhören. Aber ist es nicht so, dass die faszinierendsten Rätsel und Denkaufgaben kaum von praktischer Bedeutung sind – so etwa Schachspielen oder Lösen von mathematischen Problemen? Viele Leute würden zum puren Vergnügen und als eine Art Hirntraining gern mathematische Aufgaben lösen, und zu dem Zweck braucht man Buchstaben und Zahlen", sagte Vivien.

„Wie würde man das Wissen von einer Generation auf die nächste übertragen?", fragte Doktor Ovale.

„Alle Erwachsenen wären Lehrer von allen Kindern, und alle Kinder wären Schüler von allen Erwachsenen, ihr ganzes Leben lang. Ein jeder Tag wäre irgendwie ein Schultag für alle und jeden, und das wäre so während des ganzen Lebens", sagte Vivien. In einem spontanen, freundlichen Gespräch könnte man jeden Tag so vieles wiederholen, auffrischen, ergänzen und vertiefen.

„Ich meine nicht das einfache Wissen, das man im Alltag benötigt, sondern das höhere, delikate Wissen, das man an Universitäten und in Forschungszentren erlangt", wollte Doktor Ovale wissen.

„Ich sehe, was Sie meinen. Physik gilt als die fundamentalste Wissenschaft, und Astrophysik und Kernphysik gelten als ihre delikatesten Zweige. Aus dem Grund hoffen die Menschen, von der Physik im Allgemeinen und von ihren delikatesten Zweigen im Besonderen klare Antworten auf die letzten Fragen im Zusammenhang mit der Welt und dem Leben zu erhalten. In keinem wissenschaftlichen Bereich ist das Wissen jedoch so verschwommen, vage und widersprüchlich wie in jenen beiden Zweigen. So sprechen zum Beispiel die meisten Astrophysiker von einer Explosion – sie nennen sie Urknall –, in welcher ein äußerst dichtes Fast-Nichts explodierte und die Welt erschuf, die wir kennen, von schwarzen Löchern, von Antimaterie, von gewichtslosen Teilchen schneller als Licht und so weiter als von absolut überprüften Wirklichkeiten. Einige wiederum glauben gar nicht an die Existenz von schwarzen Löchern, Antimaterie und Teilchen, schneller als Licht, die sich durch alles ohne irgendwelchen Widerstand bewegen und aus denen die Welt eigentlich besteht. Die Bemühung der führenden Physiker, die Weltformel zu finden, zeigt, wie lächerlich ihr Wissen ist und wie arm ihre Fantasie. Ihr delikates Scheinwissen ist nicht weniger verschwommen und verworren als das Gefasel der Religionen.

Was uns die praktische Anwendung des faszinierenden, tatsächlich vorhandenen Hochschulwissens ermöglicht, lässt sich wie folgt zusammenfassen und sollte uns zum Nachdenken bewegen: Es besorgt Vergnügen und Zeitvertreib für die oberflächliche Lebensweise, die für alle Leute typisch ist, die eine Tätigkeit ausüben, jedoch nicht arbeiten. Heute bilden solche die gewaltige Mehrheit der Weltbevölkerung. Gerade dadurch zerstört das faszinierende Hochschulwissen systematisch die Grundlage des Lebens: Luft, Wasser, Boden und bedroht somit die Existenz aller Lebewesen auf der Erde. Bedenken wir bloß die Tatsache, dass die beeindruckenden Resultate der praktischen Anwendung der hohen naturwissenschaftlichen Kenntnisse, deren sich die moderne Technologie bedient, allerlei dumme und gefährliche Produkte sind, wie etwa Fernlenkwaffen, Atomwaffen, Atomkraftwerke,

Raumfahrzeuge, Flugzeuge, Rennwagen, Computer, Mobiltelefone, allerlei Computerspiele, Fernsehen, von allerlei giftigen Stoffen, die für die Massenvernichtung von Menschen vorgesehen sind, gar nicht zu sprechen – um nur einige zu nennen.

Diese ungeheuerlichen Produkte unseres hohen Wissens, das man an allerlei Elitehochschulen und in Forschungszentren erlangt, zerstören sehr wirksam die menschliche Fantasie und die Achtung voreinander. Ohne all die faszinierenden technischen Errungenschaften wäre das Leben nicht ärmer, im Gegenteil, es wäre sicherer und tiefer", sagte Vivien

„Glauben Sie wirklich, dass jene im Besitze von Wissen so viel Geduld hätten und bereit wären, ihre Freizeit damit zu verbringen, die Unwissenden zu unterrichten?", fragte Doktor Ovale.

„Warum stellen Sie eine solche Frage, nachdem wir übereingekommen sind, dass all dies nur dann geschehen könnte und würde, wenn die Leute irgendwie begreifen könnten, dass jedes menschliche Individuum nur eine Version desselben Menschen ist, was besagen will, dass jede andere Person eigentlich du selbst bist?

Nimmt man das ernst, begreift man sofort, dass man sich selbst hilft, indem man einem anderen hilft, und dass man sich selbst unterrichtet, indem man einen anderen unterrichtet.

Jedermann würde sein ganzes Können und seine ganze Energie mit Freuden einsetzen, um sein Wissen und seine Erfahrung der kommenden Generation zu vermitteln. Das würde auf allen Gebieten der menschlichen Tätigkeit geschehen. Somit würde das wichtige Wissen, das zurzeit von den wenigen, die es besitzen, eifersüchtig gehütet wird, zum Besitz aller werden, die geistig dazu fähig und lernbegierig sind, also zum Gemeinschaftseigentum, das täglich unterrichtet und gelernt und dadurch ständig aufgefrischt wird. Wie bereits gesagt, wäre jeder Tag für jeden ein Schultag, das ganze Leben lang", sagte Vivien.

„Sie sagten, dass es in der Gemeinschaft, von der Sie reden, weder Bücher noch irgendwelche anderen Daten- und Informationsträger gäbe, nicht wahr?", sagte Doktor Ovale.

„Ja, dass stimmt", bestätigte Vivien.

„Aber man kann nicht alles im Kopf behalten, nicht wahr? Denken Sie bloß an die Produktion von zum Beispiel Insulin oder anderen delikaten Stoffen, die in der Medizin unerlässlich sind. Oder denken Sie an das komplizierte Verfahren beim Bau von anspruchsvollen Geräten – etwa Computern –, das ausführlich erklärt werden muss; das geht nicht anders, als dass man es aufschreibt", sagte Doktor Ovale.

„In der Gemeinschaft, von der ich rede, würden weder Insulin noch irgendeine andere Arznei, die man in der modernen hoch gezüchteten Medizin benötigt, noch irgendwelche delikaten Apparate wie etwa Computer hergestellt oder verwendet werden. Das habe ich bereits gesagt, nicht wahr?", sagte Vivien.

„Wenn ich Sie richtig verstehe, würde man die Menschen mit genetischen Störungen, wie zum Beispiel Zuckerkrankheit, gar nicht zu behandeln versuchen", sagte Doktor Ovale.

„Sie haben mich richtig verstanden, Leute mit genetischen Störungen würde man freundlich pflegen, ihnen einfache Nahrung und Getränke besorgen, die bei einer einfachen Lebensweise zur Verfügung stehen, und ihnen alle Vorteile der normalen Hygiene zukommen lassen. Wenn das nicht hilft, soll die Natur entscheiden, ob sie leben können oder nicht. Auf diese einfache, freundliche und natürliche Weise würden viele Probleme verschwinden, mit denen unsere modernen Gesellschaften nicht mehr fertig werden", sagte Vivien.

„Wenn all das, was Sie sagen, auch wirklich geschähe, wäre die Weltbevölkerung bald halbiert. Sind Sie sich dessen bewusst?", sagte Doktor Ovale.

„Sie haben vollkommen Recht, und ich bin mir dessen bewusst. Das würde geschehen, jedoch auf eine natürliche Art und Weise und nicht durch allerlei Massenvernichtungswaffen, die jetzt in riesigen Mengen bereit stehen und warten, gebraucht zu werden.

Übrigens, wäre es wirklich so tragisch, wenn die Zahl der heutigen Weltbevölkerung ohne irgendwelche Anwendung von Gewalt, sondern auf eine völlig natürliche Art und Weise zurückginge?", sagte Vivien.

„Das klingt zwar sehr vernünftig, jedoch furchtbar inhuman, nicht wahr?", sagte Doktor Ovale.

„Ihr Eindruck ist völlig falsch. Denken Sie bloß einen Augenblick an die Tatsache, dass dank der modernen Hochleistungsmedizin, die sich der neuesten wissenschaftlichen und technologischen Errungenschaften bedient, die Länder in der so genannten entwickelten Welt zu riesigen Altersheimen geworden sind. Hinzu kommt, dass dank der verlängerten Lebenserwartung in derselben entwickelten Welt mehr und mehr Leute an dem fortschreitenden geistigen Zerfall erkranken, der unvermeidlich zum völligen Gedächtnis- und Intelligenzverlust führt. Daher ist es nicht übertrieben zu sagen, dass Menschen in Alters- und Pflegeheimen nicht leben, sondern bloß dahinvegetieren, denn, wenn das Hirn nicht mehr abstrakt denken kann, sind alle anderen Funktionen des Körpers bedeutungslos. Ist es wirklich humaner, die betagten Menschen mit allerlei Tricks der modernen Medizin in einen Zustand zu bringen, in dem sie nicht einmal ihren eigenen Namen kennen, als sie freundlich zu umsorgen und dann die Natur entscheiden zu lassen? Wie Sie sehen, denken wir sehr selten über solche Dinge nach. Wenn wir individuelle Fälle untersuchen, kommen wir leicht zum Schluss, dass die moderne Leistungsmedizin ein wahres Geschenk des Himmels an den Menschen ist. Ein Herzpatient, der ein fremdes Herz erhalten hat und nach der Operation vielleicht eine kurze Zeit sich etwas bewegen und mit großen Einschränkungen dahinvegetieren kann, illustriert gut, was ich sagen möchte. Sein Fall gilt als ein Triumph der modernen Leistungsmedizin, ein wahres Wunder. Wir sind uns natürlich nicht der Tatsache bewusst, dass die Beschaffung eines geeigneten Organs für die Transplantation nicht selten ein entsetzlicher krimineller Akt ist. Deswegen können wir nicht leicht begreifen, dass der Dienst, den die moderne Leistungsmedizin der Menschheit erweist, hundert Mal mehr schadet als nützt", sagte Vivien.

„Entschuldigen Sie bitte, meine Bemerkung war sehr unbeholfen", sagte Doktor Ovale.

„In der Gemeinschaft, von der ich spreche, gäbe es weder Organtransplantationen noch die komplizierten Apparate zur künstlichen Lebenserhaltung noch Spitäler, wie wir sie heute kennen", sagte Vivien.

„Glauben Sie nicht, dass ohne die moderne Leistungsmedizin die Lebenserwartung beträchtlich kürzer sein müsste?", fragte Doktor Ovale.

„Während der Übergangszeit von den uns vertrauten Gesellschaften zu der hypothetischen Gemeinschaft, von der wir sprechen, würde die Lebenserwartung bestimmt abnehmen, denn viele Menschen mit größeren genetischen Fehlern würden bald nach der Geburt sterben, und die künstliche Verlängerung des Lebens in geriatrischen Kliniken und Pflegeheimen gäbe es nicht.

Später jedoch würde sich die Situation nochmals ändern: Dank der ausschließlich spontanen, natürlichen Partnerwahl, und weil die Paare die Kinder viel früher haben würden, gäbe es wesentlich weniger Menschen mit genetischen Fehlern, was die durchschnittliche Lebenserwartung erhöhen würde. Die Menschen ohne genetische Fehler würden bestimmt genauso lange leben wie heute, wahrscheinlich länger, denn Luft, Wasser und Nahrung wären reiner und enthielten weniger Giftstoffe; das Leben wäre einfacher, und es gäbe weniger Stress und Hetze.

Bedenken Sie außerdem, dass es in der Gemeinschaft keine Kriege gäbe, die in unserer Welt geschehen müssen – alle Gesellschaften sind doch eigentlich miteinander verfeindet – und in denen Armeen von gesunden jungen Menschen einen gewaltsamen Tod sterben. Es braucht nicht erwähnt zu werden, wie stark die Zahl von allerlei Unfällen vermindert würde, wenn alle Verkehrsmittel wie Flugzeuge, Automobile, Züge, Trams und alle anderen verschwänden, die außerdem riesige Mengen an giftigen Substanzen ausstoßen. Von Unfällen gar nicht zu sprechen, die geschehen müssen, wenn verschiedene gewaltige Bauwerke wie Straßen, Tunnel, Eisenbahnlinien, Hochhäuser und Türme errichtet werden, deren Sinn und Zweck in Protzerei und Wichtigtuerei besteht. Oder denken Sie an Myriaden von Fabriken und Industrieanlagen, die unvermeidlich riesige Mengen von giftigen Substanzen produzieren und die so oft verheerende Unfälle verursachen", sagte Vivien.

„Aber man muss zugeben, dass gerade dank den modernen Wissenschaften und der Leistungsmedizin unser Leben bedeutend leichter und bequemer geworden ist, nicht wahr?", sagte Doktor Ovale.

„Das ist wahr, aber nur teilweise. Trotz aller wissenschaftlichen Wunder unserer Zeit hat ein riesiger Teil – grob gerechnet ein Drittel – der Weltbevölkerung kein sauberes Trinkwasser, keine sanitären Einrichtungen und lebt in äußerster Armut. Sogar in dem reichsten und mächtigsten Teil der Welt gibt es Millionen von hungernden, obdachlosen Menschen, von der so genannten Dritten Welt gar nicht zu sprechen. Von den modernen Wissenschaften und der Hochleistungsmedizin profitieren solche bestimmt nicht. Hört man sich die Nachrichten im Radio an oder verfolgt man die Fernsehprogramme oder liest man die Zeitungen genau, muss man einfach feststellen, dass die ganze Situation völlig schizophren ist", sagte Vivien.

„Was ist schizophren?", fragte Doktor Ovale.

„Die Wissenschaftler kreieren sehr delikate Medikamente und geben sich größte Mühe, um das Leben der Menschen zu verlängern. Wir überlegen uns aber nie, dass das Resultat ihrer äußerst kostspieligen Bemühungen lediglich die Verlängerung der letzten Lebensphase ist, die sowieso immer von allerlei Beschwerden begleitet wird. Sie helfen alten Menschen, richtig alt zu werden und den Zustand zu erreichen, in dem sie noch schlechter hören, noch schlechter sehen und noch unbeweglicher und unfähiger sind, sich geistig zu betätigen. Daher gibt es immer mehr und mehr Menschen auf der Welt, die nicht leben, sondern bloß dahinvegetieren. Das verursacht bereits und wird noch mehr unüberwindbare Probleme verursachen, weil die betagte Bevölkerung in unserer Leistungswelt als überflüssig und als unangenehme Last empfunden wird. Jene, die sich für jung und dynamisch halten, können sich nicht einmal vorstellen, mit den ältern Mitgliedern der Gesellschaft zusammenzuleben. Sie halten die Älteren für etwas im Grunde völlig Überflüssiges, das wie faule Kartoffeln entfernt werden sollte. Und in der Tat werden die meisten alten Menschen in der so genannten entwickelten Welt von dem dynamischen Teil der

Gesellschaft getrennt, sodass sie das Ende ihres Lebens nicht im Kreis ihrer Familie, sondern in Altersheimen verbringen. Dort können sie noch einige Jahre dahinvegetieren.

Die Verlängerung des vorgerückten Lebensalters verursacht ein unerwünschtes Bevölkerungswachstum. Um die unerwünschten Folgen der schnell wachsenden Bevölkerung zu vermindern, praktizieren die Gesellschaften in der so genannten entwickelten Welt eine Politik, die die jungen Paare entmutigt, Kinder zu haben. Das Resultat ist, dass die jetzige Bevölkerung schnell altert und dass es zu wenige Kinder gibt, die die scheidende Generation ersetzen sollen.

Nun hoffe ich, dass Sie verstehen, was ich meine, wenn ich sage, dass die Situation in unserer entwickelten Welt schizophren ist: Die reichen, entwickelten Gesellschaften halten sich für human, weil sie alles unternehmen, um alten, kranken Menschen zu helfen, noch älter und noch kränker zu werden, widmen sich sozusagen gänzlich dem verschwindenden Leben. Das hat natürlich ein unerwünschtes Wachstum der Bevölkerung zur Folge. Um dieses unerwünschte Wachstum unter Kontrolle zu halten, unternehmen sie alles, um das Aufkommen des frischen Lebens zu verhindern. Ist das nicht purer Wahnsinn?“, sagte Vivien.

„Nun glaube ich, zu verstehen, was Sie meinen, wenn Sie sagen, dass unsere Einstellung zum Leben irgendwie schizophren ist“, sagte Doktor Ovale.

„Ich möchte betonen, dass ich keine Absicht habe, irgendjemanden zu kritisieren. Unsere Geschichte musste wahrscheinlich genau so verlaufen, wie sie verlaufen ist. Jeder neue Zustand musste sich aus dem vorherigen ergeben; in dieser Hinsicht ist unsere Situation keine Ausnahme. Während der ganzen Geschichte war das Wissen der Menschen noch sehr bescheiden, sodass es eigentlich nicht möglich war, aus den Gesellschaften eine Gemeinschaft zu machen. Alles, was sich ereignet hat, ist irgendwie aus mangelndem Wissen geschehen. Unwissen ist bekanntlich die Quelle allen Übels. Ich bin zutiefst überzeugt, dass niemand in der Menschheitsgeschichte den Zustand herbeiführen wollte, den wir heute haben. Nun aber, da wir uns der Gefahr bewusst sind, die uns droht und die der menschlichen Art ein Ende setzen könnte, ließe sich vielleicht etwas dagegen tun, um die Schäden, die wir uns selbst zugefügt haben, wiedergutzumachen", sagte Vivien.

„Aber auch in der utopischen Gemeinschaft, von der Sie reden, müsste jemand die Arbeit organisieren und koordinieren", sagte Doktor Ovale.

„So denken praktisch alle in jeder Gesellschaft, denn dort geschieht alles nach dem Prinzip der Hierarchie, sodass sich fast niemand etwas grundsätzlich anderes vorstellen kann.

In einer Gemeinschaft würde jeder mit seinen nächsten Nachbarn besprechen, was der beste Weg wäre, dies oder jenes zu tun. Wenn jemand etwas Nützliches wüsste, würden es alle anderen bald wissen. Für die einfache Lebensweise in einer Gemeinschaft wäre diese Stufe der Kommunikation, Organisation und Koordination mehr als ausreichend. Und weil die Produzenten zugleich die Konsumenten wären, würden die Armeen von Mittelsmännern, deren Tätigkeit nur einen Sinn hat – so viel wie möglich von dem allmächtigen falschen Wert, genannt Geld, zu ergattern, der es ihnen ermöglicht zu dingen, zu bestechen und zu erpressen –, gar nicht existieren.

Dies soll betont werden, weil die Produktion in allen Gesellschaften in speziellen Zentren konzentriert ist. Alle Hersteller müssen verschiedene Abteilungen und Armeen von Angestellten haben, die verschiedenste Artikel entwerfen, entwickeln, produzieren, begutachten, verpacken, Werbung organisieren, transportieren und verkaufen. Die

Ironie ist, dass die meisten Artikel, die in riesigen Mengen auf der ganzen Welt produziert werden, für das menschliche Leben völlig unnötig sind. Und weil alle Hersteller bemüht sind, mehr als die anderen zu verkaufen, herrscht eine rücksichtslose Konkurrenz in allen Bereichen und überall auf der Welt.

Das Ergebnis ist, dass die moderne Welt mit Produkten hoher Qualität buchstäblich überflutet ist, von denen die meisten völlig überflüssig sind.

Kurz gesagt: Unsere moderne Welt scheint besonders schlau zu sein, wenn es darum geht, Dummheiten zu machen.

Die Produzenten verkaufen ihre Produkte nur selten direkt an die Konsumenten. Stattdessen gibt es immer viele, welche die Artikel von den Produzenten kaufen mit der Absicht, sie zu einem höheren Preis an andere zu verkaufen, und diese wiederum tun dasselbe. Die Kette der parasitären Käufer und Verkäufer, die zwischen den Herstellern und den Konsumenten operieren, ist gelegentlich so lang, dass die Produkte um die ganze Welt transportiert werden, bevor sie den letzten Bestimmungsort erreichen, der vielleicht in der unmittelbaren Nähe des Herstellers, jedoch jenseits der Staatsgrenze liegt. Daher muss der Konsument gelegentlich das Hundertfache jenes Preises zahlen, den der erste Käufer dem Produzenten bezahlt hat. Anders gesagt, jene, die nicht arbeiten, machen den größten Gewinn, und jene, die produzieren, verdienen am wenigsten und werden wie die Konsumenten ständig geprellt. So saugen die parasitären Zwischenhändler das Blut aus den Adern jener, die arbeiten und konsumieren. Die an den beiden Enden der seltsamen Kette müssen hart arbeiten und ihre ganze Zeit und Energie aufbrauchen, um jenen dazwischen einen parasitären Lebensstil zu ermöglichen. All das ist möglich, weil es einen falschen Ersatz für den eigentlichen Wert gibt, und der Ersatz heißt Geld. Der falsche Ersatz ist der Universalschlüssel, der jedes Schloss öffnen kann. Ehrliche Menschen sind nirgends willkommen, falls sie nicht zahlen können. Die schlimmsten Verbrecher jedoch sind überall in der Welt willkommen, wenn sie viel von dem falschen Wert, Geld genannt, besitzen. Während in allen entwickelten Gesellschaften auf der Welt die Zahl der produzierenden Bevölkerung sinkt, steigt die Zahl der Mittelsmänner rapide. Und weil gleichzeitig die nicht produktive städtische Bevölkerung und somit der so genannte Dienstleistungssektor schnell zunehmen, kommt dem Geld eine so ungeheuere Bedeutung zu, dass es immer mehr Leute gibt, die bereit sind zu rauben und zu töten, ihren Körper zu verkaufen und jede Art von Verbrechen zu begehen, um an Geld heranzukommen. Mehr und mehr Menschen, die arbeiten und fürs Leben nötige Artikel produzieren, spüren, dass sie ausgebeutet und um die Früchte ihrer Arbeit gebracht werden. Sie verlassen ihre Arbeit und versuchen, in dem so genannten Dienstleistungssektor eine Lücke zu finden und somit die bereits vorhandene Kette von Mittelsmännern zwischen den Produzenten und den Konsumenten um noch ein zusätzliches Glied zu verlängern. Einfach gesagt, werden sie selbst zu Schmarotzern. Das ist die Erklärung, warum so viele Menschen die Arbeit in der Landwirtschaft aufgeben und in die Städte ziehen. Dadurch wird der arbeitende Teil der Weltbevölkerung jeden Tag kleiner und kleiner, während der parasitäre Teil schnell wächst.

Die zuständigen Leute in der Welt scheinen entweder nicht zu verstehen oder aber nicht willig zu sein, offen zu sagen, wo das eigentliche Problem unserer Welt liegt. Anstatt dass sie auf die Ursache der Gefahr, die uns alle bedroht, hinweisen, organisieren die Regierungen und Leute im Besitz von Macht und Reichtum Konferenzen und Seminare, in denen sie diskutieren, wie sich die Wirtschaft ankurbeln und die Welt retten ließe. Sie versprechen zwar feierlich, sie würden den Armen helfen und den Globalisierungsprozess beschleunigen, um die größten Probleme unserer Welt wie Umweltzerstörung, globale Erwärmung, ansteckende Krankheiten, ungesunde demographische Situation in praktisch allen entwickelten Ländern, Arbeitslosigkeit, Welterrorismus, Energieprobleme, Rüstungskontrolle, bewaffnete Konflikte und so weiter in den Griff zu bekommen. Das Hauptanliegen bei solchen Treffen scheint jedoch zu sein, wie sich noch höhere Gewinne erzielen ließen, ohne den *Status quo* zu ändern. Wenn man die Artikel über solche Anlässe liest und die zuständigen Leute sprechen hört, ist man versucht, sich zu fragen, ob sie dumm oder unwissend oder einfach nur unverschämt sind. Die einzige vernünftige Antwort wäre wahrscheinlich, dass sie in sich alle drei erwähnten Qualitäten vereinen und daher besonders gefährlich sind", sagte Vivien.

„Und was halten Sie von jenen Leuten, die gegen die Anlässe wie WEF protestieren?", fragte Doktor Ovale.

„Ich glaube, sie sind genauso gefährlich wie jene, gegen die sie protestieren", sagte Vivien.

„Wieso?", fragte Doktor Ovale.

„Nun, der einzige Unterschied zwischen den beiden ist doch, dass jene die Macht besitzen, während diese versuchen, die Macht zu ergreifen; das ist es", sagte Vivien.

„Glauben Sie nicht, dass man mit den brennenden Problemen der Welt am besten fertig werden könnte, wenn man alle Weltwirtschaften zu einem Ganzen zusammenschließen und somit alle Teile der Welt voneinander abhängig machen würde?", fragte Doktor Ovale.

„Das wird unermüdlich behauptet. Was aber getan wird, sieht ganz anders aus", sagte Vivien.

„Würden Sie bitte erklären, was Sie meinen?", bat Doktor Ovale.

„Zweifelsohne schließt die Globalisierung alle Teile der Welt zu einem großen Ganzen zusammen, jedoch geschieht das nach den hierarchischen Gesetzen der Horde – die Stärkeren unterwerfen die Schwächeren. Daher ähnelt die Weltsituation, die durch die Globalisierung geschaffen wurde, immer mehr jener in Europa vor der großen Französischen Revolution. Natürlich gibt es zwischen dem damaligen und dem heutigen Zustand große Unterschiede. Damals musste die Mehrheit der Bevölkerung hart arbeiten und in großer Armut leben, um der übermütigen, zügellosen Minderheit ein verschwenderisches und ausgelassenes Leben zu ermöglichen.

Eine solche Situation kann bestehen, solange jene, die nicht arbeiten, jedoch alles besitzen, in der Minderheit, und jene, die schwer arbeiten und hungern müssen, in der Mehrheit sind.

Sobald aber das Verhältnis zwischen jenen, die arbeiten, und jenen, die nicht arbeiten, sich wesentlich in dem Sinn ändert, dass die Zahl der Arbeitenden abnimmt und die Zahl der Nichtarbeitenden zunimmt, wird die Situation unhaltbar. Das führt unvermeidlich zum Zusammenbruch des ganzen Systems. Die ganze Menschheit steht möglicherweise jetzt vor diesem kritischen Punkt, vor einer Art Weltrevolution, die am ehesten die Form eines globalen Kollapses annehmen könnte.

Die Französische Revolution war ein schreckliches Ereignis, das in Europa und teilweise auch in der ganzen Welt vieles änderte. Trotzdem hatte es einen beschränkten Charakter.

Eine globale Revolution wäre etwas ganz anderes", sagte Vivien.

„Wie soll man sie sich vorstellen?", fragte Doktor Ovale.

„Um eine Idee zu bekommen, wie eine solche Revolution aussehen könnte, soll man versuchen, sich folgende Situation vorzustellen:

Ein großes Flugzeug fliegt hoch über dem Ozean und ist mindestens tausend Meilen von der Küste entfernt.

Das Flugzeug verfügt über drei Klassen: erste Klasse, zweite Klasse und dritte Klasse.

Alle drei Klassen sind voll belegt.

Weder die Passagiere noch die Flugbegleiter wissen, dass die Piloten im Cockpit einen vollständigen Gedächtnisverlust erlitten haben und nicht mehr fliegen können. Das Flugzeug wird vom Autopiloten geflogen.

Die Passagiere in der ersten Klasse erfreuen sich bequemer Sitze und einer ausgezeichneten Verpflegung. Sie haben nur eines im Kopf – die bestehende Situation aufrechtzuerhalten.

Die Reisenden in der zweiten Klasse genießen einen bedeutend kleineren Komfort als jene in der ersten Klasse, der aber den Menschen mit bescheidenen Wünschen genügt. Viele von ihnen sind jedoch bereit, alles zu tun, um denselben Lebensstandard wie die Passagiere in der ersten Klasse zu erreichen.

Die Reisenden in der dritten Klasse sitzen auf harten Bänken oder liegen am Boden. Sie bekommen sehr wenig zu essen, und was sie erhalten, ist von sehr schlechter Qualität, sowie etwas Wasser, das nicht gerade gut zum Trinken ist. Das Einzige, wovon sie träumen, ist der Lebensstandard der Reisenden in der zweiten Klasse.

Niemand an Bord weiß eigentlich, in welche Richtung das Flugzeug fliegt.

Der Chefsteward hat vergessen, die Türen in den Trennwänden zwischen den Klassen abzuschließen, und schlummert in seiner Ecke.

Die Reisenden in den beiden niederen Klassen haben gemerkt, dass die Türen nicht abgeschlossen sind. Das löst eine Art Riesenmigration von den Abteilungen der niederen in die Abteilungen der höheren Klassen und einen Kampf aller gegen alle um Nahrung, Wasser und alle Arten von Privilegien aus. Alle nutzen die chaotische Situation, um möglichst viel zu ergattern. Jedermann ist überzeugt, Recht zu haben und in einem gerechten Krieg für eine gerechte Sache zu kämpfen.

Niemand scheint sich der Tatsache wirklich bewusst zu sein oder sich darum zu kümmern, dass die Tanks jede Minute leer sein werden", sagte Vivien.

„Das ist ein furchtbares Bild unserer Welt", sagte Doktor Ovale.

„Das ist es in der Tat. Was bald geschehen muss, wird tausendmal schrecklicher sein als alle früheren Kriege, Revolutionen und Katastrophen zusammengenommen.

Leute, die die Globalisierung predigen, scheinen entweder die jetzige Lage der Menschheit nicht zu verstehen, oder aber sie können die Idee nicht akzeptieren, dass der primitive Lebensstil voller Rivalitäten und Kämpfe um die Vorherrschaft – die typischste Eigenschaft aller Meuten und Horden, genannt Gesellschaften – unverzüglich aufgegeben werden muss.

Eine neue Beziehung zum Leben, die auf Einsicht und Verständnis gründet, dass wir alle grundsätzlich ein und dasselbe Wesen sind, das in verschiedenen Variationen erscheint, muss zur Leitlinie des gemeinsamen Lebens werden, falls wir glauben, dass das Leben als größtes Wunder und größter Wert weiter bestehen sollte", sagte Vivien.

„Ich habe den Eindruck, dass in Ihrer utopischen Gemeinschaft das wichtige Wissen, das im Lauf der Geschichte erlangt wurde, gänzlich verschwinden müsste", sagte Doktor Ovale etwas zögernd.

„Sie irren sich ganz und gar: Das exklusive Wissen ist riesig, aber es ist nur in sehr wenigen Köpfen vorhanden, und es wird für recht dumme Zwecke verwendet, wie etwa für die Herstellung von Raketen, U-Booten, Flugzeugen, Autos, Computern und Myriaden von allerlei Spielzeugen, Geräten und Chemikalien, die unser Leben bestimmt weder reicher noch tiefer, sondern eher alberner und oberflächlicher und ganz bestimmt gefährlicher machen. Sieht man die Dinge so, merkt man, dass der größte Teil des exklusiven Wissens eigentlich gar nicht wichtig ist.

Ein einfaches Beispiel genügt: Flugzeuge sind sehr komplizierte, faszinierende Geräte, deren Herstellung beträchtliches Wissen in Mathematik und Physik sowie großes technologisches Können erfordert. Die Tatsache, dass sie fliegen können, ist beeindruckend. Sobald es aber keinen Kraftstoff gibt, sind sie lächerliche, unbrauchbare Container, Produkte der menschlichen Albernheit. Es ist nicht schwer zu verstehen, dass das ebenso auf alle fantastischen technischen Errungenschaften zutreffen muss.

Von dem Scheinwissen, auf dem allerlei lächerliche Theorien und Spekulationen vom Anfang und Ende des Universums beruhen, gar nicht zu sprechen. Eine solche Spekulation ist eben jene bereits erwähnte und von praktisch allen Kosmologen anerkannte, dass das Universum begann, als vor einigen Milliarden von irdischen Jahren ein Fast-Nichts explodierte. Solche Theorien zeigen, wie ignorant und fantasielos jene armen Typen sind, die die kostbare Zeit mit der Suche nach Higgs-Partikeln oder einer Weltformel vertrödeln und den ignoranten Politikern unermüdlich von ihren ‚breakthroughs' erzählen, um weitere Milliarden für ihre alberne Beschäftigung zu erschwindeln.

Jene wirklich fähigen Leute, die tatsächlich zum besseren Verständnis des Universums beigetragen haben, benutzten weder Raketen noch Satelliten noch Teilchenbeschleuniger. Sie waren einfach gute Mathematiker und hatten etwas Fantasie.

Jene ohne Verständnis und Fantasie, die Möchtegernwissenschaftler, verbringen ihre Tage mit großen Teleskopen und Teilchenbeschleunigern in der Hoffnung, vom *deus ex machina* die Antwort zu erhalten, wann und wie das Universum begann und wann und wie es enden wird.

Sie alle sind engstirnige Leute, eine spezielle Sorte von Einfaltspinseln, die irgendwie nicht begreifen können, dass es gar keinen Grund gibt, warum das Universum einen Anfang oder ein Ende haben sollte. Das ist erstaunlich, denn bereits bescheidene naturwissenschaftliche Kenntnisse und ein wenig Fantasie genügen, jeden Grund zur Annahme zu haben, dass das Universum weder begonnen hat noch dass es enden wird. Was Kosmologen erzählen, ist irgendwie noch armseliger und alberner als das religiöse und mythologische Gefasel über die Erschaffung der Welt.

Es ist übrigens sehr interessant, dass ein Jesuit, Pater Georges Lemaître, alle Astrophysiker zum Glauben verleitete, dass das Universum einen Anfang haben musste. Nun sind sie alle treue Anhänger seiner Urknall-Theorie. Diese Theorie ist gut für die Leute, die zwar gelernt haben, wie man bestimmte mathematische Gleichungen löst, denen es aber an Fantasie fehlt. Er hat einfach die plumpe religiöse Vorstellung von der *creatio ex nihilo* in pseudowissenschaftliche Kleider gehüllt. Und weil keiner der Kosmologen mit dem Begriff des Ewigen etwas anfangen konnte, bissen sie alle an. Lemaître wird sich wohl ins Fäustchen gelacht haben, denn er selbst hatte für sich eine andere Erklärung. Er – wie übrigens alle Jesuiten auch – war ein Freund scharfen, sauberen Denkens und hielt nichts von den albernen religiösen Vorstellungen noch von den nicht weniger albernen

Spekulationen der Kosmologen. Er wusste wohl, wie lächerlich alle kosmologischen Spekulationen sind, und er fand ein Vergnügen daran, mit den Schöpfern von solchen Theorien sein ironisches Spielchen zu treiben. Nun nagen alle Kosmologen an dem Urknall-Knochen in der Hoffnung, in den winzigen Ritzen und Dellen vielleicht doch noch die kleinsten Elementarteilchen und die Weltformel zu finden.

Die Tragikomödie ist vollkommen.

Mathematik als Kunst des reinen Denkens kann ein ausgezeichnetes Hirntraining für jedermann sein, denn sie ist auf jeder Ebene und in allen ihren Bereichen faszinierend. Mathematik lernen kann wirksamer als irgendeine andere Aktivität das Hirn frisch und fit erhalten. Aber Sie wissen, dass sehr wenige Leute in unserer entwickelten Welt ihr Hirn mit Denkaufgaben trainieren; stattdessen vergeuden sie ihre Zeit mit albernen Computerspielen, rasen in ihren Autos auf den Autobahnen oder spielen mit ihren Mobiltelefonen, ihren einzigen Freunden.

Es ist faszinierend, dass Mathematik sich auf nichts bezieht, sich aber auf fast alles beziehen kann. Dieser seltsame Charakter der Mathematik gestattet, dass man sie praktisch für alles gebraucht und missbraucht. Allerlei infantilisierende Spielzeuge, Maschinen und furchtbare Zerstörungsmittel sind eigentlich Produkte des Mathematikmissbrauchs. Somit kann etwas an sich sehr Nützliches zu etwas äußerst Schädlichem werden. Es hängt immer von Einsicht und Verständnis derer ab, die sich der Resultate des mathematischen Denkens bedienen, in welche Richtung die Dinge gehen müssen. Jener Typ, der als Vater der Wasserstoffbombe gilt, der gefährlichsten Waffe, die die Welt kennt, soll gesagt haben, als man an sein Gewissen appellierte, sie nicht zu bauen, die Aufgabe des Wissenschaftlers sei, alles Mögliche zu bauen, die anderen müssten dann entscheiden, was sie damit machen wollten. Er war bestimmt sehr fähig, komplizierte mathematische Gleichungen zu lösen, ein Mensch war er aber nicht, sondern ein sehr fortgeschrittener Affe", sagte Vivien.

„Wenn ich Sie richtig verstehe, schlagen Sie vor, dass man Mathematik als Hirntraining lernt, zum besonders nützlichen Vergnügen sozusagen, aber nicht, um Maschinen zu bauen, spreche ich richtig?", sagte Doktor Ovale.

„Jawohl. In der Gemeinschaft, von der ich rede, würden die Leute bewusst nur die einfachsten Mittel bauen, die sie für den Alltag brauchen, jedoch ganz bestimmt nicht Kanonen, Flugzeuge, Raketen, U-Boote und Tausende seltsamer Geräte, die wir in den Gesellschaften kennen", sagte Vivien.

„Aber stellen Sie sich eine Welt vor, in der es keine Flugzeuge mehr gibt und in der Sie nicht mehr wie heute reisen können, um all jene wunderbaren Kulturdenkmäler wie zum Beispiel die Chinesische Mauer zu sehen, die ja über tausend Meilen lang ist, oder all jene faszinierenden Bauwerke wie etwa Tadsch Mahal, den ein mächtiger Herrscher aus weißem Stein als Mausoleum für seine Lieblingsfrau errichten ließ, oder um einfach zum Vergnügen in einer weit entfernten Stadt einkaufen zu gehen und nach dem Einkaufen in einem Mall-Paradies ein riesiges Steak, das dort vielleicht größer ist als sonst wo in der Welt, zu genießen. Stellen Sie sich vor, wie viele aufregende Dinge Sie vermissen müssten, wenn Sie nicht mehr reisen könnten", sagte Doktor Ovale.

„Ich kann mich des Eindrucks nicht erwehren, dass Sie mich missverstanden haben. Sobald man etwas mehr Einsicht und Verständnis hat, begreift man, dass all die so genannten großen Kulturdenkmäler der Menschheit wie die Chinesische Mauer oder der indische Tadsch Mahal eigentlich die Zeugen der tragischen menschlichen Dummheit sind, deren sich Menschen zutiefst schämen sollten. Die beiden erwähnten und Hunderttausende anderer Monumente sollten unverzüglich abgerissen werden. Und ist es wirklich so schwer zu verstehen, dass ein passionierter Fleischesser an seinem Wohnort zwei kleinere Steaks essen kann, statt zum Beispiel nach New York zu reisen, um dort in einem Mall-Paradies ein besonders großes zu verspeisen und dann den Kollegen von seinem wahnsinnig spannenden Wochenende in New York zu erzählen? Man soll außerdem nicht vergessen, dass unzählige Menschen zur Schwerstarbeit gezwungen wurden, bei der sie ihre Gesundheit und nicht selten ihr Leben verloren, als jene ungeheuerlichen Steinhaufen wie Pyramiden, Mauern, Festungen, Mausoleen, Schlösser, Kirchen, Moscheen, Synagogen, Pagoden und Tempel, Türme und Wolkenkratzer, riesige Statuen von allerlei Religionsgründern und Heiligen und so weiter gebaut wurden, die man heute aus purer Ignoranz als Kulturdenkmäler bezeichnet. Solche Monumente sind eigentlich das reine Gegenteil von Kultur. Sie beweisen einfach, dass das Wort ‚Kultur' seit dem Augenblick, als es zum ersten Mal gebraucht wurde, missverstanden wird und dass sogar Leute mit höchsten akademischen Titeln es noch immer missverstehen", sagte Vivien.

„Und was wäre das richtige Verständnis des Wortes Kultur?", fragte Doktor Ovale, halb neugierig, halb verdutzt.

„Soviel ich weiß, kommt das Wort ‚Kultur' vom lateinischen Wort ‚colere', und es bedeutet etwa pflegen. Leute in allen Gesellschaften pflegen die Liebe für vergängliche Dinge wie Kleider, Schmuck, Möbel, Gemälde, allerlei teure Antiquitäten, so genannte Kunstgegenstände und so weiter. Recht häufig bemühen sie sich zu erlernen, wie man ein Gespräch führt, wie man sich in einem teuren Hotel am Tisch, im Theater oder im Konzertsaal benimmt, wenn man von den so genannten feinen Leuten umgeben ist. Sie versuchen, sich diese genau einstudierte Scheinhöflichkeit anzueignen mit der Absicht, sich dadurch von der unterprivilegierten Mehrheit abzuheben.

All solche Oberflächlichkeiten sind nur verfeinerte Taktiken, ihre Artgenossen zu beeindrucken, was für das hierarchisch geordnete Leben von Tieren in Meuten und Horden typisch ist. Der Versuch, andere mit teuren Gegenständen wie Kleidern, Autos, Schmuck, Villen, antiken Möbeln, Sammlungen von so genannten Kunstwerken und so weiter zu beeindrucken, heißt eigentlich anzugeben, heißt, seine Überlegenheit zu unterstreichen, kurzum, sich wie Tiere zu verhalten. Jene Leute in unseren Gesellschaften, die in Konzerte gehen, die Namen der Komponisten, der Musiker und der gespielten Werke kennen, halten sich für kultiviert und wollen auch von den anderen als solche angesehen werden. Dasselbe gilt auch für jene, die viele Bücher gelesen haben, die Namen der Autoren kennen, oft ins Theater und zu allerlei Kunstausstellungen gehen. All das ist natürlich bloß ein lächerlicher und tragischer Ersatz für die fehlende Kultur.

In Gesellschaften gibt es keinen Platz für Kultur.

*

Der Lebensstil des privilegierten Teils der Bevölkerung in allen Gesellschaften verletzt jedoch und erfüllt mit Neid, Groll und Hass Hunderte von Millionen von Unterprivilegierten, die keine Gelegenheit haben, weder an Universitäten zu studieren noch Konzerte oder Kunstausstellungen zu besuchen. Daher müssen Verbrechen und alle Arten von Reibereien in der Welt zunehmen und wahrscheinlich in allen Gesellschaften dereinst komplettes Chaos verursachen.

Nur wenn die Menschen begreifen könnten, dass sie alle eigentlich ein und dasselbe menschliche Wesen sind, das in verschiedenen Variationen anwesend ist, könnten sie kultiviert werden. In dem Fall würde sich niemand brüsten, um andere zu beeindrucken. Erst dann würden die Menschen auch begreifen, dass man zwar *mit* den Dingen leben muss, jedoch niemals *für* die Dinge. Ohne diese Einsicht wird es auf der Erde viele hoch zivilisierte Affen, jedoch keine Menschen geben.

Zivilisiertes Leben ist also ein Leben mit vergänglichen Dingen und für vergängliche Dinge. Alle Dinge, mit denen wir während unseres Lebens zu tun haben – einerlei, ob großartigste Kunstwerke, kostbarste Edelsteine oder banale Pfannen und Töpfe –, sind vergänglich. Nur allzu leicht gehen sie von Hand zu Hand und verlassen unfehlbar ihren unwissenden Besitzer im Augenblick, wenn dessen Gehirn zu funktionieren aufhört.

Kultiviertes Leben ist anderseits zwar ein Leben *mit* den vergänglichen Dingen, jedoch *in* der und *für* die Ewigkeit", sagte Vivien.

„Aber es wird immer wieder gesagt, dass Kunstwerke für die Ewigkeit geschaffen sind und dass die Kunst daher die Unsterblichkeit sichert", sagte Doktor Ovale.

„Natürlich sagt man das, denn die Leute verstehen nicht die Bedeutung des Wortes ‚Ewigkeit'. Ewigkeit hat mit Millionen oder Billionen von Jahren nichts zu tun", sagte Vivien.

„Was ist Ewigkeit?", fragte Doktor Ovale.

„Es ist das Gegenteil von Berechnung", sagte Vivien.

Einen Augenblick rührte sich Doktor Ovale nicht, bevor er erwiderte.

„Für diese unerwartete Antwort bin ich Ihnen zutiefst dankbar. Nie vorher hatte ich das gehört", sagte er sehr langsam. Seine Stimme klang, als wäre er abwesend gewesen.

„Und vergessen Sie nicht, dass für jeden Passagier große Mengen Kraftstoff verbrannt werden müssen, wenn Leute stundenlang fliegen, um einen mächtigen Steinhaufen zu sehen oder irgendwo weit weg besonders große Steaks zu essen", fügte Vivien hinzu.

„Aber manchmal müssen bestimmte Leute weit weg fliegen, zum Beispiel, wenn sie auf Geschäftsreisen sind", sagte Doktor Ovale.

„In der Welt, die den Namen Gemeinschaft verdienen würde, gäbe es solche Geschäftsreisen gar nicht", sagte Vivien.

„Was ich von Ihnen bis jetzt gehört habe, ist restlos zusammenhängend. Es gäbe trotzdem immer noch etwas, was in Ihrer utopischen Gemeinschaft große Schwierigkeiten bereiten würde", sagte Doktor Ovale.

„Und das wäre?", fragte Vivien.

„Wenn alle Leute als einfache Kleinbauern und Handwerker tätig wären, gäbe es weder Universitäten noch Bibliotheken noch Theater noch Kinos noch Seelsorge und praktisch keine intellektuelle Tätigkeit. Würden die Leute nicht langsam verwildern und verdummen?", fragte Doktor Ovale.

„Bedenken Sie nur einen Augenblick die Tatsache, dass Hunderte von Millionen von gewöhnlichen Leuten – eigentlich die große Mehrheit der Bevölkerung in allen Gesellschaften – gar keine Gelegenheit haben, an Hochschulen zu studieren und sich an endlosen leeren Diskussionen in allerlei Seminaren zu beteiligen, in denen es zum Beispiel um ersonnene Bilder in Gedichten und Romanen oder darum geht, was Psychologen, Soziologen, Theologen, Philosophen, Kosmologen und viele andere wirklich meinen, wenn sie dies oder jenes behaupten. Und was haben mindestens neunundneunzig Komma neun Prozent der ganzen Bevölkerung in allen Gesellschaften mit den Diskussionen und der seltsamen Tätigkeit der Leute zu tun, die ihre Zeit damit verbringen, dass sie die Weltformel zu finden und die Existenz von Dingen wie Antimaterie, schwarzen Löchern, Higgs-Teilchen und so weiter zu beweisen versuchen? Die einzige vernünftige Antwort scheint zu sein: wirklich nichts. Die Antwort wäre aber völlig falsch; sie haben mit dem Unsinn sehr viel zu tun: Sie müssen Jahr für Jahr Steuern zahlen, damit einige wenige in monströsen, unverschämt teuren Anlagen ihrem bizarren Zeitvertreib huldigen können. Sind nun all die Millionen von redlichen Steuerzahlern wild und dumm? Wahrscheinlich sind sie es nicht. Aber sie sind ganz sicher die Ausgebeuteten und Geprellten.

Übrigens, ich bin kein Geschichtsexperte, aber von dem, was ich las und über die Vergangenheit der Menschheit lernte, gewann ich den Eindruck, dass weder die religiösen noch die philosophischen Lehren noch die Naturwissenschaften imstande gewesen sind, Hass, Kriege und die brutale Verhaltensweise der Völker zueinander zu verhindern. Es scheint sogar, dass gerade jene Teile der Welt, die auf ihre zahlreichen Universitäten, Forschungsinstitute, Bibliotheken und Kunstgalerien, religiösen Einrichtungen, Gebetshäuser aller Art, Theater und Konzertsäle stolz sind, auch in Verbrechen und Brutalität führend waren.

Es ist nicht schwer zu merken, dass alles ganz anders erscheint, sobald man die Dinge etwas genauer untersucht.

In der menschlichen Gemeinschaft, von der ich rede, wäre das Leben in der Tat ganz anders als das uns vertraute Leben in den Gesellschaften. Weil alle arbeiten würden, gäbe es weder Arbeitgeber noch Arbeitnehmer, weder Mieter noch Vermieter, weder Geld noch Banken, weder Börsen noch Versicherungsgesellschaften, daher weder den Beamtenapparat noch den Dienstleistungssektor, daher auch keine Steuern, also Dinge, die in jeder hoch organisierten Gesellschaft die zentrale Rolle spielen.

Viel mehr als wir in unseren Gesellschaften würden die Menschen in der Gemeinschaft das Gespräch pflegen und über das Universum und viele faszinierende Dinge staunen und von den unbekannten Welten träumen, deren Namen uns zwar geläufig sind, über die wir aber nicht staunen und von denen wir nicht träumen können. Es gäbe jedoch weder Teilchenbeschleuniger noch Atomkraftwerke, weder Raketen noch Satelliten und bestimmt keine Forschungszentren, in denen es den seltsamen Wissenschaftlern gelingt, für ihre Computerspielchen mit Modellen, wie das Universum entstanden ist, und ständigen Geschichten von Durchbrüchen und wissenschaftlichen Erfolgen von den ignoranten, aber ehrgeizigen Regierungen viel Geld zu erschwindeln", sagte Vivien.

„Was Sie mir erzählen, klingt gut, jedoch haben sich alle Versuche – manchmal genannt Kommunismus, manchmal Sozialismus, manchmal Kibbuzim und so weiter –, eine menschliche Gemeinschaft zu gründen, als Misserfolge erwiesen, und die beharrlichsten unter ihnen hatten verheerende Folgen. Deswegen frage ich mich, wieso Sie sicher sein können, dass Ihre Idee von einer menschlichen Gemeinschaft – sollte sie einmal in die Praxis umgesetzt werden – nicht ebenso ein Desaster wäre", sagte Doktor Ovale.

„Das, wovon ich spreche, hat mit jenen naiven Vorstellungen von idealen Staaten mit idealen Gesellschaften, die von Plato und More geschildert wurden, nichts zu tun.

Noch hat es etwas zu tun mit brutalen Systemen wie jenen, die zum Beispiel von Marx, Lenin, Mao und anderen entworfen und von ihren Anhängern praktiziert wurden.

Die Möglichkeit darf man nicht ausschließen, dass auch die Begründer von solchen Systemen vielleicht gemerkt haben, dass mit den menschlichen Gesellschaften etwas grundsätzlich nicht in Ordnung war — jedoch verstanden sie nicht das Wesen des Problems. Platos und Mores utopische Staaten und Gesellschaften sind eigentlich Abbilder der Staaten und Gesellschaften, in denen sie lebten und mit denen sie wohl vertraut waren. Der einzige wesentliche Unterschied zwischen deren Realität und deren Idealen bestand darin, dass der Unsinn der Gesellschaften, in denen sie lebten, in ihren utopischen Gesellschaften lediglich als noch besser organisiert, also noch stabiler gedacht war.

Marx, Lenin und Mao versuchten mit Gewalt und Brutalität die Tyrannei der wenigen Privilegierten durch die Tyrannei der vielen Unterprivilegierten, des Proletariats, zu ersetzen. Sie zwangen sozusagen die Gesellschaft, aus einem See der Tragik in ein Meer der Tragik zu springen. Auf ihren Befehl mussten die Massen auf den Feldern hacken und in den Minen graben, Fabriken und Straßen bauen, Waffen und Kriegsmaterial produzieren. Der führende Kader blieb jedoch in den Städten und diskutierte in endlosen Sitzungen, wie sie die Massen am besten steuern könnten und wie sich ihre Revolution am besten in alle Teile der Welt exportieren ließe. Es ist klar, dass nichts Gutes daraus werden konnte, denn sie als Leader verstanden nicht den Unterschied zwischen der Gesellschaft und der Gemeinschaft. Weil sie als Leader das Wesen des Problems nicht verstanden, konnten sie unmöglich den Weg weisen, der zur Bildung der Gemeinschaft führen würde. Ihre Ziele versuchten sie mit Gewalt zu erreichen, und das ist der beste Beweis, dass sie niemals die Absicht hatten, eine menschliche Gemeinschaft, sondern lediglich eine neue Form der Gesellschaft zu bilden, in der eine andere Schicht an der Macht sein sollte. Was sie taten, war eigentlich eine Art riesige Anstrengung, den furchtbaren Leidensweg der unterdrückten und ausgebeuteten Massen während der ganzen Menschheitsgeschichte zu rächen. Sie wollten ihre eigene Idee der Gerechtigkeit in der ganzen Welt durchsetzen. Indem sie das zu erreichen suchten, bewirkten sie genau das Gegenteil – die gewaltige Mehrheit der Bevölkerung musste Jahrzehnte lang schwer leiden. Selbstverständlich begriffen sie nicht, dass paradoxerweise gerade die Tyrannei die Mutter der Gerechtigkeitsidee ist. Falls es der Menschheit jemals gelingen sollte, die menschliche Gemeinschaft zu schaffen, wird es gewiss weder mit den Mitteln der Gewalt noch mit Hilfe der Gesetze geschehen, sondern nur und ausschließlich dank der Einsicht und dem Verständnis. Sollte es einmal dazu kommen, wird das Wort ‚Gerechtigkeit' gar nicht mehr existieren, denn das Gegenteil wird fehlen", sagte Vivien.

„Eine klare Antwort auf meine Frage betreffend rein intellektuelle und künstlerische Tätigkeit in Ihrer utopischen Gemeinschaft habe ich noch nicht gehört. Könnten Sie mir bitte etwas mehr darüber sagen?", fragte Doktor Ovale.

„Wie bereits gesagt, würden in der menschlichen Gemeinschaft alle Menschen in der Landwirtschaft arbeiten, und praktisch jedermann würde mehrere nützliche Handwerke beherrschen. Somit würden alle die grundlegende, primäre Arbeit tun, um alles zu besorgen, was für eine einfache Lebensführung erforderlich ist. Wenn die Arbeit getan ist, könnten sich die Leute den besonderen Aktivitäten widmen, an denen sie persönlich interessiert sind. Die einen würden vielleicht Rosen, die anderen Bienen züchten; einige würden Musikinstrumente bauen oder spielen oder beides, andere wiederum Mathematikprobleme lösen oder Fußball spielen; wiederum andere würden vielleicht den Chorgesang und die Tanzkunst pflegen. Niemand würde niemanden daran hindern, seiner bevorzugten Freizeitbeschäftigung nachzugehen.

Es ist anzunehmen, dass gerade solche besonderen Tätigkeiten jedem die Gelegenheit bieten würden, bestimmte Menschen zu beeindrucken und zu erfreuen.

Zweifelsohne würden sie großen Einfluss auf die Partnerwahl und somit auch auf die demographische Struktur und die Gesundheit der ganzen Gemeinschaft haben, denn gesunde, Intelligente, begabte, fähige Mitglieder beider Geschlechter wären die begehrten Partner, wenn es darum geht, wer mit wem gern die Nachkommenschaft hätte. Es gäbe eine spontane natürliche Auslese, frei vom politischen, religiösen, materiellen oder irgendwelchem anderen Druck, der so viele Probleme und Tragödien in allen Gesellschaften verursacht.

*

Es ist sehr wahrscheinlich, dass einige handwerklich besonders begabte Leute Freude daran hätten, Modellautos und Modellflugzeuge zu bauen, und sie sollten ungestört ihre Begabung entfalten. Aber: Solche Modellautos und Modellflugzeuge würden *Spielzeuge* bleiben. Jene, die sie bauen könnten, würden selbstverständlich allen Interessierten die Kunst des Modellbaus beibringen und ihren neugierigen Lehrlingen erklären, dass man große Autos bauen könnte, die sehr schnell fahren, große Flugzeuge, die sehr schnell fliegen und verschiedene Maschinen, mit denen sich die Arbeit von vielen Arbeitern in der Landwirtschaft verrichten ließe, dass aber gerade solche Maschinen für das Leben sehr schädlich wären und für die ganze Menschenart katastrophale Folgen hätten. Sie würden ihnen erzählen, dass es früher unvorstellbar viele solche Fahrzeuge, Flugzeuge und Maschinen allerlei Art gegeben hatte. Weil sie aber die Existenz der Menschen bedroht hatten, beschlossen die Menschen, sie nicht mehr zu bauen oder zu gebrauchen. Man könnte ruhig eine Anzahl von solchen Maschinen und allerlei technischen Wundern aufbewahren und überall in der Welt eine Art technische Museen einrichten, damit Menschen sehen können, was ihre Vorfahren früher gebaut und benutzt und worauf sie dann *aus Liebe zum Leben* verzichtet hatten. Die Menschen würden begreifen, dass man *aus Liebe zum Leben* Dinge wie Autos, Flugzeuge und alle Arten von Maschinen nie mehr für praktische Zwecke bauen sollte. Anders gesagt, sie würden begreifen, dass das Leben unendlich wichtiger ist als irgendwelche faszinierende technische Leistung. Die mathematisch Begabten würden ihrer Liebe für mathematische Logik nachgehen und aus purem Vergnügen alle anderen ebenso daran Interessierten in der Kunst des reinen Denkens unterrichten. Ihren neugierigen Schülern würden sie erklären, dass man mit Hilfe von Mathematik unglaubliche Geräte bauen könnte, die mit ungeheurer Geschwindigkeit fliegen könnten, vielleicht sogar zu den anderen Planeten, oder solche, die das ganze Leben auf der Erde und alles, was die Menschen errichtet haben, zerstören könnten.

Wie Sie sehen können, gäbe es in der menschlichen Gemeinschaft mehr als genug Zeit und Raum für rein intellektuelle Beschäftigung. Der einzige Unterschied wäre, dass man die theoretischen Kenntnisse *absichtlich nicht praktisch anwenden würde*, um allerlei technische Geräte zu bauen, die uns in allen unseren Gesellschaften ermöglichen, das parasitäre Leben der Städter zu führen, und die drohen, uns schließlich zum Verhängnis zu werden. Die Menschen in der Gemeinschaft würden begreifen, dass das Leben das größte aller Wunder ist – wahrscheinlich das einzige – und daher auch unendlich mehr wert als irgendein Lebens*stil* oder irgendwelche technische Errungenschaft.

Müsste ich kurz fassen, was ich meine, würde ich sagen: Die Menschen in der Gemeinschaft wären sich bewusst, dass die Eierstöcke der Mädchen und die Hoden der Knaben, die Luft, das Wasser und die Nahrung auf unserem Planeten unendlich mehr wert sind als alle unsere wissenschaftlichen und technologischen Errungenschaften – welcher Art auch immer –, die uns ermöglichen, Raketen, Flugzeuge, Atomschiffe und U-Boote, Automobile, Züge, Computer, Fernsehapparate, Mobiltelefone und so weiter zu bauen, die für den Lebensstil in den Gesellschaften so typisch sind.

Falls Leute in den Gesellschaften wegen ihres schrecklichen Unwissens und ihrer völligen Verblödung zum Schluss kommen, dass der Lebens*stil* wichtiger ist als das *Leben* selbst, wird das Leben bald verschwinden müssen. Mit dem Verschwinden des Lebens wird aber auch der Lebensstil als die Begleiterscheinung des Lebens verschwinden. Wer den Lebensstil mehr schätzt als das Leben selbst, der hält sozusagen das Badewasser für mehr wert als das Kind, das darin gebadet wird. Hoffentlich habe ich klar gesprochen", sagte Vivien.

„Vielen Dank, das haben Sie in der Tat. Aber wäre es nicht unfair, den Leuten die Vorteile der modernen Medizin vorzuenthalten? Sie haben mir schon etwas davon gesagt, aber gern würde ich noch mehr hören", sagte Doktor Ovale.

„Aus dem, was ich gelesen habe und zu verstehen glaube, schließe ich, dass auf der Grundlage des riesigen Wissens unserer Zeit eine streng eingehaltene Präventivmedizin der Gesundheit der Weltbevölkerung nützlicher wäre als die moderne Kurativmedizin in den besten Kliniken. Dort bekämpft man mit unwahrscheinlich komplizierten Medikamenten allerlei Krankheiten, die hauptsächlich durch unseren modernen Lebensstil verursacht werden. In denselben Kliniken werden Organe – nicht immer auf redliche Art und Weise beschafft – gegen teure Zahlung transplantiert, damit das Vegetieren von anderen verlängert werde", sagte Vivien.

„Aber sollte man nicht den älteren Leuten gestatten, länger zu leben, wenn sie es möchten?", fragte Doktor Ovale.

„Diese Frage haben wir mehr oder weniger bereits besprochen, aber es ist trotzdem gut, dass Sie sie nochmals stellen.

Es ist eine seltsame Welt, in der wir leben. Manchmal habe ich den Eindruck, dass eine Art Kurzschluss in den Köpfen derer geschehen ist, die an der Macht sind und Entscheidungen fällen, die uns alle angehen. Denken Sie bloß einen Augenblick daran, dass alles getan wird, um das Leben von alten Menschen zu verlängern, und dass gleichzeitig alles getan wird, um der neuen Generation nicht zu gestatten, geboren zu werden. Unsere Gesetze ermutigen die Tötung von Kindern in den Gebärmüttern ihrer Mütter, weil ihre Mütter auf dem Recht bestehen, *persönlich* frei zu entscheiden, ob ihre Kinder leben oder nicht leben sollen. Aber dieselben Frauen sprechen nie von den Rechten jener Kinder, ebenso *persönlich* zu entscheiden, ob sie leben oder nicht leben möchten. Ja, es muss tatsächlich eine Art Kurzschluss in den Köpfen solcher Mütter und jener Leute geben, welche die Gesetze verabschieden, durch die das Töten von Kindern legalisiert wird, bevor sie geboren werden, nur weil deren Mütter und die Welt, in der sie leben, weder liebend noch großzügig sind, um die künftige Welt willkommen zu heißen. Falls solche nicht Mütter sein Wollende sich für so verrückt intelligente, emanzipierte und freiheitsliebende Geister halten, dann sollten sie ihre sexuelle Aktivität so praktizieren, dass sie gar nicht schwanger werden, nicht wahr?", sagte Vivien.

„Da bin ich mit Ihnen nicht ganz einverstanden, weil bei der erlaubten Abtreibung kein Kind getötet wird", sagte Doktor Ovale.

„Was geschieht denn sonst, falls kein Kind getötet wird?", fragte Vivien.

„Was zerstört wird, ist bloß die Frucht, aber noch kein Kind", sagte Doktor Ovale.

„Warum glauben Sie, dass es noch kein Kind ist?", fragte Vivien.

„Es ist noch kein Kind, weil noch nicht alle Organe voll entwickelt sind", sagte Doktor Ovale.

„Sie haben noch nicht die wahrnehmbare Form angenommen, das ist wahr, aber sie sind enthalten als Möglichkeiten in den Zellen, die sich im Prozess der Teilung und Spezialisierung befinden. Das Resultat dieses Prozesses werden jene Organe sein, die man noch nicht sieht. Jeder, der nur eine Ahnung von Biologie und Embryologie hat, weiß schon, dass alle Organe des ganzen künftigen Organismus als schlummernde Möglichkeiten bereits in der einzigen gerade befruchteten Eizelle vorhanden sind. Während der Teilung, die auf die Befruchtung folgt, bringen die Differenzierung und Spezialisierung der so entstandenen neuen Zellen die Formung verschiedener Organe zustande, die schließlich jeweils jene Gestalt und Funktion annehmen müssen, die in der ersten befruchteten Eizelle, genannt ‚Zygote', vorprogrammiert sind. Das wissen Sie doch hundertmal besser als ich", sagte Vivien.

„Aber die Frucht ist sich keiner Sache bewusst", sagte Doktor Ovale.

„Das ist eine sehr seltsame Rechtfertigung. Wenn eine solche Rechtfertigung gilt, dann ist es kein Verbrechen, jemanden zu töten, der tief schläft und sich ebenso keiner Sache bewusst ist. Habe ich Recht?", sagte Vivien.

„Ich weiß nicht, was ich sagen soll", sagte Doktor Ovale.

„Sie fragten, ob es alten Menschen erlaubt werden sollte, länger zu leben, falls sie es möchten, nicht wahr?

Ihre Frage überrascht mich sehr – eigentlich bin ich schockiert", sagte Vivien.

„Warum?", fragte Doktor Ovale.

„Wer darf sich das Recht nehmen, ihnen zu erlauben oder

nicht zu erlauben zu leben? Sie müssen das Recht haben zu leben, solange die Natur es erlaubt, und nicht das Recht dazu von jemandem erhalten. Keine Autorität darf ihnen erlauben oder verbieten zu leben. Derselbe Grundsatz muss gelten für die Ältesten wie für die Jüngsten und für alle", sagte Vivien.

„Was ich von Ihnen hören darf, ist eigentlich unerhört, weil niemand so klar spricht, wenn es um so wichtige Dinge geht. Sind Sie sich dessen bewusst?", fügte er hinzu.

„Ich bin mir dessen bewusst, dass es unerhört ist, denn solche Äußerungen hört man praktisch nirgends. Ganz wenige denken so, und jene, die so denken, sagen es nicht laut aus Angst, für verrückt erklärt und in eine Irrenanstalt gesteckt oder getötet zu werden", sagte Vivien.

„Hätten Sie im Interview irgendetwas Ähnliches gesagt, hätten wir nicht diesen wunderbaren Spaziergang, und ich hätte nicht die Gelegenheit zu hören, was Sie mir erzählt haben", sagte Doktor Ovale.

„Alle im Team sind an meiner Person sehr interessiert, denn sie alle haben ihre persönlichen Gründe und Pläne. Dessen bin ich mir bewusst. Hätte ich irgendetwas Ähnliches gesagt, würden sie das Interview mit mir nie ausstrahlen. Sie sind vorsichtig und wollten daher keine Direktübertragung eines Interviews mit mir. Stattdessen beschlossen sie, ein präpariertes Interview mit mir auszustrahlen. Sie alle und alle TV-Zuschauer möchten das hören, was sich mit ihrem oberflächlichen Leben und ihrer Denkweise reimt. Stellen Sie sich bloß vor, was die Reaktion aller Institutionen, die für die Gesellschaften in der ganzen Welt typisch sind, wäre, wenn ein Interview mit dem Inhalt unseres Gespräches ausgestrahlt würde. Die ganze Welt wäre mein Feind. Habe ich nicht Recht?", sagte Vivien

„Nicht ganz", sagte Doktor Ovale.

„Und warum nicht?", fragte Vivien etwas überrascht.

„Ich sagte nicht, Sie seien ganz im Unrecht, sondern dass Sie nicht ganz Recht hätten. Die meisten Zuschauer würden Sie wahrscheinlich für eine dumme Gans halten, die ihre lächerlichen Geschichten für sich behalten sollte. Ich weiß nicht, wie viele von ihnen Ihre Ideen billigen würden, aber ich kenne jemanden, der von dem, was Sie erzählen, begeistert ist und der Sie bewundert“, sagte Doktor Ovale und lächelte.

*

„Wir beide haben einen kleinen Ausflug in die utopische Welt der menschlichen Gemeinschaft gewagt, die offensichtlich nur in den Köpfen der wenigen wahren Träumer existieren kann – richtige Dinge am richtigen Ort zum richtigen Zeitpunkt, das ist die Geheimformel“, sagte sie und versetzte ihm noch einmal einen sanften Stoß in die Rippen. Doktor Ovale lächelte und errötete. Er war überglücklich.

„Was Sie mir gesagt haben, kann leider nie geschehen“, sagte er.

„Ich weiß, aber das sollte uns nicht daran hindern, darüber zu sprechen und darüber nachzudenken. Die Flügel der Fantasie helfen zu schweben und zu bestehen im Sturm über dem Ozean von Unzulänglichkeiten“, sagte Vivien.

„Die menschlichen Wesen – nennen wir sie trotz allem so – haben sich an einen bestimmten Lebensstil gewöhnt und können ihn nicht aufgeben. Wahrscheinlich würden die meisten Menschen in der Welt lieber sterben als ihren persönlichen Lebensstil aufgeben“, sagte Doktor Ovale.

„Sie haben Recht. Für die meisten Menschen ist der Lebensstil wichtiger als das Leben selbst“, sagte Vivien.

„Eigentlich hat niemand diesen Zustand der Welt gewollt oder geplant. Es musste so kommen, wie es ist. Nun scheint alles in einer Sackgasse zu sein. Ich muss Leute beraten, die aus dem seelischen Gleichgewicht gekommen sind, jedoch kann jenes, was ihren Zustand verursacht, nicht mit psychologischen Ratschlägen behoben werden. Aus dem Grund kann man ihnen gar nicht helfen. Ich befürchte, dass der Punkt, von dem an es kein Zurück mehr gibt, bereits hinter uns liegt", sagte Doktor Ovale mit Trauer im Gesicht.

„*Der* Punkt liegt immer hinter uns, weil es eine Rückkehr nie gibt. Die Idee einer Rückkehr zu irgendetwas oder irgendeinem Zustand ist ein Denkfehler, weil für unsere Sinne, das heißt, in unserem praktischen Leben sich alles ununterbrochen nur in eine Richtung verändert und voranschreitet, und wir handeln im Einklang damit. Man bedenke bloß, wie sinnlos es wäre, Ferienpläne für das vergangene Jahr zu machen. Anderseits bleibt für das rein abstrakte Denken alles trotz des offensichtlichen Wandels immer dasselbe. Aber ohne Sinne gibt es kein Denken, und Sinne ohne Denken sind Waisen", sagte Vivien.

„Ich wollte, Heraklit und Parmenides wären hier und könnten hören, was Sie zu sagen haben. Die beiden würden Sie bestimmt bitten, ihre gemeinsame Muse zu sein", sagte Doktor Ovale und lächelte sie an.

„Oh, vielen Dank, das höre ich gern", sagte Vivien.

„Etwas vermisse ich aber in Ihrer utopischen Welt immer noch", sagte Doktor Ovale.

„Was?", fragte Vivien.

„Wenn ich Sie richtig verstehe, würde Malen als bildende Kunst in der utopischen Gemeinschaft, von der Sie reden, kaum einen Sinn haben? Und doch spüren die Menschen ein Bedürfnis, die Natur nachzuahmen, nicht wahr?", sagte Doktor Ovale.

„Ein besonderer Kenner der Philosophie bin ich nicht, aber ich bin überzeugt, dass man das griechische Wort

‚Mimesis' auf zweierlei Art verstehen und befolgen kann", sagte Vivien.

„Oh, das ist spannend, fahren Sie fort", sagte Doktor Ovale.

„Eine Art, die Natur nachzuahmen, könnte sein, dass man versucht, die Welt so zu malen, wie man sie sieht. Unabhängig davon, wie erfolgreich ein solcher Versuch sein mag, muss er immer bloß ein Versuch bleiben, nur ein Schatten dessen, was man sieht.

Was wir zu sehen glauben, ist selbst jedoch bereits bloß das Resultat des Zusammenspiels des Lichtes, unserer Sehorgane und unseres Gehirns, das die physikalischen Größen in emotionale Erfahrungen umwandelt. Wie diese Umwandlung geschieht, wird wahrscheinlich – das hoffe ich innig – für immer etwas bleiben, was das Gehirn nicht fassen kann. Das will besagen, dass unsere Art, die Welt wahrzunehmen und zu erleben, nur eine Interpretation ist. Wenn wir Farben und Formen wahrnehmen, interpretieren wir eigentlich etwas. Die Interpretation wird durch die Natur des Lichtes sowie durch die Natur unserer Sehorgane und unseres Gehirns bestimmt. Wenn wir versuchen, das persönliche, hochsubjektive Erleben von Formen und Farben zu malen, müssen wir noch einmal eine Umwandlung und Umdeutung vornehmen. Indem wir Pinsel, Farben und sonstige Malutensilien gebrauchen, um jenes zu malen, was wir sehen und empfinden, entfernen wir uns noch mehr von dem, was den allerersten Eindruck auf uns gemacht und das erste hochpersönliche, hochsubjektive Erleben ausgelöst hat, welches bereits – wie schon festgestellt – unvermeidlich das Resultat einer Umwandlung sein muss. Somit ist jedes Gemälde – unabhängig davon, wie gut es gemalt sein mag – eine Nachahmung des Resultats einer Umwandlung. Sehr gut und äußerst schlecht gemalte Äpfel sind gleich weit entfernt von der eigentlichen, natürlichen Frucht, genannt ‚Apfel', die ihren besonderen Duft und Geschmack hat und die gegessen werden kann. Ein außerordentlich gut gemaltes Bild ist nicht weniger eine Vortäuschung als ein besonders schlecht gemaltes.

Oder denken Sie an zwei Statuen, die von zwei verschiedenen Bildhauern angefertigt wurden und den Körper einer bestimmten Person darstellen sollten. Eine der beiden Statuen ist so gut gelungen, dass man mühelos sagen kann, wen die Statue darstellen soll, und die andere ist so schlecht geraten, dass sie kaum an den menschlichen Körper erinnert. Beide Statuen sind Produkte einer Tätigkeit, die man als ‚Tun als ob' bezeichnen könnte, eigentlich eine Täuschung. Keine der beiden Statuen hat mit jener Person, die sie darstellen sollte, etwas zu tun, noch ist eine der beiden auch nur um ein kleines bisschen lebendiger als die andere.

So verstanden, bedeutet ‚Mimesis' einfach Nachahmung, Tun als ob. Die meisten Menschen sind sich jedoch dessen nicht bewusst und nennen die Nachahmung ‚Kreativität', wenn sie von den so genannten Künstlern sprechen. Sie gebrauchen das Wort ‚Kreativität', ohne eigentlich zu wissen, was sie sagen. Die Produzenten der so genannten Kunstwerke kreieren eigentlich nichts. Alle Gemälde und Statuen – einerlei, ob sie vor Jahrtausenden entstanden sind oder ob sie soeben angefertigt wurden – sind Produkte der Nachahmung von etwas, was an sich bereits bloß eine höchstpersönliche Erfahrung jener Naturebene ist, die als solche sich den Sinnen entzieht und von einigen Denkern als ‚natura naturans' bezeichnet wird. Solange die Menschen in Gesellschaften irgendwelcher Art leben, werden sie den Begriff *Mimesis* nur so verstehen – eben als Nachahmung. Und weil sie die tiefere Bedeutung von Mimesis nicht kennen, werden sie die Fähigkeit nachzuahmen, zu imitieren als Kreativität bezeichnen.

Solange die Produkte der Nachahmung eigener visueller Interpretationen des Verborgenen als Kunstwerke gelten, brauchen sich die Auktionshäuser um ihre Zukunft nicht zu kümmern. Dort werden die bizarrsten Exemplare des hochstilisierten Unsinns geschickt hochgespielt und als eine Art himmlischer Wunder allerlei Oligarchen und Tycoons angedreht.

Falls aber ein Wunder geschieht in dem Sinn, dass es den Menschen irgendwie gelingt, Einsicht und Verständnis zu erlangen und eine Weltgemeinschaft zu gründen, wird der Begriff ‚Mimesis' eine ganz andere Bedeutung annehmen. Die Leute werden begreifen, dass ihre ersten, höchstpersönlichen, subjektiven Wahrnehmungen des Verborgenen die einzig gültigen Bilder und Skulpturen sind, weil sie dem verborgenen Original unendlich näher stehen als irgendwelche Formen der unzähligen lächerlichen Nachahmungen, genannt Gemälde, Skulpturen und Fotografien. Jeder Mensch wird sich der Tatsache bewusst sein, dass die ganze Welt, die von jedem Einzelnen auf eine einzigartige, besondere Weise erfahren wird, an der Herstellung des einzig gültigen Filmes beteiligt ist – des Lebens selbst. Dadurch wird jeder Einzelne zugleich zum Filmproduzenten und Regisseur, Kameramann und Zuschauer des großen Films, den wir Leben nennen. Wohin auch immer sie sich begeben und was auch immer sie tun, werden sie in jeder Landschaft auf der Welt eine Kunstgalerie mit einer Sammlung von *Originalbildern* sehen. Wohin auch immer sie sich begeben, werden sie also einen Film sehen, und was auch immer in ihrem Leben geschieht, wird ein Teil der Handlung dieses fantastischen Films sein. Somit wird alles in jedem individuell kreierten Film – die Landschaft, die Lebewesen, die Schauspieler und die Handlung – echt sein, einerlei, wo und wann die Handlung stattfindet, und ungeachtet der Tatsache, dass sie immer anders ist. Dem ist so, weil die Mutter Natur, die Materie, unermüdlich neue Formen schafft, die so genannten toten wie die so genannten lebendigen. Sie stattet all ihre Geschöpfe mit Eigenschaften und Fähigkeiten aus, die ihnen helfen, das zu sein, was sie im gegebenen Augenblick sind. Sie ist jedoch nicht im Geringsten daran interessiert, sie aufzubewahren, und lässt sie genauso willig verschwinden, wie sie sie erschafft. Das ist die Natur der Natur, ihr eigentliches Wesen. Wer die Natur der Natur begreift, der wird ihr Schauspiel überall und in allem genießen, aber nie die Bilder von etwas machen oder sammeln, um es dadurch aufzubewahren und zu verewigen. Wer die Natur der Natur begreift, weiß, dass der unablässige Wandel, das wilde Treiben an der Oberfläche der Welt, das Produkt der schaffenden Kräfte in ihrem Inneren ist, ohne die es weder unsere Körper noch unsere Gedanken gäbe. Da in dem wilden Treiben der Welt nichts festgehalten werden kann, sind Bilder bloß alberne Versuche, den Wandel aufzuhalten, der doch die Quelle des Weltreizes ist.

Es braucht nicht besonders betont zu werden, dass die nicht wahrnehmbare Natur der Natur, die Mutter der Welt, die wir Materie nennen, sowieso nicht gemalt werden kann. Anders gesagt, wer die Natur der Natur begreift, versteht das Wort ‚Mimesis' nicht als den Aufruf, *die erschaffene Natur, das äußere Spiel der unsichtbaren schaffenden Natur, nachzuahmen*, sondern als Aufruf, *so zu handeln, wie es die schaffende Natur tut.* Genau wie es die schaffende Natur tut, wird er alle erscheinenden Formen des Lebens begrüßen, aber er wird ihnen nicht nachtrauern, wenn sie verschwinden. Er wird so handeln, weil er weiß, dass das Erscheinen und Verschwinden bloß unsere menschliche Art sind, die unsichtbare, unermüdlich wirkende Mutter Natur zu erleben, die, das Kind des reinen Denkens, sich der Kraft der Sinne entzieht, sich verbirgt, sich jedoch zugleich im bunten Strom ihrer unzähligen Schöpfungen erahnen lässt, die in ihrem großartigen Theater, unserer Welt, unermüdlich ihre Rollen spielen.

Es leuchtet ein, dass in der menschlichen Gemeinschaft die lächerlichen Einrichtungen wie Kunstgalerien mit ihren unzähligen rissigen Kleckserеien sowie die Auktionshäuser, die so vielen ein albernes, parasitäres Leben ermöglichen, undenkbar wären“, sagte Vivien.

„Für diese unerwartete, unglaubliche Erklärung bin ich Ihnen zutiefst dankbar. Nie vorher habe ich etwas Ähnliches gehört, und wahrscheinlich niemand sonst hat es gehört“, sagte Doktor Ovale.

„Oh, es freut mich, das zu hören, obwohl ich glaube, dass Sie mich zu viel loben“, sagte Vivien.

*

„Und was würde in der Gemeinschaft, von der Sie reden, mit der Musik geschehen?“, fragte Doktor Ovale.

„Die Beschäftigung mit der Musik würde sich gewiss großer Beliebtheit erfreuen, jedoch würde sich die Beziehung der Menschen zur Musik völlig ändern. Jene, die wissen, wie man Musikinstrumente baut, würden alle unterrichten, die das Handwerk erlernen möchten. Jene, die bestimmte Instrumente gut spielen können, würden alle Lernwilligen unterrichten. So würden viel mehr Menschen als in den Gesellschaften Musikinstrumente bauen und spielen, und zwar nur zum Vergnügen, um ein geselliges Beisammensein zu genießen. Das will besagen, dass alle Musiker und Instrumentenbauer reine Amateure wären. Genau wie es keine professionellen Tänzer und Sportler geben würde, gäbe es auch keine professionellen Musiker und Sänger, und daher würde der ganze abscheuliche Geschäftszirkus im Zusammenhang mit Musikaufnahmen und Massenkonzerten aller Art, wie wir sie kennen, gar nicht existieren. Es ist klar, dass in der menschlichen Gemeinschaft nur jene die Musik spielen und hören würden, die sie richtig lieben. In der Gemeinschaft würden die Menschen also nicht musizieren, um an Geld zu kommen, sondern einfach aus Freude. Selbstverständlich gäbe es keine elektronischen Geräte und keine Musikaufnahmen, und die Leute würden bewusst keine Musik schreiben", sagte Vivien.

„Und warum nicht?", fragte Doktor Ovale.

„Sie täten es nicht aus demselben Grund, aus dem sie keine Bücher schreiben würden", sagte Vivien.

„Es tut mir leid, aber ich sehe keine Verbindung, keinen Zusammenhang. Helfen Sie mir bitte zu verstehen, was Sie meinen?", bat Doktor Ovale seine Begleiterin.

„Nun, stellen Sie sich eine Quelle vor, wo Wasser ununterbrochen aus der Tiefe quillt und als ein fröhlicher, erfrischender Bach davonfließt. Das läuft so, solange das quellende Wasser nicht am Wegfließen gehindert wird. Sobald jedoch das quellende Wasser gezwungen wird, bei der Quelle zu bleiben, wird es bald zum abgestandenen, trüben Teichwasser, unter dem die Quelle erstickt", sagte Vivien.

„Oh, das ist absolut großartig! Ich glaube, dass ich verstehe, was Sie meinen: Nur weil es bereits Millionen von Blättern geschriebener Musik gibt, können musikalisch begabte Menschen, die fähig wären, etwas Ähnliches oder sogar Identisches zu schreiben, das unmöglich tun, weil man das sofort für bloße Nachahmung oder sogar für Stehlen des fremden geistigen Eigentums, das bereits in schriftlicher Form auf der ganzen Welt erhältlich ist, erklären würde. In jedem Land, in dem Komponieren und Musizieren eine sehr lukrative Beschäftigung sein kann, müsste ein Komponist daher zuerst mit dem ganzen Körper der bereits komponierten Musik vertraut werden, um sicher zu sein, dass er niemanden nachahmt und von niemandem stiehlt, sondern seine eigene originelle Musik komponiert. Das ist aber während eines Menschenlebens nicht zu bewältigen. Wahrscheinlich ist das die Erklärung, warum die neuen Komponisten – auch die begabtesten unter ihnen – so absurde und bizarre Stücke komponieren, dass sie gar nicht verdienen, als Musik bezeichnet zu werden. Sie tun das, weil sie versuchen müssen, anders als alle anderen zu komponieren, deren Werke bereits auf dem Markt sind. Aus dem Grund ist es nicht übertrieben zu behaupten, dass die grandiose Musik von Vivaldi, Bach, Mozart und anderen großen Komponisten – eben dadurch, dass sie aufgeschrieben wurde – all jene seltsamen Produkte wie Techno, Rap, Metal und viele andere neue Versuche, eine originelle Musik zu schaffen, ins Leben gerufen hat“, sagte Doktor Ovale.

„Genau, aber jene professionellen Musiker in allen Gesellschaften, die ihr ganzes Leben lang nur die Musik von Bach und seinen Kollegen studieren und bewundern und die für die musikalischen Auswüchse wie etwa Metal mit all ihren angeblichen Variationen nur Verachtung empfinden, merken die seltsame Verbindung nicht. Die Produkte von zum Beispiel Techno, Rap, Metal und anderen halten sie für vulgär, primitiv, ohne irgendwelchen musikalischen Wert, jedenfalls für etwas, was mit der Musik ihrer bewunderten Meister nichts zu tun hat. Sie ahnen natürlich nicht, dass die Paradepferdchen des Unsinns wie Heavy Metal, Black Metal, Death Metal, Speed Metal, Thrash Metal, New Metal, Doom Metal und viele andere Metals die ungeplanten Nachfolger ihrer klassischen Idole – etwa Bachs oder Beethovens – sind. In der menschlichen Gemeinschaft würde man daher keine Musik niederschreiben. Musiker würden entweder das spielen, was sie auswendig können, oder aber sie würden improvisieren. Deswegen würden alle ausführenden Musiker bei jeder Darbietung zugleich auch als Autoren des Musikstücks, das sie gerade darbieten, gelten, sonst nicht. Somit würde das frische Wasser – genannt menschliche Genialität – ungehindert quellen und davonfließen. Ein neuer Teich mit abgestandenem Wasser aus bereits vorhandenen Produkten, welches die Quelle erstickt, könnte sich nie mehr bilden. Die Pforte für das ungehinderte Hervortreten der Genialität stünde immer offen", sagte Vivien.

*

„Diese Erklärung ist absolut umwerfend. Die ganze Welt sollte sie erfahren. Und was würde mit der Literatur geschehen?", fragte Doktor Ovale.

„Die Literatur als Kunst des geschriebenen Wortes würde verschwinden, jedoch würde die Dichtung als die Kunst des lebendigen, gesprochenen Wortes gedeihen", sagte Vivien.

„Würde das nicht eine starke Verarmung unseres Lebens bedeuten?", fragte Doktor Ovale.

„Ein großes Missverständnis bewegt uns zu einer solchen Annahme. Bedenken Sie nur die Tatsache, dass selbst in den am meisten entwickelten Gesellschaften äußerst wenige Leute die größten und faszinierendsten literarischen Werke wie etwa Homers *Ilias* und *Odyssee*, Sophokles' *Ödipus* und *Antigone*, Dantes *Göttliche Komödie*, Shakespeares *Sonette*, Goethes *Faust*, Tolstois *Krieg und Frieden* lesen, um nur einige wenige der berühmtesten zu nennen. Zweifelsohne besitzen Millionen von Menschen auf der ganzen Welt die Bücher, in denen diese Werke enthalten sind, aber sehr wenige lesen sie. Die Zahl derer, die diese berühmten literarischen Werke nicht bloß gelesen, sondern aus ihnen auch etwas fürs Leben gelernt haben, ist fast gleich null. Oder denken Sie an alle Arten von heiligen Schriften, die das Töten und anderen Schaden zufügen als Sünde bezeichnen; die Anhänger und Verehrer von solchen Schriften sind jedoch jederzeit bereit, allen, die nicht zu ihrer religiösen Horde gehören, zu schaden, ja sie sogar zu töten. Wir haben uns an den Gedanken gewöhnt, dass unsere Kultur in den Dingen wie allerlei Tempeln, Gebetshäusern, Schlössern, Konzerthallen, Theaterhäusern, Universitäten, Bibliotheken und so weiter enthalten ist. Deswegen glauben wir, dass ohne sie unser Leben viel ärmer wäre und dass die Leute ohne sie zu brutalen Wilden ohne jegliche Kultur werden müssten. Eigentlich geschähe das Gegenteil: Die Menschheit würde sich selbst eine heilsame Erfrischung bescheren, wenn sie den Mut aufbringen könnte, all die ungeheuren Steinhaufen aufzugeben, die jetzt vergöttert werden. Dadurch würde sich – zum ersten Mal – die Gelegenheit bieten, etwas zu schaffen, was den Namen ‚menschliche Kultur' verdient. Was wir heutzutage Kultur nennen, ist die reinste Negation der Kultur. Erzählte Geschichten und vorgetragene Gedichte beeindrucken den Zuhörer stärker als ihre geschriebene Form den Leser. Das kommt daher, dass das geschriebene Wort einen starren, daher zerbrechlichen Charakter hat – es ist irgendwie lebensfremd. Das gesprochene Wort anderseits ist flüssig und geschmeidig, daher mit dem Charakter des Lebens übereinstimmend. Nach einer gewissen Zeit wirkt jeder schriftliche Text veraltet, und sein spröder Charakter muss nachgeben und brechen – er muss in die moderne Sprache übersetzt werden, wenn er auch für Nichtspezialisten verständlich sein soll. Aber auch die beste Übersetzung ist nicht das Original. In der italienischen Sprache gibt es ein

Sprichwort, das besagt, dass jeder Übersetzer unvermeidlich ein Betrüger sei. Weil es geschmeidig ist, passt sich das gesprochene Wort kontinuierlich der Zeit an und ist immer modern. Das ist möglich, weil es in jeder Situation die direkte Verbindung zwischen dem Sprechenden und dem Zuhörenden darstellt. Immer, wenn gebraucht, schafft es eine frische, neue Gemeinschaft. Aus dem Grund wären in der menschlichen Gemeinschaft Erzählen von Geschichten und Vortragen von Gedichten sowie Gespräche und Diskussionen im Allgemeinen von größter Bedeutung, viel wichtiger, als sie es heute in unseren Gesellschaften sind", sagte Vivien.

„Darf ich Sie noch etwas fragen?", fragte Doktor Ovale.

„Fragen Sie, so viel Sie wollen; bitte schön", antwortete Vivien.

„Zuerst muss ich Ihnen nochmals für jedes Wort danken. Alles, was ich von Ihnen bis jetzt gehört habe, ist ganz und gar umwerfend. Nun hoffe ich zu verstehen, was nicht Kultur ist. Jedoch weiß ich noch nicht, was Kultur ist. Würden Sie mir bitte auch das erklären?", fragte Doktor Ovale.

„Wie bereits erwähnt, kommt unser Wort Kultur vom lateinischen Wort ‚colere', was etwa ‚pflegen' bedeutet.

Falls man flüchtige, vergängliche Dinge pflegt und für sie lebt, dann lebt man für Werte, die in allen Gesellschaften von größter Bedeutung sind. All solche Werte lassen sich zusammenfassend als ‚Zivilisation' bezeichnen. In allen Gesellschaften werden verschiedene Elemente der Zivilisation irrtümlich als ‚Kultur' bezeichnet. Kurz gefasst, kann man sagen, dass Menschen die Zivilisation schaffen, wenn sie sich den vergänglichen Werten widmen und für sie leben. Die Pflege der vergänglichen Dingwelt ist für das praktische Leben sehr wichtig und sollte unter keinen Umständen vernachlässigt werden, aber man darf sie nicht mit der Kultur verwechseln – darauf kommt es an.

Anderseits schaffen Menschen die Kultur, wenn sie sich im Ozean der vergänglichen Werte der Idee der Ewigkeit widmen und sich von ihr leiten lassen, um nicht zum Sklaven der Dingwelt zu werden und im Meer von Nebensächlichkeiten zu ertrinken. Solange man den Sinn des Wortes ‚Ewigkeit' nicht kennt, kann man unmöglich verstehen, was Kultur ist. Die Schwierigkeit zu begreifen, was Ewigkeit ist, liegt in der Tatsache, dass man in allen Gesellschaften und auf allen Bildungsebenen große Zeiträume meint, wenn man von Ewigkeit spricht. Der Denkfehler ist gleich bezeichnend für die Lehre der Theologen wie für die Lehre der Pseudowissenschaftler, genannt Kosmologen. Die Ersteren wie die Letzteren sind überzeugt, dass das Universum einmal in der Vergangenheit seinen Anfang nahm.

Sie scheinen mit der Idee überfordert zu sein, dass das Universum weder einen Anfang hatte noch ein Ende haben wird.

Jene glauben, dass einmal in der Vergangenheit jemand das Universum aus dem Nichts erschuf.

Diese wiederum behaupten zu wissen, dass etwas unendlich Kleines, eigentlich fast nichts, einmal in der Vergangenheit explodierte und dass aus den Bruchstücken des explodierten Fast-Nichts die uns vertraute Welt entstand. Es ist nicht schwer zu merken, dass Theologen und Kosmologen – selbstverständlich jeweils in der eigenen Sprache – denselben Unsinn reden“, sagte Vivien.

„Warum ist es Ihrer Meinung nach so schwer, die Ewigkeit zu begreifen?“, fragte Doktor Ovale.

„In unserem praktischen Leben sind wir vom ersten Tag an nur und ausschließlich mit vergänglichen Dingen konfrontiert. Unsere ganze Lebenserfahrung und all unser Wissen beruhen auf den vergänglichen Phänomenen. Die lückenlose

Erfahrung der Vergänglichkeit aller Formen und Begebenheiten schafft in uns das Gefühl und verleitet uns zur Überzeugung, dass das Universum ebenso etwas sein muss, was irgendwann einmal angefangen hat und irgendwann einmal aufhören wird. Diese Überzeugung treibt gerade bei Kosmologen besonders seltsame Blüten. So behaupten einige von ihnen, dass es viele Universen gibt. Das besagt ganz eindeutig, dass sie das Wort ‚Universum' gar nicht verstehen und mit der Ewigkeit nichts anfangen können. Das Wort ‚Universum' schließt gerade das Vorhandensein von irgendetwas anderem aus. Nimmt man aber das Wort ‚Universum' ernst, und das heißt, dass außer dem Universum nichts anderes vorhanden ist, dann, *aber erst dann,* verschwinden gleichzeitig die Begriffe ‚drinnen' und ‚draußen'. Das setzt natürlich ein Körnchen klares, logisches Denken und ein wenig Fantasie voraus. Ein solches Universum ohne ein Drinnen und ohne ein Draußen kann man auch mit nichts vergleichen, weil es nichts gibt, womit es verglichen werden könnte. Deswegen *und nur deswegen* ist das Universum weder groß noch klein. Genau wie mit der Ewigkeit kann der üblich – das heißt linear-zeitlich – denkende, verschrobene Kosmologe mit einem solchen Universum nichts anfangen. Ihm bleibt auch nichts anderes übrig, als die Nächte am riesigen Teleskop zu verbringen in der Hoffnung, falls nicht gerade das Ende des Universums zu erspähen, dann wenigstens eine neue Galaxie zu entdecken, die hinter allen bereits bekannten leuchtet.

Ihre verkehrte Vorstellung von der Größe des Universums geht Hand in Hand mit ihrer verkehrten Vorstellung von der Dauer der Ewigkeit. Ewigkeit hat weder mit Pikosekunden noch mit Jahrmilliarden etwas zu tun. Alle Zeitmasse, die wir für verschiedene Zwecke geschaffen haben, sind von unserer Erfahrung der Vergänglichkeit abgeleitet worden.

Eines der wichtigsten Ziele des Menschen sollte sein, sich dessen bewusst zu werden, um sich aus der Zeitsklaverei zu befreien.

Im praktischen Dasein müssen wir alle *mit* vergänglichen Dingen zu tun haben und leben. Wir sollten aber nicht *für* sie leben, denn sie müssen uns im Stich lassen, da ihr eigentliches Wesen die Vergänglichkeit ist", sagte Vivien.

„Was wäre die richtige Idee, die richtige Bedeutung von Ewigkeit? Sie haben es mir bereits gesagt, aber ich habe wiederum das Gefühl, es nicht genau zu verstehen", fragte Doktor Ovale.

„Ewigkeit ist, was sich jeder Berechnung und Messung entzieht. Aus dem Grund ist sie weder lang noch kurz. Begriffe wie ‚lang' oder ‚kurz' können nicht auf Ewigkeit angewandt werden", sagte Vivien.

„Helfen Sie mir bitte, das zu verstehen. Versuchen Sie es noch anders zu sagen", bat Doktor Ovale.

„Ewigkeit ist das Leben der Materie, der Mutter aller vergänglichen Formen und Gestalten, die wir bereits besprochen haben. Das Leben aller vergänglichen Formen und Gestalten ist die Zeit. Davon haben wir auch schon gesprochen, nicht wahr? Wenn wir also irgendein Wesen oder irgendeine Form lieben, und das bedeutet irgendein Kind der Mutter Materie, die mit der erschaffenden Natur identisch ist, weil sie alle vergänglichen Formen und Gestalten gebiert, sollten wir uns eigentlich immer bewusst sein, dass wir in der vergänglichen Erscheinung das Unvergängliche, im flüchtigen Augenblick die Ewigkeit lieben. Daher sollten Wesen und Ziel jeder Erziehung sein, die Menschen zu befähigen, dieses Bewusstsein zu erlangen und zu pflegen. Genau das geschieht aber unglücklicherweise in keiner Gesellschaft. Die Folge ist, dass die Menschen das beständige Ewige gar nicht spüren und allein das Flüchtige zu besitzen suchen.

Wenn wir also die vergänglichen Äußerungen der Materie lieben und für sie, das heißt um ihretwillen leben, ohne uns bewusst zu sein, was sie eigentlich sind, sind wir zivilisiert, jedoch ohne Kultur. Das trifft auf die meisten Menschen zu, weil Geld und materielle Güter zu besitzen in allen Gesellschaften das erste, höchste und wichtigste Ziel im Leben ist.

Falls wir andererseits uns dessen bewusst sind, dass die vergänglichen Äußerungen der Materie lediglich eine Art Boten sind, die uns helfen können zu begreifen, dass die Welt weder einen Anfang noch ein Ende hat, und somit uns selbst in das Ewige einschließen, sind wir im Besitze der Kultur und werden nie versuchen, mehr vergängliche Produkte zu besitzen, als für ein einfaches Leben unbedingt notwendig ist.

*

Deswegen sollten wir uns immer des außerordentlichen Vorrechts bewusst sein, dass wir jene Kinder der ewigen Mutter sind, die ein Bewusstsein haben – das alleinige Mittel –, welches die ganze verblüffende Welt von Formen und Gestalten sowie die Idee selbst von einer immerwährenden Mutter als der Quelle und des Ziels derselben verblüffenden Welt erschafft.

Die Pflege dieses Bewusstseins wäre in der menschlichen Gemeinschaft der Kern der Bildung. Dieses Bewusstsein ist allen Gesellschaften völlig unbekannt.

Leben und Wirken im Einklang mit diesem Bewusstsein ist Kultur. Wenn es uns gelingt, das zu begreifen, werden wir uns auch gleichzeitig der verblüffenden Tatsache bewusst, dass die Mutter Materie, die ewige Quelle und das ewige Ziel aller Erscheinungen, sich selbst nur und ausschließlich im menschlichen Bewusstsein, ihrem delikatesten Kind, erschafft", sagte Vivien.

„Ich bin Ihnen für jedes Wort dankbar. Nun hoffe ich zu begreifen, wie groß das Missverständnis des Wortes ‚Kultur' ist und wie schwerwiegend die Folgen sind, die sich daraus ergeben", sagte Doktor Ovale.

„Ich bin Ihnen dankbar für das Vorrecht, mit Ihnen sprechen zu dürfen", sagte Vivien.

„Nun bin ich überzeugt, dass das Verständnis des Begriffs ‚Ewigkeit' helfen kann, die Frage, ob das Universum endlich oder unendlich ist, zufriedenstellend zu beantworten", sagte Doktor Ovale.

„Selbstverständlich. Sobald man begriffen hat, was Ewigkeit eigentlich bedeutet, versteht man sofort auch, dass das Universum weder groß noch klein, weder endlich noch unendlich ist, weil diese Begriffe Produkte unserer praktischen Lebenssituation sind, in der wir Dinge miteinander vergleichen müssen, um uns im Ozean von Formen und Größen leichter zurechtzufinden. Wir irren uns jedoch, wenn wir unsere bruchstückhaften persönlichen Erfahrungen für Naturgesetze halten, die alles bestimmen. Dass wir das tun, ist umso erstaunlicher, als man in der Physik zu wissen glaubt, dass die Gesetze, die in der so genannten Makrowelt gelten, mit denen in der Physik der so genannten Elementarteilchen nicht identisch sind. Wahrscheinlich gibt es gar keine Naturgesetze. Was wir als Naturgesetze bezeichnen, sind eigentlich unsere Erfahrungen, die uns den Eindruck vermitteln, dass sie sich unter bestimmten Bedingungen wiederholen müssen. Das gilt selbst dann, wenn solche persönlichen Erfahrungen durch Tausende sorgfältig angestellter Experimente, mit denen man herausfinden will, ob unsere Annahmen und Eindrücke richtig sind oder nicht, bestätigt und untermauert werden", sagte Vivien.

„Das klingt sehr spannend. Könnten Sie mir bitte helfen, besser zu verstehen, was Sie genau meinen?", fragte Doktor Ovale.

„Schauen wir uns folgende Beispiele an: Jahrtausendelang glaubten die Menschen, dass die Erde sich im Zentrum des Universums befinde und dass alle anderen Himmelskörper um sie angeordnet sind oder dass sie sich um unseren Planeten bewegen. Solange die Menschen so dachten, *war* die Welt auch so. Später änderten sie ihre Meinung, und mit der neuen Meinung änderte sich sozusagen auch die Welt. Da die Relativitätstheorie heutzutage generell anerkannt und ernst genommen wird, wäre vielleicht die angemessenste Ansicht, dass die Sonne und die Erde – sowie alle anderen Planeten – sich gegenseitig umkreisen.

Oder denken Sie an die Tatsache, dass jahrtausendelang Zeit und Raum von den Menschen nie hinterfragt oder in Frage gestellt wurden; sie galten als etwas Beständiges, Unabhängiges und aus eigenem Recht immer Anwesendes. Das galt, solange die Menschen keinen Grund hatten, diese Ansicht in Frage zu stellen. Zeit und Raum änderten ihren Charakter jedoch, sobald bestimmte Phänomene die Menschen veranlassten, deren Charakter zu prüfen. Heute werden sie von allen Wissenschaftlern als relative Dimensionen angesehen, die von der Bewegungsgeschwindigkeit und dem gewählten Bezugsystem abhängig sind.

Hier noch ein Bespiel: In der ganzen Welt lernt man in der Schule, dass es vier Himmelsrichtungen gibt – Ost, West, Nord, Süd. Dieses System von Richtungen hilft uns, die Lage der Dinge auf der Erdoberfläche genau anzugeben. Niemand zweifelt daran, dass es die vier Richtungen gibt. Wenn wir aber auf einem der Erdpole stehen, ist dieses System nicht mehr brauchbar.

Sobald wir aber die Erde verlassen und uns in den Raum

zwischen den Himmelskörpern begeben, verlieren solche Richtungen jeglichen Sinn.

Ein anderes gutes Beispiel zum Veranschaulichen, was ich sagen möchte, ist die Bewegung in einem bestimmten, begrenzten Raum. In unserem praktischen Leben können wir die Richtung der sich bewegenden Körper immer bestimmen, weil wir jeweils bestimmte feste Punkte als geeignete Bezugssysteme wählen können. Daher haben wir in unserem praktischen Leben eine sehr bestimmte und klare Vorstellung von der gleichförmigen geradlinigen Bewegung. Wenn wir aber die Bewegung der Himmelskörper bedenken, sieht die Situation ganz anders aus, weil – betrachtet auf der Ebene – alle Körper sich auf krummen Bahnen bewegen. Wenn ein Körper sich aber entlang einer krummen Bahn bewegt, ändert er andauernd seine Bewegungsrichtung. Dasselbe trifft auch auf die Bewegung der subatomaren Teilchen zu. Hinzu kommt, dass die Himmelkörper, zum Beispiel Sterne, nie dort sind, wo sie zu sein scheinen, denn ihr Licht benötigt Tausende, sogar Millionen von Jahren, um unser Auge zu erreichen. Wenn wir sie bewundern, sehen wir lediglich ihr Licht, das seine lange Reise vielleicht vor Millionen von Jahren begonnen hatte. Somit ist das, was wie sehen oder hören, nicht das, was wir zu sehen oder zu hören glauben.

Weil wir in unserer wahrnehmbaren Welt immer mit allerlei Rahmen und Abgrenzungen zu tun haben, die wir jeweils als eine Art Anfang beziehungsweise Ende erleben, neigen wir zur Ansicht, dass das Universum ebenso irgendeine Art von Begrenzung haben muss. Innerhalb der uns vertrauten Welt vergleichen wir ständig etwas mit etwas, auch wenn wir uns dessen nicht bewusst sind, denn nur so können wir uns im Ozean der verschiedensten Dinge zurechtfinden. Offensichtlich können wir gar nicht denken, ohne zu vergleichen, denn die Basis des Denkens ist eigentlich das Vergleichen. Daher ergibt sich, dass wir uns das Universum als einen riesigen – meistens runden – Container vorstellen, der alle Himmelskörper und alles umfasst, was wir irgend wahrnehmen, wissen oder uns vorstellen können. All das fassen wir im Wort ‚Weltall' zusammen. Die Schwäche dieser Vorstellung liegt in der Tatsache, dass jeder Container – ungeachtet seiner Größe – seine Grenzen haben muss, sonst wäre er eben kein Container", sagte Vivien.

„Ich bin Ihnen sehr dankbar. Jetzt glaube ich zu begreifen, warum wir Schwierigkeiten haben, die Bedeutung des Wortes ‚Ewigkeit' und den Charakter des Universums zu verstehen. Gibt es aber einen einfacheren Weg zu erklären, was Sie mir soeben erklärt haben? Ich frage Sie, weil nicht jedermann die Gelegenheit haben kann, Ihre wunderbaren, eingehenden Erklärungen anzuhören, wie das mit mir der Fall ist", fragte Doktor Ovale.

„Natürlich gibt es das", antwortete Vivien.

„Erzählen Sie mir bitte etwas darüber", bat Doktor Ovale.

„Die Leute sollten einfach das Buch lesen, das wir beide zu schreiben beabsichtigen, und somit genau dieses Gespräch genießen, das wir beide miteinander führen. Haben die Menschen einmal begriffen, was unsere eigentliche Mutter, genannt Materie, ist und was ihre Kinder sind, werden sie auch imstande sein, die Bedeutung des Wortes ‚Ewigkeit' sowie den Charakter des Universums zu begreifen. Das Leben der Mutter Materie ist die Ewigkeit, die weder kurz noch lang ist, die weder beginnt noch endet, weder steht noch dauert. Ihr Blinzeln besteht aus den individuellen Leben ihrer Kinder, das heißt aus Zeitabschnitten. Diese Zeitabschnitte erleben wir manchmal als kurz, manchmal als lang, weil wir im praktischen Leben eigentlich immer vergleichen, wenn wir etwas erleben. Die Zeit, deren wir uns nicht bewusst sind, ist weder kurz noch lang; eigentlich existiert sie gar nicht. Sobald wir anfangen, uns über irgendeinen Zeitabschnitt Gedanken zu machen, kann er uns als kurz oder lang erscheinen, da wir ihn automatisch mit andern Zeitabschnitten vergleichen.

Die Mutter Materie ist das Universum, in dem all ihre Kinder enthalten sind. Sie ist der Inhalt eines jeden ihrer Kinder, in jedem einzelnen auf eine andere Art und Weise, jedoch immer ohne irgendwelche Abgrenzungen oder Begrenzungen, welcher Art auch immer. Alle Formen und Erscheinungen irgendwelcher Art sind vergängliche, flüchtige Bilder der Materie, ihrer unvergänglichen Mutter. Sie sind unsere bruchstückhafte Art und Weise, unsere unsterbliche Mutter zu erleben", sagte Vivien.

„Ich bin Ihnen unendlich dankbar – das ist genau die Erklärung, die ich immer gesucht und zu finden gehofft habe", sagte Doktor Ovale.

„Es freut mich, das zu hören", sagte Vivien.

*

„Sie sagten, dass in der Gemeinschaft Städte – jetzt die übliche Form der menschlichen Siedlung – verschwinden würden, nicht wahr?", fragte Doktor Ovale.

„Das stimmt", bestätigte Vivien.

„Ich frage mich, welche Siedlungsform ein geeigneter Ersatz für die Stadt wäre. Ich persönlich könnte nichts anderes vorschlagen", sagte Doktor Ovale.

„Das kann ich mir gut vorstellen, denn die Macht der Gewohnheit ist gewaltig. Ich kam auf die Idee, welche Form der menschlichen Siedlung die geeignetste wäre, als ich ein Lehrbuch über Genetik las", sagte Vivien.

„Das ist aber aufregend, erzählen Sie weiter", sagte Doktor Ovale.

„Oh ja, das ist es in der Tat. Aus der Beschreibung der Chromosomen habe ich gelernt, dass ihre spiralige Fadenform im kleinsten Raum allen ihren Teilen den innigsten Kontakt mit der Umgebung gewährt. Dank ihrer Form haben die Chromosomen also einen besonders intensiven Austausch mit ihrer Umgebung“, sagte Vivien.

„Fahren Sie fort, unterrichten Sie mich. Darüber habe ich nie nachgedacht, obwohl ich als Biologe es hätte tun sollen“, sagte Doktor Ovale.

„Denken Sie bloß einen Augenblick an eine Großstadt und an all die bereits erwähnten ungeheuren Einrichtungen und Anlagen darin, die keinen Sinn haben, jedoch unvorstellbare Energiemengen verschlingen. Ihr einziger Zweck ist, den Städtern – heute die große Mehrheit der Weltbevölkerung – ein parasitäres Leben zu ermöglichen.

Denken Sie einen Augenblick daran, dass heute Hunderte von Millionen von Menschen in den Städten auf der ganzen Welt ein oberflächliches, parasitäres Leben führen. Sie üben verschiedene Tätigkeiten aus, die fast alle überflüssig sind und mit der Arbeit nichts zu tun haben, obwohl sie irrtümlich als Arbeit bezeichnet werden.

Denken Sie an die Tatsache, dass die Städter so leben können, weil es den Scheinwert gibt, der Geld heißt und der alle Türen öffnen kann. Es muss betont werden, dass Städter nicht bloß jene sind, die in den Städten wohnen, sondern all jene, die für ihren Lebensstil unbedingt Geld benötigen. So gesehen, sind Städter auch jene, die in ihren Villen auf dem Land leben, vielleicht eine Meile oder weiter von dem nächstgelegenen Haus entfernt, falls sie für ihre Lebensweise Geld brauchen. All die Leute brauchen Geld, um all die nötigen und unnötigen Dinge zu kaufen; sie produzieren jedoch nichts, was für das menschliche Leben erforderlich ist. Alles, was sie produzieren, sind Berge von Abfällen. So gesehen, verursacht die städtische Bevölkerung alle Probleme unserer Welt. Jene, die Nahrung und für das Leben unbedingt erforderliche Artikel produzieren, sind die Minderheit der Weltbevölkerung.

*

Zum ersten Mal in der Geschichte der Menschheit wird die Mehrheit der Weltbevölkerung von der Minderheit ernährt.

Diese völlig neue Situation ist nur möglich, weil jene, welche die Nahrung produzieren, vermehrt allerlei Maschinen und Chemikalien benutzen, um die Ernteerträge zu steigern. So müssen die Landwirte den ganzen Tag schwer arbeiten, um außer sich selbst auch die ganze parasitäre städtische Bevölkerung zu ernähren. Es sei noch erwähnt, dass in der städtischen Bevölkerung die Bauern stillschweigend für grob und primitiv gehalten werden. Als Beweis, dass dies nicht bloß eine erfundene Behauptung ist, mag die Tatsache dienen, dass junge Leute in den Städten niemals daran denken, ihre parasitäre Lebensweise aufzugeben, jemanden vom Land zum Lebenspartner zu nehmen und als Bauern zu leben. Neulich las ich einen Artikel in der Zeitung, in dem von einem großen Problem die Rede war, das den jungen Bauernsöhnen das ohnehin schwere Leben völlig zerstört. Auf dem Land können sie keine Frauen mehr finden, denn die jungen Frauen wollen nicht mehr als Bäuerinnen arbeiten und ziehen in die Städte. Wenn sie gefragt werden, ob sie sich einen Bauern als Lebenspartner vorstellen könnten, sagen die jungen Frauen in den Städten ausnahmslos, sie könnten sich das nicht vorstellen. Gefragt, warum nicht, sagten sie, die Bauern seien weder sexy noch attraktiv. Das ist ein brennendes Problem nicht bloß in Australien oder Südafrika, sondern in allen Gesellschaften auf der ganzen Welt.

Die Bauern fühlen und wissen, dass sie von den Städtern für dumm und primitiv gehalten, immer mehr ausgebeutet und somit ums Leben betrogen werden. Das ist der Grund, warum sie ihre Arbeit als Bauern aufgeben und in die Städte abwandern. Somit sinkt täglich die Zahl der Menschen, die jene Heere von städtischen Parasiten füttern müssen, während die Zahl der städtischen Bevölkerung schnell zunimmt. Bei der städtischen Bevölkerung sind weder das erforderliche Wissen noch der Wille vorhanden, den Boden zu kultivieren und ihre eigene Nahrung zu produzieren, denn es ist viel bequemer, alles, was man braucht, in einem Lebensmittelgeschäft zu holen. Alles, was die Städter wirklich brauchen, ist Geld, viel Geld, denn für das Geld erhalten sie alles, was die Zivilisation zu bieten hat.

Trotz aller lokalen und individuellen Unterschiede gibt es bestimmte Dinge, die alle Städter – jetzt die große Mehrheit der Weltbevölkerung – haben wollen: gutes Essen (am liebsten Bioprodukte), schöne Kleider, eine bequeme Wohnung und selbstverständlich viel Unterhaltung, viel *fun*. Um all das zu haben, braucht man jeden Tag mehr und mehr Geld. Das ist die kürzeste Beschreibung der ganzen Weltsituation. Das ist die wichtigste, wenn nicht die einzige Ursache aller Weltprobleme, denn alle anderen Probleme haben auf die eine oder die andere Art damit zu tun", sagte Vivien.

„Sie haben aber noch nicht …", unterbrach sie Doktor Ovale.

„Warten Sie einen Augenblick, seien Sie nicht ungeduldig, Sie bekommen schon eine Antwort auf Ihre Frage, ich bin noch nicht fertig", sagte sie und lächelte ihn an.

„Selbst wenn alle überflüssigen, schmarotzenden Einrichtungen, die wir erwähnten, verschwänden, würde die Stadt als die übliche Form der menschlichen Siedlung die Entstehung der menschlichen Gemeinschaft nicht gestatten", fuhr Vivien fort.

„Und warum nicht?“, fragte Doktor Ovale.

„Weil nur jene, die ganz am Rand der Stadt wohnen würden, einen direkten Kontakt mit der freien Natur haben könnten. Sie wären aber eine kleine Minderheit. Die meisten würden im Inneren der Stadt wohnen, umgeben von Häusern und hätten keinen Zugang zur freien Natur. Selbst in den kleinsten Dörfern ist dieses Problem bereits vorhanden, jedoch spürt man es in dem Masse stärker, wie die Siedlung wächst. Um dieses Problem aus dem Weg zu räumen, müsste man die menschliche Siedlung so gestalten, dass sie gleichzeitig für alle Einwohner guten Schutz und ungestörten Zugang zur freien natürlichen Umgebung gewährt“, sagte Vivien.

„Aber ist eine solche Siedlung überhaupt möglich?“, unterbrach sie Doktor Ovale wieder.

„Haben Sie ein wenig Geduld, und hören Sie zu. Ich sagte, dass die Form des Chromosoms mir die Idee gegeben hatte, welche Form der menschlichen Siedlung die geeigneteste wäre. Als fadenförmige Strukturen haben Chromosomen in jedem einzelnen Sektor freien Kontakt mit der Umgebung und kommen daher leicht in Berührung mit den komplementären Molekülen, die sie für ihre eigene Reproduktion benötigen.

Während des Entwicklungsprozesses eines neuen Organismus bleiben nach zahlreichen Teilungen und Differenzierungen die Zellen von einem bestimmten Typ zusammen. So entstehen Gebilde aus sowohl der Form als auch der Funktion nach ähnlichen Zellen, die Gewebe beziehungsweise Organe heißen. In Geweben und Organen sind die meisten Zellen unvermeidlich im Inneren eingeschlossen. Jedes Organ wächst, weil ihm durch das gleichzeitige Wachstum aller anderen Organe, das heißt des ganzen Organismus, eine immer größere Leistung abverlangt wird. Am Ende, wenn das Wachstum aller Organe im Körper sich langsam dem Abschluss nähert, wird die Nahrungszufuhr für die Zellen, die von den versorgenden Blutgefässen weiter entfernt sind, immer schwieriger; es kommt zu einer Art Engpässen in Nahrungszufuhr, und eine Rationierung beginnt. Dadurch wird das Wachstum verlangsamt. Neue Zellen entstehen zwar weiterhin, viele sterben aber auch ab. Wenn die Anzahl der neu entstandenen und jene der abgestorbenen Zellen gleich sind, hört das Wachstum auf. Beim Menschen geschieht das in der Regel im Alter zwischen zwanzig und zweiundzwanzig Jahren. Bis zu dem Augenblick überwiegt die positive Bilanz – die Zahl der neu entstandenen Zellen ist größer als die Zahl der in demselben Zeitabschnitt abgestorbenen. Danach ist die Bilanz negativ – die Zahl der abgestorbenen Zellen ist größer als die Zahl der neu entstandenen. Der Zustand aller Gewebe und Organe verschlechtert sich, deren Leistung geht grundsätzlich zurück, und am Ende muss der ganze Organismus als Einheit aufhören zu funktionieren.

Diese kurze Schilderung bestimmter Prozesse in Organismen sollte helfen zu verstehen, was ich sagen möchte. Es gibt nämlich eine gewisse Ähnlichkeit zwischen dem Schicksal der menschlichen Siedlungen und dem Schicksal der individuellen Organismen. In beiden Fällen gibt es in der anfänglichen, aufsteigenden Phase mehr Optimismus als in der darauf folgenden, absteigenden.

Alle berühmten Städte waren Zentren, in denen die Zivilisationen ihren Höhenpunkt erreichten, und zugleich Orte, in denen der Zerfall von Zivilisationen besonders dramatisch verlief.

*

Das Chromosom als ein fadenförmiges Gebilde, das eigentlich aus zwei spiralartig umeinander gewundenen Fäden besteht, liefert ein schönes Bild, wie eine besonders geeignete Form der menschlichen Siedlung aussehen könnte. Man stelle sich eine einzige gewundene Straße mit einer einzigen Reihe von Häusern zu beiden Seiten vor. Die Häuser sind praktisch und bequem, aus leichtem, gut isolierendem Material – etwa Holz und Backsteine –, nicht gebaut zum Anschauen, sondern zum Bewohnen, alle einstöckig und von derselben Form, die sich jeweils für ein bestimmtes Klima am besten eignet. Somit hätte jedes Haus zugleich den Zugang zur freien Natur und zum gemeinsamen Raum zwischen den beiden Häuserreihen. Die Straße selbst sollte gepflastert sein."

„Warum gepflastert?", unterbrach sie Doktor Ovale.

„Pflastersteine sind leicht zu pflegen und sauber zu halten, sie halten am längsten, und wenn etwas ausgebessert werden muss, geht es äußerst einfach", antwortete Vivien.

„Es leuchtet ein", sagte Doktor Ovale nickend.

„Diese einzige gepflasterte Straße sollte in großen Schleifen durch die fruchtbare Landschaft mit gemäßigtem Klima ziehen, und zwar mit vielem freien Raum – mindestens ein Kilometer – zwischen den Schleifen, sodass es genügend Fläche für die Landwirtschaft sowie Ställe und Pferche für Haustiere als auch Lebensraum für wilde Tiere gibt.

Da die Menschheit heutzutage über riesiges Wissen und praktisches Können verfügt, wäre der Bau einer solchen Straße eine leichte Aufgabe und würde nicht viel Zeit beanspruchen", sagte Vivien.

„Wo würden die für den Menschen potenziell gefährlichen Tiere leben?", fragte Doktor Ovale.

„Bevor ich die Frage beantworte, möchte ich Sie an etwas erinnern, worüber die Menschen nur selten nachdenken, sogar wenn sie Biologen sind", sagte sie lächelnd und stieß ihn wieder einmal sanft und freundlich in die Rippen.

„Machen Sie nur weiter, unterrichten Sie mich“, sagte er glücklich lächelnd.

„Seit der Zeit, als bestimmte Lebewesen, die sich heute Menschen nennen, begannen, ihre Umwelt zu verändern und ihren eigenen Bedürfnissen anzupassen, seit der Zeit verläuft die Evolution praktisch aller höheren Lebewesen nicht mehr spontan. Ganz zu Anfang war der Einfluss unserer Ahnen auf die Evolution äußerst klein. Wie sie jedoch immer zahlreicher wurden und ihre Erfahrung wuchs, ähnelte ihre Lebensweise immer mehr unserer heutigen. Damit wurde auch ihr Einfluss auf ihre Umwelt immer größer, denn sie lernten, immer feinere und effizientere Werkzeuge herzustellen, und erfanden neue Methoden, die Umwelt nach ihrem Belieben zu verändern. Heute ist der Einfluss des menschlichen Lebensstils auf die Evolution nicht mehr einfach bedeutend, sondern entscheidend. Nun ist die ganze Evolution ein Prozess, der hauptsächlich von den Eingriffen des Menschen bestimmt wird. Selbst die Wissenschaftler, deren Hauptinteresse dem Einfluss der menschlichen Anwesenheit auf alle anderen Organismen gilt, sind sich kaum des ganzen Umfangs der Folgen bewusst, die zum Bespiel Autobahnen, Eisenbahnlinien, Flughäfen oder Fabriken für alle Lebewesen in großen Räumen haben müssen; von den Folgen, die durch Erdöl- und Gasbohrungen, Erdöl- und Gasleitungen, Minen, Atomkraftwerke und Millionen Tonnen von Abfällen, die jährlich in den Ozeanen enden, verursacht werden, gar nicht zu sprechen.

Politiker sind meistens Leute, denen naturwissenschaftliche Kenntnisse fehlen und die eigentlich nicht verstehen, welche Gefahr uns allen droht. Die Naturwissenschaftler wiederum sind meistens Leute, deren Wissen sehr eng und einseitig ist. Zu alledem kommt, dass die meisten Politiker und Wissenschaftler korrupt und eigennützig sind. Ihre

Unverschämtheit geht manchmal so weit, dass sie offen und feierlich behaupten, dass selbst technische Anlagen wie Atomkraftwerke vollkommen sicher und sauber und daher für die Bevölkerung überhaupt nicht gefährlich seien, falls eine solche Behauptung ihnen persönlich nutzt. Es ist absolut tragisch, dass solche ignoranten und skrupellosen Leute die wichtigsten Entscheidungen treffen. Genau das geschieht aber täglich in allen Gesellschaften.

*

In unserer Welt, die vom Eingreifen des Menschen in die lebendige Substanz geprägt ist, sprechen einige naive Biologen von der Gefahr, die den Menschen begegnen könnte, falls bestimmte Arten wie Löwen, Tiger, Wölfe, Bären, Haifische, gefährliche Schlangen und so weiter verschwänden. Das ist äußerst naiv. Solche gefährlichen Tiere, die wegen ihrer wilden Natur, ihrer Kraft und Geschwindigkeit oft in Legenden und Märchen erwähnt werden, waren für die Urahnen der heutigen Menschen zugleich gefährlich und faszinierend. Wie sie aber in der fernen Vergangenheit für unsere Urahnen von keinem Nutzen waren, sind sie auch für die heutigen Menschen von keinem Nutzen. Neulich konnte man in der Presse lesen, dass Tausende von Zebras und Antilopen in Afrika in die Reservate gebracht und dort den hungrigen Löwen zum Fraß vorgeworfen wurden, damit die faulen Tierkönige nicht hungern müssen. Die dortigen Tierschützer waren den Löwen offensichtlich sehr freundlich gesinnt und kümmerten sich rührend um die Rechte der großen Raubkatzen. Weniger freundlich waren sie aber zu den Zebras und Antilopen, die ja auch das Recht auf eine freundliche Behandlung haben sollten. Sie fragten die armen Tiere bestimmt nicht, ob sie damit einverstanden wären, lebendig vor die faulen Großkatzen geworfen zu werden. Alle Fleischfresser sind eigentlich Parasiten, völlig überflüssig. Die für die Erhaltung des natürlichen Lebenszyklus in der Natur unbedingt erforderlichen Lebensformen sind nur die Mikroorganismen und die Pflanzen. Die Fleischfresser und die Allesfresser sind in dem Sinn völlig überflüssig. Eigentlich sind sie bloß unnötige Last. Wenn die gefährlichen Raubtiere völlig verschwänden, würden sie wahrscheinlich – ähnlich wie die Dinosaurier – in Legenden und Märchen weiterleben.

Es gibt keinen Zweifel daran, dass das menschliche Leben in keinerlei Weise leichter oder tiefer oder angenehmer und spannender wäre, falls man plötzlich irgendwo im Urwald lebendige Dinosaurier entdecken würde, noch wäre es ärmer oder bedroht, falls alle Löwen, Tiger, Wölfe, Haifische, Giftschlangen und so weiter völlig verschwänden. Die Theorien der Biologen, dass die gefährlichen Fleischfresser in der Natur unverzichtbar sind, weil sie als Raubtiere eine unkontrollierte Vermehrung bestimmter Arten verhindern, zeigen, wie wenig selbst die Fachleute die konkrete Situation verstehen. Die Idee, dass das Fehlen von bestimmten Fleisch fressenden Tierarten den Menschen Probleme schaffen könnte, ist ein Produkt der Ignoranz. Ich habe gelesen und gehört, dass es in den Wäldern in Neuseeland weder gefährliche Raubtiere noch gefährliche Schlangen gibt, aber ich habe weder gelesen noch gehört, dass die Bevölkerung dort deswegen psychische oder irgendwelche anderen Probleme hat. Gelesen habe ich aber und gehört, dass die arme Bevölkerung in Afrika und Indien, deren Haustiere immer wieder von den großen Katzen gerissen werden, froh wären, wenn es keine Raubtiere mehr gäbe.

Was aber die kontrollierende Rolle der Raubtiere anbelangt, möchte ich Sie als Biologen an die Tatsache erinnern, dass die Idee des Gleichgewichts und Ungleichgewichts in der Natur nur in den Köpfen der Menschen existiert. Ohne Menschen dächte und spräche niemand von Gleichgewicht oder Ungleichgewicht. Da es nun aber Menschen gibt, müssen wir zugeben, dass es so etwas wie Gleichgewicht und Ungleichgewicht geben kann. Daher wollen wir auch dieser Frage einige Worte widmen.

Warum sollten Wölfe dafür sorgen, dass die Population bestimmter Tiere, zum Beispiel der Rehe und Hirsche, stabil bleibt? Dafür scheinen sie nicht besonders geeignet zu sein, denn sie versuchen immer, zuerst junge Tiere zu töten. Sie spüren, dass die Kleinsten auch die schwächsten Individuen der Herde sind und dass sie weder fliehen noch dass sie sich verteidigen können. Eine andere plausible Erklärung für diese Strategie ist, dass auch die Räuber aus der Erfahrung wissen, dass das zarte Fleisch der Jungtiere besser schmeckt als die harten Sehnen der alten Tiere.

*

Warum sollten nicht die Menschen dafür sorgen, dass die Population bestimmter Tierarten stabil bleibt? Sie könnten es viel besser machen als die Raubtiere. Sie wissen viel besser, welche Tiere getötet und welche für die Fortpflanzung belassen werden sollten und somit dafür sorgen, dass ein optimaler Tierbestand stabil bleibt. So würden Tiere wie Rehe und Hirsche sowie einige andere nicht von den Raubtieren gerissen, sondern hätten unter der Obhut der Menschen ein bequemes Leben ohne Stress und wären zugleich für jene, die Fleisch mögen, eine zusätzliche Nahrungsquelle.

Bedenkt man all dies, kann man ohne Übertreibung sagen, dass die gefährlichen Raubtiere nur einen Zweck haben, nämlich für bestimmte Leute eine Beschäftigung zu bieten, die in ihren Jeeps in den Nationalparks herumfahren, die großen Katzen beobachten, zählen und ihnen gelegentlich ein Halsband mit einem winzigen Sender anbringen, was ihnen ermöglicht, die Tiere jederzeit zu orten. Ihre Aktivität hat einen pseudowissenschaftlichen Charakter, aber sie möchten, dass man ihre Tätigkeit als Wissenschaft und sie selbst als Wissenschaftler behandelt. Es ist nicht schwer zu verstehen, dass für sie und einige WWF-Aktivisten die großen Karnivoren die wichtigsten Lebewesen auf der Erde sind.

Es wäre gut, wenn die zuständigen Leute aufhören würden, Scheinheilige und falsche Tierfreunde zu sein, die aus ihrer seltsamen Tierliebe Tiere in Käfigen und Tierreservaten halten. Sie sollten lieber versuchen zu begreifen, dass die Menschheit sich jetzt in einer völlig neuen Situation befindet: Wegen der ubiquitären Anwesenheit des Menschen gibt es für jene Karnivoren, die nicht davor zurückschrecken, auch Menschen anzugreifen, keinen geeigneten natürlichen Lebensraum mehr. Jene Löwen, die man in Käfigen hält, oder jene, denen man mit Helikoptern Zebras und Antilopen bringen muss, damit sie in den so genannten Tierparks nicht verhungern, sind keine Löwen, sondern Karikaturen. Daher sollte man alle für den Menschen potenziell gefährlichen Raubtiere systematisch ausrotten lassen.

Alle Tiere, die für die Menschen potenziell nicht gefährlich sind, soll man belassen. Der Raum zwischen den Schleifen der gewundenen Straße böte genügend Raum für all solche Tiere. Die menschliche Nähe würde sie halbdomestiziert machen, und Leute – nicht Raubtiere! – würden dafür sorgen, dass ihre Population stabil bleibt", sagte Vivien.

„Ich verstehe, Sie bringen eine ganz andere Sehweise; auch mir erscheint jetzt manches ganz anders, aber ich verstehe noch nicht, warum die Wohnhäuser für Leute entlang der Straße die gleiche Form haben sollten. Wäre es nicht schöner, wenn die Häuser verschiedene Formen hätten?", fragte Doktor Ovale.

„Die Menschen sollten versuchen zu begreifen, dass man die Schönheit nicht in Gegenständen suchen darf, denn sie ist nur in uns zu finden – wenn nicht in uns, dann nirgends. Selbstverständlich könnten und würden die Leute Blumen pflanzen und die Häuser sowie die unmittelbare Umgebung um die Häuser, in denen sie wohnen, nach eigenem Gutdünken und Geschmack dekorieren. Niemand würde einem anderen etwas vorschreiben. Vergessen wir aber nicht, dass Häuser nur Bauwerke sind, die ihrem Zweck dienen sollten, sonst nichts. Wenn wir verzweifelt versuchen, allerlei Bauten als Kunst- und Kulturobjekte für immer aufzubewahren, dann zeigen wir, wie wenig wir das Wesen der Dinge und die Bedeutung des Wortes *Mimesis* kennen, was wir bereits besprochen haben. Wohnhäuser sollten unterhalten, repariert und gepflegt werden, damit sie ihrem Zweck dienen, solange es geht. Ist das einmal nicht mehr möglich, sollten sie abgerissen und durch neue ersetzt werden. In der menschlichen Gemeinschaft würden die Menschen dieses Prinzip auf alles, was sie benötigen und gebrauchen, anwenden, denn sie würden den vergänglichen Charakter und den Weg aller Formen begreifen. Auch darüber haben wir bereits gesprochen, nicht wahr?", sagte Vivien.

„Warum sollten alle Häuser nur ein Stockwerk haben?", fragte Doktor Ovale.

„Vor allem deswegen, weil sich so niedrige Häuser leichter bauen lassen: keine speziellen Gerüste, keine Kräne, und daher praktisch keine Unfälle. Alle Häuser sollten auf solider, etwas erhöhter Unterlage, einem Sockel, gebaut werden und nur eine einzige Etage haben. Erdbeben und Feuer würden dann praktisch keine Gefahr mehr darstellen, denn beim Erdbeben stürzen so niedrige Häuser aus leichtem Material kaum ein, und sollte Feuer ausbrechen, kann das Haus mühelos sofort verlassen werden“, antwortete Vivien.

„Womit würden die Leute ihre Häuser beheizen? Ich frage, weil es weder Elektrizität noch Heizöl noch Gas gäbe, falls ich Sie richtig verstanden haben“, sagte Doktor Ovale.

„Die Leute würden zum Kochen und Heizen ausschließlich Holz verwenden. So würde kein *zusätzliches* Kohlendioxid in die Atmosphäre gelangen. Der in dem Holz vorhandene Kohlenstoff würde während des Verbrennungsprozesses in die Atmosphäre gelangen und von den lebenden Pflanzen wieder aus der Atmosphäre resorbiert. Da man weder Erdöl noch Kohle noch Erdgas fördern würde, bliebe die Kohlenstoffmenge im natürlichen Kreislauf konstant. Für jeden gefällten Baum würde man mindestens zwei neue pflanzen“, sagte Vivien.

„Das klingt sehr schön und umweltschonend, aber stellen Sie sich vor, wie unangenehm es ist, im Wohnzimmer zu sitzen, wenn das Feuer nicht richtig brennt und der Rauch den Raum füllt, statt durch den Schornstein hinaufzusteigen“, sagte Doktor Ovale.

„Dieses Problem existiert nicht, falls der Schornstein hoch genug ist, und falls die Öffnung, durch die man heizt, sich nicht im Zimmer, sondern draußen befindet. Einige intelligente Leute merkten das vor Jahrhunderten“, sagte Vivien.

„Und wie würden Sie das Problem der Wasserversorgung lösen?“, fragte Doktor Ovale weiter.

„Das ist eine gute Frage, denn stellen Sie sich bloß vor, wie kompliziert das Netz aus Rohren und Röhrchen des Wasserleitungssystems in einer Großstadt sein muss, wie viel Maschinerie und Energie, wie viele hochqualifizierte und unqualifizierte Arbeiter erforderlich sind, um das ganze System ständig instand zu halten“, sagte Vivien.

„Ich weiß, und gerade deswegen frage ich Sie“, sagte Doktor Ovale.

„Das Trinkwasser würde man von den natürlichen Quellen zur gewundenen Straße mit Keramikröhren bringen, die aus kurzen Teilröhren zusammengesetzt sind. Die alten Römer bewältigten es mit Hilfe primitiver Aquädukte vor mehr als zweitausend Jahren. Weil wir heute viel mehr Wissen und Erfahrung haben, könnten wir es bestimmt viel eleganter machen. Da es keine Hochhäuser gäbe, wären keine Wasserpumpen erforderlich. Wie eine einzige gewundene Straße die einfachste Form der menschlichen Siedlung wäre, wäre auch das Wasserversorgungssystem, das mir vorschwebt, so einfach, dass erforderliche Reparaturen sehr leicht praktisch von jedermann ausgeführt werden könnten. In der Mitte der Straße gäbe es eine niedrige Mauer, etwa so hoch wie ein gewöhnlicher Esstisch und auch breit genug, um als Esstisch an beiden Seiten dienen zu können, wenn die Leute sie zu dem Zweck gebrauchen wollen. Die Mauer würde die Wasserleitung tragen, die aus zwei parallel verlaufenden Keramikröhren besteht. In bestimmten Abständen wären die beiden nebeneinander liegenden Röhren miteinander verbunden, sodass das Wasser jederzeit mit einem einfachen Ventil von einem Rohr ins andere umgeleitet werden kann. Dadurch wäre das Kontrollieren und Reparieren sehr einfach, und die Wasserversorgung brauchte nie unterbrochen zu werden. Vor jedem Haus gäbe es zu beiden Seiten einen ganz einfachen Wasserhahn. In den Häusern selbst gäbe es keine Röhren und keine Wasserleitung. Jedermann würde das nötige Wasser von der Wasserleitung in der Straße holen. Das wäre aber kein Problem, denn der Wasserhahn wäre ja nur einige Schritte entfernt. Das würde helfen, dass die Leute das verlorene Gefühl zurückgewinnen, was es bedeutet, genügend Trinkwasser zu haben", sagte Vivien.

„Und wo würden die Leute ein Bad nehmen oder duschen können?", fragte Doktor Ovale.

„Warum sollten sie sich nicht in einem Holzkübel im Haus waschen? Nur ein Bruchteil der Wassermenge, die wir jeden Tag vergeuden, wäre mehr als genug", antwortete Vivien.

„Wenn ich Sie richtig verstehe, gäbe es gar kein Shampoo, nicht wahr?", sagte Doktor Ovale.

„Das ist richtig. In der Gemeinschaft, von der ich spreche, gäbe es weder Shampoos noch irgendwelche Waschmittel", sagte Vivien.

„Womit würden die Leute die Wäsche waschen?", fragte Doktor Ovale.

„Bereits vor Tausenden von Jahren wussten die Menschen, dass man die Wäsche sehr gut waschen kann, indem man sie eine Zeit lang im Wasser stehen lässt, in dem vorher gewöhnliche Holzasche gekocht wurde. Im praktischen Leben ist diese Stufe der Reinheit mehr als genug", antwortete Vivien.

„Aber womit werden die Leute ihren Körper waschen?", fragte Doktor Ovale.

„Gestatten Sie mir, dass ich Sie an etwas sehr Interessantes erinnere. Jene Völker, die am meisten Shampoos, Waschmittel und Seife auf der ganzen Welt gebrauchen, leiden viel häufiger an allerlei Hautkrankheiten und Hautallergien als jene, die sich keine Seife oder Shampoo leisten können. Das sollte uns nachdenklich stimmen", sagte Vivien.

„Aber gelegentlich sollten sich die Leute schon gründlich waschen, um den Schmutz zu entfernen, der sich durch Schwitzen und tote Zellen auf der Haut bildet", sagte Doktor Ovale.

„Sie sollten sich nicht nur gelegentlich, sondern jeden Tag waschen, jedoch wäre nichts einfacher als das. Wenn man etwas Holzasche im Wasser kocht, erhält man die magische Flüssigkeit für den Zweck. Diese Flüssigkeit kann beliebig verdünnt werden. Mit einem voll getränkten Waschlappen aus Baumwolle oder Leinen den ganzen Körper sanft abreiben, danach spülen, und das wäre es. Die Haut ist perfekt sauber, und die Schutzschicht, die von den Talgdrüsen an der Hautoberfläche gebildet wird, bleibt intakt. Das ist beim Waschen mit Shampoos nie der Fall, selbst wenn deren pH-Wert als neutral angegeben wird", antwortete Vivien.

„Bis jetzt hatten Sie auf alle meine Fragen im Zusammenhang mit Ihrer utopischen Gemeinschaft eine interessante Antwort. Darf ich Ihnen noch einige Fragen stellen?", fragte Doktor Ovale.

„Natürlich, fragen Sie nur, ich höre Ihnen zu", antwortete Vivien.

„Was würden Sie mit Küchenabfällen machen?", fragte Doktor Ovale.

„Vergessen Sie nicht, dass das Leben in der Straße, von der ich rede, nicht das gleiche wäre wie das Leben in einer Stadt. Das bedeutet aber, es gäbe kein Papier, keine Zeitungen, keine Zeitschriften, keine Pappe, kein Packpapier, kein Verpackungsmaterial, keine Plastikflaschen oder irgendwelche Kunststoffgefäße, keine Plastiktaschen, keine Glasflaschen, keine Metallbüchsen, daher keine Abfallberge, mit denen unsere moderne Gesellschaften nicht mehr fertig werden. Es gäbe nur und ausschließlich organische Abfälle, die man zu den Ställen tragen und mit dem Dung mischen kann. Kein Sonderkompost wäre erforderlich", antwortete Vivien.

„Heute haben wir Kühlschränke und können leicht verderbliche Nahrungsmittel längere Zeit aufbewahren. Wie käme man in der utopischen Straße ohne Kühlschränke aus?“, fragte Doktor Ovale.

„In unserer utopischen Straße gäbe es das Problem gar nicht“, antwortete Vivien.

„Wieso?“ fragte Doktor Ovale.

„Verderbliche Nahrung wie etwa Milchprodukte würde man doch jeden Tag frisch konsumieren. Es gibt übrigens mehrere ausgezeichnete Käsesorten, die man lange Zeit ohne spezielle Kühlung aufbewahren kann, ohne dass sie an Geschmack oder Qualität einbüssen. Und wenn es um Vitamine geht, denken Sie bloß an die herrliche Mischung aus verschiedenen fermentierten Gemüsesorten wie Kohl, Karotten, Peperoni, Gurken und vielen anderen, die seit Jahrtausenden als hervorragende Vitaminquelle während der Wintermonate bekannt ist. Die Landbevölkerung ist damit vertraut. Die Städter wissen nichts davon. In unserer Straße müssten sie natürlich lernen, wie man die Nahrungsvorräte für den Winter anlegt. Das dürfte jedoch keine Schwierigkeiten bereiten, denn dazu ist keine spezielle Technologie erforderlich“, sagte Vivien.

„Und wie würden Sie die Abwässer, ich meine die menschlichen Ausscheidungen, behandeln?“, fragte Doktor Ovale.

„Auf die Frage habe ich gewartet, weil das in allen Gesellschaften eines der größten Probleme ist, obwohl es in der Gemeinschaft eines der kleinsten wäre.“

„Ist das ein Scherz?“, fragte Doktor Ovale.

„Nein, hören Sie zu. Die Ställe, in denen die Haustiere stehen sollten, könnten gleichzeitig auch als Toiletten benutzt werden. Der Toilettensitz sollte auf einem soliden Gestell montiert werden, in dem es eine herausnehmbare WC-Schüssel gibt. Nach jedem Gebrauch soll der Inhalt auf den Dunghaufen geleert und mit Dung bedeckt werden. Die

Mikroorganismen im Dung wären dankbar und würden ihre Arbeit tadellos erledigen. Die WC-Schüssel soll jedes Mal gewaschen und ins Gestell zurückgesetzt werden. Wer bereit wäre, in meiner utopischen Straße zu leben, würde nie Toilettenpapier benutzen, sondern stattdessen sein Gesäß waschen. Allein die Tatsache, dass in allen entwickelten Ländern überall – sogar in Spitälern – Toilettenpapier gebraucht wird, zeigt, wie furchtbar ignorant die Leute sind. Sie verschwenden riesige Mengen an Trinkwasser für dumme Dinge, sind aber nicht bereit, eine kleine Menge zu gebrauchen, um ihre intimsten Körperteile zu waschen, nachdem sie den Darm entleert haben. Man denke nur daran, wie viel Trinkwasser allein für die Autowäsche verwendet wird", antwortete Vivien.

„Sie sind ein Genie", sagte Doktor Ovale.

„Ach, hören Sie doch auf", sagte Vivien.

„Nein, ich meine es ernst. Sie können sich kaum vorstellen, wie viele Ingenieure und wie viele intelligente Leute kämpfen müssen, um diese praktischen Probleme zu lösen. Jene weniger Intelligenten denken, alles sei erledigt, wenn sie ihren Darm entleert haben. Sie begreifen nicht, dass in dem Augenblick die Schwierigkeit erst beginnt. Es ist erstaunlich, dass Sie sich in Ihrer Gefangenschaft der großen Weltprobleme bewusst geworden sind und dass Sie sich sogar überlegt haben, wie man der Menschheit helfen könnte. Nachdem ich aber von Ihnen gehört habe, dass Sie sich in jedem anderen Menschen erkennen, kann ich gut verstehen, dass Sie darüber nachdachten, wie man anderen helfen könnte. Ihre Gefangenschaft zwang Sie, tief nachzudenken, viel tiefer, als es die Leute sonst tun, und machte Sie zu einer großen Persönlichkeit. Dieses Gespräch mit Ihnen hat meine Denkweise völlig verändert. Nie vorher hatte ich mich mit ähnlichen Gedanken beschäftigt, jetzt aber denke ich, dass das Leben in Ihrer utopischen Straße vielen Menschen helfen würde, verschiedene Beschwerden, sowohl körperliche als auch seelische, loszuwerden. Nun neige ich sogar zur Ansicht, dass die utopische Welt, von der Sie mir erzählen, eigentlich weniger unmöglich wäre, als sie mir im ersten Augenblick zu sein schien. Jetzt verstehe ich auch, warum die Vorstellungen von idealen Staaten, die von Plato und Thomas More entworfen wurden, furchtbar naiv sind: In ihren idealen Staaten leben die Menschen in Städten, und alles ist hierarchisch organisiert, also genau wie in den Staaten, in denen sie selbst lebten", sagte Doktor Ovale.

„Soll ich weiter zuhören, oder auf Ihr übertriebenes Lob etwas erwidern? Es ist unglaublich, jedoch scheinen Sie nun mehr als ich zu glauben, dass meine utopische Straße nicht ganz unmöglich wäre, nicht wahr?", sagte Vivien.

„Wahrscheinlich haben Sie Recht. Ich glaube, ich sollte alles unternehmen, damit das, was Sie mir erzählt haben, bekannt wird. Von den Leuten soll man nicht verlangen, dass sie Ihre Idee annehmen, aber sie sollten die Gelegenheit haben, sie kennen zu lernen und darüber nachzudenken", sagte Doktor Ovale.

„Wie bereits gesagt wäre es heute kein großes Problem, meine utopische Straße zu bauen, denn nun haben die Menschen das Wissen und die Erfahrung sowie alle erforderlichen Mittel, um auch viel schwierigere Probleme, als eine einfache Straße zu bauen, mit Leichtigkeit zu lösen. Das Problem steckt vor allem in der Tatsache, die wir bereits erwähnt haben: Die Leute haben sich an einen bestimmten Lebensstil gewöhnt, und der Stil ist ihnen nun wichtiger als das Leben selbst. Das ist ein großes Hindernis. Ein anderes, vielleicht noch größeres Hindernis, das wir ebenso bereits erwähnt haben, ist, dass sehr wenige Leute überhaupt imstande sind zu begreifen, dass wir alle eigentlich ein und dasselbe menschliche Wesen sind, das bei jedem Individuum ein anderes Kleid trägt, welches wir Körper nennen. Und weil wir alle ein anderes Kleid tragen, das heißt, einen anderen Körper haben, sehen wir alle anders aus, sprechen anders, und unsere Stimmen klingen anders, selbst wenn wir von denselben Eltern stammen. Das scheint auch der Grund zu sein, dass wir einander nicht vertrauen können, dass wir einander nicht respektieren, dass wir bereit sind, einander zu betrügen, auszubeuten, ja sogar zu töten.

Weil äußerst wenige Leute sich dessen bewusst sind, wird ihre Stimme nicht vernommen, sie geht im betäubenden Schlachtruf der riesigen aufgewühlten, gewaltsamen Mehrheit unter", sagte Vivien.

„Wenn ich Sie richtig verstehe, ist der menschliche Körper eine Art Vehikel, in dem der Mensch fährt, ähnlich wie etwa ein Reisender in einem Wagen. Manchmal ist das Vehikel luxuriös, dann sprechen wir von einem gut gebauten, starken, gesunden Körper, von schöner Statur und so weiter. Manchmal ist es jedoch schwach und zerbrechlich, dann sprechen wir von einem Krüppel. Der unsichtbare Reisende darin ist jedoch nie identisch mit dem Vehikel, in welchem er reist. Weil wir damit nicht vertraut sind, glauben wir, das Vehikel sei der Reisende, und reduzieren somit den Menschen auf seinen Körper, das heißt auf sein Äußeres. Aus demselben Grund sind wir nicht imstande, uns in den anderen zu erkennen und sie gemäß jener berühmten Aufforderung als uns selbst zu lieben. Die Aufforderung scheint für die meisten Menschen einfach zu hoch zu sein, und aus dem Grund haben wir bis jetzt nur tierische Gesellschaften, jedoch nie eine menschliche Gemeinschaft gehabt. Habe ich Recht?", fragte Doktor Ovale.

„Sie haben vollkommen Recht", sagte Vivien.

„Je mehr ich Ihnen zuhöre, umso mehr möchte ich in

Ihrer utopischen Straße leben. Je mehr ich jedoch über die Hindernisse nachdenke, über die Sie sprechen, umso mehr neige ich zur Ansicht, dass die meisten Menschen nie imstande sein werden, sich in den anderen Individuen zu erkennen, und dass sie deswegen auch weiterhin in Gesellschaften werden leben, einander hassen und miteinander kämpfen müssen, bis zum bitteren Ende, bis sie sich wie Ratten in einem Käfig gegenseitig zerfleischen", sagte Doktor Ovale.

„Wahrscheinlich haben Sie Recht, aber ich kann nicht aufgeben, ich stehe unter Vertrag, ich muss mein Wort halten", sagte Vivien.

„Von was für einem Vertrag sprechen Sie? Was haben Sie versprochen?", fragte Doktor Ovale etwas überrascht.

„Nun, im Interview erwähnte ich einen Vertrag, aber dort hatten meine Worte eine andere Bedeutung. Was ich im Interview sagte, war von den Mitgliedern des Teams geplant und vorbereitet worden. Ich musste sagen, dass mein großes Ziel sei, allen zu helfen, die als Opfer von Entführungen oder schlechter Behandlung irgendwelcher Art leiden, die hungern, die keine Menschenrechte haben und so weiter. Ebenso musste ich sagen, dass ich einen Hilfsfonds für solche Opfer gründen möchte; dann erwarteten sie von mir, dass ich an die Öffentlichkeit appelliere, mich großzügig zu unterstützen und mir zu helfen, mein hohes Ziel zu erreichen", sagte Vivien.

„Glauben Sie, dass ein solcher Fonds nützen würde?", fragte Doktor Ovale.

„Natürlich nicht", antwortete Vivien.

„Und warum haben Sie nachgegeben?", fragte Doktor Ovale.

„Ich willigte ein, weil ich von einem großen Publikum gehört und gesehen werden wollte. Mein Fall und meine

Erfahrung sind absolut einmalig. Dadurch hoffte ich, berühmt zu werden, und dann, erst dann, als eine berühmte, besondere Person ein Buch zu schreiben, und zwar zusammen mit jemandem, der für diese Dinge, von denen ich Ihnen erzähle, Verständnis hat. Ich glaube, Sie sind die geeignete Person", sagte Vivien und schaute Doktor Ovale an. Einen Augenblick blieben sie stehen und schauten sich an, ohne etwas zu sagen.

„Ach, kommen Sie. Sie übertreiben. Es gibt ganz bestimmt viele andere, die für eine so anspruchsvolle Aufgabe geeigneter wären", sagte Doktor Ovale.

„Nein, nein, bis jetzt habe ich nur Ihnen gebeichtet, und nur Sie kennen meine Gedanken und Ansichten", sagte Vivien.

„Wovon sollte das Buch handeln?", fragte Doktor Ovale.

„Es sollte von alledem handeln, was mir zugestoßen ist. Die ganze Geschichte, die meine Entführung betrifft, kann als geeignetes Fahrzeug dienen. Alles, was wir heute Nachmittag besprochen haben, wäre wiederum die geeignete Ladung für das geeignete Vehikel", antwortete Vivien.

„Aber glauben Sie wirklich, dass ich die geeignete Person wäre, zusammen mit Ihnen ein Buch zu schreiben?", fragte Doktor Ovale.

„Davon bin ich ganz überzeugt. Sie beherrschen die Sprache; Sie wissen, wie man Bücher schreibt, denn Sie haben bereits mehr als eines geschrieben; Sie kennen mehrere Verleger; Sie haben alles, was wir benötigen, und dann gibt es selbstverständlich noch andere Gründe, warum Sie die richtige Person sind, aber ich möchte nicht alles laut sagen, denn die schönsten Dinge sollten unausgesprochen bleiben", sagte Vivien und lächelte ihn an. Doktor Ovale errötete ein wenig, sagte aber nichts.

„An ein solches Vorrecht habe ich nie gedacht, bin einfach überwältigt", sagte er.

„Wahrscheinlich wäre es am einfachsten, dass ich das Buch schreibe, und dass Sie es danach durchlesen und korrigieren. Übrigens, unser Plan, gemeinsam ein Buch zu schreiben, ist nur unsere Sache, geht die anderen nichts an. Können Sie meinen Vorschlag annehmen?", sagte sie, und ihre Blicke begegneten einander.

„Meine Freude ist grenzenlos", sagte er.

„Dann ist unser Vertrag perfekt", sagte sie, und sie schüttelten einander die Hand.

„Wir beide sind bereits in unserer utopischen Straße, brauchen keinen schriftlichen Vertrag", sagte er, und sie beide lachten.

„Wissen Sie was, je mehr ich über Ihre utopische Straße nachdenke, desto mehr bin ich geneigt, dieses *utopische* wegzulassen", fügte er hinzu.

„Wirklich? Ich bin sehr erfreut, das zu hören, habe nicht erwartet, dass Sie sich für etwas so Seltsames und gänzlich Unrealistisches wie eine völlig unbekannte, chromosomenförmige menschliche Siedlung begeistern könnten", sagte sie.

„Oh, es kommt mir gerade in den Sinn: Die Leute in unserer Straße würden Kleider benötigen, nicht wahr?", fragte Doktor Ovale.

„Natürlich würden sie das, aber wo liegt das Problem?", fragte Vivien.

„Wie würden Sie den Stoff für Kleider herstellen? Ich frage das, weil Sie gesagt haben, dass es in unserer Straße weder Maschinen noch Fabriken gäbe", sagte Doktor Ovale.

„Aus dem, was ich bis jetzt gelesen habe, schöpfe ich den Eindruck, dass weder die Ägypter noch die Babylonier, weder die Chinesen noch die Inder, weder die Griechen noch die Römer Textilfabriken – wie wir sie kennen – hatten. Es ist auch sehr wahrscheinlich, dass weder ihr theoretisches Wissen noch ihre praktischen Kenntnisse die unsrigen übertrafen. Und doch scheint es, dass sie feines Tuch aus Baumwolle, Leinen und Wolle, ja sogar Seide sowie Schuhe aus Leder herzustellen verstanden. Wir haben und wir wissen alles, was für ein bequemes, einfaches Leben in der menschlichen Gemeinschaft erforderlich wäre. Für unser riesiges theoretisches Wissen und für unsere große praktische Erfahrung wäre es ein Leichtes, feinste Spinnräder und Webstühle aus Holz anzufertigen. Die Frage ist nur, ob wir bereit sind oder nicht, unsere hierarchisch organisierte, alberne Lebensweise, die ja für alle Meuten und Tierhorden und für alle unsere Gesellschaften typisch ist, aufzugeben. Wenn ich sage ‚unsere hierarchisch organisierte, tierische Lebensweise', dann meine ich die abscheuliche, in allen bekannten Gesellschaften herrschende Praxis, dass ein Teil der Bevölkerung den anderen Teil unterdrückt, ausbeutet und auf dessen Kosten parasitär lebt und schwelgt. Die Leute würden gern und unverzüglich diese abscheuliche Verhaltensweise aufgeben, wenn es ihnen irgendwie gelingen könnte, Einsicht und Wissen zu erlangen und somit zu begreifen, dass sie und alle anderen Menschen Kinder der bewussten Lebewesen sind, was heißt, dass sie alle eigentlich ein und dasselbe menschliche Wesen sind. Kurz gesagt: Lediglich unterschiedliche Fahrzeuge – Körper genannt –, in denen derselbe Mensch fährt, bewirken, dass derselbe Mensch immer anders erscheint. Wenn sie die Einsicht hätten, dann wären für sie keine Anstrengung und kein Opfer zu groß.

Warum sollte nicht jedermann in unserer Straße lernen, mit Spinnrad und Webstuhl umzugehen, eigene Kleidungsstücke zu nähen, einen Pullover zu stricken, ein Paar Schuhe, einen Stuhl und selbstverständlich viele andere nützliche Dinge anzufertigen? All das kann ein normal intelligenter Mensch mühelos genügend gut lernen", sagte Vivien.

*

„Aber selbst in unserer utopischen Straße würden die Leute einfache Metallwerkzeuge benötigen, um Holz schneiden zu können, nicht wahr?“, sagte Doktor Ovale.

„Natürlich, aber das Problem ist schon längst gelöst“, sagte Vivien.

„Wie ist das möglich?“, fragte Doktor Ovale erstaunt.

„Seit vielen Jahrhunderten suchen die Menschen und fördern in zahlreichen Minen auf der ganzen Welt verschiedene Erze, insbesondere das Eisenerz. Nun liegen auf der Erdoberfläche riesige Mengen an Eisen in allerlei technischen Anlagen, Waffen, Maschinen, Autos, Schiffen, Eisenbahnlinien, Lokomotiven und Eisenbahnwagen und so weiter als Stahl vor. Gösse man nur einen winzigen Bruchteil der riesigen Eisenmenge in nützliche Werkzeuge und Geräte um, die von Handwerkern gebraucht werden, hätten die Leute in unserer Straße genügend Werkzeuge für Jahrtausende. Und falls das gesamte Eisen, das jetzt in verschiedenen Formen auf der Welt vorliegt, in demselben Sinn gebraucht würde, reichten die Vorräte an nützlichen Werkzeugen, solange das Leben auf der Erde existiert“, sagte Vivien.

Doktor Ovale erwiderte nichts. Vivien schaute ihn unauffällig aus den Augenwinkeln an. Sie hatte den Eindruck, dass sein Gesicht ernst war und das Gefühl ausdrückte, das man etwa mit Worten „Es ist doch alles letzten Endes sinnlos“ hätte beschreiben können.

Sie beschloss, ihn nicht nach dem Grund des plötzlichen Stimmungswechsels zu fragen.

*

„Sie sagten, solange das Leben auf der Erde existiert", nicht wahr?", fuhr er nach der kurzen Schweigepause fort.

„Jawohl", antwortete Vivien.

„Wenn ich Sie richtig verstehe, nehmen auch Sie an, dass irgendwann einmal in der Zukunft das Leben auf der Erde und somit auch die Spezies Mensch verschwinden wird, spreche ich richtig?", fragte Doktor Ovale.

„Sie haben vollkommen Recht, ich nehme nicht bloß an, sondern bin sogar zutiefst überzeugt, dass die physikalischen Bedingungen auf unserem Planeten sich so stark ändern werden, dass das Phänomen, das wir Leben nennen, irgendwann in der Zukunft aufhören wird zu existieren", antwortete Vivien.

„Woher schöpfen Sie die Gewissheit, dass dem so sein muss?", fragte Doktor Ovale.

„Nun, was ich gelernt hatte, bevor ich Ihnen begegnete, und aus dem langen Gespräch mit Ihnen kann ich schließen, dass alles bloß ein Produkt des Wandels ist, was auch auf das Phänomen Leben zutreffen muss. Durch den Wandel erscheint und verschwindet das, was wir Leben nennen. Das Leben selbst ist nichts anderes als ununterbrochener Wandel – man spricht doch vom Stoff*wechsel* im lebendigen Organismus. Und beim Wandel geht es darum, dass ein Scheinzustand weicht und für einen anderen Scheinzustand Platz macht, dieser wiederum für den nächsten und so weiter, ohne Anfang und ohne Ende. Wir sind also mit unablässigem Aufkommen und Schwinden von Scheinzuständen vertraut. Bestimmte Verkettungen solcher Scheinzustände bezeichnen wir als tote, andere wiederum als lebendige Materie; und eine besonders interessante Verkettung als das Bewusstsein, welches von alledem, also auch von sich selbst zu wissen glaubt und annimmt, dass dem so ist", sagte Vivien.

„Sagen Sie mir bitte noch einmal langsam und deutlich, was der Wandel selbst ist“, bat Doktor Ovale sichtbar aufgeregt, denn zum ersten Mal in seinem Leben hatte er das Gefühl, endlich doch noch eine zufriedenstellende Antwort auf jene Frage zu erhalten, die ihn seit Jahren beschäftigt hatte und die ihm entscheidend zu sein schien, auf die ihm aber niemand eine zufriedenstellende Antwort geben konnte.

„Meiner Meinung nach ist es nicht schwer zu sagen, was der Wandel ist, jedoch scheint es mir äußerst schwer zu sein, den Sinn der Definition zu begreifen“, sagte Vivien.

„Sagen Sie mir bitte die Definition“, bat Doktor Ovale seine Begleiterin; seine Stimme klang ungeduldig.

„Der Wandel ist die trügerische Erfahrung, die durch das trügerische Erscheinen und Verschwinden der trügerischen Zustände hervorgerufen wird“, sagte Vivien.

„Das ist vollkommen verrückt. Versteht man alles als trügerisch, kann man sich auf nichts mehr verlassen, spreche ich richtig?“, fragte Doktor Ovale in einem Ton, wie Leute sprechen, wenn sie leicht betäubt sind.

„Nicht ganz, denn man kann sich immer auf den Wandel verlassen, da er absolut beständig ist“, antwortete Vivien lächelnd.

„Hat aber ein solcher Wandel, wie Sie ihn darstellen, für das menschliche Bewusstsein überhaupt eine Bedeutung?“, fragte Doktor Ovale.

„Seine Bedeutung ist einfach unermesslich“, antwortete Vivien.

„Könnten Sie bitte erklären, was Sie meinen?“, fragte Doktor Ovale.

„Auf der niedrigeren Ebene hilft er den Menschen mit bescheidender Einsicht, die aber schwer leiden müssen, auf eine Änderung ihrer Lage zu hoffen. Schon das allein ist nicht wenig.

Auf der höheren Ebene ermöglicht er jedem Menschen mit Einsicht, sich noch höher zu erheben und zu begreifen, dass das Phänomen Bewusstsein – das Wesen des Menschen – eine der ewigen Möglichkeiten ist, die im Schoße unserer unvergänglichen, ununterbrochen gebärenden Mutter Materie schlummern. Anders gesagt, zeigt der Wandel dem Menschen, dass das Bewusstsein nur scheinbar erscheint und ebenso nur scheinbar verschwindet; das heißt, dass es immer eine nahtlose Fortsetzung seines nur scheinbar verschwindenden Selbst ist. Das will besagen, dass das Bewusstsein als das Wesen des Menschen eigentlich nie beginnt und nie endet", sagte Vivien.

„Wird auch das, was Sie soeben über Wandel und Bewusstsein gesagt haben, in Ihrem Buch zu finden sein? Ich frage das, weil ich die Erklärung in aller Stille studieren möchte", sagte Doktor Ovale.

„Natürlich wird es dort stehen, und zwar wortwörtlich, wie ich es soeben gesagt habe. Nicht ein Jota von alledem, was wir gesprochen haben, wird dort fehlen", sagte Vivien lächelnd.

*

„Ich bin in erster Linie Biologe und nur an zweiter Stelle Psychologe – das habe ich Ihnen bereits gesagt. Deswegen brauche ich noch eine zusätzliche Erklärung", sagte Doktor Ovale.

„Ich höre zu", sagte Vivien.

„Warum sagen Sie ‚nahtlos'? Ich frage das, denn, ob es andere bewusste Wesen im Universum gibt oder nicht, wissen wir nicht. Solange wir jedoch mit ihnen keinen Kontakt herstellen können, gibt es sie für uns einfach nicht. Bis das Gegenteil bewiesen wird, nehmen wir an, dass es außer Menschen im ganzen Universum keine bewussten Lebewesen gibt.

Wenn der Mensch als der einzige Träger des Bewusstseins verschwände, müsste es dann doch eine Zeitlücke geben, vielleicht eine sehr kurze, vielleicht aber eine, die sogar viele Jahrmilliarden dauert, bis wieder einmal irgendwo im Universum ein neues Bewusstsein entsteht. Spreche ich richtig?", fragte Doktor Ovale.

„Was Sie sagen, reimt sich schlecht mit jener betörenden Weisheit, von der bereits die Rede war und die behauptet, dass der Mensch das Maß von allem ist. Wenn der Mensch tatsächlich das Maß von allem ist, weil nur er sagen kann, dass etwas ist oder nicht ist, dann ist er in erster Linie das Maß und der Schöpfer der Zeit, denn sie ist seine tollste Erfindung. Wenn es also in der Lücke zwischen dem Verschwinden des Menschen und der Geburt eines neuen Bewusstseins – das heißt doch der Geburt eines neuen bewussten Wesens – keine bewussten Wesen gäbe, gäbe es auch keine Zeit, denn es gäbe niemanden, der sie erfindet, empfindet oder misst. Aus diesem einfachen Grund ist das Bewusstsein nicht etwas, was aus aufeinander folgenden Etappen besteht, sondern ein Kontinuum ohne Anfang und Ende und ohne irgendwelche Art von Unterbrechung. Aus demselben Grund ist das bewusste Wesen eigentlich ewig. Das scheinbare Einschalten und Ausschalten des Bewusstseins macht den trügerischen Charakter des Wandels aus, von dem vorhin die Rede war", sagte Vivien.

„Das ist die höchste und die wichtigste Einsicht, die ich je gewonnen habe. Wahrscheinlich hat auch niemand in der Welt je etwas Höheres gehört. Sie haben mir eine Frieden im Herzen stiftende Antwort auf die Frage gegeben, die ich mir immer gestellt hatte und auf die ich nirgends eine zufriedenstellende Antwort finden konnte. Keine Wissenschaft, keine

Philosophie, keine Religion konnte mir das erklären, was Sie mir jetzt erklärt haben. Jetzt kann ich ruhig sterben, denn ich habe jenes geschaut, wonach sich ein bewusstes Wesen immer sehnt. Jetzt sehe ich alles ganz anders. Mein Biologiestudium und alle meine Kenntnisse haben jetzt einen ganz anderen Wert. Ich bin in erster Linie Biologe – das habe ich Ihnen bereits gesagt – und dann erst Psychologe ...", sagte Doktor Ovale und wollte fortfahren.

„Warum haben Sie Psychologie studiert? War Biologie nicht gut genug?", unterbrach ihn Vivien.

„Nun, es ging nicht so sehr darum, ob es gut war oder nicht: Biologie ist eine fesselnde Wissenschaft, die mir geholfen hat, viele Dinge zu verstehen. Jedoch blieben viele Fragen, die mir weder Biologie noch irgendeine der Naturwissenschaften, mit denen ich vertraut war, beantworten konnte. Daher beschloss ich, eine Disziplin zu studieren, die einen ganz anderen Zugang zu verschiedenen Fragen zu haben versprach, zu denen die Naturwissenschaften gar keinen Zugang zu haben scheinen", antwortete Doktor Ovale.

„Konnte die Psychologie Ihre Erwartungen erfüllen?", fragte Vivien.

„Nein, gar nicht; es ist bloß Zeitverschwendung, leeres Geplapper, hochkarätiger Unsinn", antwortete er.

„Wollen Sie sagen, dass Psychologen eigentlich etwas völlig Nutzloses praktizieren? Verstehe ich Sie richtig?", fragte Vivien.

„Das trifft wohl auf die meisten von ihnen zu. Persönlich würde ich so weit gehen, dass es sehr, sehr wenige gibt, die den Namen ‚Psychologe' überhaupt verdienen", antwortete Doktor Ovale.

„Und wer hätte das Glück, einer von denen zu sein?", fragte Vivien.

„Vielleicht Leute wie Aristoteles, Pawlow und Freud. Alle anderen sind meiner Meinung nach Scharlatane", sagte Doktor Ovale.

„Sofern ich weiß, gibt es viele Psychologen, die sich als Schüler von Freud bezeichnen, nicht wahr?", sagte Vivien.

„Das stimmt, offiziell gibt es sehr viele, die behaupten, Freuds Schüler zu sein, aber sie verstehen leider nicht, was Freud sagen wollte", sagte Doktor Ovale.

„Gilt das auch für Jung und Adler?", fragte Vivien.

„Nicht nur für sie. Auch viele kleine Diebe hatten gemerkt, dass es kaum auffallen würde, falls jemand aus dem gewaltigen Werk der Freudschen Lehre einige Ideen stehlen sollte; das ist dann auch geschehen", sagte Doktor Ovale.

„Könnten Sie mir eine der Fragen nennen, auf die Sie eine zufriedenstellende Antwort suchten?", bat ihn Vivien.

„Natürlich. Es gibt eigentlich mehrere Fragen, auf die ich eine zufriedenstellende Antwort zu finden versuchte, aber alle drehen sich um das Leben nach dem Tode und die Ewigkeit. Die wichtigste Frage haben Sie soeben beantwortet; ich bin so glücklich, dass ich Ihnen begegnen und mit Ihnen dieses einmalige Gespräch haben durfte", sagte Doktor Ovale.

„Konnten Ihnen Theologie und Philosophie nicht bessere Antworten auf die Fragen geben als Biologie?", fragte Vivien.

„Zuerst habe ich das auch gedacht und gehofft", antwortete Doktor Ovale.

„Und warum haben Sie die Hoffnung verloren und die Meinung geändert?", fragte Vivien.

„Na ja, ich las viele theologische und philosophische Bücher, die von diesen Fragen handeln, aber keines konnte mich überzeugen", antwortete Doktor Ovale.

„Haben Sie aufgegeben, oder suchen Sie noch immer

nach den Antworten auf Ihre schweren Fragen?", fragte Vivien.

„Natürlich bin ich noch immer auf der Suche nach Antworten auf viele Fragen, die sich die Menschen seit eh und je stellen, weil ich der Ansicht bin, dass es wichtiger ist als sonst etwas in unserem Leben, zufriedenstellende Antworten auf diese Fragen zu finden", antwortete Doktor Ovale.

„Wieso denn? Warum sollte es so furchtbar wichtig sein, überzeugende Antworten auf Fragen zu kennen, die sich zum Beispiel auf die Existenz Gottes, Anfang und Ende der Welt oder Leben nach dem Tode und so weiter beziehen?", wollte Vivien wissen.

„Zufriedenstellende Antworten auf diese Fragen ändern augenblicklich von Grund auf das menschliche Verhältnis zu allem im Leben", antwortete Doktor Ovale.

„Was Sie sagen, macht mich äußerst neugierig; warum sollte es etwas ausmachen, falls es einen Gott gibt oder nicht gibt?", fragte Vivien.

„Falls es einen Gott gibt, sind wir unschuldige Sklaven, die für nichts verantwortlich sind; falls es keinen Gott gibt, sind wir frei und für alles verantwortlich", antwortete Doktor Ovale.

„Könnten diese beiden Zustände, die sich gegenseitig ausschließen, nicht irgendwie miteinander vereint werden?", fragte Vivien.

„Sagen Sie bitte klar, was Sie meinen", sagte Doktor Ovale.

„Ich meine, warum wir nicht frei sein könnten, da uns Gott einen freien Willen gegeben hat. Sieht man die Dinge so, gibt es einen Gott, und wir sind frei und für unsere Taten verantwortlich, denn wir können entscheiden, etwas zu tun oder nicht zu tun", sagte Vivien.

„Die Kombination ist eine von Theologen und religiösen

Denkern in allen monotheistischen Religionen kreierte Rechtfertigungsstrategie. Damit versuchen sie die Entscheidungen Gottes angesichts allerlei Tragödien und Verheerungen zu rechtfertigen, die rechtschaffene und ergebene Gläubige nicht weniger häufig und scharf als Gauner, sadistische Mörder und Ungläubige treffen. Die Rechtfertigungsstrategie heißt Theodizee. Solche Rechtfertiger halten sich für Anwälte Gottes. Für ihre Bemühung, ihn zu verteidigen, erwarten sie vielleicht von Gott einen Lohn."

„Ist es eine erfolgreiche Strategie?", fragte Vivien.

„Sehr sogar, falls der Richter, der darüber befinden soll, unwissend ist. Jedoch einem Richter mit scharfem Denkvermögen kommt eine solche Strategie sehr seltsam vor", sagte Doktor Ovale.

„Wen meinen Sie mit ‚Richter?'", fragte Vivien.

„Richter ist jeder Mensch, der die Argumente hört, die sich auf die Rechtfertigung der göttlichen Entscheidungen beziehen, und der dadurch aufgefordert wird, über sie zu urteilen", sagte Doktor Ovale.

„Fühlten Sie sich bereits aufgefordert, über die Theodizee nachzudenken und darüber zu urteilen?", fragte Vivien.

„Na ja, über die Argumente der Theodizee habe ich viel nachgedacht, die Sache ließ mir einfach keine Ruhe", sagte Doktor Ovale.

„Sagen Sie mir bitte alles über die Resultate Ihres Grübelns", bat Vivien ihren Begleiter.

„Ich will versuchen, verständlich zu sprechen. Monotheistische Religionen bezeichnen ihren Gott als ewigen, allmächtigen, allgegenwärtigen, allwissenden, grenzenlos liebenden Schöpfer der Welt. Falls nur eines dieser Attribute fehlt, gibt es keinen Gott. Nehmen wir es als erwiesen an, dass Gott all diese Eigenschaften besitze, die ihm von den Menschen zugeschrieben werden. Das lässt folgende Behauptungen zu:

Falls Gott ewig ist, dann ist er ohne Anfang und ohne Ende schlechthin.

Falls er allmächtig ist, dann kann er ohne irgendwelche Anstrengung tun, was ihm beliebt.

Falls er allwissend ist, hat er unbegrenztes Wissen von allem, bevor er es geschehen lässt.

Bevor er die Welt erschuf, wusste er daher genau, welche Eigenschaften und Neigungen jedes einzelne seiner Geschöpfe haben, wie es sich benehmen und wie, warum, wo und wann in der Zukunft ein jedes von ihnen etwas tun oder nicht tun würde. Wenn wir diese Behauptungen ernst nehmen – wir sollten sie ernst nehmen, falls wir Gott ernst nehmen –, dann war *für Gott* alles, *buchstäblich alles*, bereits geschehen, bevor es geschaffen wurde. Das bedeutet, dass Gott genau wusste, bevor er die Welt erschuf, wie die ersten Menschen, die er zu erschaffen beabsichtigte, sowie alle Menschenwesen, die später kommen sollten, sich benehmen und wie sie den freien Willen, den Verstand, die Intelligenz und alle wunderbaren Gaben und Möglichkeiten, mit denen er sie auszustatten gedachte, gebrauchen beziehungsweise missbrauchen würden. Wenn wir all diese Punkte berücksichtigen, dürfen wir den folgenden Schluss ziehen: Falls Gott nicht wusste, bevor er seine Geschöpfe schuf, wie sie sich verhalten würden und was mit ihnen daher dereinst in der Zukunft geschehen musste, dann war er als Ingenieur nicht gut genug, und er war ganz bestimmt nicht allwissend. Falls er anderseits genau wusste, was mit seinen Geschöpfen dereinst geschehen musste, war er eine Art Sadist. Angesichts all dessen dürfen wir uns folgende Frage stellen: Wie darf ein Wesen, das ohne seinen Willen und ohne seine Zustimmung geschaffen und in eine Welt gesetzt wurde, die es nicht gewählt hatte, an irgendetwas schuld sein oder für irgendetwas bestraft werden?“, sagte Doktor Ovale.

„Ich verstehe, was Sie meinen: Unfähig und sadistisch sind zwei Eigenschaften, die gar nicht zu Gott passen. Aus der Theologie der monotheistischen Religionen folgt, dass Gott entweder ein unfähiger Ingenieur oder ein sadistischer Tyrann ist", sagte Vivien.

„So ist es", sagte Doktor Ovale.

„Wenn ich Sie verstehe, ist die Vorstellung von Gott, wie ihn alle monotheistischen Religionen schildern, ein tragisches Missverständnis, das bereits schwerste Folgen hatte und noch haben wird", sagte Vivien.

„Ich teile Ihre Meinung. Die monotheistischen Religionen sprechen – jede von ihnen auf ihre eigene Art und Weise – von Gott, der von seinen Anbetern vollkommene Selbsterniedrigung, endloses Beten sowie bestimmte rituelle Handlungen und Opfer fordert, mit denen sie ihn besänftigen, gnädig stimmen und verherrlichen sollen. Als Höhepunkt von alledem fordert er von ihnen auch, alle anderen rituellen Formen von Gottesverehrung mutig und entschlossen abzulehnen und eigentlich zu bekämpfen. So erachtet jede Religion alle anderen Götter und Rituale immer als falsch, ja sogar als Gotteslästerung", sagte Doktor Ovale.

„Die Bedeutung der Religion war etwas, worüber ich während meiner Gefangenschaft viel nachdachte", sagte Vivien.

„Und zu welchem Schluss sind *Sie* gekommen?", fragte Doktor Ovale seine Begleiterin.

„Ich bin mit Ihnen einverstanden. Wir wissen, dass Religionen viel Hass und Blutvergießen verursacht haben, aber wir wissen nicht, wie es wäre, wenn es keine Religionen gäbe.

Wenn die Leute Einsicht und Verständnis hätten, über die wir uns vorher unterhielten, wären alle Religionen überflüssig, und der Hass würde sofort verschwinden. Wenn ihnen jedoch sowohl Einsicht und Verständnis als auch

Religion fehlten, wäre die Situation vielleicht noch schlimmer als jetzt. Daher würde ich – als Übergangsform von dem jetzigen Zustand mit viel Religion, jedoch ohne Einsicht und Verständnis zum Zustand, in dem Einsicht und Verständnis entscheidend sind und der vielleicht einmal in der Zukunft Wirklichkeit werden soll – eine persönliche Religion vorschlagen, die *nur ein einziges Mitglied* anerkennt. Das würde bedeuten: keine Gebetshäuser, keine öffentlichen Gottesdienste, keine Rituale, kein öffentlicher Religionsunterricht, keine spezielle Bekleidung und keine äußeren Abzeichen, die eine Gruppe von der anderen abgrenzen sollte. Jedermann soll das erhabene Gefühl, bei seinem persönlichen, beschützenden, liebenden Gott bestens aufgehoben zu sein, als das kostbarste persönliche Vorrecht genießen und *für sich selbst* behalten", antwortete Vivien.

„Der Zustand ist nicht weniger undenkbar als unsere utopische Straße", sagte Doktor Ovale lächelnd.

„Sie haben vollkommen Recht. Unsere Absicht ist aber nicht, die Leute zu überreden, ihre religiösen Gefühle aufzugeben – das wäre nur vergebliche Mühe. Wer Angst hat, die Ideen zu hinterfragen, auf denen seine Religion beruht, und dogmatische Behauptungen zu überprüfen, braucht seine Religion, um sich sicher und gut aufgehoben zu fühlen. Solche Leute hängen an ihrer Religion, und unser Gespräch kann für sie keine Anziehungskraft haben. Ansprechen können wir daher nur jene, die keine Angst vor Konsequenzen haben, die sich aus scharfer Überlegung unvermeidlich ergeben", sagte Vivien.

„Solche Menschen sind leider nicht besonders zahlreich", sagte Doktor Ovale.

„Wenn wir Gott, von dem monotheistische Religionen reden, wegdenken, können Sie als Wissenschaftler etwas als Ersatz dafür vorschlagen?", fragte Vivien.

„Natürlich könnte ich das, und ich bin sicher, dass es jeder seriöse Wissenschaftler tun könnte. Ich bin mir aber nicht sicher, dass mein Ersatz auch wirklich genügt“, sagte Doktor Ovale.

„Was lassen Sie mich warten, reden Sie doch!“, sagte Vivien lächelnd.

„Überall auf der Welt kamen kluge Köpfe zum selben Schluss, was die Haupteigenschaften Gottes anbelangt. Sie alle behaupten, dass Gott ewig ist, was besagen will, außerhalb aller zeitlichen Schranken – über die Ewigkeit haben wir uns schon unterhalten, nicht wahr? Auch sprechen sie von Gott als Schöpfer von allem. Auch darüber haben wir bereits manches gesagt.

Diese Gottesidee als ewige Schöpfungsquelle ist überwältigend.

Die Schwierigkeit liegt darin, dass die meisten Menschen die brillante Idee, die in diesen beiden Behauptungen enthalten ist, völlig missverstanden haben. Dieses tragische Missverständnis ließ in fast allen Köpfen unserer fernen Vorfahren Religionen entstehen, in denen Gottvater nach dem Vorbild des Alphatieres geprägt wurde. Im Laufe der Zeit wurden kleinere Horden von den größeren unterworfen und einverleibt. Dieser Prozess ergab später Stämme, Völker und Nationen. Oft sprechen wir von Völkern, die besonders stark und einflussreich waren, als von großen Zivilisationen. Wir bezeichnen sie als Zivilisationen, denn sie alle hatten mehr oder weniger feste Verhaltensvorschriften, die man beachten musste. Solche Vorschriften wurden immer von denen bestimmt, die damals an der Macht und daher privilegiert waren. Es ist verständlich, dass der Hauptzweck solcher Vorschriften sein musste, größeren Veränderungen in der Gesellschaft vorzubeugen und somit den *Status quo* zu bewahren. Genau das strebten alle Machthaber an, wenn sie neue Gesetze erließen. Sobald eine neue Partei die Macht ergriff, versuchte sie, die früheren Gesetze ihren persönlichen Interessen anzupassen oder sogar ganz abzuschaffen.

Die Alphamännchen der wilden Horden wurden später Stammesführer, das heißt, Leader der fortgeschritteneren Horden und noch später mächtige Herrscher der fortgeschrittensten Horden, genannt Völker.

Um bei ihren Untertanen Furcht und Ehrfurcht zu wecken und in jeglicher Hinsicht über ihnen zu stehen, trugen sie prächtige Gewänder, umgaben sich mit Dienern und Eunuchen und ließen Paläste und Festungen errichten. Deren Söhne und Töchter brauchten nichts zu leisten, um ihren Status zu verdienen. Sie wurden geboren als Prinzen und Prinzessinnen, und somit im Voraus bestimmt, künftige Herrscher ‚von Gottes Gnaden' zu sein. Deswegen konnten sie von ihren Untertanen weder gewählt noch abgewählt werden. Der Lebenssinn aller Herrscher war seit jeher, die Fortsetzung ihrer Dynastie zu sichern. Daher musste ihr Hauptanliegen immer sein, Thronfolger zu zeugen und ihnen ein möglichst großes und mächtiges Reich zu vererben. Denkt man daran, versteht man leicht, warum sich die ganze Menschheitsgeschichte bloß als eine tragische Folge von Kriegen und Machtkämpfen aller Art präsentiert. Wegen der dynastischen Interessen der Machthaber in den fortgeschrittenen Horden hatten die Frauen auch gelegentlich Aussicht, Fürstinnen, Königinnen, Kaiserinnen und so weiter zu werden und die führende Position des Alphamännchens zu besetzen. Das geschah meistens, wenn ein Herrscher keinen männlichen Thronfolger hatte.

Das ermöglichte gelegentlich auch die Geburt von Göttinnen in der Fantasie der Leute. Männer herrschten jedoch viel häufiger als Frauen, was auch auf die männlichen Gottheiten zutreffen musste. Daher war auch in polytheistischen Religionen der oberste Gott immer ein männlicher Gott. Kein Wunder, dass alle drei führenden monotheistischen Religionen unfehlbar nur von Gottvater – nie von Gottmutter – im Himmel sprechen. Genau wie die Frauen in der Gesellschaft sich meistens mit niedrigeren Funktionen zu begnügen hatten, mussten sich die Göttinnen mit niedrigeren Positionen in der himmlischen Hierarchie zufrieden geben.

Die monotheistische Gottesidee hat schlechte Aussicht, einmal *unsere Mutter im Himmel* zu heißen, weil das Alphamännchen viele Weibchen hat, die ihm gehorchen müssen. Daher ist keine von ihnen hoch genug, um dem Alphamännchen ebenbürtig zu sein. Sogar die Mütter der Götter bleiben immer auf der Stufe unterhalb ihrer göttlichen Söhne. Man denke nur an die Tatsache, dass die Mitglieder der reformierten Version der christlichen Lehre der Mutter Gottes Maria nicht bloß jede Heiligkeit absprechen, sondern es sogar für Gotteslästerung halten, sie zusammen mit ihrem göttlichen Sohn zu erwähnen. Das geht so weit, dass in den reformierten christlichen Kirchen die Leute ihren Töchtern kaum je den Namen Maria geben, während der Name in der katholischen Version des Christentums recht beliebt ist. Es ist wahr, dass heute bestimmte Frauenkreise innerhalb des reformierten Christentums verzweifelt versuchen, den Gottvater, der noch an der Macht ist, durch Gottmutter zu ersetzen, jedoch ist es sehr unwahrscheinlich, dass ihre Belagerung der Festung von Gottvater ihnen später einmal einen Erfolg bescheren könnte.

Weil die monotheistische Gottesvorstellung nach dem Vorbild des Alphatieres in den wilden Horden beziehungsweise des Herrschers in den fortgeschrittenen Horden geprägt wurde, erhielten die Spannungen zwischen den Religionen sowie zwischen den Staaten zusätzlichen Zündstoff, und immer neue Konflikte – nun auch vom Himmel abgesegnet – waren vorprogrammiert“, sagte Doktor Ovale.

„Nun hoffe ich, begriffen zu haben, welche Folgen sich aus dem falschen Verständnis der Idee eines ewigen Weltschöpfers ergeben haben. Was wäre aber ein besseres Verständnis?“, fragte Vivien.

„Um die Idee eines ewigen Weltschöpfers besser zu verstehen, braucht es selbstverständlich etwas mehr Intelligenz und viel mehr Fantasie, als es für das religiöse Verständnis erforderlich ist. In der Religion hat die himmlische Hierarchie alle typischen Züge aller menschlichen Gesellschaften. Sie ist bloß eine Projektion der Hierarchie in der greifbaren Realität auf Erden in ein verklärtes fiktives Leben im Himmel. Deswegen benutzen die monotheistischen Religionen oft Ausdrücke wie *König der Welt, himmlischer König* oder *König der Könige*, wenn sie sich auf Gott beziehen“, sagte Doktor Ovale.

„Ich hoffe zu begreifen, wie die Religionen die Idee der ewigen Quelle der Welterschaffung verstehen. Beeilen Sie sich nun bitte, kommen Sie zur Sache, denn ich kann kaum erwarten zu hören, wie das tiefere Verständnis lautet“, sagte sie und lächelte.

„Es ist eigenartig, aber das tiefere Verständnis scheint viel einfacher als das religiöse zu sein, obwohl es unendlich viel mehr Intelligenz und Fantasie erfordert“, sagte Doktor Ovale.

„Sie sind unbarmherzig! Statt dass Sie zur Sache kommen, reizen Sie meine armen Nerven“, sagte sie lachend und gab ihm nun zum vierten Mal einen freundlichen Stoß in die Rippen.

„Noch einen kleinen Augenblick bitte“, sagte er lachend und drehte seinen kurzen, runden Körper, um dem freundlichen Stoß auszuweichen.

„Ich habe Sie am Anfang gewarnt, dass die Erläuterung etwas länger dauern könnte“, sagte er mit einem freundlichen Seufzer.

„Denken Sie nur einen Augenblick an die Flüssigkeit, die wir Wasser nennen“, sagte er.

„Ja, weiter bitte!“, sagte sie.

„Denken Sie jetzt an die Flüssigkeit in ihrer festen Form, die wir Eis nennen“, sagte er.

„Ja, das habe ich auch. Weiter bitte!“, sagte sie.

„Fein, Sie sind eine viel versprechende Schülerin“, sagte er lächelnd.

„Ich danke Ihnen, mein lieber Lehrer, für Ihre freundliche Ermutigung. Ohne Ironie wäre unser Leben etwas fade“, erwiderte sie.

„Denken Sie jetzt an den Zustand derselben Flüssigkeit, wenn sie erhitzt wird und sich dadurch in völlig formlosen, unsichtbaren, gasförmigen Zustand verwandelt, der die Luftfeuchtigkeit ausmacht. Haben Sie es?“, fragte er.

„Ich glaube es, bin mir aber nicht ganz sicher, denn es gibt keine Form, und daher ist es viel schwieriger. Ich weiß bloß, dass ein solcher Zustand existiert, aber ich kann ihn mir nicht vorstellen“, antwortete sie.

„Fein. Wenn man sich dessen bewusst wird, wie schwer es ist, sich etwas vorzustellen, dass man nicht wahrnehmen kann, hat man den ersten erforderlichen Schritt gemacht“, sagte er lächelnd.

„Ich liebe das, es ist einfach wunderbar, fahren Sie bitte fort“, sagte sie voller Freude.

„Jetzt müssen Sie alles aufbieten, was Sie an Intelligenz und Fantasie besitzen, und sich für die Aktion bereitmachen, indem Sie sich von allen Formen und Gestalten loslösen. Sind Sie bereit?“, fragte er.

„Ja, ich glaube es“, antwortete sie.

„Fein. Versuchen Sie jetzt an jenes Etwas zu denken, das die Form der Flüssigkeit annehmen kann, die wir Wasser nennen, aber auch die Form von etwas Festem, das wir Eis nennen, oder aber die Form eines Gases, das eigentlich keine Form hat und das wir nicht sehen können, jedoch aus wissenschaftlichen Experimenten und Messungen kennen und das wir einfach Luftfeuchtigkeit nennen. Haben Sie es?“, fragte er sie.

„Ich glaube es, bin mir aber nicht sicher“, antwortete sie zögernd.

„Sehen Sie. Wir können leicht jenes be*greifen*, was wir mit der Hand *greifen* oder irgendwie mit unseren Sinnen wahrnehmen können. Solche Dinge sind offensichtlich und erfordern keine besondere geistige Anstrengung, wenn man an sie denkt. Sobald die Dinge jedoch nicht wahrnehmbar sind, bereitet allein der Versuch, an sie zu denken, Schwierigkeiten.

In unserem sehr einfachen Fall kann jenes ganz und gar nicht wahrnehmbare Etwas in völlig verschiedenen irgendwie wahrnehmbaren Zuständen erscheinen. Das nicht wahrnehmbare Etwas könnten wir Mutter und jene wahrnehmbaren Zustände – nämlich Wasser, Eis, Dampf – Kinder nennen.

Ist man sich der nicht wahrnehmbaren Mutter bewusst, mit deren drei wahrnehmbaren Kindern wir vertraut sind, hat man – wie bereits gesagt – den ersten Schritt gemacht, der unbedingt erforderlich ist, um die ewige Quelle der Schöpfung zu begreifen“, sagte er.

„Und wie viele solche unbedingt notwendige Schritte gibt es?“, fragte sie.

„Es gibt nur noch einen einzigen Schritt“, sagte er.

„Erzählen Sie mir bitte von dem Schritt. Ich muss es unbedingt jetzt hören“, sagte sie neugierig.

„Beim ersten Schritt geht es um ein einfaches Beispiel, in dem alles sofort einleuchtet. Man merkt leicht, dass die drei wahrnehmbaren Kinder der nicht wahrnehmbaren Mutter, obwohl sehr verschieden, doch irgendwie aus derselben Quelle stammen.

Beim zweiten Schritt sollte man merken, dass nicht bloß die drei erwähnten Kinder, sondern buchstäblich alle Formen und Erscheinungen, welcher Art auch immer, die Kinder jener verborgenen, nicht wahrnehmbaren Mutter sind. Das ist gar nicht so einfach, denn es ist nicht leicht zu begreifen, dass ein Stück Gold oder Granit und das menschliche Gehirn letzten Endes aus *dem Selben* sind“, sagte er.

„Wie ist das möglich?“ fragte sie.

„*Das Selbe* ist in jeder Erscheinung anders angeordnet, und deswegen erscheint alles anders. Nehmen wir ein ganz einfaches Beispiel: Elemente, die Gold und Eisen heißen, sehen sehr verschieden aus und haben auch viele verschiedene Eigenschaften. Und doch sind sich alle Wissenschaftler darin einig, dass sie aus den gleichen Teilchen – einerlei, wie man sie nennt und was man sich darunter vorstellt – bestehen. Was Gold und Eisen so verschieden erscheinen lässt, sind die Zahl und die Anordnung dieser Bestandteilchen. Dasselbe gilt für alle Elemente und für alles. Was wir wahrnehmen und wissenschaftlich zu erforschen versuchen, sind eigentlich bloß verschiedene Anordnungen, aus denen sich verschiedene Eigenschaften ergeben“, antwortete er.

„Kann man *das Selbe,* die Mutter, auch wissenschaftlich erforschen?“, fragte sie.

„Nein, das ist absolut unmöglich“, antwortete er.

„Warum?“, fragte sie.

„Ganz einfach, weil *das Selbe* keine Eigenschaften hat, denn diese ergeben sich – wie bereits gesagt – aus verschiedenen Anordnungen. An *dem Selben*, der Mutter, gibt es also nichts zu erforschen“, antwortete er.

„Nun glaube ich zu begreifen, was Sie sagen wollen: Wir können die Erscheinungsformen *des Selben* wahrnehmen oder irgendwie erfahren und ebenso irgendwie erforschen. Auf das verborgene *Selbe* kann man aber nur aus dessen Erscheinungsformen, dessen Kindern schließen. *Das Selbe*, die verborgene Mutter aller Erscheinungen, ist also ein Objekt des rein abstrakten Denkens, wie etwa Liebe, Hoffnung, Freundlichkeit und so weiter. Habe ich Recht?“, fragte sie.

„Genau darauf möchte ich Sie aufmerksam machen. Mit unseren Sinnen können wir *verschiedene Erscheinungsformen des Selben* wahrnehmen, und mit besonderen Instrumenten lassen sie sich feststellen. *Das Selbe* jedoch entzieht sich allen Sinnen, allen Instrumenten und allen Messverfahren. Für unseren Intellekt ist *das Selbe* nur über seine Erscheinungsformen, seine Kinder, zugänglich. Begreift man das, erhalten mit einem Mal jene berühmten Worte, dass man zum *Ewigen* nur durch das *vergängliche* Kind des Ewigen gelangen kann, eine ganz andere Bedeutung.

Das Selbe als Objekt des rein abstrakten Denkens ist die Mutter von Myriaden von verschiedensten Erscheinungsformen, die wir als unsere Welt wahrnehmen und erfahren. Diese Erscheinungsformen kann man als Kinder der verborgenen Mutter ansehen. Ich nahm ein ganz einfaches Beispiel, um verständlicher zu sein. Mit etwas Fantasie können Sie sich aber vorstellen, dass buchstäblich alle vergänglichen Manifestationen bloß die Kinder der verborgenen, ewigen Mutter sind, die sich weder wahrnehmen noch erfahren noch erforschen lässt. Auf sie kann man nur dank des Intellekts schließen, und von ihr kann man nur dank der Fantasie träumen. Somit vereinen sich in ihr Denken und

Sehnsucht, die beiden Rosse, die allein imstande sind, den schweren Karren des Menschseins zu ziehen.

In der lateinischen Sprache heißt die biologische Mutter ‚mater', und die nicht wahrnehmbare Mutter, von der wir soeben gesprochen haben, heißt ‚materia'. Unsere deutschen Wörter ‚Mutter' und ‚Materie' sind mit den lateinischen Wörtern verwandt. Man kann sich vorstellen, dass die Leute praktisch nie über die tiefe Bedeutung des Wortes Materie nachdenken. Habe ich Recht?", fragte er.

„In der Tat haben Sie Recht. Wenn die Leute das Wort ‚Materie' gebrauchen, meinen sie damit üblicherweise Sand, Kies, Erde und ähnliche beeindruckende Formen des Stoffes, weil sie in großen Mengen vorhanden sind und als *Material* gebraucht werden könnten, nicht wahr?", sagte sie.

„Das stimmt genau. Sogar Physiker höchsten Ranges, von denen man erwartet, dass sie tiefer denken als die einfachen Leute, machen denselben Fehler", sagte er.

„Ist das möglich?", fragte sie erstaunt.

„Selbstverständlich ist es möglich", antwortete er.

„Versuchen Sie es bitte zu erklären", bat sie.

„Die griechischen Philosophen Leukipp und sein Schüler Demokrit haben den Begriff ‚Atom' geprägt. Das Wort selbst bedeutet etwa ‚Unteilbares'. Sie lehrten, dass buchstäblich alles aus solchen *unteilaben* Einheiten besteht. Von irgendwelchen Bedingungen, unter welchen solche eben *unteilbaren* Einheiten unteilbar sind, ist bei ihnen keine Rede: Sie gelten als *bedingungslos unteilbar.* Nach ihrer Weltvorstellung besteht die Welt aus etwas *bedingungslos Unteilbarem.* Was sie meinten mit dem Begriff ‚atomos' hat weder mit dem Bohrschen Atommodell noch mit den anderen Atommodellen, die man in den Naturwissenschaften benutzt, etwas zu tun.

Die Physiker Rutherford und Bohr schufen mit ihren

Experimenten und mit ihren Deutungen der Resultate ihrer Experimente ein bestimmtes Atomkonzept. Weitere wissenschaftliche Versuche haben gezeigt, dass das von ihnen konzipierte Atom gespalten, also geteilt werden kann. Seit der ersten Spaltung des Atomkerns hört man die Physiker sagen, dass die griechischen Philosophen sich geirrt hätten, als sie behaupteten, die Atome könnten nicht geteilt werden.

Es ist peinlich, dass selbst Physiker von Rang so plump denken. Stolz und selbstbewusst sagen sie: „Heute wissen wir, dass Demokrit sich irrte, als er behauptete, dass das Atom unteilbar sei." Dieselben Physiker versuchen und hoffen aber, doch noch die allerelemetarsten Teilchen (einerlei ob sie Quarks oder Higgs oder anders genannt werden) zu finden, die sich nicht weiter teilen lassen, sonst wären sie eben doch nicht elementar. Um die Existenz solcher unteilbaren Einheiten zu beweisen, benutzen sie unverschämt teuere technische Anlagen und verschwenden für ihre bizarren Spielchen riesige Geldsummen, die man viel vernünftiger gebrauchen könnte. Indem sie das tun, geben sie zu, dass die Welt doch aus *unteilbaren* Einheiten, eben aus etwas Unteilbarem bestehen muss – dass Leukipp und Demokrit doch Recht hatten.

Auf ihrer Suche nach letzten Elementarpartikeln, aus denen die Materie besteht, werden die heutigen Kernphysiker von völlig falschen Vorstellungen geleitet, weil Partikel (falls der Name überhaupt einen Sinn hat!) lediglich Scheinzustände der Materie sind, das heißt entweder Inhalte komplizierter mathematischer Formeln oder bloßer Annahmen. In beiden Fällen geht es um unsere Interpretation von etwas. Dieses *Etwas* kann aber weder wahrgenommen noch gemessen und daher – wie bereits gesagt – auch nicht erforscht werden", sagte er.

„Ich verstehe, was Sie meinen. Es ist verblüffend. Übrigens, jetzt bin ich überzeugt davon, dass auch das deutsche Wort ‚Material' ebenso von dem lateinischen Wort ‚materia' abgeleitet ist. Wenn die Leute das Wort ‚Material' gebrauchen, denken sie jedoch nie an jenes, was eigentlich keine Form hat und bedingungslos nicht wahrnehmbar, sondern lediglich ein rein abstrakter Denkinhalt ist. Nun glaube ich zum ersten Mal in meinem Leben die eigentliche Bedeutung des Wortes ‚Materie' begriffen zu haben. Materie ist etwas von unserem Intellekt Erschaffenes, genau wie unser Intellekt etwas von der Materie Erschaffenes ist. Ich bin so glücklich, denn ich habe wahrgenommen, was nicht wahrgenommen werden kann. Kein Gegenstand ist Materie, obwohl jeder Gegenstand von der Materie erzählt, und unser Gehirn ist nicht unser Intellekt, obwohl es der Träger des Intellekts ist", sagte Vivien. Ihr Gesicht strahlte vor Glück.

„Die Kinder der Materie als ihre unzähligen, täuschend getrennten Zustände und Erscheinungen in unserer Wahrnehmung und Erfahrung der Welt kommen und gehen gleichzeitig und ohne Unterbruch. Die Materie jedoch als Quelle und Ziel all ihrer Kinder kommt nicht und geht nicht – sie bleibt immer unverändert, immer dieselbe, immer gleich bereit, die vergehende Welt aufzunehmen und neue Welten zerstörend zu erschaffen. Deswegen sind alle schwindenden Welten in allen neuen enthalten. Aus demselben Grund gibt es eigentlich weder alte noch neue Welten, sondern immer ein und dieselbe Welt, das verspielte Selbe. Somit ist die Materie weder jung noch alt, denn sie ist außerhalb der Zeit; sie ist weder gut noch schlecht, denn sie erschafft, wenn sie zerstört, und zerstört, wenn sie erschafft; sie ist weder geizig noch verschwenderisch, denn sie gibt, wenn sie nimmt, und nimmt, wenn sie gibt. Sie ist zugleich die Quelle und das Ziel der vom Bewusstsein erschaffenen erfahrbaren Welt.

Nur wer sie als solche lieben kann, kennt das eigentliche Glück. Wer ihre Art nicht annehmen kann, der kann die Welt nicht lieben.

Diese ewige Mutter, die ihre Kinder ununterbrochen und unermüdlich erscheinen und schwinden lässt, ist die erschaffende Natur.

Ihre Kinder werden von uns als Welt wahrgenommen und erlebt. Das Wort ‚Natur' bedeutet eigentlich jenes, was gebiert. Die Leute ohne Einsicht und Fantasie nennen irrtümlich ihre Kinder wie Berge, Wälder, Flüsse und so weiter Natur", fügte Doktor Ovale noch hinzu.

„Für diese wunderbare Erklärung bin ich Ihnen sehr dankbar. Nun bin ich überzeugt, dass die Leute das oberflächliche religiöse Gefasel sofort aufgeben würden, wenn sie irgendwie die tiefere Bedeutung des Wortes ‚Materie' verstehen könnten. Das Verständnis eines einzigen Wortes würde so viel bewirken", sagte Vivien.

„Zuerst müsste die ewige, alles erschaffende Quelle der Welt, die von den Religionen gern als ‚Gottvater' bezeichnet wird, von allerlei Eigenschaften wie Geschlecht, Zorn, Eifersucht, Strenge, Geduld, Liebe, Hass, Allmacht, Allwissen und vielen anderen, die der personifizierten Idee der ewigen Quelle der Welt von ignoranten Menschen angedichtet wurden, befreit werden", sagte Doktor Ovale.

„Nun zweifle ich nicht daran, dass Wörter wie ‚Engel', ‚Himmel', ‚Paradies' und wahrscheinlich alle anderen eine tiefere Bedeutung haben, die sich von jener in den Religionen grundsätzlich unterscheidet", sagte Vivien.

„Das ist bestimmt so. Nach der religiösen Lehrmeinung sind Engel eine Art geflügelte, menschenähnliche Wesen. Obwohl sie als geschlechtslos gelten, haben alle benannten Engel einen männlichen Namen und gelten auch sprachlich als männlich. Die größten monotheistischen Religionen sprechen von dem Reich Gottes, wo Engel verschiedene Dienste versehen. So dienen sie zum Beispiel Gott und loben ihn singend; auf Erden beschützen sie die Gerechten und Tugendhaften und helfen den Schwachen und Unschuldigen“, fügte Doktor Ovale hinzu.

„All das erinnert stark an Aufgaben und Ämter in verschiedenen Diensten in den menschlichen Gesellschaften“, sagte Vivien.

„Das stimmt. Sehr wenige Leute denken aber an die Bedeutung des Wortes ‚Engel'“, sagte Doktor Ovale. „Was bedeutet das Wort ‚Engel'?“, fragte Vivien.

„Es bedeutet ‚Bote'. Denken Sie jetzt ein wenig nach. Was ist die Hauptaufgabe des Boten?“, sagte Doktor Ovale.

„Der Bote ist jemand, der von einem Ort zum anderen zieht und den Menschen von den Dingen berichtet, von denen sie ohne seine Nachricht nichts wissen könnten. Den Boten ist also zu verdanken, dass die Menschen von etwas Ahnung haben, was sich ihren Sinnen entzieht und wovon unmittelbares Wissen unmöglich ist. Die Boten bringen also die Bereiche miteinander in Berührung, die wegen der Natur der Welt getrennt bleiben müssten und gar keinen Kontakt miteinander haben könnten“, antwortete Vivien.

„Genau. Die erhabenste Aufgabe der Engel ist, zwischen der nicht wahrnehmbaren Materie und dem menschlichen Intellekt zu vermitteln. Der durch die Engel ermöglichte Kontakt ist von entscheidender Bedeutung, wichtiger als sonst etwas, denn ohne ihn gäbe es keine Welt“, sagte Doktor Ovale.

„Halt! Halt! Halt! Ich glaube, ich weiß, was Sie sagen wollen und worum es bei alledem eigentlich geht. Darf ich es bitte sagen?“, unterbrach ihn Vivien voller Begeisterung.

„Wunderbar. Los!“, sagte Doktor Ovale.

„Engel sind all jene Myriaden von Kindern unserer nicht wahrnehmbaren Mutter, die uns wie eine Brücke mit ihr verbinden. Sie kommen, wirken und gehen – ein jeder von ihnen auf seine eigene Art und Weise. Indem sie das tun, erzählen sie uns und helfen uns, über unsere nicht wahrnehmbare Schöpfungsquelle nachzudenken. Mit anderen Worten: Engel sind unsere unzähligen Erfahrungen jeglicher Art, eigentlich alles, was uns im Leben begegnet. Sie sind unsere Art, die nicht wahrnehmbare Quelle, die ja zugleich das Ziel ist, zu erleben. Indem sie kommen und gehen, sprechen sie unsere Sinne und unseren Intellekt an und bewirken, dass wir eine Welt erschaffen, in der wir Trauer und Freude erfahren, verzweifeln und hoffen, mit Schwierigkeiten kämpfen, die uns alle hier im praktischen Leben bedrücken, und von einer ganz anderen Welt ohne Leiden und Sorgen träumen. Manchmal erleben wir ihre Dienste als angenehm, manchmal als unangenehm; daher sprechen wir von guten und schlechten Engeln. Wenn sie neutral sind, bemerken wir nicht einmal ihre Anwesenheit. Jene, deren Anwesenheit wir genießen, machen uns traurig, wenn sie weggehen. Jene, deren Dienste wir als unangenehm erleben, stimmen uns glücklich, wenn sie verschwinden. So können sie alle sowohl Freude als auch Leid verursachen. Es wäre sinnlos, bestimmen zu wollen, ob die angenehmen oder die unangenehmen wichtiger sind, denn es ist nicht leicht zu entscheiden, was begehrter und willkommener ist, etwas Erwünschtes zu erhalten oder etwas Verwünschtes loszuwerden.“

Vivien hielt plötzlich inne. Seltsame Freude strahlte aus ihrem Gesicht, denn ihre Augen waren voller Tränen. Einen Augenblick wartete sie auf die Reaktion ihres Begleiters. Doktor Ovale rührte sich nicht und sagte auch nichts.

Dann umarmte sie ihn, und er umarmte sie, jedoch küssten sie einander nicht. Einige Augenblicke lang blieben sie so umarmt und legten sich gegenseitig den Kopf auf die Schulter, ohne sich zu bewegen.

*

Als sich ihre Körper wieder trennten, gab er ihr sein Taschentuch. Es war frisch gewaschen und offenbar noch nicht benutzt. Sie nahm es mit dem Ausdruck der Dankbarkeit, sagte aber nichts.

„Darf ich es wiederhaben?“, sagte er mit freundlicher Stimme und lächelnd, nachdem sie sich die Tränen getrocknet hatte.

„Ich möchte es waschen; Sie können es morgen wiederhaben. Kann ich es bis dann behalten?“, sagte sie etwas überrascht, dass er das Taschentuch sofort wiederhaben wollte.

„Ich möchte, dass Sie ebendas *nicht* tun“, sagte er lächelnd und streckte den Arm aus, um das zierliche Taschentüchlein zu nehmen, das sie ihm zögernd reichte. Während sie das tat, schaute sie ihm gerade in die Augen und versuchte herauszufinden, warum er das Tüchlein unbedingt wiederhaben wollte. Bevor er das Taschentüchlein aus ihrer Hand entgegennahm, zauberte er ein anderes aus seiner Tasche hervor und reichte es ihr. So wurden die beiden Taschentücher gleichzeitig getauscht. Das kleinere Taschentüchlein mit ihren Tränen darin endete in seiner und das andere, wesentlich größere in ihrer Hand.

„Warum …?“, versuchte Vivien zu fragen, aber Doktor Ovale unterbrach sie.

„Nehmen Sie dieses größere. Es wurde auch nicht benutzt, es ist gleich sauber, und es wird gleich gut dem Zweck dienen. Sie können es behalten“, sagte er mit dem Gesichtsausdruck eines Glücklichen.

„Wollen Sie es selbst waschen?“, fragte sie.

„Waschen?! Das wäre ein großer Fehler. Ich möchte es mit seinem kostbaren Inhalt aufbewahren“, sagte er lächelnd.

„Ach, hören Sie auf, Sie sind ein Ironiker. Sagen Sie ehrlich: Warum möchten Sie es haben?“, fragte sie.

„Stellen Sie sich bloß vor, welch unermesslichen Wert ein Taschentüchlein hat, das mit Tränen getränkt ist, die von den schönsten Augen in jenem Augenblick vergossen wurden, als Freude und Trauer miteinander verschmolzen, weil die erlangte Einsicht sie miteinander versöhnt hatte“, sagte er in deklamatorisch-fröhlichem Ton.

„Sie sind ein gemeiner Schmeichler“, sagte sie und gab ihm einen freundlichen kleinen Schlag auf die Brust.

„Weiter so, weiter so! Strafen Sie mich weiter für meine Frechheit und meine Schwäche! Gewähren Sie mir das größte aller Vorrechte! Ich konnte nicht umhin, es zu sagen“, sagte er lachend.

„Sie sind ein gemeiner Lügner! Wollen Sie sich über mich lustig machen? Sie lachen mich aus, nicht wahr? Wie können Sie so unbarmherzig sein?“, sprach sie, während sie so tat, als wollte sie ihn schlagen.

„Muss ich mich ergeben?“, fragte er mit gespielter Selbsterniedrigung.

„Natürlich müssen Sie, und zwar bedingungslos. Haben Sie mich gehört?“, sagte sie und fuhr mit ihrer freundlichen Bestrafungsaktion fort.

„Ich bin bereit, mich zu ergeben, sofort und bedingungslos, aber unter einer Bedingung …“, sagte er, bevor er unterbrochen wurde.

„Was ist das für ein Trick: bedingungslos, aber unter einer Bedingung? Und was ist diese Ihre Bedingung?“, fragte sie ihn.

„Die Bedingung ist sehr einfach“, antwortete er.

„Ich höre zu“, sagte sie.

„Versprechen Sie mir, dass Sie mir das Vorrecht weiterer Bestrafungen dieser Art gewähren werden“, sagte er.

„Ihrem Willen könnte ich Beachtung schenken, sollten Sie sich dessen würdig erweisen. Sind Sie zufrieden?“, sagte sie.

„Jawohl. Ich bin immer versöhnlich, nie rachsüchtig“, sagte er lachend.

„Sie sind unverbesserlich; Selbstlob ist nicht viel wert“, sagte sie.

„Lehren Sie mich gute Manieren. Sie können sicher sein, dass ich ein guter Schüler sein werde“, sagte er.

„Sie sind ein Schlimmer, aber wie könnte ich …“, sagte sie, bevor er sie unterbrach.

„Ach, machen Sie sich keine Sorgen. Ich helfe Ihnen schon“, sagte er, und sie beide lachten laut, denn beide hatten gleichzeitig jenes gefunden, was sie – bis zu dem Augenblick – getrennt voneinander gesucht hatten.

***

Doktor Ovale bückte sich, um eine Katze zu streicheln, die sich ihnen genähert hatte und sich nun an seine Waden schmiegte.

„Er ist sehr zahm, sucht wahrscheinlich nette Gesellschaft, nicht wahr?“, sagte Vivien.

„Es ist eine Sie“, bemerkte Doktor Ovale.

„Wieso wissen Sie das? Sie schauen doch von oben auf sie herab“, fragte Vivien verschmitzt lächelnd.

„Wie bereits gesagt, studierte ich zuerst Biologie. Nur weibliche Katzen sind anhänglich, Männchen sind es nicht, falls sie nicht kastriert sind“, antwortete Doktor Ovale.

„Und falls sie es sind?“, fragte Vivien.

„Falls sie kastriert sind, liegen sie einfach herum und kümmern sich kaum darum noch, was um sie herum geschieht“, antwortete Doktor Ovale.

„Warum verhalten sich die Kater dann so?“, fragte Vivien.

„Die Hoden bei den männlichen Organismen produzieren Zellen, Spermien genannt, und Testosteron, ein Hormon, das für bestimmte männliche Eigenschaften verantwortlich ist. So scheinen zum Beispiel wegen dieses Hormons Männchen aggressiver und widerspenstiger als Weibchen zu sein. Kastrierte männliche Organismen sind unfruchtbar, unterwürfig und gelehrig“, antwortete Doktor Ovale.

„Glauben Sie, dass die Menschen das Recht haben, die Tiere zu kastrieren und sie somit ihrer Freude zu berauben, nur weil sie sie in dem Zustand leichter gefügig machen können?“, fragte Vivien.

„Nun, das ist eine sehr schwierige Frage. Zuerst einmal dürfen wir nicht vergessen, dass Menschenrechte nicht Tierrechte sein können“, antwortete Doktor Ovale.

„Erzählen Sie mir bitte mehr darüber“, bat Vivien ihren Begleiter.

„Dem ist so, weil das Konzept und die Bedeutung der Menschenrechte von Menschen selbst geschaffen wurden. Die Menschen können sich um Tiere kümmern, aber sie können nicht entscheiden, welche Rechte die Tiere gern hätten. Es klingt eigentlich sehr merkwürdig, wenn man sagt, dass die Tiere human behandelt werden sollten. Jene Leute, die für Tierrechte kämpfen, sprechen aber oft so. Das Konzept der Tierrechte sollte eigentlich von den Tieren für die Tiere geschaffen werden. Aber selbst wenn die Tiere eine Art Konzept der Tierrechte hätten, könnten die Menschen es mit den Tieren nicht besprechen. Sie könnten nicht miteinander reden, denn die menschliche Sprache und die tierische Sprache weisen keine Entsprechung auf. Sie sind so verschieden, dass praktisch alle Wissenschaftler sogar der Meinung sind, dass nur Menschen eine Sprache besitzen und sich eigentlich dadurch von den Tieren unterscheiden", sagte er.

„Und was halten Sie davon?", fragte sie.

„Ich glaube, dass die Menschen die Welt erleben und über sie nur auf ihre menschliche, so genannte anthropozentrische Art und Weise nachdenken können. Was auch immer sie sehen oder hören, erwägen oder bedenken, beziehen sie jeweils alles auf sich selbst; sie nehmen immer sich selbst zum Maßstab", antwortete er.

„Aber haben die Tiere auch eine Sprache?", fragte sie.

„Meiner Meinung nach schon. Es ist zwar eine von der menschlichen völlig verschiedene Sprache, aber eine, die den Tieren genau entspricht. Wie ich die Sache verstehe, haben die Organismen einer bestimmten Art eine Sprache, die ihren Bedürfnissen und ihrer Lebensweise angemessen ist", antwortete er.

„Aber woher nehmen sich die Menschen das Recht, die Tiere so zu behandeln, wie es ihnen gefällt?", fragte sie.

„Wie bereits gesagt, ist das Konzept des Rechtes ein

menschliches Konzept. Ohne Menschen gäbe es den Inhalt, die Bedeutung des Wortes ‚Recht' nicht“, antwortete er.

„Wenn ich Sie richtig verstehe, gibt es weder Recht noch Unrecht. Alles, was die Leute tun, ist bloß nach *ihrer* Meinung richtig oder falsch, denn außer Menschen gibt es sonst niemanden, der sagen könnte, was richtig und was falsch ist,“ sagte sie.

„So ist es“, erwiderte er.

„Kann man das als Arroganz bezeichnen?“, fragte sie.

„Eigentlich nicht“, antwortete er.

„Und warum nicht?“, fragte sie.

„Dem ist so, weil auch die Bedeutung des Wortes ‚Arroganz' ebenso nur ein menschliches Konzept ist. Anders gesagt, gibt es den Inhalt, die Bedeutung des Wortes Arroganz an sich gar nicht; es ist etwas ausschließlich von den Menschen Erfundenes und Gedachtes“, antwortete er.

„Das ist völlig verrückt“, sagte sie.

„So ist es in der Tat“, sagte er.

„Wenn ich Sie richtig verstehe, gilt das nicht nur für das Wort ‚Arroganz', sondern auch für jedes andere Wort, nicht wahr?“, sagte sie.

„So ist es“, antwortete er.

„Das heißt, ohne Menschen gibt es eigentlich weder Werte noch deren Bedeutungen, die als solche unabhängig existieren könnten; alles wird von den Menschen erfunden und erschaffen“, sagte sie.

„Das scheint der Fall zu sein“, bestätigte er.

„Aber wenn die Menschen sterben, müssen deswegen doch nicht unbedingt auch die Berge und die Flüsse, die Sonne und der Mond verschwinden, nicht wahr?“, fragte sie.

„Mit jedem Menschen, der stirbt, verschwindet jeweils auch *seine* ganze Welt“, sagte er.

„Und was geschieht mit den Welten anderer Individuen?“, fragte sie.

„Sie bestehen, solange die Menschen leben, die sie erschaffen haben“, antwortete er.

„Aber nehmen wir an, dass bloß ein einziger Mensch auf der Welt am Leben bleibt und dass alle anderen gestorben sind. Wäre die Welt noch immer komplett?“, fragte sie.

„Gewiss wäre sie komplett, denn die Welt eines jeden Menschen ist eine komplette Welt. Jedes bewusste Wesen erschafft eine komplette Welt. Die Bedingungen, unter denen jede individuelle Welt erschaffen wird, sind jedoch unendlich verschieden. Daher ist eine jede individuelle Welt eine einmalige, komplette Kreation“, antwortete er.

„Das bedeutet, dass auch die Welt verschwände, wenn alle Menschen verschwänden, nicht wahr?“, fragte sie.

„So ist es: Ohne Menschen kein Bewusstsein, ohne Bewusstsein keine Welt. Falls die Menschen verschwänden, verschwände mit ihnen auch alles, was sie als Welt erleben und mit ‚Welt' meinen“, antwortete er.

„Warum wäre es aber falsch anzunehmen, dass andere Dinge weiterexistieren würden, obwohl alle Menschen verschwunden sind?“, fragte Vivien.

„Es wäre falsch, weil der Inhalt, die Bedeutung des Wortes ‚weiterexistieren', jenes, was wir meinen, wenn wir dieses Wort sagen, ein rein menschliches Konzept ist. Ohne das menschliche Bewusstsein können weder Worte noch deren Inhalt, deren Bedeutung existieren“, antwortete Doktor Ovale.

„Aber was würde mit all den Scharen von Geschöpfen geschehen, von denen es in der vom Menschen erschaffenen Welt wimmelt, falls alle Menschen verschwänden?“, fragte Vivien.

„Nichts würde geschehen“, antwortete Doktor Ovale.

„Nichts würde geschehen? Wieso?“, fragte Vivien und schaute ihn verdutzt an.

„Das Gleiche trifft auf das Wort ‚geschehen' zu, was auf das Wort ‚weiterexistieren' und alle anderen Wörter und Ideen zutrifft", antwortete er.

„Sind diese verrückten Ideen und Schlussfolgerungen Ihre Erfindungen, ihre Kreationen?", fragte sie ihn.

„Nein. Sie stammen von jemandem, der in ferner Vergangenheit lebte, der aber damals sogar unserer Zeit weit voraus war. Ich bin einfach glücklich, glauben zu dürfen, imstande zu sein, wenigstens einen winzigen Teil von dem zu begreifen, was er sagen wollte", antwortete Doktor Ovale.

„Aber sind Sie sicher, dass Sie wenigstens etwas davon verstehen, was er sagen wollte?", fragte sie.

„Ich weiß nicht, ob ich es verstehe oder nicht, aber ich glaube einfach, dass ich etwas davon, was er sagen wollte, verstehe. Was ich zu begreifen glaube, ist so herrlich, dass es mir hilft, mit allem, was mir im Leben begegnet, fertig zu werden. Was ich nicht verstehe, ist wahrscheinlich noch herrlicher. Dass ich es nicht verstehe, macht mich aber nicht traurig. Bestimmte Dinge sind einfach außerhalb meines Fassungsvermögens und stören mich nicht", antwortete er.

„Soll das bedeuten, dass wir uns gar nicht bemühen sollten, in der Zukunft die Dinge zu verstehen, die wir jetzt nicht begreifen?", fragte sie.

„Ich meine nicht das. Ich möchte sagen, dass ich mich bemühe zu lernen und zu verstehen, so viel ich kann, aber traurig bin ich nicht, weil mir trotz meiner Anstrengung wahrscheinlich unendlich viele wunderbare Dinge unbekannt bleiben werden", sagte er.

„Die Einstellung gefällt mir. Die Schönheit und der Umfang des Weltgeheimnisses wachsen gleichzeitig mit der Zunahme der Einsicht und des Verständnisses. Jene mit mehr Einsicht und Verständnis stehen vor einem größeren und subtileren Rätsel als jene mit wenig Verständnis. Es ist ein Paradox, das ich immer und überall festzustellen glaube", fügte sie nachdenklich hinzu.

„Ich bin mit Ihnen einverstanden. Die Frage, warum wir etwas als schön und etwas als hässlich empfinden, ist meiner Meinung nach eine jener Fragen, die vielleicht für immer unbeantwortet bleiben werden", sagte er.

„Während meiner langen Gefangenschaft dachte ich recht viel darüber nach", sagte sie.

„Und was haben Sie herausgefunden?", fragte er.

„Zuerst einmal bin ich zum Schluss gekommen, dass die Schönheit an sich eigentlich gar nicht existiert. Ihre vorherige Erklärung im Zusammenhang mit den Welten, die von dem individuellen Bewusstsein erschaffen werden, unterstützt meine Idee des Schönen", antwortete sie.

„Erzählen Sie mir mehr darüber", bat er.

„Ich habe den Eindruck, dass die Schönheit gleich stark von dem betrachtenden Subjekt wie von dem betrachteten Objekt abhängt. Anders gesagt kann etwas nicht schön sein, falls es von niemandem dafür gehalten wird. Anderseits kann die Schönheit ohne ein geeignetes Objekt, von dem betrachtenden Subjekt nicht erlebt werden. Verschwindet einer der beiden Pole, so verschwindet auch die Schönheit, denn sie scheint das Kind der Beziehung zwischen diesen beiden Polen zu sein", sagte sie.

„Soweit konnte ich Ihnen folgen, fahren Sie bitte fort", sagte er.

„So gesehen, existiert die Schönheit nur, falls es Berührungspunkte zwischen dem betrachtenden Subjekt und dem betrachteten Objekt gibt. Je mehr solche Berührungspunkte es gibt, umso stärker wird das betrachtete Objekt von dem betrachtenden Subjekt als schön erlebt. Falls solche Berührungspunkte zwischen dem Subjekt und dem Objekt nicht existieren, kann das Objekt nicht als schön empfunden werden. Wie stark das Objekt vom Subjekt als schön und begehrenswert erlebt wird, hängt davon ab, wie wichtig die Berührungspunkte dem Subjekt erscheinen", sagte sie.

„Dieser letzte Teil scheint besonders schwer zu sein, und ich bin nicht sicher, dass ich es verstehe. Könnten Sie bitte ein Bespiel nennen, um das, was Sie sagten, verständlicher zu machen?", bat er.

„Nehmen wir an, ich möchte eine Blumenvase kaufen. Unter den vielen Vasen auf dem Markt werde ich ganz bestimmt jenen Vasen meine Beachtung schenken, deren Formen am ehesten jenen Vasen ähneln, die ich selbst anfertigen würde, wenn ich eine geschickte Töpferin wäre. Solche Vasen haben mit mir bestimmte Kontaktpunkte. Deswegen ziehen sie mich mehr an als jene, die ich nie anfertigen würde, obwohl sie vielleicht bei den anderen Menschen sehr beliebt sind. Spreche ich deutlich?", fragte sie.

„Jawohl", antwortete er.

„Möchten Sie noch ein Beispiel hören, sogar ein besseres?", fragte sie lächelnd.

„Sehr gern, obwohl das erste sehr gut ist. Fahren Sie fort", antwortete er.

„Ein charmanter, intelligenter Mensch, der nicht gerade die Statur eines Athleten hat, ist in meinen Augen viel schöner als jemand, dessen Körper mich an den Diskuswerfer von Myron denken lässt, der aber unangenehm und dumm ist. Der Erstere würde mich eher anziehen, denn was die Person mir anzubieten hat, könnte mit mir Berührungspunkte schaffen, die mir wichtiger sind als die Statur allein. Ich bin aber überzeugt, dass viele Leute einen starken sturen Menschen einem zerbrechlichen aufgeweckten vorziehen würden. Dem Himmel sei Dank, dass es alle Sorten von Menschen gibt, sodass solche Berührungspunkte praktisch immer möglich sind. Es hilft, dass Gleich und Gleich sich gern gesellt", sagte sie.

„Ich danke Ihnen, dieses Beispiel ist sogar noch besser", sagte Doktor Ovale hocherfreut.

„Nimmt man die vereinigenden Berührungspunkte als die Grundlage des Gefühls, dass etwas schön oder nicht schön ist, wirkt jene Behauptung, dass wir bei jedem Urteilen uns selbst als Maßstab nehmen, noch überzeugender. Im ersten Beispiel sagte ich, dass ich jene Vasen schön fände, die ich selbst anfertigen würde, wenn ich eine geschickte Töpferin wäre. Das bedeutet, dass die vereinigenden Berührungspunkte zwischen mir und jenen Vasen eigentlich die Berührungspunkte zwischen den Töpfern, die sie angefertigt haben, und mir sind", sagte sie.

„Ich bin mit ihnen einverstanden. Die von Ihnen gewählten Vasen würden die verborgene Verwandtschaft zwischen Ihnen und den Töpfern, die sie angefertigt haben, bezeugen", sagte er.

„Dieser Gedanke ließe sich sogar noch weiterführen. Ich möchte sagen, dass man ihn noch allgemeiner ausdrücken könnte, sodass er bloß eine Art Paraphrasierung jener zwei bereits besprochenen Ideen wäre, wonach alle Menschen auf der Welt bloß die Variationen ein und desselben menschlichen Wesens sind, sowie dass die Welt nur im menschlichen Bewusstsein existiert", fügte sie hinzu.

„Oh, das klingt aufregend. Erzählen Sie mir bitte, was Sie sagen möchten", bat er.

„Nun, wir waren einverstanden, dass ich eigentlich den Töpfer selbst mag, wenn ich seine Vasen mag, nicht wahr?" fragte sie.

„Ja, das stimmt. Das ist auch sehr überzeugend, denn die Vasen, die mir gefallen, tragen in ihrer Form und in ihrem Design das persönliche Siegel ihres Meisters", antwortete er.

„Genau. Falls wir alle nur Variationen desselben menschlichen Wesens sind, dann habe ich – durch dasselbe menschliche Wesen hinter allen seinen Variationen – auch alle anderen gern, auch jene, die ganz andere Vasen anfertigen würden, daher ganz bestimmt auch mich selber, nicht wahr?", sagte sie lächelnd.

„Das ist eine herrliche Einstellung, denn im Bewusstsein, dem Wissen von sich selbst, verschmilzt die reinste Selbstliebe mit der reinsten Liebe für andere zur reinsten Liebe für alle und jedermann und könnte daher – mehr als sonst etwas – helfen, so viele Dinge zum Besseren zu wenden", sagte er irgendwie erleichtert.

„Dass man sich der Tatsache nicht bewusst ist, ergibt sich aus der fehlenden Einsicht, dass wir alle bloß Variationen desselben menschlichen Wesens sind. Zugleich ist diese fehlende Einsicht die Hauptursache praktisch aller Probleme in unseren hierarchisch organisierten Gesellschaften", sagte sie.

„Wenn die Menschen besser wüssten, was sie eigentlich sind, würden sie leicht den Hass aufgeben und die Fackel der Liebe und des Respekts füreinander anzünden", sagte er.

„Sie haben Recht, aber wie könnte man den Menschen helfen, sich selbst kennen zu lernen? Denken Sie nur an die Tatsache, dass alle Institutionen in allen Gesellschaften auf der Welt nach dem hierarchischen Prinzip der Meuten und Horden organisiert sind. Daraus ergibt sich als Grundton in allen Lebensbereichen auf der ganzen Welt die laute Aufforderung *Schlage alle Konkurrenten, sei siegreich!* Die Siegreichen in allen Bereichen erhalten Medaillen und eine Menge Geld. Die Verlierer im Kampf aller gegen alle werden erniedrigt. Eine solche Art zu denken und handeln ist die unerschöpfliche Quelle von Tragödien", sagte sie.

„Ich persönlich möchte nicht lamentieren und die Situation als tragisch bezeichnen, aber erstaunlich ist es schon, dass zweieinhalbtausend Jahre voller Tragödien und Desaster, Unterrichtens und Lernens nicht ausreichten, dass die Menschen jene wenigen Worte der Aufforderung begreifen, die ein unbekannter Weiser an alle und jeden gerichtet hatte und die besagen, dass die Erkenntnis des eigenen Wesens als Lebensziel unendlich wichtiger ist als die höchsten Ehren und Privilegien in der Gesellschaft", sagte er.

„Wer war der weise Mann?", fragte sie.

„Einige meinen, dass es Chilon war, aber nicht alle sind derselben Meinung und schreiben diese Worte anderen zu. Ich persönlich glaube, dass Heraklit die berühmten Worte *‚Erkenne dich selbst'* als Erster ausgesprochen hat", sagte er.

„Seltsame Worte", sagte sie.

„Sie sind es in der Tat. Er wird wohl gemerkt haben, dass der Übergang vom Tier zum Menschen sich nicht durch Gesetze und Paragraphen erzwingen lässt. Es scheint auch, dass er von seinen Mitbürgern eine sehr schlechte Meinung hatte, denn es wird berichtet, dass er sogar einmal gesagt haben soll, das Beste für sie alle wäre gewesen, sich selbst umzubringen.

Er scheint überzeugt gewesen zu sein, dass die Menschen – trotz aller Erzwingungen durch Gesetze – in hierarchisch organisierten Gesellschaften leben und sich wie Tiere verhalten müssen, solange sie nicht begreifen, was sie eigentlich sind. Wenn es ihnen irgendwie gelingen würde zu begreifen, was sie eigentlich sind, würden sie keine Gesetze mehr benötigen, denn dann könnten sie nur korrekt handeln. Und korrekt handeln würden sie dann nicht aus Angst vor der Strafe durch das irdische oder himmlische Gesetz, sondern dank der Erkenntnis, was sie eigentlich sind – als freie Wesen", sagte er.

*

„Weil sie beides sind, Biologe und Psychologe, bin ich überzeugt, dass Sie sich schon einmal über das Phänomen der Homosexualität Gedanken gemacht haben“, sagte sie.

„Gewiss. Jeder, der staunen kann und deswegen auch unvermeidlich auf der Suche nach den Antworten im Zusammenhang mit den Rätseln des Lebens ist, muss auch über das Phänomen der Homosexualität nachgedacht haben“, antwortete er.

„Ist die Homosexualität etwas Angeborenes oder eher das Produkt eines bestimmten Lebensstils in den Gesellschaften, wie wir sie kennen?“, fragte Vivien voller Neugier.

„Ich glaube, dass die Homosexualität aus beiden Quellen schöpft, die Sie soeben erwähnt haben. Leben ist wahrscheinlich das faszinierendste Produkt der verspielten Materie, die wir ja besprochen haben, und das Bewusstsein selbst ist das verblüffendste Phänomen des Lebens. Dem ist so, weil das Bewusstsein jener Zustand der Materie ist, in dem sie ihrer selbst, ihrer Mutterschaft bewusst wird. In dem Zustand – wie wir es bereits gesagt haben – erschaffen die Menschen als Träger des Bewusstseins das, was die ganze Welt ausmacht. Somit sind alle Lebewesen und ihr Verhalten bloß Produkte, die sich daraus ergeben, dass die Menschen das Spiel der Materie wahrnehmen, erleben und ihm gerecht werden. Wir setzen bestimmte Wahrnehmungen zusammen und nennen dann das Zusammengesetzte zum Beispiel ‚Virus‘, ‚Gans‘, ‚Schaf‘, ‚Gorilla‘, ‚Mensch‘ und so weiter. Indem wir sie so zu einem bestimmten Etwas zusammenfügen und sie dann so oder so benennen, verleihen wir ihnen ein eigenes Leben. Danach halten wir unsere Produkte für etwas unabhängig und objektiv Vorhandenes und behandeln sie auch entsprechend. Wenn Wissenschaftler ihre Forschung betreiben, sind sie überzeugt, dass sie sich mit der so genannten objektiven Realität beschäftigen; dabei widmen sie sich in der Tat *ihren eigenen Produkten.* Wenn sie etwas Neues entdecken, bereichern sie ihre eigene Welt, aber auch die Welt aller, die davon erfahren, mit neuen Eindrücken und Kreationen. Natürlich sind die meisten Menschen sich dessen gar nicht bewusst."

„Nur einen Augenblick bitte. Hier muss ich Sie kurz unterbrechen", sagte sie.

„Ja bitte, ich höre Ihnen zu", sagte er.

„Falls ein Wissenschaftler etwas in seiner Welt entdeckt, wie kann er den Inhalt seiner persönlichen Entdeckung jemandem mitteilen, der ja seine eigenen Sinne und sein eigenes Gehirn haben muss, die unbedingt anders als alle anderen sein müssen?", fragte sie.

„Alle menschlichen Gehirne – wie übrigens alles andere auch – funktionieren im Einklang mit den bestimmten Möglichkeiten, die in der Materie enthalten sind, daher nach dem gleichen Prinzip. Dennoch unterscheidet sich jedes einzelne Gehirn durch Myriaden von Besonderheiten von jedem anderen. Hinzu kommt, dass jedes Individuum einen eigenen, einmaligen Lebensweg hat, haben muss. Daraus ergibt sich, dass jedes Individuum das Spiel unserer verborgenen Mutter, das wir als unsere Welt nennen, auf seine eigene originelle Art und Weise erlebt und ausstattet. Das trifft auf alles und auf allen Ebenen zu. So hat zum Beispiel jeweils eine große Anzahl von Menschen zwar eine gemeinsame Sprache, aber jedes Mitglied einer Sprachgemeinschaft hat ein eigenes Set von Assoziationen mit jedem ihm bekannten Wort. Nehmen wir zum Beispiel das Wort ‚Tisch' in einem Haushalt. Die Assoziationen der Leute, die im selben Haushalt wohnen, werden viel mehr Ähnlichkeiten haben, wenn das Wort ‚Tisch' erwähnt wird, als die Assoziationen von Menschen, die in verschiedenen Haushalten leben und verschiedene Tische benutzen. Dennoch werden die Assoziationen in beiden Fällen genügend gemeinsam haben, um die notwendige Portion des Bedeutungsinhalts des Wortes ‚Tisch' im Gespräch mitteilen zu können, weil alle *persönlichen Assoziationen* im Zusammenhang mit dem Wort ‚Tisch' innerhalb einer Sprachgemeinschaft genügend gemeinsam haben. Manchmal genügt die vermittelte Portion des Bedeutungsinhalts eines Wortes nicht, und der Zuhörer bittet um zusätzliche Erläuterungen. Manchmal genügen jedoch auch die ausführlichsten zusätzlichen Erklärungen nicht. Das kommt häufig vor, wenn von den so genannten abstrakten Begriffen die Rede ist, die immer für viel Streit und Reiberei sorgen. Man denke zum Beispiel an Wörter wie ‚Freiheit', ‚Demokratie', ‚Gerechtigkeit', ‚Intelligenz', ‚Gott', ‚Seele', ‚Moral' und so weiter. Die Menschen in verschiedenen Teilen der Welt können durchaus verschiedene Assoziationen haben und an völlig verschiedene Dinge denken, wenn solche Wörter erwähnt werden. In Naturwissenschaften existiert dieses Problem nicht, denn ihre Sprache ist die mathematische Logik, und sie ist nicht emotional geladen", sagte er.

„Vielen Dank. Jetzt glaube ich zu verstehen, was Sie meinen", sagte Vivien.

„Es freut mich, das zu hören. Kann ich mit der Beantwortung Ihrer Frage fortfahren?", fragte er.

„Ja bitte", antwortete sie.

„Wie bereits gesagt, sind das Verhalten aller Lebewesen und alle anderen Phänomene in der Welt menschliche Vorstellungen. Das trifft auch auf die Kopulation, Fortpflanzung, Sterben und so weiter – eigentlich auf alles – zu, was die Menschen je wussten und jemals wissen werden.

So kennen die Menschen verschiedene Phänomene im Zusammenhang mit dem sexuellen Verhalten verschiedener

Organismen. Weil einige Phänomene viel häufiger sind als andere, gelten sie in der menschlichen Vorstellung als Regel oder Standardmuster, genannt *Norm.* Alles, was nach diesem Standardmuster läuft, wird für *norm*al gehalten. Alles, was von der Norm abweicht, gilt als abnorm. Denken Sie nur an die Tatsache, dass die meisten Menschen sich eindeutig entweder als männlich oder als weiblich empfinden und benehmen. Das ist aber nicht immer der Fall. Einige Leute fühlen, dass sie sich irgendwo dazwischen befinden. Wahrscheinlich sind Ihnen die Wörter wie ‚transsexuell', transvestitisch', ‚hermaphroditisch' und so weiter bekannt. Solche Menschen werden in allen Gesellschaften für abnorm, störend und problematisch gehalten, weil sie nicht zu jener ‚normalen' Mehrheit gehören und daher nicht in das übliche Standardmuster passen. Den Zustand solcher Menschen halten die ignoranten religiösen Fanatiker für eine Strafe Gottes. Dem ist so, weil den meisten Mensche selbst die grundlegendsten Kenntnisse der Genetik und der Vererbungsgesetze fehlen und weil in allen Gesellschaften die Männer ständig beweisen müssen, dass sie männlich und die Frauen dass sie weiblich sind. Jene, die wegen der fehlenden Eindeutigkeit ihrer sexuellen Natur weder dieses noch jenes beweisen können, fühlen sich in den hierarchisch organisierten, leistungsorientierten Gesellschaften, in denen wir alle leben, sehr unwohl. In der menschlichen Gemeinschaft, von der Sie mir erzählen, würde dieses Problem ganz verschwinden", sagte er.

„Warum würde dieses Problem in der Gemeinschaft verschwinden? Gern möchte ich die Antwort auf diese Frage wissen", sagte sie.

„Es würde verschwinden, weil die Menschen in der Gemeinschaft nicht gezwungen wären, den Charakter ihrer sexuellen Eigenschaften immer wieder von irgendwelcher

Instanz beglaubigen zu lassen. Denken Sie nur daran, dass es in der Gemeinschaft weder Armee noch Polizei geben würde, auch keine medizinischen Untersuchungen für Sportler, die dafür sorgen, dass Männer gegen Männern und Frauen gegen Frauen antreten.

In der Gemeinschaft würden Sportkämpfe, wie wir sie in den Gesellschaften kennen, gar nicht existieren. Was die sexuellen Beziehungen anbelangt, würden in der Gemeinschaft nur die Frauen die Initiative ergreifen. Die Männer würden deren Vorschläge annehmen oder nicht annehmen. All das wäre ausschließlich ihre persönliche Angelegenheit. Das heißt, es gäbe keine offiziellen Formalitäten, denn es gäbe weder Standesämter noch irgendwelche anderen Ämter, keine Geburtsurkunden, keine Identitätskarten und keine Pässe oder sonst welche Dokumente. Das würde garantieren, dass niemand gedemütigt würde und niemand unter Druck stünde.

Was aber die Homosexualität anbelangt, sehen die Dinge etwas anders aus", sagte er.

*

„Ich glaube zu verstehen, was Sie sagen möchten: Die Homosexualität hat nichts mit fehlender Eindeutigkeit der sexuellen Natur des Menschen zu tun; die Ursache des homosexuellen Verhaltes muss man woanders suchen. Falls im Laufe der Evolution die homosexuelle Tendenz plötzlich zur überwiegenden oder ‚normalen' geworden wäre, würden die höheren Organismen – einschließlich aller Primaten – überhaupt nicht existieren. Dem ist so, weil alle höheren Organismen – Menschen inbegriffen – sich nur heterosexuell fortpflanzen. Zwei gesunde, sonst fruchtbare schwule Männer können miteinander beliebig Sex haben, aber aus ihrer Beziehung kann kein Leben hervorgehen.

Dasselbe gilt für zwei lesbische Frauen. Die Homosexualität hat nichts mit Sünde oder Moral zu tun, worauf alle Sorten von religiösen Denkern bestehen. Der Grund, warum die Homosexualität etwas Leeres und Sinnloses ist, liegt in der Tatsache, dass es eigentlich lebensverneinend und lebensfeindlich ist.

Die Homosexuellen selbst würden nicht existieren, wären ihre Vorfahren seit eh und je nicht heterosexuell gewesen. Aus dem einfachen Grund ist die Homosexualität eine Lebensverneinung.

Natürlich denken die Homosexuellen nie darüber nach. Homosexualität ist weder sündhaft noch unmoralisch – sie ist der Ausdruck des tragischen persönlichen Gefühls, dass das Leben jeglichen Sinnes bar ist und daher nicht fortgesetzt werden soll. Ja, darum geht's! Habe ich Recht?", fragte sie.

„Ganz und gar. Dieser Gedanke, wenn zu Ende geführt, ist das Wesen jener berühmten Worte ‚Sein oder nicht sein, das ist *die* Frage', die ganz am Anfang des wohl berühmtesten aller Selbstgespräche stehen. Es ist nicht einfach *eine* Frage, es ist *die* Frage, denn – verglichen mit dieser Frage – sind alle anderen Fragen eigentlich bedeutungslos. Natürlich bin ich einverstanden, dass es nicht leicht ist, die Verbindung zwischen dieser entscheidenden Frage und der Homosexualität festzustellen", sagte er.

„Das ist einfach fantastisch. Darf ich noch etwas hinzufügen?", fragte sie.

„Selbstverständlich. Ich bin entzückt", antwortete er.

„Wenn zwei Menschen einander wirklich gern haben, dann möchten sie miteinander verschmelzen und am liebsten für immer zusammen sein. Sind sie einverstanden?", fragte sie.

„Natürlich bin ich einverstanden. Jene, die nicht miteinander verschmelzen und so lang wie möglich vereint sein möchten, lieben einander eigentlich gar nicht", antwortete er.

„Vielleicht ist der Wunsch, miteinander zu verschmelzen und für immer zusammen zu sein, das Wesen jenes wunderbaren Gefühls zwischen den verschiedenen Geschlechtern, das wir Liebe nennen, ohne zu wissen, was die Quelle des Gefühls eigentlich ist. Habe ich Recht?“, fragte sie.

„Das überzeugt mich völlig“, antwortete er.

„Jedes bewusste Individuum weiß nur zu gut, dass die Trennung früher oder später unvermeidlich ist. Das Einzige, was der Körper gegen das Unvermeidliche unternehmen kann, ist, mit dem Körper der geliebten Person zu einem neuen Körper zu verschmelzen, in welchem die beiden Liebenden vereint sind, und somit mindestens indirekt ihr Zusammensein zu verlängern. Dank dieses wunderbaren Phänomens folgt somit eine Generation auf die andere, und jede neue Generation enthält alle früheren und ist zugleich die Quelle aller künftigen. Dank dieses Wunders lebten und liebten alle unsere Vorfahren, verschmolzen miteinander und brachten unser Leben hervor sowie die Möglichkeit für uns, den heutigen Tag zu genießen und dieses aufregende Gespräch über alles unter der Sonne zu führen. Hätte irgendeine Generation unserer Vorfahren zur Homosexualität hinübergewechselt, wäre des Sinnes Faden gerissen: Weder die Liebe noch die Verschmelzung der Liebenden miteinander hätte es mehr gegeben, und die menschliche Art wäre vom Antlitz der Erde verschwunden – *einschließlich aller Homosexuellen!*“, beendete Vivien ihre Erläuterung, wobei sie die letzten Worte betonte.

*

„Ich danke Ihnen für diese wunderbare Erklärung. Schon immer hatte ich das Gefühl, dass jenes, was die Homosexuellen verbindet, unmöglich die gleiche Qualität und Bedeutung haben kann wie die Liebe zwischen den verschiedenen Geschlechtern, aber nie konnte ich mir erklären, warum dem so ist. Jetzt habe ich eine vollkommen überzeugende Erklärung von jemandem erhalten, der ganz am Anfang seines Lebens steht und der weder Biologe noch Psychologe noch Philosoph noch Doktor der Medizin ist. Sie scheinen Ihre Zeit in der Gefangenschaft besonders gut genutzt zu haben", sagte er.

„Für Ihre lobenden Worte danke ich Ihnen, aber Sie übertreiben, dass ich erröten muss", sagte sie.

„Hinzufügen möchte ich, dass die Homosexuellen an der künftigen Welt nicht interessiert sind. Und sie sind es nicht, weil die künftige Welt eine grundsätzlich andere Beziehung zwischen den Partnern voraussetzt, welche die Aussicht hat, die Fortsetzung des Lebens zu sichern, nachdem die Partner verschwunden sind. Mit einer Person zu einer neuen Person zu verschmelzen bedeutet zugleich, eine neue Welt zu erschaffen. Jedoch denken wir nie daran. Das neue Individuum muss Freude und Leid erfahren, und sein Lebensweg ist immer bis in die kleinste Einzelheit unvorhersehbar. Kinder in die Welt zu setzen ist daher das einzige wahre Risiko", sagte sie.

„Warum ist es das einzige Risiko? Viele andere Dinge können riskant sein, nicht wahr?", fragte er.

„Dem ist so, weil geboren zu werden das Risiko ist, in dem alle anderen Risiken enthalten sind, die ein Individuum im Laufe seines Lebens eingehen kann", sagte sie.

„Ich verstehe, was Sie meinen. Das ist eine herrliche Erklärung", sagte er.

„Sehen Sie: Homosexuelle nennen das, was sie mit ihren Partnern verbindet, Liebe. Sie sind aber nicht bereit, dieses fundamentale Risiko einzugehen, welches alle anderen Risiken enthält. Eine neue Generation großzuziehen, ist die anspruchsvollste und schwerste aller Aufgaben. Sie verlangt den Eltern nicht bloß eine große, sondern eine restlose Aufopferung und Hingabe ab. Hinzu kommt, dass selbst die größte Bemühung der Eltern niemals garantieren kann, dass ihr Kind ein leichtes und glückliches Leben haben wird. Nur Liebe kann dieses unermessliche Risiko eingehen. Jene, die sich vor diesem größten Risiko drücken, obwohl sie gesund, intelligent, begabt, gut aussehend und von jemandem anderen Geschlechts mit ebenso vorzüglichen Eigenschaften begehrt werden und daher keinen Grund haben, sich zu weigern, ein Kind in die Welt zu setzen und – falls erforderlich – das ganze eigene Leben zu opfern, um das Kind großzuziehen und somit die Grundlage für die künftige Welt zu schaffen, wissen nicht, was Liebe ist", sagte sie.

„Es gibt aber Homosexuelle, die gern Kinder adoptieren möchten, wenn sie es dürften", bemerkte er.

„Natürlich gibt es viele, die das gern täten. Ihr Wunsch aber, Kinder zu adoptieren, ist sehr problematisch. Einerseits wollen sie nicht ihre eigenen Kinder haben, anderseits versuchen sie fremde Kinder zu beschaffen und sie bei sich zu halten. Ein solches Verhalten ist mindestens seltsam; eigentlich muss es verdächtig sein", sagte Vivien.

„Warum sollte es verdächtig sein?" fragte Doktor Ovale.

„Wenn jemand mit keinem anderen Menschen verschmelzen möchte, um mit ihm zusammen zu sein, wenn er einmal als Individuum nicht mehr lebt, dann liebt er sein eigenes individuelles Leben nicht besonders, noch liebt er besonders seinen Partner, und am Glück der künftigen Welt ist er gewiss nicht interessiert. Es ist sehr schwer, sich vorzustellen, dass solche Menschen geeignet wären, die elterliche Rolle zu übernehmen und ein fremdes Kind als Fortsetzung des eigenen Lebens zu behandeln und zu erziehen, in der die beiden Partner in Liebe vereint sind, so dass das adoptierte

Kind zum glücklichen Träger einer neuen Welt wird, in der es selbst wiederum eine neue Welt mit Freuden begründen möchte, weil es in seiner frühesten Kindheit ein sehr gutes Vorbild gehabt hat.

Hinzu kommt, dass die Kinder im frühesten Alter die Bezugspersonen, von denen sie ja ganz abhängig sind, spontan nachahmen und ihnen blind gehorchen, so dass die von Homosexuellen großgezogenen Kinder sehr wahrscheinlich selbst zu Homosexuellen würden. Es ist ebenso höchst unwahrscheinlich, dass homosexuelle Pflegeeltern sich bemühen würden, ihre kleinen Pflegekinder zur fruchtbaren, lebensbejahenden Heterosexualität zu erziehen. Viel wahrscheinlicher ist es, dass sie ihre Pflegekinder sehr früh in die Praktiken der Homosexualität als völlig normaler Beziehung (sie halten ihre Beziehung für normal und natürlich) einweihen würden. Und was wäre das, wenn nicht homosexuelle Pädophilie?

Homosexuelle – in der Welt des Sexkonsums natürlich nicht nur sie – sind ständig auf der Suche nach frischen, möglichst jungen Partnern, um ihr Dasein auf ihre Weise auszukosten. Und, eben, warum sollten sie in die Ferne schweifen, wenn das Gute zum Greifen nah liegt?

Solche Überlegungen sind nicht von der Hand zu weisen, wenn man bedenkt, dass sie an einer Nachkommenschaft als Verlängerung ihres eigenen Lebens nicht interessiert sind; und warum sollten sie dann am Schicksal der kommenden Welt überhaupt interessiert sein? Jene Kinder, die sie adoptieren möchten, sind die Träger der kommenden Welt. Es erstaunt nicht, dass die Behörden – wenigstens vorläufig – von der Idee, dass die homosexuellen Paare Kinder adoptieren dürfen, nicht begeistert sind. Davon können sie nicht begeistert sein, denn, falls die homosexuelle Denkweise und die Einstellung zum Leben die Oberhand gewinnen sollten, würde die Welt innerhalb kurzer Zeit aufhören zu existieren. Die Politiker sind in der Regel äußerst ehrgeizige Leute, die nach Anerkennung und Ruhm lechzen. Zu Lebzeiten versuchen sie im Zentrum der Aufmerksamkeit zu sein. Gleichzeitig bemühen sie sich darum, dass nach ihrem Ableben die künftigen Generationen ihrer gedenken. Das setzt natürlich voraus, dass jene Gesellschaft weiterlebt, in der ihre Namen und Taten von Bedeutung sein könnten. Solange sie an der Macht sind, versuchen sie die Stimmen der Homosexuellen zu gewinnen, jedoch allein der Gedanke, dass die Gesellschaft, in der sie ihre Karriere gemacht haben und in der man später nach ihrem Tode ihrer gedenken sollte, gerade dadurch verschwinden könnte, erschreckt sie.

Nur jene, welche die zukünftige Welt so sehr lieben, dass sie bereit sind, auch das größte Risiko einzugehen, indem sie ein Kind in die Welt setzen, und ihr eigenes Leben zu opfern, um es großzuziehen, sind – trotz aller Schwierigkeiten und Unzulänglichkeiten – auch geneigt zu denken, dass das Leben lebenswert ist. Jene aber, die gesund, intelligent, begabt und sogar gut aussehend sind und Kinder haben könnten, sie jedoch nicht wollen, haben das Gefühl, dass das Leben nicht der Mühe und Anstrengung wert ist. Indem sie kein Interesse bekunden, sich an der Begründung der künftigen Welt zu beteiligen, unterschreiben sie der ganzen von ihnen selbst erschaffenen Welt das Todesurteil. Sie zelebrieren den Tod ihrer eigenen Welt, indem sie eine sinnlose, Leben verschmähende Beziehung auskosten.

So gesehen, ist die Homosexualität die delikateste Form des Abscheus vor Liebe, Leben und der ganzen Welt", sagte sie.

„Ich bin ganz mit Ihnen einverstanden, aber wir haben noch nicht die Frage beantwortet, was die Hauptursache der

Homosexualität ist, die angeborene Neigung oder die Umwelt, nicht wahr?", fragte er.

„Nein, wir haben es nicht, aber wir werden es tun", antwortete sie fröhlich lächelnd. Es schwang eine Anspielung in ihrer Stimme mit.

„Persönlich bin ich der Ansicht, dass die Neigung zu bestimmten Krankheiten und besonderen Verhaltensweisen von größerer Bedeutung ist, als man allgemein vermutet. Aus dem Grund neige ich zur Ansicht, dass in gewissen Fällen die Menschen zur Homosexualität genetisch veranlagt sind. Jedoch bin ich überzeugt, dass solche Fälle äußerst selten sind und dass praktisch immer die unmittelbare Umwelt jenes auslöst, was unter anderen Bedingungen nicht geschehen würde. Dem ist wahrscheinlich so, weil die Menschen in der frühesten Kindheit sehr flexible Wesen sind. Damit meine ich, dass sie mit schier unbegrenzten latenten Anpassungsmöglichkeiten geboren werden. In der frühesten Kindheit kann praktisch jede der schlummernden Möglichkeiten geweckt werden, was dann das ganze spätere Leben in eine bestimmte Richtung führt. Welche der latenten Möglichkeiten geweckt wird, hängt hauptsächlich von der Umwelt ab, in der das Kind lebt. Mit zunehmendem Alter schwindet die Anpassungsfähigkeit sehr schnell, damit aber auch die Möglichkeit, an dem, was in der frühesten Kindheit geschehen ist, etwas zu ändern. Deswegen heilen später die Wunden kaum, die in der frühesten Kindheit aufgerissen wurden. Was ganz am Anfang geschieht, bleibt einfach kleben. Weder Psychoanalyse noch irgendwelche Psychotherapie kann dann mehr helfen", sagte er.

„Ich verstehe, was Sie meinen. Wenn man jeden Tag mit den Handlungen zu tun hat, deren Sinn es ist, Nahrung und Dinge, die man für eine einfache Lebensweise benötigt, zu produzieren und dadurch unmittelbar Geburt, Wachstum und Sterben der Lebewesen als Wunder erlebt, zu dem man auch selbst gehört, dann hat man eine Beziehung zum Leben, die sich vom Lebensgefühl der Leute grundsätzlich unterscheidet, die ihre Zeit in Bars vertrödeln, Pornofilme anschauen, in Casinos spielen, im Internet seltsame Spiele spielen, auf den Autobahnen rasen, in Bodybuilding-Zentren ihren Körper verunstalten oder aber in Büros Tag für Tag auf Computern hämmern.

Im ersteren Fall nimmt man das Leben ernst, und die Homosexualität wird als etwas Störendes und zum Leben nicht Gehörendes empfunden.

Im letzteren Fall wird das oberflächliche, parasitäre Leben nicht ernst genommen, und die Homosexualität als monströse Liebesfarce, die von dem grundsätzlichen Wagnis und der größten Verantwortung abgekoppelt ist, hat sehr gute Aussichten, die Liebe zwischen zwei Wesen zu verdrängen, die eine neue Welt mit all ihren Facetten hervorbringen kann. Diese neue Welt erfordert eben das Maximum an Wagnis, Bemühung, Geduld, Verantwortung und Liebe, also Elemente, die der Homosexualität fremd sind“, sagte sie.

„Sind Sie aber einverstanden, dass es wahrscheinlich doch Fälle gibt, in denen Leute eine starke homosexuelle Neigung haben?“, fragte er.

„Jawohl. Aber auch solche Leute würden sofort auf die Praktizierung ihrer Neigung verzichten, wenn sie irgendwie begreifen könnten, was die Homosexualität eigentlich ist und welche Tragik darin steckt“, antwortete sie.

„Wäre es nicht zu viel, das von ihnen zu erwarten? Stellen Sie sich vor, Sie sind eine begeisterte Schwimmerin, Sie lieben das Schwimmen über alles und gehen schwimmen, immer wenn sich die Gelegenheit dazu bietet. Stellen Sie sich weiter vor, Sie essen Obst für Ihr Leben gern, und nicht weniger gern essen Sie Milchprodukte. Weil aber die Mehrheit der Leute gerade das Schwimmen und jene Speisen, die ihnen besonders schmecken, verabscheut, wird von Ihnen erwartet oder mindestens Ihnen nahe gelegt, auf die Aktivitäten und Dinge, die Ihnen so viel bedeuten, zu verzichten", sagte er.

„Ich sehe, was Sie meinen, aber versuchen Sie darüber nachzudenken, was wir bis jetzt gesagt haben. Tun Sie das, werden Sie sofort merken, dass der Vergleich, den Sie soeben gebracht haben, hinkt", sagte sie.

„Warum hinkt mein Vergleich?", fragte er.

„Sie vergleichen zwei Dinge, die nicht im Geringsten miteinander zu tun haben. Es ist völlig wirklichkeitsfremd, dass Leute daran Anstoß nehmen könnten, dass jemand gern schwimmt oder Obst und Milchprodukte liebt. Wenn aber Schwimmen und Verzehren von Obst und Milchprodukten plötzlich zur Folge hätten, dass dadurch jedes Kind sofort unfruchtbar wird, würde man ganz bestimmt auch sofort anders reagieren, denn es ginge um die Frage *Sein oder nicht sein?*.

Die Homosexualität ist aber nichts Fiktives, nichts Erfundenes, sondern etwas in jeder organisierten Gesellschaft auf der Welt stark Anwesendes. Und bei der Homosexualität geht es eben um die Frage *Sein oder nicht sein?*", sagte sie.

„Alle Achtung, Sie sind schon eine aufmerksame und präzis denkende Gesprächspartnerin. Was sollten jene Menschen tun, deren homosexuelle Neigung sehr stark ist?", fragte er.

„Wie bereits hervorgehoben, ahmen kleine Kinder die Erwachsenen in ihrer nächsten Umgebung nach. Wie sie aufwachsen und älter werden, ahmen sie immer weniger nach und versuchen stattdessen, selbst zu entscheiden. Sind sie einmal erwachsen, können sie in mancherlei Hinsicht ihre Verhaltensweise, die sie sich während ihrer frühen

Kindheit angeeignet haben, kaum mehr ändern. Als Erwachsene möchten die Menschen ihre Verhaltensweise nicht ohne einen bestimmen Grund aufgeben und eine andere nachahmen, sondern eher verstehen, warum sie etwas tun beziehungsweise nicht tun sollten. Falls daher die Homosexuellen irgendwie begreifen könnten, welch ein Wunder die Liebe und das Leben sind und was für ein Privileg es ist, geboren zu werden und die Gelegenheit zu haben, eine ganze Welt zu erschaffen, würde ihre sexuelle Neigung sofort erlöschen.

Das Leben lieben bedeutet, trotz aller Schwierigkeiten glücklich und dankbar sein, dass man geboren wurde. Falls Leute mit starker angeborener Neigung zur Homosexualität wirklich das Leben lieben und begreifen, dass sie selbst nicht das Produkt einer homosexuellen Beziehung sind, sondern der Aktivitäten, die das Mitwirken von zwei Menschen verschiedenen Geschlechts voraussetzen, werden sie auch begreifen, wie leer und lebensfeindlich die Homosexualität ist, und werden sie als solche auch zweifelsohne sofort ablehnen.

Dazu sollten sie durch keine Vorschriften oder Befehle gezwungen werden, dies oder jenes zu tun. Jedoch sollten sie die Gelegenheit erhalten, mit dieser Erklärung, was Liebe ist, vertraut zu werden.

Wenn sie begreifen könnten, was das Wesen der Liebe ist, würden sie auch begreifen, dass sie selbst ein Produkt der Verschmelzung zweier Wesen verschiedenen Geschlechts sind und dass ihre persönliche sexuelle Praxis nichts mit der Liebe zu tun hat – sie würden bestimmt wissen, was sie tun sollen.

Das Wort *Natur* bedeutet, wie bereits erwähnt, jenes, was gebiert. Aus dem und keinem anderen Grund ist jenes, was sich der Entstehung der neuen Welt widersetzt, nicht natürlich. Wer das begreifen kann, wird die Homosexualität als ein tragisches Missverständnis von Liebe und Leben bestimmt ablehnen. Das Begreifen an sich lässt sich aber nicht erzwingen. Wer all das nicht begreifen kann, wird homosexuell bleiben. Letzten Endes ist alles eine Frage von Einsicht und Verständnis", sagte sie.

„Wenn ich Sie richtig verstehe, kann eine bestimmte Umwelt das Gefühl entstehen lassen, dass das menschliche Leben all die Mühe und Anstrengung nicht wert ist und als solches nicht fortgesetzt werden sollte. Wenn die Homosexuellen jedoch die eigentliche Bedeutung des Wortes ‚Natur' und ‚natürlich', ‚Liebe' und ‚Leben' verstehen könnten, würden sie mit ihrer Praxis wohl sofort aufhören. So gesehen, ist in der frühen Kindheit die Umgebung entscheidend, später ist es das Verständnis?", fragte Doktor Ovale, um sicher zu sein, dass er richtig verstanden hatte, was Vivien sagen wollte.

„Genau so ist es", bestätigte Vivien.

„Aber Homosexuelle behaupten, dass das Phänomen der Homosexualität sogar bei den Tieren zu finden ist und daher nicht als etwas Unnatürliches angesehen werden sollte. Was sagen Sie zu dem Argument?", fragte er.

„Vor mehr als zweitausend Jahren bezeichnete ein Philosoph – übrigens der eigentliche Begründer der Biologie, der Lehre vom Leben –, Menschen als mit Verstand ausgestattete Tiere. Diese äußerst einfache Definition der menschlichen Natur ist wahrscheinlich noch immer die beste von allen. Sie ist in ihrer Einfachheit so reich, dass sie völlig genügt. Menschen sind Tiere, weil sie – wie bekanntlich andere Tiere auch – Luft, Wasser und Nahrung benötigen, um als individuelle Organismen zu existieren. Wie alle höheren Lebewesen haben sie den Sexualtrieb, der das Fortbestehen der Art sichert.

*

Weil sie keinen Verstand haben, leben die Tiere nicht in einer Welt, sondern in einer Umwelt. Das bedeutet, dass sie einfach das nehmen, was gerade vorhanden ist, um ihr Verlangen nach Nahrung sowie ihren Sexualtrieb zu befriedigen. Sie können sich keine Gedanken machen, ob die Befriedigung ihres eigenen Verlangens für andere vielleicht furchtbare Folgen haben könnte. Sie können blutrünstig sein, jedoch sind sie immer unschuldig. Jene Leute, die nicht davor zurückschrecken, andere anzugreifen oder sogar zu töten, um sich deren Eigentums zu bemächtigen, sind in den Augen ihrer Artgenossen eher Tiere als Menschen.

*

Die Menschen anderseits haben den Verstand, der es ihnen ermöglicht, genau zu planen, wie sich diese beiden Grundbedürfnisse befriedigen ließen, sowie über die furchtbaren Folgen nachzudenken, die ihr persönliches Vergnügen für die anderen haben könnte. Das bedeutet, dass die Menschen eine *Welt* voller Leiden und Freuden, Schmerzen und Vergnügen, Rohheit und Freundlichkeit gezielt und bewusst erschaffen beziehungsweise eben nicht erschaffen. Kurz gesagt: Die Menschen unterscheiden zwischen dem, was sich ziemt und was sich nicht ziemt. In der von Menschen erschaffenen Welt gibt es immer eine Art Moral. Moral ist einfach ein System von Einschränkungen, die für das Bestehen der von Menschen erschaffenen Welt erforderlich sind", sagte sie.

„Könnten Sie mir bitte mit einem Beispiel schildern, was Sie sagen möchten?", bat er.

„Selbstverständlich. Wilde Tiere kämpfen um das Futter, bis das stärkste Tier es hat. Prinzipiell ist es so, dass das stärkere Tier sein Verlangen befriedigt und sich nicht darum kümmert, dass das schwächere Tier deswegen hungert oder gar zugrunde geht. Die Menschen anderseits sind – auch prinzipiell – bereit, sogar die kleinste Menge Nahrung bis zum Schluss mit ihren Artgenossen zu teilen. Im Tierreich kämpfen bei vielen Arten die Männchen um die Weibchen. Das bedeutet, dass die Weibchen nicht unbedingt den Partner wählen können. Bei den Menschen anderseits versuchen die Männer die Frauen zu beeindrucken, und dann – wenigstens prinzipiell – können die Frauen selbst entscheiden. Die Gesellschaften, in denen die Frauen ihre Partner nicht selbst wählen können, werden deswegen von jenen Gesellschaften, in denen sie es können, als primitiv und tierähnlich angesehen. Im Tierreich fragen die starken Alphamännchen die Weibchen nicht um Erlaubnis, sie zu begatten, sondern zwingen sie dazu. In den fortgeschritteneren menschlichen Gesellschaften gilt ein solches Benehmen der Männer – wenigstens prinzipiell – als verbrecherisch und wird bestraft. Jene Gesellschaften, in denen die Frauen keinen Schutz in dem Sinn genießen, werden von denen Gesellschaften, in denen es einen solchen Schutz gibt, für primitiv und irgendwie tierähnlich gehalten.

Jetzt merken Sie schon, was ich sagen möchte. Die Menschen, da sie einen Verstand haben, sollten nicht das natürliche Verhalten der Lebewesen ohne Verstand als Rechtfertigung für ihr eigenes tierisches Verhalten nehmen. Wenn also stärkere Tiere den schwächeren das Futter entreißen, kann man sie nicht als brutale Räuber ansehen. Wenn das stärkste Männchen in einer Affenhorde oder einem Wolfsrudel die schwächeren Männchen zwingt, sich von den Weibchen fernzuhalten, dann kann man den Chef nicht als tyrannisch, unhöflich oder nicht gentleman-like bezeichnen. Wenn das Alphamännchen ein sehr junges Weibchen zur Kopulation zwingt, kann es nicht als roher, primitiver Verbrecher bezeichnet werden, der lebenslänglich eingesperrt werden sollte. Wenn sich jedoch Menschen so benehmen, begehen sie eine kriminelle Tat, denn sie haben den Verstand, und man nimmt an, dass sie wissen, was in der vom Verstand erschaffenen Welt erlaubt und was nicht erlaubt ist.

Daher ist es eine seltsame Logik zu sagen, die Homosexualität sei natürlich und daher unter den Menschen zu rechtfertigen, weil auch Stiere, Hengste, Widder, Böcke und viele andere Lebewesen ohne Verstand gelegentlich so tun, als wollten sie einander bespringen; zu einer Kopulation kommt es auch dort nie.

Wenn die Menschen religiöse oder politische oder philosophische Lehren annehmen oder ablehnen, versuchen sie ihre Ansichten zu verteidigen und zu rechtfertigen, indem sie sich auf bestimmte Aspekte der vom Verstand erschaffenen Welt berufen. Da eine jede solche Lehre immer partiellen Charakter hat, ist sie immer umstritten – sie kann angefochten oder aber auch verteidigt werden.

Homosexualität hat aber weder mit religiösen noch mit politischen noch mit philosophischen Ansichten zu tun.

Sie hat nur mit jener Frage zu tun, die allein gilt: *Sein oder nicht sein?* Die Antwort auf diese fundamentale Frage ist zugleich die Antwort auf alle Fragen, weil in der Frage alle anderen Fragen enthalten sind.

Homosexuelle Beziehungen können kein Leben hervorbringen, und ohne Leben gibt es nichts. Ohne Leben gibt es auch keine Homosexuellen. So verstanden, ist die Homosexualität ein Leben nach dem Motto von Madame de Pompadour ‚Nach uns die Sintflut!' und voller Schadenfreude ob des Weltuntergangs. Diese Schadenfreude wird vom fundamentalen Unwissen und Missverständnis dessen genährt, was das Wesen des Lebens und der Liebe ausmacht", sagte sie.

„Sie haben es besser erklärt, als ich es je tun könnte. Sie sollten an der Universität dozieren. Alle Studenten und alle Professoren sollten Ihre Erklärung hören", sagte er.

„Ich danke Ihnen, aber ich kann mich nicht des Eindrucks erwehren, dass Sie gern ironisch sind, nicht wahr?", sagte sie lächelnd.

„Gar nicht. Ich meine es so ernst, wie ich es nur ernst meinen kann", sagte er.

„Oh, in dem Fall nehme ich mein Wort zurück", sagte sie deklamatorisch-fröhlich.

„Das ist rührend", sagte er lächelnd.

„Ob meine Erläuterung, wo man die Ursache der Homosexualität suchen muss, wirklich so gut ist, wie Sie es eben gesagt haben, weiß ich nicht. Was ich Ihnen gesagt habe, ist der Schluss, zu dem ich nach langem Grübeln über dieses Problem gekommen bin. Da Sie als Biologe und Psychologe in dieser Angelegenheit mit mir einverstanden sind, fühle ich mich in meiner Meinung irgendwie bestätigt", sagte sie.

„Über das Phänomen der Homosexualität habe ich bereits mehrere Vorlesungen gehört. Ihre Erklärung ist aber die beste, die ich je gehört habe. Wahrscheinlich ist Ihre Erklärung die einzig unanfechtbare", sagte er.

„Warum meinen Sie, dass sie unanfechtbar ist?", fragte sie.

„Ganz einfach, weil – ich kann nur Ihre Worte wiederholen – Ihre Begründungen weder mit der Religion noch mit der Politik noch mit der Moral etwas zu tun haben. Ihre Begründungen haben nur und ausschließlich mit der Frage zu tun: Sollten wir die kommende Welt willkommen heißen oder nicht? Religion und Moral sind Themen, für die oder gegen die man immer Streitgespräche führen kann. Wenn es jedoch um die künftige Welt geht, stehen die Dinge anders: Man kann die künftige Welt willkommen heißen, oder man kann sie ablehnen, aber man kann weder dafür noch dagegen Streitgespräche führen", sagte er.

„Ich verstehe, was Sie meinen", sagte sie.

***

„Es kommt mir gerade in den Sinn: Wie würden die Leute, die in unserer Straße weit entfernt vom Meer wohnen sollten, übliches Meersalz erhalten? Ich frage das, weil Salz kein unnötiger Luxus, sondern etwas für das normale Funktionieren aller Organe im Körper absolut Unerlässliches ist. Meersalz ist für den Organismus geeigneter als das Salz aus dem Binnenland, weil es bereits Jod enthält, das für ein normales Funktionieren der Schilddrüse von entscheidender Bedeutung ist. Ein normales Funktionieren der Schilddrüse wiederum ist von großer Bedeutung für den ganzen Organismus. Die Gewinnung von Meersalz an sich ist eigentlich äußerst einfach und erfordert keine besondere Fertigkeit", sagte er.

„Erzählen Sie mir bitte, wie man das macht", bat sie.

„Man lässt Meerwasser in riesige flache Becken fließen, die eigens zu dem Zweck angelegt werden. Bald verdunstet das Wasser, und das Salz bleibt am Boden liegen. Dann muss man es nur noch auflesen. Etwas anderes wäre aber problematisch", sagte er.

„Und das wäre?", fragte sie.

„Problematisch wäre, es zu transportieren, es den Leuten zu bringen, die weit weg vom Meer leben", sagte er.

„Ach, das ist gar kein Problem. Das habe ich mir bereits überlegt und glaube, dafür eine wunderbare Lösung gefunden zu haben", sagte sie.

„Ist das wahr? Sie sind schon ein Genie. Erzählen Sie mir darüber, lassen Sie mich doch nicht warten", sagte er.

„Ganz am Anfang unseres Gesprächs wurden wir uns darüber einig, dass unsere Straße nur dann möglich wäre, wenn die Menschen irgendwie begreifen könnten, dass jeder von ihnen ein anderer Zustand eines jeden anderen ist, nicht wahr?", fragte sie.

„Jawohl", antwortete er.

„Gut. Wir unterstrichen auch, dass es in unserer Straße keine Schulen, wie wir sie kennen, geben würde, nicht wahr?“, sagte sie.

„Das stimmt“, antwortete er.

„Gut. Nun, statt Schulen zu besuchen, wie wir sie kennen, würden junge Leute sehr früh, sagen wir im Alter von fünf bis sieben, bevor sie sexuell erregt werden können, Sexualerziehung von ihren Eltern und von anderen Personen erhalten, die wissen, wie man es einfach erklären kann. Somit würden die Kinder sehr früh mit dem Funktionieren der faszinierendsten Seite ihres Körpers vertraut werden. Danach, bis sie etwa fünfzehnjährig sind, würden sie die wichtigsten Dinge über die Erde, über Pflanzen und Tiere, einige wichtige Fakten über unsere physikalische Welt sowie einige nützliche Dinge auf dem Gebiet der Chemie und Medizin lernen, die sie später im praktischen Leben benötigen können. Natürlich würden sie die Buchstaben und die Zahlen sowie verschiedene Handwerke von ihren Eltern und allen Erwachsenen in der Nachbarschaft lernen. Sie würden dazu befähigt werden, die vier Grundrechnungsarten, Addieren, Subtrahieren, Multiplizieren und Dividieren, zu beherrschen. Auch würden sie lernen, wie man Musikinstrumente baut und spielt, falls sie es wollten. Es ist klar, dass einige viel schneller und viel besser lernen würden als andere. Jedoch würden alle die Gelegenheit haben, die ganze Zeit zu lernen. Alles in allem würden alle ihr ganzes Leben lang zugleich Lehrende und Lernende sein. Die besonders guten Schüler wären später besonders gute Lehrer. Und weil jedermann in jedem anderen sich selbst erkennen würde, gälten jene mit kleinerem Vermögen, abstrakt zu denken, deswegen nicht als niedriger und minderwertiger und jene besonders klugen Köpfe nicht als höher und mehr wert. Erzählen und Besprechen von Märchen und Mythen würde die Fantasie der Menschen wecken. Es gäbe keine Tabufragen. Sich jederzeit über alles unter der Sonne zu unterhalten wäre ein Teil des Alltagslebens das ganze Leben lang. Ein beeindruckender Lehrplan ist es nicht, dessen bin ich mir bewusst. Aber versuchen wir aufrichtig zu sein: Ist es nicht so, dass die meisten Leute in der so genannten entwickelten Welt nicht mehr als das wissen? Eigentlich wissen die meisten sogar viel weniger als das", sagte sie.

„Sie haben vollkommen Recht. Viele Menschen in den so genannten entwickelten Gesellschaften können nur mit Mühe lesen und beherrschen nicht mehr als die vier Grundrechnungsarten, viele sogar nicht einmal das. Denken Sie bloß an die Tatsache, dass es im reichsten und mächtigsten Teil der Welt äußerst viele Analphabeten gibt. Die Sache ist umso überraschender, wenn man bedenkt, dass es eben in demselben Teil der Welt mehr Eliteuniversitäten und Forschungszentren als in der ganzen übrigen Welt gibt. Jedoch in demselben Teil der Welt lieben die Leute Schusswaffen, und sie gebrauchen auch ihre Lieblingsspielzeuge, um einander zu töten. Sogar die Studenten tragen ihre Schusswaffe gern mit sich und töten ihre Kollegen oder ihre Lehrer. Nun verlangen die Lehrer in dem besonders freien und besonders demokratischen Teil der Welt das Recht, selbst Feuerwaffen zu tragen, um sich gegen die Angriffe in der Schule verteidigen zu können. Ist das nicht eine verrückte Welt?", sagte Doktor Ovale.

„So ist es in der Tat", antwortete sie.

„Weil diese Atmosphäre, dieser ganze Wahnsinn aus Gewalt und Angst sich in alle übrigen Teile der Welt ausbreitet und zu einem globalen Phänomen wird, sollten sich die Zuständigen in allen Gesellschaften fragen, ob das ganze Erziehungssystem, wie wir es kennen, überhaupt noch einen Sinn hat", sagte er.

„Natürlich *sollten* sie sich fragen, dass sie es aber auch tun *werden*, ist ausgeschlossen, solange die Mehrheit der Bevölkerung in den Städten lebt, in vulgären und primitiven Unterhaltungen schwelgt und allerlei verblödende Tätigkeiten ausübt, um das erforderliche Geld für ihre oberflächliche, städtische Lebensweise zu besorgen.

*

Den ganzen Transport in unserer Straße würden die Menschen selbst bewältigen. Zu dem Zweck würden sie einfache kleine Karren, eigentlich eine Art kleine Koffer auf Rädchen benutzen. Weder Pferde noch Ochsen noch Esel noch irgendwelche andere Zugtiere würden sie zu dem Zweck verwenden. Das würde funktionieren, weil die Menschen in allen Abschnitten unserer Straße selbstversorgend wären. Daher würde man nie größere Mengen von Nahrung oder Material von einem Gebiet zum anderen transportieren müssen, wie das heutzutage in allen Gesellschaften der Fall ist. Kurz gesagt: In unserer Straße würden weder Personen- noch Güterverkehr existieren; in jeder Gesellschaft sind sie unerlässlich. Kleine Karren für den Transport von kleinen Mengen von irgendetwas auf sehr kurzen Strecken würden vollkommen genügen. Desgleichen wären kleine Karren in Form der heute viel verwendeten Einkaufswagen sehr geeignet für Zwecke wie Salztransport entlang der Straße.

*

Gleich nach der Pubertät würde man die jungen Leute ermutigen – nie zwingen –, sich auf den Weg zu machen und etwa zwei, drei Jahre während der warmen Monate auf Wanderschaft zu gehen. Das wäre ihre Studienzeit, in der sie andere Teile der Welt, andere Menschen und Lebensweisen kennen lernen sollten. Da es keine Transportmittel gäbe, würden sie immer zu Fuß gehen. Verirren könnten sie sich nie, denn sie wären immer auf derselben Straße. Wann auch immer sie anhalten möchten, wären sie zu Hause, willkommen, bei den Menschen zu bleiben, wo auch immer sie ankommen, denn alle Eltern wären ihre Eltern, und sie wären Kinder von allen Eltern. So würden die Eltern von überallher die Kinder von überallher empfangen. Die jungen Leute könnten also anhalten und ausruhen, wo es ihnen beliebt, den Leuten, bei denen sie weilen, bei der Arbeit helfen, falls nötig, und weiterziehen, wann es ihnen beliebt. Zahlreiche junge Menschen wären während der warmen Monate unterwegs und könnten in ihren kleinen Wägelchen Salz und vielleicht einige seltene Samen transportieren. Somit würde ihre Wanderschaft auf sehr einfache Weise verschiedene Abschnitte der Straße miteinander verbinden und die Idee, die Einsicht und das Gefühl lebendig aufrechterhalten, dass alle Menschen bloß die Variationen desselben Menschen sind. Diese persönliche Reise wäre für die jungen Leute natürlich von besonderer Bedeutung. Vor allem würden sie lernen, dass trotz aller Unterschiede die Menschen überall grundsätzlich gleich sind. Sie würden lernen, dass Nahrung und alles, was das Leben ermöglicht, aus dem Wasser und aus dem Boden kommt und dass jedermann von diesen beiden Quellen des Lebens abhängig und gerade deswegen für sie verantwortlich ist. Da das Leben in unserer Straße sehr einfach wäre, gäbe es eigentlich keine Umweltzerstörung. In unserer heutigen Welt sind sich die jungen Menschen in großen Städten kaum dessen bewusst und haben das Gefühl völlig verloren, dass unsere Nahrung und das Wasser aus dem Boden kommen. Für sie stammt die Nahrung aus dem Supermarkt, und das Wasser kommt einfach aus dem Wasserhahn“, sagte sie.

„Das klingt tatsächlich sehr romantisch und sehr unterweisend zugleich. Sie würden sich mit verschiedenen Landschaften, Pflanzen und Tieren vertraut machen, verschiedene Sprachen hören, verschiedene Speisen kosten und so weiter, aber gleichzeitig auch sich der Tatsache bewusst werden, dass solche Unterschiede nicht wesentlich sind. Gerade solche Unterschiede würden ihnen helfen zu merken, dass die Menschen grundsätzlich überall gleich sind, spreche ich richtig?“, fragte er.

„Jawohl, das ist vollkommen richtig. Die lange Wanderung, deren Ziel es wäre, die Welt kennen zu lernen, würde ihnen gleichzeitig helfen, sich zu überzeugen, dass überall ein nettes Zuhause sein könnte und dass es aus dem einfachen Grund nicht entscheidend wäre, wo man wohnt. Man bedenke außerdem, dass sie Grüße von Menschen zu Menschen überbringen könnten, die weit entfernt voneinander wohnen. Somit wären junge Menschen lebendige Boten, die reizvollste Art, die entfernten Teile zusammenzuhalten, viel interessanter und überzeugender als allerlei elektronische Mitteilungen“, antwortete sie.

„Wie würden sie mit den Menschen reden, die eine ganz andere Sprache sprechen?“, fragte er.

„Dieses Problem ist heutzutage mehr oder weniger bereits gelöst, nicht wahr?“

„Wie meinen Sie das?“, fragte er.

„Nun, bedenken Sie die Tatsache, dass heutzutage die meisten Menschen nebst ihrer Muttersprache auch etwas Englisch sprechen, das man manchmal als *lingua franca*, als eine Art gemeinsame Sprache bezeichnet, nicht wahr? Ich bin überzeugt, dass das in der Zukunft noch mehr der Fall sein wird. Warum sollten wir nicht die Sprache der Welt sprechen, in der wir aufgewachsen sind und noch etwas Englisch dazu als Sprache, die es uns ermöglicht, miteinander zu kommunizieren, wo auch immer wir uns befinden? So müsste niemand seine Muttersprache aufgeben. Gleichzeitig hätten alle genügend Kenntnisse der gemeinsamen Sprache, was für praktische Zwecke überall in der Welt genügen würde", antwortete sie.

„Ich sehe, Sie scheinen bereits für alles eine Lösung zu haben. Aber was geschähe, falls junge Leute, die aus weit entfernten Teilen der Straße stammen, sich ineinander verlieben würden?", fragte er.

„Das wäre ein guter Grund, sich zu freuen. Eigentlich würde man die jungen Leute ermutigen, sich bei der Suche nach einer Liebesbeziehung nicht unbedingt auf den Ort festzulegen, wo man geboren ist, sondern es eher woanders, weit weg von zu Hause zu versuchen. Das würde eine Durchmischung der Bevölkerung sichern und somit die Gefahr der Inzucht vermindern. Falls die Verliebten beschlossen haben zusammenzuleben, könnten sie dann ihre beiden Geburtsorte besuchen und dort den Freunden und Nachbarn, mit denen sie aufgewachsen sind, ihre Pläne mitteilen und ihren neuen Wohnort mitteilen. Das könnte einer der Orte sein, woher sie stammen, oder aber ein anderer Ort weit, weg von ihren Geburtsorten. In jedem Fall sollte die junge Frau darüber entscheiden.

All das würde keine Schwierigkeiten bereiten, denn die in unserer Straße wohnende Gemeinschaft würde wissen, dass jedes Mitglied in allen anderen lebt.

Das Wissen und die Einsicht würden eben alles ändern und eine völlig neue, freundliche Atmosphäre schaffen, die wir nicht kennen. Stellen Sie sich bloß vor: kein Geld, kein Stehlen, kein Rauben, keine Drohung, keine Entführungen, keine Erpressungen, keine Angriffe und keine Angst vor irgendjemandem. Wie viel lebenswerter ein solches Leben wäre!", sagte sie.

„Wir können uns so etwas nicht vorstellen. In unserer Welt ist es so, dass sich die Leute zeit ihres Lebens umso mehr um ihr Eigentum sorgen, je mehr sie besitzen. Hinzu kommt, dass sie sich ebenso Sorgen machen, wer nach ihrem Tode ihr Vermögen erben wird. Und wenn sie sterben, gibt es fast immer eine Art Krieg unter den Familienmitgliedern. In unserer utopischen Straße gäbe es offensichtlich weder ein Gesetz noch Erbrecht. Habe ich Recht?“, fragte er.

„Sie haben vollkommen Recht, denn niemand wäre Landherr oder Landbesitzer. Falls also das Kind eines Paares auf seiner langen Wanderschaft sich in jemanden verliebt und falls das junge Paar beschließt, irgendwo weit weg von ihren Geburtsorten zu wohnen, können ihre Eltern ein anderes junges Paar aufnehmen, das gerade bei ihnen wohnen möchte“, antwortete sie.

„Ganz am Anfang sagten wir, dass es in unserer utopischen Straße keine Krankenhäuser, wie wir sie kennen, gäbe, nicht wahr?“, fragte er.

„Jawohl. Der Präventivmedizin würde man eine unvergleichlich höhere Beachtung schenken, als das in unseren Gesellschaften der Fall ist. Um die Menschen, die trotzdem erkranken, würden sich ihre Nachbarn kümmern und sie zu Hause pflegen; die Natur würde über den Ausgang entscheiden. Natürlich bin ich mir bewusst, dass alles, was ich sage, im ersten Augenblick irgendwie inhuman klingt, aber lasst uns aufrichtig sein, lasst uns nichts vorheucheln: In unserer Welt tun wir genau das; wir kümmern uns um die Kranken, aber dann entscheidet doch die Natur über den Ausgang unserer Bemühung, ungeachtet dessen, was wir tun und wie sehr wir uns anstrengen. Habe ich Recht?“, fragte sie.

„Sie haben schon Recht. Dann, wenn ich Sie richtig verstehe, würden die Menschen, die aus irgendwelchem Grund keine Kinder haben können, sich keiner Behandlung unterziehen mit dem Ziel, unbedingt welche zu bekommen, nicht wahr?", fragte er.

„Sie haben Recht, sie würden es nicht tun. Warum sollten sie auch, wenn jedes Kind, wo auch immer geboren, auch ihr Kind ist. Das Wissen davon und das Gefühl, dass man in dem Sinne auch immer behandelt wird, wäre die Säule, auf der die ganze menschliche Gemeinschaft stehen sollte. Kinder zu haben wäre kein Grund, stolz zu sein, sie nicht zu haben, wäre kein Grund, traurig zu sein. Das wäre die neue Denkweise in der menschlichen Gemeinschaft, die jeder Gesellschaft fremd ist.

Solange wir das nicht begreifen, wird es keinen Frieden auf der Welt geben, und die Leute werden damit fortfahren, sich gegenseitig zu schaden und sich sogar gegenseitig zu töten, bis sie alle verschwunden sind", antwortete sie.

„Und falls ich Sie richtig verstehe, wären die Frauen in unserer Straße niemals gezwungen, mit jemandem zu leben oder Kinder zu haben, den sie nicht lieben. Ich frage das, weil sie sogar in den so genannten entwickelten Gesellschaften oft dazu gezwungen sind, um finanzielle Sicherheit und ein bequemes Leben zu haben.

In unserer Straße wäre niemand von einer wohlhabenden Person abhängig, denn jedermann wäre von der ganzen Gemeinschaft abhängig und gerade deswegen im wahrsten Sinn unabhängig und frei. Der Zustand wäre natürlich nur möglich, wenn alle arbeiten würden. In unseren Gesellschaften hassen die Leute an der Macht – sie arbeiten natürlich nicht – die Idee, dass alle arbeiten und dass niemand der Herr und niemand der Diener sein soll, denn an der Macht zu sein, die anderen zu befehligen und im Zentrum des öffentlichen Interesses zu stehen ist ihr einziger Lebenssinn. In unserer Straße hätte niemand einen Diener, und niemand hätte einen Herrn. Wenn jeder arbeiten würde, könnte es weder Herren noch Diener geben. Stattdessen wäre jedermann jedermanns Helfer“, sagte er.

„Genau. Es braucht nicht betont zu werden, dass in unserer Gemeinschaft die Gleichberechtigung der Geschlechter so selbstverständlich wäre, dass der Begriff gar nicht existieren würde, eben gar kein Thema wäre. Das ist selbstverständlich, wenn man bedenkt, dass man selbst jede andere Person ist, jeweils in ein anderes Kleid gehüllt, welches wir Körper nennen. Ist diese Einsicht vorhanden, so ist auch jede Möglichkeit von Ausbeutung und Missbrauch undenkbar“, fügte sie hinzu.

„Und wenn ich Sie richtig verstehe, wären Neid und Eifersucht in unserer Straße ebenso unbekannt, nicht wahr?“, fragte er.

„Natürlich, denn wie könnte man sich selbst beneiden oder auf sich selbst eifersüchtig sein?“, sagte sie.

„Ich weiß nicht, was ich sagen soll, denn das ist eine ganz andere Denkweise und Lebenseinstellung, die den Menschen in unseren Gesellschaften völlig unbekannt sind“, sagte er.

„Sie haben Recht“, bestätigte sie.

„Noch eine Frage bitte: Falls trotz der sexuellen Erziehung eine junge Frau im zarten Alter noch vor der Wanderschaft ein Kind bekäme, wäre sie verpflichtet, ihren Eltern und Nachbarn zu sagen, wer der Vater des Kindes ist?“, fragte er.

„Natürlich nicht. In unserer Straße wäre das völlig belanglos. Niemand würde fragen, wer der Vater des Kindes ist. Jedes Kind wäre das Kind der ganzen Gemeinschaft, und alle würden sich um sie und um das Kind kümmern. Solche Fälle würden aber äußerst selten vorkommen. In unserer Straße würden übrigens die Frauen, *nicht* Männer, die Initiative ergreifen, wenn es darum geht, mit jemandem eine Beziehung zu haben oder ein Kind zu zeugen“, sagte sie.

„Erzählen Sie mir bitte mehr darüber", bat er.

„Wie bereits gesagt, würden die jungen Leute in unserer Straße sehr früh, etwa im Alter von fünf, sechs, spätestens sieben Jahren, über die Sexualität des Menschen aufgeklärt werden. Keine Männer, sondern nur und ausschließlich intelligente und fähige Frauen wären die geeigneten Personen für diese delikate Aufgabe. Geschickte Hebammen wären wahrscheinlich die richtigen Personen dafür. Somit wüssten die jungen Leute noch vor dem Beginn der Pubertät viel über das Funktionieren ihres Körpers in der Hinsicht und würden daher keine Verhütungsmittel benötigen, und nicht gewünschte Kinder gäbe es auch keine.

Wenn eine Frau einen bestimmten Mann gern zum Vater ihres Kindes machen möchte, könnte sie ihn persönlich ansprechen, ohne dass andere etwas davon wissen. Nähme er ihr Angebot an, so wäre das gut. Er könnte ihr aber auch sagen, er sei bereits besetzt, und das wäre auch gut. Ihr Gespräch und ihre interne Abmachung wären ihre persönliche Angelegenheit. Sie könnte einen anderen Mann suchen, den sie gern zum Vater ihres Kindes machen möchte, und der Mann könnte weiter warten, dass er von jener Frau angesprochen werde, die er gern zur Mutter seines Kindes machen möchte. Er könnte versuchen, der von ihm begehrten Frau im besten Licht zu erscheinen, jedoch sollte er sie niemals in dem Sinn ansprechen. Sollte das nicht geschehen, würde die Welt davon sicherlich nicht untergehen. Es würden bestimmt genügend Menschen geeignete Partner ansprechen und annehmen. Somit würden nicht jene Menschen, die lediglich einander mögen, sondern nur jene, die ineinander verliebt sind und die sich gegenseitig begehren, miteinander Kinder zeugen. So gebe es auf der Welt nur gewünschte Kinder.

Auf jeden Fall sollten die Frauen das Angebot machen, und die Männer sollten das Angebot annehmen oder ablehnen.

Dadurch wären also beiderseits Wunsch und Einverständnis sowie eine spontan-natürliche Selektion, frei von jeglichem Zwang, gesichert.

Während der Sexualaufklärung würden die Kinder lernen, dass sie alle bloß Variationen desselben Menschen sind. Wer also jemandem schadet, schadet sich selbst, und wer jemandem hilft, hilft sich selbst.

Sie würden lernen, dass sie etwas später eine lange Wanderschaft unternehmen würden, um auch andere Landschaften und andere Menschen kennen zu lernen. Nach der Wanderschaft würden sie als erwachsen gelten und könnten selbst entscheiden, mit wem und wo sie leben möchten. In der Sexualaufklärung würden sie lernen, dass sie nur und ausschließlich mit dem Menschen ein intimes Verhältnis haben sollten, den sie lieben und schätzen. Nur die und keine niedrigere Stufe der gegenseitigen Anziehung würde ein intimes Verhältnis mit jemandem rechtfertigen. Für die Ohren der Leute in allen Gesellschaften klingt dies absolut unmöglich, völlig unrealistisch, reines Wunschdenken, weil sexuelle Beziehungen in allen Gesellschaften meistens ohne Liebe und ohne gegenseitigen Respekt geschehen, das heißt bloßes Konsumieren sind, wie etwa Trinken von Alkohol oder Nehmen von Drogen oder eine andere Art von vulgärem Konsumieren auch. Somit wird gerade jenes, was die höchste Stufe von Zuneigung und Respekt verdient, in allen Gesellschaften geschändet und entweiht. Dass dem so ist, bezeugen unzählige Bordelle in allen Gesellschaften auf der Welt. Und weil sie meistens ohne Liebe geschehen, sind die sexuellen Beziehungen zwischen den Menschen in allen Gesellschaften wohl die häufigste Ursache von persönlichen Dramen und Tragödien. In der menschlichen Gemeinschaft wäre die intime Beziehung die höchste Form der gegenseitigen Hingabe zwischen zwei Menschen.

Wenn es um die Frage geht, mit wem man ein Kind haben sollte, würde man die jungen Menschen unterrichten, da keine Kompromisse einzugehen und Kinder entweder nur mit dem tief geliebten Menschen oder mit niemandem zu haben. Das wäre das höchste Gesetz. Die Einstellung würde dafür sorgen, dass alle Kinder als liebevoll erwartete Boten der künftigen Welt willkommen wären, die jede Anstrengung wert ist.

In den Gesellschaften ist eine solche Einstellung unmöglich, weil die Kinder oft bloß ein Nebenprodukt oder Mittel zum Zweck sind. Und weil sie nicht ein Produkt der Liebe sind, werden sie so oft von ihren eigenen Eltern vernachlässigt und missbraucht. Ihre Eltern streiten um belanglose Dinge, ohne sich dabei Gedanken zu machen, welche Folgen ihr Verhalten für die empfindlichen Herzen ihrer Sprösslinge haben muss. In unserer Gemeinschaft gäbe es keine Institution der Ehe, daher weder die Eheschließung noch die Ehescheidung.

Wegen der hierarchischen Denkweise in allen Gesellschaften kann der Umstand, ob man Kinder hat oder nicht hat, unvorstellbare psychische Probleme verursachen. Viele Leute erachten es als eine Katastrophe, wenn sie keine Nachkommenschaft haben können. Aus dem Grund gedeihen solch ungeheuerliche Einrichtungen wie Samenbanken und Handlungen wie künstliche Befruchtung. Jene Frauen, die sich solchen Behandlungen unterziehen, haben in der Tat keine Ahnung, was Liebe ist. Sie sind jedoch nicht zu verurteilen, denn sie sind lediglich Opfer der hierarchischen Denkweise und der allgemeinen Stimmung, die sich daraus ergibt.

Auf der anderen Seite empfinden jene, die Kinder haben, ihre Nachkommenschaft oft als unangenehme Last und etwas, was ihre persönliche Freiheit einschränkt.

In beiden Fällen werden die Kinder offensichtlich als eine Art Besitz angesehen, und deswegen bereiten sie in beiden Fällen eher Unzufriedenheit als Glück.

Gemäß der hierarchischen Denkweise ist jener mehr wert, der mehr besitzt. In der reichsten und mächtigsten aller Gesellschaften auf der Welt hört man oft Leute sagen: ‚Sie hat einen Typ geheiratet, der eine Milliarde wert ist.' In den Horden, Gesellschaften genannt, ist das die übliche Denkweise.

In der Straße, von der wir reden, hätte niemand eine solche Art von Wert. Das würde die einzig faire und gesunde natürliche Auslese sichern, die weder durch die Kaufkraft der Reichen noch irgendwelche politische Ideologie, Religionslehre, wissenschaftliche Theorie oder Staatsautorität erzwungen wäre. Sie wäre ausschließlich von Geschmack und Gefallen sowie der Einsicht jedes Einzelnen bestimmt, dass alle Einzelpersonen eigentlich bloß Variationen desselben Menschen sind.

Somit wären alle Kinder Produkte der Liebe. Sie würden nicht als Zeichen von Reichtum, Macht und Status dienen, sondern wären ein Ausdruck der Freude über die Ankunft der unbekannten neuen Welt.

Es ist selbstverständlich, dass eine solche Einsicht jede Form von Neid und Eifersucht bannen würde. Sie würde vielmehr eine Art allgemeine Zustimmung entstehen lassen, dass nur jene Menschen Kinder haben sollten, die einander so sehr lieben, dass ihre größte *gemeinsame* Sehnsucht ist, miteinander zu verschmelzen und zusammen zu sein.

In allen Gesellschaften werden die meisten Kinder in die Welt gesetzt, weil deren Eltern dadurch verzweifelt versuchen, ihrem eigenen Leben den fehlenden Sinn zu geben.

In der menschlichen Gemeinschaft, von der wir reden, würde man die Kinder nicht in die Welt setzen, *um* sich selbst dadurch einen Lebenssinn zu geben, sondern als

Ausdruck der höchsten Freude darüber, *dass* man den Lebenssinn kennt", sagte sie.

„Wenn ich Ihnen zuhöre, kann ich nicht umhin zu denken, dass sich wegen der Lebensweise in der Straße, von der Sie reden, bald eine schnelle Verringerung der ganzen Weltbevölkerung ergeben müsste", sagte er.

„Zweifelsohne. In weniger als hundert Jahren würde die ganze Weltbevölkerung auf etwa ein Fünftel der heutigen Zahl schrumpfen. Diese Zahl würde danach – natürlich mit bedeutenden Schwankungen – grundsätzlich stabil bleiben", sagte sie.

„Wenn ich Sie richtig verstehe, könnten in unserer fiktiven Straße Probleme wie Prostitution, Rauschgifthandel, Menschenhandel, Menschenraub sowie Raub in jeder Form gar nicht existieren?", sagte er.

„Gewiss nicht. Prostitution, Rauschgifthandel und alle anderen Formen des Verbrechens müssen wegen der überwältigenden Bedeutung des Geldes in jeder Gesellschaft gedeihen. Wegen der Allmacht des Geldes sind alle Maßnahmen und Programme zur Vorbeugung von Drogenmissbrauch sowie jene zur Vorbeugung von Kindsmissbrauch und Personenhandel, die ja in allen Gesellschaften auf der Welt emsig eingesetzt werden, vollkommen lächerlich und wertlos. Die Situation, wo einige Geld und Macht besitzen, einigen aber beides verwehrt bleibt, bietet einen besonders fruchtbaren Boden für Prostitution und jede Form des Verbrechens. Wenn alle Menschen arbeiten würden, könnte weder Prostitution noch Rauschgifthandel noch irgendwelche andere Formen des Verbrechens existieren", sagte sie.

„Wir haben uns bereits darüber unterhalten, wie Kranke in unserer Straße behandelt würden, aber wir haben noch nicht die Frage der Sterbehilfe und der Bestattung besprochen, nicht wahr?", fragte er.

„Das stimmt. Das würde aber gar kein Problem darstellen. Wie bereits gesagt, gäbe es in der menschlichen Gemeinschaft weder Spitäler noch Organverpflanzung noch maschinellen Ersatz von Organen. Jene, die an unheilbaren Krankheiten leiden, würden nicht so lange leiden müssen, wie das in den besten Kliniken in den Gesellschaften der Fall ist, denn sie erhielten keine Medikamente, welche die Agonie nur verlängern. So würde die Euthanasie gar nicht praktiziert. Stattdessen würde die Natur entscheiden, wann der kranke Organismus sterben muss. Weil in der menschlichen Gemeinschaft eine ganz andere Lebenseinstellung herrschte, gäbe es das Problem der Euthanasie gar nicht.

Ebenso würde die Bestattung von Toten keine Probleme darstellen. Der freie Raum zwischen den Windungen der Straße, vorgesehen für wilde Tiere, wäre zugleich der Friedhof. Statt Grabsteine aufzustellen würde man Bäume pflanzen. Natürlich würde man keine Namen anbringen. Sogar in unseren Gesellschaften würden wahrscheinlich die meisten Leute zugeben, dass ein schöner Wald charmanter und lebensfreundlicher als Felder mit Grabsteinen wäre", sagte sie.

*

„Haben Sie vielleicht auch über die praktischen Schritte für den Übergang von der jetzigen Form der menschlichen Siedlung zur Siedlungsform, die wir besprochen haben, nachgedacht? Ich frage das, weil es äußerst kompliziert wäre, den großen Wandel praktisch durchzuführen, selbst wenn alle Menschen damit einverstanden wären", sagte er.

„Natürlich habe ich viel darüber nachgedacht. Falls es überhaupt ein ernstes praktisches Problem im Zusammenhang mit unserer utopischen Straße gäbe, dann wäre es die praktische Durchführung des Übergangs. Es wäre äußerst kompliziert, jedoch nicht unmöglich, wenn die Leute begreifen könnten erstens, dass wir alle bloß Variationen desselben Menschen sind, der in jedem Einzelfall ein anderes Kleid trägt, das wir als Körper bezeichnen, und zweitens, dass das *Leben* unendlich mehr wert ist als irgendein Lebens-*stil*.

Dies muss unermüdlich wiederholt werden, weil letzten Endes alles davon abhängt.

Wenn die Menschen irgendwie diese Einsicht und dieses Verständnis erlangen könnten, wären keine Anstrengung und kein Opfer zu groß.

Falls jedoch die Menschen das nicht verstehen können, dann kann man nichts machen. Dann müssen sie auf der jetzigen Noch-Affen-Stufe bleiben und sich eben wie Affen verhalten und alle Konsequenzen tragen, die sich aus der Verhaltensweise ergeben müssen.

In dem Fall sollten sich weder die Leute an der Macht noch jene, die Macht an sich reißen wollen, über etwas beklagen und gegen etwas protestieren. Alles, was dann geschieht – komplette Arbeitslosigkeit, Elend, Anschläge auf Leute in Schlüsselpositionen, Kriege aller gegen alle, Pandemien, Katastrophen irgendwelcher Art, komplettes Chaos, was auch immer – ist, was sie gewählt haben und was genau zu ihnen passt.

*

Nehmen wir aber an, dass ein Wunder geschehen ist und dass die Leute an der Macht und die meisten Menschen auf der Welt irgendwie begriffen haben, was auf dem Spiel steht. Dann könnten die Staatsregierungen die ganze Weltbevölkerung mit dem Ernst der Lage vertraut machen, in der sich die ganze Menschheit befindet, sowie mit dem bevorstehenden Plan, das Schlimmste abzuwenden.

*

Darauf könnten sie den Leuten mit speziellen Berufen grünes Licht geben, das große Projekt vorzubereiten, und diese könnten zum Beispiel wie folgt vorgehen:

Architekten, Bauingenieure, Geodäten und Spezialisten, die mit den physikalischen Eigenschaften des Terrains vertraut sind, bestimmen die Route der Straße sowie die Form des künftigen Hauses.

Alle Leute kehren sofort an ihren ständigen Wohnort zurück und reisen nicht mehr.

Alle Leute hören sofort auf, eigene Autos, Flugzeuge, Helikopter, Boote oder irgendwelche Fahrzeuge, die Kraftstoff benötigen, zu benutzen.

Alle Hersteller von Autos, Flugzeugen, Zügen, Yachten, Schiffen und irgendwelchen Verkehrsmitteln stellen ihre Produktion sofort ein.

Die jetzigen Ölreserven werden für den Bau der Straße benutzt.

Während der Übergangszeit werden nur die Fahrzeuge für den Transport von Nahrung und Material, die Krankenwagen, die Fahrzeuge der Feuerwehr und die Fahrzeuge für den Transport von Arbeitern benutzt.

Alle Währungen auf der Welt werden sofort für null und nichtig erklärt und vernichtet.

Alle Banken und Versicherungsgesellschaften und alle Institutionen, die mit Geld zu tun haben, werden sofort geschlossen.

Alle Erwachsenen stellen sich sofort als Arbeitskräfte zur Verfügung.

Für die Arbeit bekommt man keinen Lohn.

Alle Universitäten, Schulen, Gebetshäuser, Hotels und Strafanstalten werden sofort geschlossen.

Wegen der völlig neuen Situation (kein Geld, keine Einbrüche, kein Streit, keine territorialen Streitigkeiten, keine Schulden, keine Gefängnisse) werden alle Büroangestellten, Studenten, das Polizei- und Armeepersonal sowie die meisten Leute, die im öffentlichen Dienst tätig sind, sofort zu den benötigten Arbeitskräften für den Straßenbau.

Weil alle körperlich fähigen Leute helfen würden, brauchte sich niemand zu überanstrengen und niemand stünde unter Druck.

Weil die Menschen begreifen würden, was sie tun und was der Sinn ihrer Arbeit ist, würde sich niemand drücken oder irgendwelche Zahlung erwarten; so würde man alles spielend bewältigen.

Alle Lebensmittelgeschäfte werden sofort geschlossen", sagte sie.

„Aber wer würde während der Übergangszeit von der Stadt-Welt zur Straßen-Welt für all die Arbeiter Nahrung besorgen?", unterbrach er sie.

„Bevor irgendwelche Arbeit beginnen sollte, würde man an geeigneten Orten Speiseräume einrichten, um die Bevölkerung während der Übergangszeit zu ernähren. Jene Leute, die bereits in der Landwirtschaft tätig sind und wissen, wie die Arbeit getan werden soll, erhielten beliebig viele Hilfsarbeiter, die nun als Helfer unter der fachlichen Führung der Landwirte alles täten, was erforderlich ist, um während der Übergangszeit die Nahrung für alle zu produzieren. So würden die früheren parasitär lebenden Städter gleichzeitig lernen, den Boden zu kultivieren, was sie später in der neuen Situation sowieso wissen müssten.

Dasselbe würde auch gelten für die Arbeit in Spitälern. Das Pflegepersonal würde beliebig viele Helfer bekommen. Die Arbeit in den Spitälern wäre jedoch stark reduziert, denn vieles würde man nicht mehr behandeln, und Organverpflanzungen sowie Operationen an Organen wie Herz, Hirn, Niere, Leber und so weiter gäbe es keine mehr.

Alle religiösen Speisegesetze und Vorschriften im Zusammenhang mit der Ernährung haben keine Bedeutung mehr, nicht weil es jemand befohlen hat, sondern weil die Leute begriffen haben, dass solche Bestimmungen Produkte von Unwissen und Missverständnissen sind.

*

Sobald die Trasse der Straße bestimmt ist, beginnen die Arbeiter mit dem Abriss aller Stadtbauten, in denen niemand wohnt. Der Schutt kann für die Unterlage und die Pflasterung der Straße sowie für die Basis der zukünftigen Häuser benutzt werden. In der Welt gibt es genügend ausgezeichnete Bauingenieure und Architekten, Techniker und Handwerker, die genau wissen, welche natürlichen Materialien für den Bau von einfachen, festen und bequemen Wohnhäusern am ehesten geeignet wären. Welche Materialien geeignet wären, könnte ich nicht sagen, aber eines ist sicher: Ihre Produktion und Behandlung sollten ohne die hohe Technologie unserer Zeit möglich sein. Ich kann mir vorstellen, dass Materialien wie Backsteine, Dachziegelsteine, Holz, Ton, Stein, Glas und so weiter dem Zweck dienen würden. Das bedeutet: keine Stoffe wie Plastik oder Beton.

Weil alle Häuser in einer klimatischen Region dieselbe Form und Größe hätten, käme die Produktion schnell voran.

Es ist denkbar, dass jedes Jahr nach dem Baubeginn von Häusern etwa ein Zehntel oder sogar mehr der Stadtbewohner in die neue Straße ziehen könnten.

Sobald die Straße fertig gebaut ist, können die früheren Autobahnen, Flugplätze, Fabriken, Eisenbahnlinien und so weiter abgerissen und geräumt werden. Das Metall, das aus den abgerissenen Anlagen gewonnen wird, kann eingeschmolzen und zu nützlichen Geräten und Werkzeugen verarbeitet werden. Diese kann man dann in besonderen Räumen entlang der Straße aufbewahren und jederzeit für landwirtschaftliche und handwerkliche Zwecke benutzen", sagte sie.

„Ich sehe. Die einzige Frage, die noch übrig bleibt, ist, ob die Leute imstande sein werden zu begreifen, dass alle menschlichen Individuen eigentlich bloß Variationen desselben Menschen sind und dass daher jedes menschliche Individuum zugleich ein beliebiges anderes menschliches Individuum ist. Ohne dieses Verständnis kann es keine Bereitschaft geben, sich auf einen so dramatischen, nie da gewesenen Wandel einzulassen. Wenn die Einsicht irgendwie erlangt werden könnte, wären alle anderen Schwierigkeiten leicht zu überwinden; ohne die Einsicht lässt sich nichts machen", fügte er hinzu.

„Ich bin überzeugt, dass kleine Kinder die Einsicht und das Gefühl spontan erlangen würden, wenn sie lebende Vorbilder hätten. Anders gesagt, die lebenden Erwachsenen sollten imstande sein zu begreifen, dass das Leben unendlich mehr wert ist als irgendein Lebensstil. Falls die Leute in den Schlüsselpositionen auf der Welt das nicht begreifen können, lässt sich nichts machen. In dem Fall werden alle Gesellschaften zerfallen, und die Leute werden sich wie wilde Bestien gegenseitig in Stücke reißen. Keine Religion, keine Philosophie, keine politische Orientierung, keine wissenschaftlichen oder technologischen Tricks welcher Art auch immer werden den Untergang und das Auslöschen der menschlichen Spezies abwenden können, weil alle Gesellschaften nach dem Prinzip der Hierarchie, dem Grundprinzip von Meuten und Horden, aufgebaut sind", schloss sie ab.

*

„Oh, wir sind wieder zurück“, sagte er.

„Sie haben Recht. Sind Sie sich bewusst, dass wir den ganzen Nachmittag abwesend waren?“, fragte sie.

„Jawohl, aber erst jetzt. Es ist unglaublich, aber in diesen wenigen Stunden haben wir wohl die meisten der interessantesten Themen unter der Sonne besprochen. Noch nie zuvor habe ich auch nur etwas Ähnliches gehört. An vielen Konferenzen und Symposien habe ich teilgenommen, aber die meisten Fragen, die wir besprochen haben, wurden dort nie aufgeworfen, aber auch auf jene Fragen, die dort erörtert wurden, gab es praktisch nie eine zufriedenstellende Antwort“, sagte er.

„Und weil die Themen so furchtbar wichtig sind, merkten wir nicht, wie die Zeit verging.

Es ist seltsam, dass alles, worüber wir sprachen, nicht wirklich ist, sondern lediglich in unseren Köpfen vorhanden, und doch sind wir überzeugt, dass die Themen unseres Gesprächs die wichtigsten sind. Das Leben ist in der Tat seltsam“, sagte sie.

„Sie haben Recht. Falls Sie aber jene Idee, dass der Mensch das Maß aller Dinge ist, ernst nehmen, wovon am Anfang die Rede war, dann muss alles in unseren Köpfen sein“, sagte er.

„Sie sind der beste aller Lehrer“, sagte sie.

„Ich bedanke mich für das außerordentliche Kompliment, es ist das höchste, das ich je erhalten habe. Dass ich Ihrer Meinung nach der beste Lehrer bin, schmeichelt mir ungemein, aber Ihr Kompliment bedarf einer kleinen Korrektur: nach Ihnen der beste“, sagte er lächelnd.

*

„Das Hauptproblem unserer Welt sind nicht allerlei Gefahren wie Umweltzerstörung, globale Erwärmung, Treibhauseffekt, Arbeitslosigkeit, globale Energiekrise, Mangel an Wasser und Nahrung oder irgendetwas von der Sorte. Das sind bloß die Folgen des grundsätzlichen Problems. Das Hauptproblem ist die mangelnde Einsicht, wenn es um die wesentlichen Dinge geht, die schreckliche Armut in den Köpfen der Menschen", sagte sie.

„Noch eine Frage, wenn es erlaubt ist", sagte er.

„Ich höre zu", sagte sie lächelnd.

„Wie würden die jungen Leute auf ihrer langen Wanderschaft sagen können, von welchem Teil der Straße sie kommen, denn es würde weder Staaten noch Grenzen noch Städte geben, sondern bloß eine einzige lange Straße mit Häusern, die in einem großen klimatischen Raum alle gleich aussehen?", fragte er.

„Auch daran habe ich gedacht", sagte sie.

„Ist das wahr?", fragte er.

„Sicher", antwortete sie.

„Sie sind umwerfend. Los, erzählen Sie es mir", sagte er.

„In jedem Haus entlang der Straße würde es eine Sonnenuhr, eine sehr einfache Standuhr und das Zubehör zum Feuerentfachen geben.

In regelmäßigen Abständen von etwa einem halben Kilometer gäbe es ein Gebäude mit einem großen Raum als Lager für Werkzeuge und Geräte. In demselben Gebäude gäbe es einen anderen großen, bequemen Raum, in dem sich die Leute zu einem angenehmen Beisammensein treffen könnten, um dies und jenes interessante Thema zu besprechen und Ideen und Meinungen auszutauschen. In demselben Raum gäbe es in der Mitte des Raumes einen großen Globus mit einem Durchmesser von etwa zwei Metern; an den Holzwänden gäbe es drei geographische Karten: eine, die

die ganze Welt im großen Maßstab darstellt, dazu eine andere Karte, die den betreffenden Kontinent im kleineren Maßstab darstellt, und schließlich eine dritte Karte, die den betreffenden Teil der Erde, wo sich das Gebäude befindet, im kleinsten Maßstab darstellt. Der Globus und die drei Karten würden die Oberfläche der Erde im Relief also dreidimensional, darstellen.

So würden die jungen Leute auf deren Wanderschaft entlang der Straße immer wissen, wo sie sich gerade befinden. Jeder Abschnitt zwischen zwei solchen Gebäuden würde eine Abschnittnummer tragen. Innerhalb jedes Abschnittes hätte jedes Haus eine zusätzliche Nummer. Zehn aufeinander folgende Abschnitte würden eine größere Einheit darstellen und wären mit einer zusätzlichen laufenden Zahl versehen, zehn solche Einheiten wiederum eine noch größere und so weiter", sagte sie.

„Wo würden die Zahlen beginnen?", fragte er.

„Es ist einerlei, wo", antwortete sie.

„Aber falls einige Leute darauf bestünden, dass die Zählung an einem bestimmten Punkt beginnt?", fragte er weiter.

„Wer begreifen kann, dass jedes andere Individuum er selbst ist, kann auf so etwas nicht bestehen. Wir beide als Schöpfer der utopischen Straße würden bestimmt nicht darauf bestehen. Falls uns jedoch die Leute bitten würden, dass wir darüber entscheiden, würden wir es tun. Die Straße würde auf jedem Kontinent und auf jeder großen Insel sowieso in ihren Ausgangspunkt zurückkehren – sie wäre eine geschlossene Linie. Somit wäre ein beliebiger Punkt auf der Straße zugleich der Anfang und das Ende, daher gleich wichtig", erklärte sie.

*

„Die Fenster des Spitals sind bereits erleuchtet, wartet man auf Sie?“, fragte er.

„Ich vermute, sie tun es, jedoch ohne Angst, denn Sie sind mit mir. Übrigens, übermorgen um acht Uhr gehe ich weg von hier. Könnten Sie mich hier vor dem Spital abholen und in Ihrem Auto nach Hause fahren?“, fragte sie.

„Gewiss, ich fühle mich geehrt“, antwortete er.

„Sie sind ein Engel“, sagte sie.

„Vielleicht, aber es fehlen mir noch immer echte Flügel“, sagte er lächelnd.

„Sie sind so gemein zu mir“, sagte sie lächelnd und gab ihm einen freundlichen kleinen Schlag auf die Brust.

„Ich wünsche Ihnen einen angenehmen Abend und einen guten Schlaf“, sagte er.

„Ich danke Ihnen, gleichfalls. Versuchen Sie ein wenig von unserer Straße zu träumen, vergessen Sie es nicht“, sagte sie.

„Sie können sicher sein, dass ich mich bemühen werde“, sagte Doktor Ovale und lächelte. Er war überglücklich.

Sie küssten einander auf die Wange und verabschiedeten sich. Er wartete, bis Vivien die Türe geöffnet hatte. Dann winkte sie ihm noch zu, und die schwere Eingangstüre schloss sich hinter ihr.

***

Kaum hatte Vivien ihr Zimmer betreten und die Schuhe ausgezogen, als Professor Frederic hereinkam. Er schien irgendwie aufgeregt und verwirrt, und sein Blick wirkte vorwurfsvoll.

„Ich war recht besorgt um Sie, obwohl ich wusste, dass Sie nicht allein sind. Es ist schon dunkel; ich hoffte, Sie würden etwas früher zurück sein. In meinem Büro habe ich für uns beide ein besonderes Abendessen anrichten lassen, alles ist bereit, und der Tisch ist gedeckt.

Wann darf ich …?"

„Zuerst möchte ich mich waschen und erfrischen, und dann …", unterbrach sie ihn.

„Ja, natürlich, bis später", sagte er leise, bat eigentlich um Entschuldigung.

Bevor Vivien ihre Worte beendet hatte, verließ er den Raum, als hätte er Angst gehabt, sie könnte ihm böse werden und alle seine Erwartungen zunichte machen.

Vivien duschte zuerst. Dann nahm sie eines der großen weißen Handtücher, die auf einem tadellos sauberen Regal gestapelt waren, und trocknete ihren Körper ab. Das saubere Handtuch strahlte den angenehmen Duft der Frische aus. Sie genoss den Luxus, der ihr zur Verfügung stand, nur ihr; sie wusste es. Auf dem Regal oberhalb der Handtücher standen regungslos winzige Flakons mit allerlei erlesenen Düften schön in Reih und Glied wie die Wachposten Ihrer Majestät. Auf einem der Fläschchen las sie die Aufschrift „Viola odorata". Sie holte es herunter, nahm den winzigen Deckel ab und hielt sich das kleine Gefäß einen Augenblick unter die Nase. Es duftete himmlisch. Einen Tropfen des kostbaren Inhalts verteilte sie auf der Beere des rechten Zeigefingers und berührte dann die Schläfen, den Hals unterhalb der Ohren, den unteren Rand der Brüste sowie den empfindlichsten Bereich ganz zum Schluss. Das Fläschchen stellte sie zurück in die Lücke. Die Reihe der Wachposten war wiederum komplett. Dann zog sie ihr Nachthemd an, setzte sich an den Tisch in der Mitte des Zimmers, nahm ein Blatt Papier und schrieb darauf in großen Blocklettern:

„ICH HABE KEINEN HUNGER.
ICH BIN SEHR MÜDE.
ICH BRAUCHE EINEN GUTEN SCHLAF.
BITTE WECKEN SIE MICH NICHT.
DANKE."

Sie schob den Tisch etwas näher an die Tür heran, legte das Blatt in die Mitte des Tisches, nahm alle übrigen Blätter und den Kugelschreiber weg vom Tisch und ging zu Bett.

*

Während Viviens Abwesenheit hatte Frau Simple die Bettwäsche gewechselt und das Bett frisch gemacht. Alles war strahlend weiß. Nie vorher hatte Vivien so schöne Betttücher gesehen. Sie fühlte zugleich Bequemlichkeit, Luxus und Müdigkeit.

Der lange Stadtbummel und das anspruchsvolle Gespräch mit Doktor Ovale hatten sie so erschöpft, dass sie sofort einschlief. Kurz danach pflückte sie winzige violette Blümchen im unsichtbaren Garten, mit dem nur jene vertraut sind, die zwischen den bloß fesselnden und den entscheidenden Dingen säuberlich unterscheiden.

Sie blieb im Bett bis kurz vor Mittag des darauf folgenden Tages.

*

Während sie schlief, hatte sie mehrere seltsame Träume. Sie erinnerte sich jedoch nur an den letzten. Sie träumte, dass sie entlang einer endlosen Straße ging und einen winzigen zweirädrigen Karren zog, auf dem ein mit Salz gefüllter Holzbehälter montiert war. In der Rückwand des Behälters gab es zahlreiche Löcher, durch die das Salz rieselte und auf die Straße fiel. Ein kleiner, rundlicher Mann versuchte verzweifelt das Salz zurückzuhalten, indem er seine Finger in die Löcher steckte. Es gelang ihm jedoch nicht, das Rieseln des Salzes zu verhindern, denn es gab zu viele Löcher. Ein großer älterer Herr mit grauem Haar, einer riesig geschwollenen roten Säufernase und einem Monokel schritt ihm hinterher und wiederholte auf beleidigende Weise: „ Du vergeudest deine Zeit, Dicker. Du schaffst es nie. Das ist nichts für dich."

„Du bist ein abscheulicher, unwissender Angeber", erwiderte der kleine rundliche Mann zornig. Die Stimmen der beiden Männer kamen ihr irgendwie bekannt vor.

Unbemerkt von dem älteren Herrn mit dem Monokel kam ganz unerwartet von hinten ein gut aussehender junger Mann, näherte sich dem kleinen, dicken Herrn und sprach ihn freundlich an: „Für den Zweck reicht die Fingerzahl nicht, es gibt zu viele Löcher auf dieser Welt, und wir haben nur zehn Finger. Man kann die Finger nicht die ganze Zeit in den Löchern halten. Legen Sie einfach dieses kleine Stück Brett vor all die Löcher in den Behälter hinein – schauen Sie, einfach so. Die beste Art, alle Unzulänglichkeiten zu überwinden, ist zu begreifen, dass jede von ihnen ein zweiseitiger Traum ist", sagte er.

„Vielen Dank für Ihre Hilfe. Wir beide wären ein gutes Team, könnten schön zusammenarbeiten und derselben Muse dienen", sagte der dickliche Mann und lächelte freundlich.

„Ich habe dieselbe Idee. Wir sind sehr verschieden, aber das gestattet uns, unserer gemeinsamen Muse auf verschiedene Art und Weise zu dienen und sie dadurch vollkommen zu befriedigen“, sagte der unbekannte junge Mann und lächelte.

Sie war nicht sicher, aber sie hatte den Eindruck, dass der junge Mann braunes Haar und grünliche Augen hatte. Sie konnte sich nicht des Eindrucks erwehren, dass sie dasselbe Gesicht bereits irgendwo gesehen hatte.

***

Gleich nachdem Vivien eingeschlafen war, kam Frau Simple herein. Wie üblich öffnete sie die Tür vollkommen geräuschlos, denn sie wusste nicht, ob Vivien in dem Augenblick schlief oder nicht. Sie las den Text auf dem Tisch und verließ gleich den Raum, wie sie eingetreten war. Sie ging zu Professor Frederics Büro, um ihm mitzuteilen, was sie gelesen hatte und um ihn zu fragen, ob sie trotz der Mitteilung Vivien wecken und ihr das Abendessen bringen sollte.

*

Einige Stunden zuvor, gleich nach dem Mittagessen, hatte Professor Frederic Frau Simple gesagt, er werde ihre Hilfe am Nachmittag nicht benötigen, sie solle zwei Tage frei nehmen und sich gut ausruhen.

Sie schätzte seine Großzügigkeit und war außer sich vor Freude zu wissen, dass er an ihrem Wohlbefinden so sehr interessiert war. Und doch war sie etwas überrascht, denn sie konnte sich nicht erinnern, dass er das je vorher getan hatte. Sie wusste, dass es immer viele Dinge gab, die sie für ihn tun konnte und tat, bevor er sie darum hätte bitten können. Sie tat es, um ihm die Arbeit zu erleichtern und angenehmer zu gestalten. So beschloss sie, nicht nach Hause zu gehen, sondern stattdessen auf ihrem Zimmer zu bleiben, um ihm, falls doch erforderlich, zur Verfügung zu stehen, obwohl er ihr nicht bloß erlaubt, sondern ihr sogar empfohlen hatte, nach Hause zu gehen und sich auszuruhen.

*

Professor Frederic hatte fast den ganzen Nachmittag mit den anderen Mitgliedern des Teams verbracht und wusste nicht, dass Frau Simple nicht nach Hause gegangen war. Daher war er recht überrascht, als sie die Tür öffnete und eintrat.

Frau Simple war nicht weniger überrascht, denn die Stimmung in seinem Büro war eine ganz andere. Als sie nämlich die Tür öffnete, saß er nicht an seinem Schreibtisch wie üblich, sondern stand am Fenster und schaute auf die Stadt hinunter. Er hatte ein Paar Jeans und ein T-Shirt an von der Art, wie sie oft junge Männer tragen, wenn sie leger gekleidet abends ausgehen.

Der elegante runde Tisch in der Mitte des Raumes war gedeckt für zwei. Toast, Kaviar, Hummer, Lachs, Roquefort-Käse, ein Töpfchen speziell eingemachter Pilze, die er von seinem Kollegen einige Tage davor erhalten hatte, Fruchtsalat und noch viele andere Delikatessen, fein angerichtet in glänzenden silbernen Schüsseln, waren bereits auf dem Tisch. Auch eine Flasche Champagner war da, und je ein luxuriöses Silberbesteck lag leuchtend auf schneeweißen Servietten neben den großen weißen Tellern. Alles schien auf eine wichtige Person zu warten, aber die wichtige Person ließ offensichtlich auf sich warten.

*

Ihr Chef hatte ihr verheimlicht, dass er mit jemandem ein offensichtlich ganz besonderes Abendessen in seinem Büro genießen wollte, und sie fühlte sich irgendwie betrogen, ausgeschlossen, ja zutiefst beleidigt. Es gab keinen Zweifel, dass er alles ohne ihr Mitwissen hatte vorbereiten lassen. In dem Augenblick begriff sie auch, warum er ihr empfohlen hatte, nach Hause zu gehen und sich auszuruhen.

*

Professor Frederic drehte sich um und schaute sie an. In seinem Gesichtsausdruck gab es etwas, was sie nie vorher gesehen hatte. Sein Blick war vorwurfsvoll, fast unfreundlich. Ihren Besuch hatte er nicht erwartet. Einen Augenblick sagte er nichts, aber sie glaubte, seine Gedanken zu hören. Sie hörte ihn fragen, warum sie nicht nach Hause gegangen war.

„Was ist passiert?", fragte er sie, bevor sie irgendetwas sagen konnte.

„Nichts ist passiert. Ich wollte Ihnen nur sagen, dass Sie keinen Lärm machen sollten, wenn sie Viviens Zimmer betreten, das ist alles", sagte Frau Simple, schloss die Tür und entfernte sich. Sie begab sich auf ihr Zimmer, nahm ihre Tasche und ging gleich nach Hause.

Professor Frederic blieb noch eine Weile am Fenster stehen.

*

„Bis jetzt war sie immer glücklich, wenn ich kam, sie zu sehen. Dies Mal störte es sie, dass ich kam. Sie scheint völlig vergessen zu haben, dass ich auf sie wartete. Wie konnte sie bloß? Oder wollte sie mich nicht mehr sehen? Ich wüsste gern, was in der Zwischenzeit geschehen ist. Dieser Nachmittag in der Stadt hat sie offensichtlich verändert. Ihre Stimme klang anders; auch ihr Gesichtsausdruck war nicht mehr derselbe. Es ist kaum denkbar, dass Herr Ovale daran schuld sein könnte. Ich habe absichtlich ihn als Begleiter bestimmt. Er, mit seiner Figur ..., nein, das ist ausgeschlossen. Herr Strong wäre gefährlich gewesen, aber nicht Herr Ovale. Und als würde diese bittere Pille nicht genügen, ging dieses neugierige, diensteifrige Schaf nicht nach Hause, obwohl ich sie dazu ermutigt hatte, sondern blieb einfach hier. Jetzt weiß sie, dass ich auf jemanden wartete, eigentlich weiß sie alles. In ihren Augen bin ich nicht mehr, was ich war“, sprach er leise vor sich hin.

Plötzlich drehte er sich um und ging gerade in Viviens Zimmer. Nur einige Sekunden später kam er heraus und ging wieder in sein Büro zurück. Vivien konnte ihn nicht hören, denn er hatte Frau Simples Anweisungen streng befolgt.

Sein Gesicht war blass, nur seine riesige Nase war noch röter als sonst.

Er setzte sich an den gedeckten Tisch und begann wie ein Verrückter zu verschlingen, was während eines vergnüglichen Beisammenseins mit einem schönen, jungen Mädchen hätte langsam genossen werden sollen. Wie aus Rache würgte er alles in riesigen Brocken hinunter. Er hörte nicht auf, bevor er fast alles aufgegessen und die Champagnerflasche geleert hatte. Dann holte er aus dem Schrank eine Flasche mit irgendeinem teuren Cognac, goss ein großes Glas randvoll und trank es auf ex. Fast augenblicklich spürte er, wie sein Kopf heiß und schwer wurde. Plötzlich konnte er die Dinge im Raum nicht mehr deutlich sehen. Schon mehrere Male war er betrunken gewesen, aber diesmal war es anders. Mit recht großer Anstrengung gelang es ihm aufzustehen, und nun versuchte er das Sofa zu erreichen, um sich hinzulegen. Er schritt voran in der Annahme, dass er sich in die richtige Richtung bewegte. Nach einigen torkelnden Schritten stieß er mit dem Gesicht gegen etwas Hartes, fiel auf die Knie und schlug mit dem Kopf wuchtig gegen die scharfe Kante des Heizkörpers vor dem Fenster. Aus der großen Wunde in seiner Stirn spritzte das Blut. Er bewegte sich nicht.

***

Frau Simples Herz war für immer gebrochen. Alle ihre Seile waren gerissen und alle Schiffe gesunken. Ihre zusammengepressten Lippen und ihr Blick verrieten tiefe Verbitterung. Sie dachte nur noch an eines – wie sie sich rächen sollte. Was Professor Frederic ihr angetan hatte, übertraf selbst die schlimmste Art der Beleidigung. Sie fühlte sich verlacht, verspottet, erniedrigt und ausgenutzt von jemandem, der ihr am meisten bedeutet hatte. Er hatte ihre Liebe für ihn so lange Zeit ausgenutzt und missbraucht, indem er geschickt ihre heimliche Hoffnung genährt hatte. Sie wusste, dass sie all ihre Zeit und Energie geopfert hatte, um ihm seine Arbeit und sein Leben angenehmer zu machen. Sobald er nun eine junge Frau gefunden hatte, hatte er vergessen, was sie für ihn getan hatte. Und wie roh und unfreundlich war er zu ihr, als sie sein Büro betreten wollte, weil er auf das junge Kücken wartete und nicht gestört werden wollte! Sie hatte immer gehofft, einmal die Mutter seines Kindes zu sein oder wenigstens von ihm geliebt zu werden, aber er hatte alles sehr geschickt hinausgezogen und sie warten lassen, indem er sich niemals dazu geäußert hatte. Nun, wo sie im Alter war, in dem eine Schwangerschaft – falls überhaupt möglich – für Mutter und Kind äußerst riskant gewesen wäre, hat er beschlossen, eine schöne junge Frau zu nehmen, damit sie ihm ein Kind gebäre. Das war einfach unverzeihlich. Ihr Zorn richtete sich zuerst gegen Vivien, jedoch begriff sie sofort, dass Vivien keine Lust hatte, mit ihm das Abendessen zu haben. Außerdem war Vivien eine unschuldige junge Frau in einer außerordentlich schweren Lage und hatte mit ihren Gefühlen für Professor Frederic nichts zu tun. Plötzlich verstand sie auch, dass er sie eigentlich nie geliebt hatte und dass sich an ihrer persönlichen Lage nichts ändern würde, wenn Vivien verschwände. Deswegen beschloss sie, ihre Rache nur an ihm allein zu nehmen. Jedoch wusste sie nicht, welche Strafe die passende wäre. Sie hätte ihn zwar am liebsten entmannt und somit für immer unfähig gemacht, die Freuden der Liebe zu genießen, um dann über sein Leid und seine völlige Demütigung zu frohlocken. Sie wusste jedoch nicht, wie sie eine solche Rache hätte ausführen sollen. Nachdem sie sich alle Möglichkeiten überlegt hatte, kam sie zum Schluss, dass das Einzige, was sie tun konnte, war, ihn mit dem schärfsten und spitzesten ihrer Küchenmesser zu töten. Der geeignetste Augenblick dazu war, dachte sie, ihn in den Rücken und den Hals zu stechen, wenn er am Tisch in seinem Büro saß. Sie beschloss, es gleich zu tun, sobald er am nächsten Tag zur Arbeit gekommen war.

Sie ging in die Küche und nahm aus der Schublade das größte und schärfste Messer, das sie hatte. Es hatte eine sehr schmale Klinge, und es war äußerst spitz und scharf. Sie hielt den Messergriff fest in der rechten Hand und stach einige Male in das Holzbrettchen, auf dem sie sonst Brot schnitt, um festzustellen, welche Art des Zustechens die beste wäre. Sie empfand es als angenehm, den Griff festzuhalten, denn er passte genau in ihre Hand, und es gab einen Schutz zwischen dem Griff und der Klinge, sodass sie sich nicht verletzen konnte, auch wenn sie mit aller Kraft zustieß. Nach mehreren Versuchen war sie überzeugt, dass es ihr gelingen würde, ihrem untreuen Liebhaber den Todesstoss zu versetzen. Das Messer legte sie in ihre Handtasche, um am folgenden Morgen alles bereit zu haben. Sie beschloss, früher als sonst aufzubrechen, um im Büro zu sein und alles für die Aktion vorzubereiten, bevor die anderen kommen sollten. Dann sammelte sie alle Fotos, die sie hatte, auf denen er und sie abgebildet waren, und legte sie auf den Tisch. Die eingerahmten nahm sie aus den Rahmen heraus, zündete ein Streichholz an und verbrannte sie eines nach dem anderen in einer großen Schüssel. Zum Schluss wollte sie auch jenes Foto verbrennen, das sie immer bei sich in der Handtasche hatte. Einen Augenblick hielt sie inne und betrachtete es.

„Du legtest gern deinen Arm um meinen Hals und auf meine Schulter, als ich jung war. Dann war ich gut für dich, die beste Stütze. Nicht wahr? Jetzt verschmähst du mich. Du verdammter Schuft! Du möchtest, dass ich dir verzeihe und dich trotz allem verschone. Habe ich Recht? Du, gemeiner Schuft! Nein, nein, mein Lieber; es muss geschehen; ich kann dich nicht verschonen. Jene glücklichen Stunden sind vorbei. Du verdienst nichts Geringeres als getötet zu werden", sprach sie langsam und leise, kaum hörbar. Sie zündete noch ein Streichholz an, um auch das letzte Foto zu verbrennen. Ihre Hand gehorchte ihr aber nicht. Sie fühlte sich unwohl, ja beunruhigt, denn sie konnte sich nicht vorstellen, dass er tot auf dem Boden in seinem Büro liege und sie selbst, das spitze, mit seinem Blut beschmierte Messer haltend, triumphiere. Und wie auch immer sie sich darum bemühte, gelang es ihr einfach nicht. Sie hielt das Streichholz, bis die Flamme ihre Finger erreichte. Sie warf das Ende des brennenden Streichholzes in die Schüssel und stieß dabei einen Fluch aus. Mit Tränen und Zorn in den Augen steckte sie das Foto, das ihre Illusionen so viele Jahre genährt und sie zum Warten und Hoffen verleitet hatte, wieder in ihre Handtasche zurück. Mit einem Hammer zertrümmerte sie dann die Rahmen der Fotos, die sie soeben verbrannt hatte, und warf die Splitter in den Abfalleimer. Ihre Entscheidung, ihr Frühstück nie mehr zusammen mit ihm einzunehmen, war nun fest und endgültig. Sie war stolz auf sich selbst und entschlossen, ihren Plan um jeden Preis auszuführen. Von nun an hatte sie nur einen Wunsch – sich zu rächen. Das sollte geschehen, sobald er am nächsten Morgen in seinem Büro angekommen war.

Weil sie in ihrer Wut mit der Vorbereitung ihrer Rachetat so sehr beschäftigt war, ging sie erst nach Mitternacht zu Bett.

*

Eine Mischung aus Wut, Aufregung und Enttäuschung hielt sie lange wach. Als sie irgendwann nach Mitternacht vom Schlaf überwältigt wurde, hatte sie nacheinander mehrere Träume. Zuletzt träumte sie, dass sie ihre Handtasche verloren hatte. Während sie sich bemühte, sie zu finden, kam Professor Frederic vorbei und sprach sie ernst und unfreundlich an und schalt sie wegen ihrer Nachlässigkeit, wobei er sich besonders über den Schmutz in seinem Büro beklagte. Er drohte, sie zu entlassen, sollte sie sich nicht mehr anstrengen, ihrer Pflicht nachzukommen.

*

Der Wecker beendete ihre Träume. Sie schreckte hoch aus dem Schlaf. Dann begriff sie aber, dass sie nicht in Professor Frederics Büro, sondern in ihrem Bett war. Der Traum steigerte zusätzlich ihre Wut auf ihn, und sie wurde noch entschlossener, sich an ihm zu rächen, als sie es vor dem Schlafengehen gewesen war. Sie stand auf, duschte und nahm ihr Frühstück allein. Auch empfand sie keine Reue, dass sie die Fotos zerstört hatte, die ihr noch einen Tag zuvor so viel bedeutet hatten. Es gelang ihr sogar, das nicht verbrannte Foto nicht einmal anzuschauen. Das machte sie irgendwie stolz, denn es war eine Art Beweis, dass sie ihren Mann stehen konnte.

Sie ging früher weg, als sie es geplant hatte, und wusste, dass sie eine Stunde vor allen anderen im Spital sein würde.

Da es noch sehr früh war, gab es keine Menschen auf der Straße. Sie eilte wie auf der Flucht vor jemandem, denn sie wollte so früh wie möglich im Spital sein.

*

Nun ging sie gerade an einigen schönen alten Bäumen im riesigen Park vorbei, in dessen Mitte sich das Spital befand. Es war sehr still, kein Verkehr, keine übliche Nervosität in der Luft, die sich jeden Morgen aus dem Eilen und Hetzen des Menschenhaufens ergab. Das Einzige, was sie hören konnte, war das erste Vogelgezwitscher. Auch sie selbst hatte das Gefühl, eine Art des sprichwörtlichen Vogels zu sein, der dank der frühen, goldenen Stunde voller Zuversicht war, einen Wurm zu erwischen.

*

Etwa dreißig Schritte von dem Pfad entfernt, auf dem sie schritt, sah sie neben dem niedrigen Schutzmäuerchen einen großen Metallcontainer mit Deckel, in welchem die Leute die Abfallsäcke deponierten. Plötzlich blieb sie stehen und entnahm ihrer Handtasche jenes Foto, das sie mit allen anderen nicht zu verbrennen vermochte, zerriss es in Stücke, ging zum Container, hob den Deckel und warf die Fetzen hinein. Den Deckel ließ sie einfach fallen und rannte weg. Am ganzen Körper zitternd und mit pochendem Herzen eilte sie wie von Furien gehetzt und hörte nicht, dass der Deckel des Containers mit einem einrastenden Geräusch schloss.

Schnell schritt sie dem Spitaleingang entgegen. Als sie etwa fünfzig Schritte vom Eingang entfernt war, hielt sie nochmals plötzlich inne. Einige Augenblicke blieb sie stehen und biss sich zögernd die Lippen. Dann rannte sie zurück zum Container, fasste den Griff und hob den Deckel. Es gab keine Abfallsäcke darin. Alles, was sie sehen konnte, waren die winzigen Fotofetzen verstreut auf dem Boden. Sie neigte sich vornüber, streckte den Arm, so weit sie konnte, hinein und versuchte sie einzusammeln. Der Container war aber zu tief – nach ihrer Einschätzung nur einige Zentimeter –, und die Fetzen ihres kostbaren Fotos lagen außerhalb der Reichweite ihrer kurzen Arme.

*

Es war ihr bewusst, dass es schwer sein würde, aber sie wusste auch, dass sie – komme, was wolle – die Fetzen auflesen musste. Sie kletterte auf das niedrige Schutzmäuerchen daneben und schritt – den Deckel mit einer und den Rand des Containers mit der anderen Hand haltend – mit einem Fuß ins Leere in der Hoffnung, den Boden zu erreichen. Der Container erwies sich jedoch auch für ihre kurzen Beine zu tief. Sie fiel, wobei sie hart mit dem Gesäß auf dem metallenen Boden landete.

Der Deckel fiel knallend und schnappte zu. Sie war in einer perfekten metallenen Falle, umgeben von vollkommener Finsternis.

In dem Augenblick begriff sie, was geschehen war. Sie zitterte, während sie verzweifelt versuchte, die kleine Taschenlampe, die sie immer bei sich hatte, aus der Handtasche zu holen. Sie schaltete die Taschenlampe ein und untersuchte den Deckel in der Hoffnung, irgendeinen Knopf oder Griff zu finden. Es gab aber nichts außer der glatten, unbarmherzigen metallenen Oberfläche zu sehen. Sie versuchte den Deckel zu heben, aber er ließ sich nicht bewegen.

***

Zum gleichen Zeitpunkt, als Frau Simple in Verzweiflung weinte und auf ihr tragisches Ende im Abfallcontainer wartete, ging ein obdachloser Mann langsamen Schrittes zum Abfallcontainer. In einem Plastikbeutel trug er seine alten, völlig ausgetretenen Schuhe, die er dort zu entsorgen beabsichtigte. Er wollte sie nicht irgendwo auf der Sitzbank oder auf dem tadellos gepflegten Rasen liegen lassen, denn er fühlte sich der Einrichtung zum Dank verpflichtet, die ihm gestattete, während der warmen Monate im Park zu schlafen, und ihm regelmäßig auch etwas zu essen gab. Eigentlich war er ein interessanter Mann, ein Liebhaber von Musik und bildender Kunst. Als er noch jung war, während seiner Studienzeit, begann er wegen einer unerwiderten Liebe zu trinken und wurde schließlich ein richtiger Clochard.

Er erschrak nicht wenig, als er den Deckel hob und eine schwache, verzweifelte Stimme vernahm, die offensichtlich um Hilfe bat. Er half Frau Simple, aus dem Abfallcontainer zu steigen, was sich als recht schwierig erwies. Sie umarmte ihn und küsste ihn, hing an seiner Brust und konnte kaum aufhören zu schluchzen. Der Clochard konnte nicht begreifen, wieso eine gepflegte, fein gekleidete Dame sich für einen Abfallcontainer als Schlafgelegenheit entscheiden konnte, wo es sogar für ihn selbst gar nicht bequem gewesen wäre.

„Wie konnten Sie, um Himmels willen, in den Abfallcontainer gelangen? Ich bin überzeugt, dass Sie nicht nach etwas Essbarem darin suchten“, fragte er erstaunt Frau Simple, denn er begriff nichts mehr.

„Ich war dumm und wollte sterben, weil die Menschen so böse sind“, antwortete sie, ohne irgendjemanden beim Namen zu nennen.

„Sie sehen gar nicht wie ein Clochard aus. Sie sind schön gekleidet und besonders gepflegt, Sie haben eine schöne Handtasche, elegante Schuhe, Ihre Hände sind sehr sauber,

… Sie verstehen, was ich meine? Ich staune, bin überrascht. Haben Sie Arbeit?", fragte er sie und musterte sie von oben bis unten.

„Ja, ich habe eine Arbeitsstelle, ein regelmäßiges Einkommen und eine schöne Wohnung und fast alles. Hier ist meine Adresse. Kommen Sie zu mir nach fünf Uhr, und wir werden zusammen ein schönes Abendessen haben. Jetzt muss ich mich beeilen, denn ich habe etwas sehr Dringendes und Wichtiges zu erledigen. Ich möchte Ihnen nicht bloß danken, dass Sie mich aus diesem Metallgrab gerettet haben. Ich schulde Ihnen tausend Mal mehr, als ich sagen kann. Heute Abend werden wir uns über alles unterhalten", sagte sie mit Tränen in den Augen.

„Sie können sicher sein, dass ich bei Ihnen pünktlich erscheinen werde", sagte der Clochard mit einem Gesichtsausdruck voller Vorfreude. Er konnte seinen Ohren nicht trauen.

Frau Simple küsste ihn noch einmal und rannte dann zum Spitalgebäude.

*

Die etwa hundert Schritte vom Abfallcontainer bis zu ihrem Zimmer waren für sie eine Art Spaziergang im Leben nach dem Tod, denn sie war im wahrsten Sinn des Wortes auferstanden. Ihr rettender Engel war weder ein Professor noch ein Politiker noch irgendein Filmstar noch irgendeine prominente, von vielen bewunderte und beneidete Persönlichkeit. Es war eines der untersten Glieder in der gesellschaftlichen Hierarchie, auf das alle herabblicken konnten und die meisten auch herabblickten, ein Niemand sozusagen. Er hatte ihr geholfen aufzuwachen und zu begreifen, dass jene zuoberst in der sozialen Hierarchie sehr niedrig und jene ganz unten sehr hoch sein konnten.

*

Obwohl sie nicht ganz so früh angekommen war, wie sie es geplant hatte, war Frau Simple doch die Erste. Sie kümmerte sich aber nicht mehr darum, ob sie die Erste oder die Letzte war, ob Professor Frederic dort war oder nicht, ob er in sie verliebt war oder nicht, ob sein Büro sauber oder nicht sauber war. Sie war weder verpflichtet, es zu reinigen, noch war sie verpflichtet, das Reinigungspersonal zu beaufsichtigen. Sie beschloss, niemanden mehr aufzufordern, zu kommen und sein Büro zu reinigen. Die letzte Viertelstunde ihres früheren Lebens war für sie voller Sinn und Bedeutung, eigentlich das Wichtigste von allem, was sie je erlebt hatte. Daher konnte sie sich nicht mehr um alle jene Belanglosigkeiten kümmern, um die sie sich während der ganzen Zeit vor ihrem Container-Erlebnis zu viel gekümmert hatte. Sie dachte nicht einmal daran, in Professor Frederics Büro zu gehen oder sich für irgendetwas zu rächen.

„Warum und wozu sollte ich mich an ihm rächen?", dachte sie. „Er benahm sich genau so, wie er sich benehmen konnte. Alles, was er in seinem Leben getan hat, gehört zu ihm, macht ihn zu dem, was er ist. Alles, was ich in meinem Leben getan habe, gehört zu mir, macht mich zu dem, was ich bin. Ich baute für mich ein Luftschloss, in dem ich wohnen wollte, und merkte nicht, dass es voll von Blut saugenden Fledermäusen und giftigen Schlangen hätte sein müssen.

Alles war mein Fehler, nur meiner. Sein Benehmen verletzte meine Dummheit und meine Oberflächlichkeit. Es ist aber durchaus möglich, sogar sehr wahrscheinlich, dass er von meinen Träumen nicht einmal eine Ahnung hatte. Nur weil ich mich so furchtbar beleidigt fühlte, beschloss ich, mich an ihm zu rächen, und schmiedete den Plan, wie ich die Rachetat ausführen sollte. Ich ging sehr früh zur Arbeit mit der Absicht, alles vorzubereiten, um meine Rache reibungslos ausführen zu können. Und nur weil ich vernarrt und furchtbar oberflächlich war, wollte ich jenes Foto doch noch behalten. Unmittelbar vor meinem Container-Erlebnis zerriss ich es aus Wut und warf die Fetzen in den Abfallcontainer. Meine Oberflächlichkeit und Vernarrtheit veranlassten mich zurückzukehren, um etwas zu retten, was zerrissen und für immer vorbei war. Ich blickte zurück und wollte die Vergangenheit zurückbringen, sozusagen die Leiche beleben. Wäre das in der Nähe des Toten Meeres geschehen, wäre ich vielleicht zu einer Salzsäule geworden. Trotz all meiner Dummheit und Oberflächlichkeit kam ein Engel, zerlumpt und verkleidet als Clochard, und rettete mich. Ich darf auf niemanden wütend sein, und ich darf über nichts klagen. Jetzt muss ich mich nur um Vivien und ihr Zimmer kümmern, das ist meine einzige Aufgabe, das und nichts mehr. Von nun an werde ich nie mehr das Büro von Professor Frederic betreten", dachte sie, während sie sich umzog.

***

Vivien wachte auf. Ihr Zimmer war vom Licht überflutet, das durch die riesige Scheibe ihres Fensters hereinströmte. Sie glaubte, es sagen zu hören: „Ich bin das liebliche, milde Geschenk eines Sommertages, aber du bist noch …"

Ein angenehmer Duft, der vom Nachttischchen neben ihrem Bett kam, kitzelte ihre Nase. Sie wandte sich um, um zu sehen, was es war. Das Tablett mit ihrem Mittagessen war bereits da. Von ihrem Bett aus konnte sie sehen, dass das Blatt mit ihrer Nachricht noch immer in der Mitte des Tisches lag, wo sie es gelassen hatte.

*

„Frau Simple war hier, während ich noch schlief. Sie wollte mich nicht wecken. Sie ist nett, eine Art weiblicher Doktor Ovale, und er ist eine Art männliche Frau Simple."

Sie berührte die Schüssel, sie was sehr warm. Sie stand auf und wusch sich. Dann setzte sie sich an den Tisch und begann zu essen. Das Essen war ausgezeichnet, wie immer.

Nach dem Mittagessen fühlte sie sich noch immer müde und beschloss, bis zum Abend in ihrem Zimmer zu bleiben und etwas zu lesen.

„Zuerst will ich einmal alle Unterlagen im Zusammenhang mit der Entschädigung, die mir vom Gericht zuerkannt wurde, genau lesen", dachte sie, während sie die sorgfältig geordneten Blätter, versehen mit Stempeln und Unterschriften, einer eleganten Mappe entnahm, die ihr Herr Hole persönlich übergeben hatte.

Alles war klar geschrieben. In einer kleinen Tasche im Inneren der Mappe gab es vier Schlüssel zur Eingangstür. Es war offensichtlich, dass sie in ihrem zarten Alter bereits über ein bequemes Haus sowie beträchtliche finanzielle Mittel verfügte, die ihr für eine sorgenfreie Zukunft in Muße mehr als ausreichen sollten.

„Herr Hole hat gute Arbeit geleistet, ich brauche ihn nicht mehr.

Professor Frederic brauche ich nicht mehr. Auch er hat seine Arbeit getan.

Frau Panther brauche ich sowieso nicht. Ich frage mich bloß, was sie überhaupt für eine Aufgabe hat.

Meine eigene lange Wanderschaft entlang der Straße, die ich in meiner Fantasie schuf und mit Doktor Ovale besprach, ist abgeschlossen, jetzt bin ich erwachsen.

Frau Simple war sehr zuverlässig und nützlich. Ihre Dienste brauche ich nur noch bis morgen früh.

Heute Abend wird die Ausstrahlung des Interviews abgeschlossen sein.

Morgen früh, gleich nach dem Frühstück, wird Doktor Ovale kommen und mich in seinem Auto nach Hause fahren.

Morgen werde ich mein eigenes Mittagessen in meinem eigenen Heim kochen.

Sobald ich mein Haus eingerichtet habe, werden Doktor Ovale und ich das Manuskript meines Buches zusammen lesen und besprechen. Bis dann werde ich das meiste bereits geschrieben haben. Sobald mein erstes Buch erschienen ist, werde ich sehen, was der nächste Schritt sein sollte", überlegte sie, während sie die Unterlagen in die Mappe zurücklegte. Sie schloss die Mappe und steckte sie unter ihr Kopfkissen.

„Diese Dokumente sind für mich von größter Bedeutung. Ich darf das Zimmer gar nicht verlassen, bevor ich morgen früh von hier verschwinde. Der heutige Vormittag war schon etwas merkwürdig: Frau Simple war offensichtlich hier, während ich schlief, als hätte sie gewusst, dass ich schlief. Warum kam sie nicht, als ich wach war? Zwar bin ich froh, dass Professor Frederic nicht gekommen ist, aber es überrascht mich sehr, dass er es nicht getan hat. Verwunderlich ist es eigentlich nicht, denn das Interview wurde aufgenommen, und nun haben sie alles gehört, was sie von mir im Interview hören wollten. Sie mögen es haben. Ich weiß, dass sie alle hoffen, nach dem Interview von mir noch viel mehr zu erhalten. Mögen sie hoffen. Jetzt habe ich, wofür ich hart gearbeitet und worauf ich geduldig gewartet hatte. Jetzt kümmere ich mich um nichts mehr. Nun will ich ein wenig lesen, um die Zeit bis morgen früh totzuschlagen."

Sie öffnete die Tür des Nachttisches. Es gab einige Bücher drin. Sie nahm jenes, das zuoberst lag. Es war eine Sammlung von Sprichwörtern. Sie öffnete das Buch und las das erste Sprichwort: „Jene, die es verdienen, am meisten geliebt zu werden, werden am wenigsten geliebt."

Sie schloss das Buch und legte es wieder zurück. Der Inhalt des ersten Sprichwortes gestattete ihr nicht, mit dem Lesen fortzufahren. Sie schloss die Augen und versuchte einzuschlafen. Der Inhalt des Sprichwortes jagte jedoch den Schlaf weg und zwang sie, über die Beziehung zwischen Verdienst und Liebe nachzudenken.

*

„Sprichwörter sind Beispiele der Volksweisheit. Zwar bin ich noch immer überzeugt, dass die wahre Liebe unbedingt sein muss, jedoch bin ich sprachlos, nachdem ich dieses Sprichwort gelesen habe. Nimmt man die Weisheit in diesem Sprichwort ernst, hat die Liebe keinen Sinn. Falls nämlich die Menschen jene mehr lieben, die es nicht verdienen, als jene, die es verdienen, dann ist es so, dass Leute entweder nicht verstehen, was Liebe ist, oder aber die Liebe ist überflüssig und hat keinen Sinn. Was ist höher und wichtiger,

Liebe oder Volksweisheit? Ich bin sicher, dass Liebe höher sein muss, weil sie etwas Allgemeingültiges ist. Volksweisheit dagegen ist etwas, was je nach Zeit und Region sehr stark variieren kann. Sprichwörter wie dieses würden vielleicht jegliche Bedeutung verlieren, wenn die Leute das Wesen der Liebe verstehen könnten. Doktor Ovale und ich unterhielten uns viel über die Liebe. Sofern ich mich richtig erinnere, waren wir uns einig, dass die Liebe nicht an Verdienste gebunden werden darf. Wir stellten auch fest, dass Liebe eigentlich die delikateste Form des Egoismus ist. Sobald wir also über die Gründe nachdenken, warum wir die Menschen lieben, lieben wir sie eigentlich nicht. Auch lieben wir sie nicht, falls wir erwarten, dass sie unsere Liebe erwidern. Die Fähigkeit, sich selbst in allen anderen Menschen zu erkennen, ist wahrscheinlich die höchste Tugend. Sie ist die Mutter der wahren Liebe, denn erst durch sie wird ein mit Verstand ausgestattetes Wesen zum Menschen …"

An diesem Punkt wurde ihr Gedankenfaden von der großzügigen Gottheit des Schlafes durchtrennt, die freundlich genug ist, dann zu kommen, wenn der eigene Verstand nicht weiterzugehen braucht.

*

Vivien wusste nicht, wie lange sie geschlafen hatte, aber als sie aufwachte, war das Tablett nicht mehr da.

„Frau Simple muss wieder hier gewesen sein, und ich muss fest geschlafen haben. Sie bemüht sich, anderen Menschen zu helfen. Sie bedient sie, sie kümmert sich um sie und erleichtert ihnen das Leben. Ich glaube, dass sie liebenswürdig ist, aber wird sie von den anderen geliebt? Ich glaube nicht, dass sie von den anderen gehasst wird, aber den Eindruck, dass sie von den anderen geliebt wird, habe ich auch nicht. Wann lieben die Menschen wirklich jemanden? Ich glaube, sie tun es nur, wenn sie für jemanden etwas tun, ohne dafür ein Entgelt zu erwarten. Sobald wir irgendeinen Lohn für unsere Taten erwarten, tun wir das, was wir tun, nicht aus Liebe. Wahre Liebe muss vollkommen uneigennützig sein. Nichts ist so abscheulich wie berechnende gute Taten. Deswegen bin ich gespannt, wie die Teammitglieder reagieren werden, wenn sie erfahren, dass ich weggegangen bin, ohne es ihnen vorher gesagt zu haben.

*

Herr Lid entführte mich, weil er sich sehr einsam fühlte. Ich weiß, dass er weder die Absicht hatte, mir Schaden zuzufügen, noch von meinen Eltern oder sonst jemandem Geld zu erpressen. Die finanzielle Lage meiner Eltern war ihm wohl bekannt. Er wusste, dass keine normale Frau ihn als Partner akzeptieren konnte. Weil ich noch ein Kind war, als er mich entführte, hoffte er, dass es ihm gelingen würde, mich zu erziehen und meine Denkweise nach seinem Geschmack zu formen und mich dadurch völlig an sich zu binden, sodass ich mit dem zufrieden würde, was er mir zu bieten hatte. Er dachte, ich könnte mich schließlich an das Leben mit ihm gewöhnen und nie den Wunsch verspüren, von ihm wegzugehen. Er war sehr belesen und kannte die Pygmalion-Sage, aber das hinderte ihn nicht, das zu versuchen, was dem mythischen Pygmalion nicht gelang. Wie Pygmalion benehmen sich wahrscheinlich viel mehr Menschen, als wir vermuten. Das Einzige, was die Aphrodite für den mythischen Pygmalion tun konnte, um den Mythos lebendig zu erhalten, war, dem Standbild, in das er sich verliebt hatte, Leben zu verleihen. Nun ist das Fortleben des Mythos gesichert, und die Liebesgöttin braucht nicht mehr einzugreifen.

Herr Lid brachte mir Bücher, und wir besprachen allerlei Fragen und Probleme. Jedes Mal erwähnte er nebenbei, dass die Sexualität für das Glück nicht entscheidend war. Lange Zeit verstand ich nicht, worauf er hinauswollte. Erst viel später begriff ich, was er beabsichtigte und warum er mir gerade *die* Denkweise einzuprägen versuchte. Immer, wenn er von der Sexualität sprach, was tatsächlich sehr oft geschah, zitterten seine Hände. Ich hatte immer den Eindruck, dass er unter der Last eines schmerzhaft verzehrenden Geheimnisses litt, das er mir anvertrauen wollte. Gleichzeitig hatte ich das Gefühl, dass ihm der Mut fehlte, das zu tun. Selbstverständlich konnte ich nicht ahnen, was es sein konnte.

*

Eines Tages aber – ich erinnere mich sehr gut daran – brachte er mir ein riesiges Buch mit herrlichen Bildern und Beschreibungen aller Teile des menschlichen Körpers. Er legte das Buch auf meinen Tisch und sagte zu mir, ich sollte drin lesen, weil es viele nützliche Informationen im Zusammenhang mit der menschlichen Gesundheit enthielt. Sobald er das gesagt hatte, verließ er das Zimmer.

Im Buch gab es ein zusammengelegtes Blatt. Wie ich es aufschlagen wollte, öffnete es sich von selbst dort, wo das gefaltete Blatt war. Das Datum auf dem Blatt zeigte, dass es etwa fünfunddreißig Jahre alt war. Herr Lids Name war darauf sowie der Name eines Arztes. Ein Wort war mit Farbstift unterstrichen. Das Wort verstand ich nicht und wurde neugierig. Ich schlug es im Buch nach und fand einen Artikel mit dem Bild eines Mannes. Ich las den Artikel, in dem es viele Hinweise auf das Gesicht des abgebildeten Mannes gab. Den Artikel las ich sorgfältig mehrere Male. Die Einzelheiten wie seltsam hohe Stimme, wachsblasse

Haut, völliges Fehlen der Barthaare, vorstehende Wangenknochen, Fettpolster über den Seitenpartien der Augenlider sowie der Hinweis auf die unzureichend entwickelten Geschlechtsorgane und einige andere halfen mir zu begreifen, dass Herr Lid ein solcher Fall war, denn sein Gesichtsausdruck erinnerte stark an das abgebildete Gesicht im medizinischen Buch. Ich wurde neugierig, wie normale männliche Zeugungsorgane aussehen, und öffnete das Buch dort, wo männliche und weibliche Geschlechtsorgane abgebildet und ausführlich beschrieben waren. Es wurde mir plötzlich klar, dass mein Kidnapper kein normaler Mann war, weil seine Hoden entweder unterentwickelt waren oder ganz fehlten und sein Penis abnorm klein sein musste. Ein normaler Mann war er nicht, aber auch keine Frau. Er war sich seines Zustands bewusst und wusste, dass keine normale Frau, die einen normalen männlichen Partner haben wollte, an ihm interessiert sein konnte. Später erzählte er mir, dass er auch männliche Gesellschaft erprobt hatte, dass er aber davon gar nicht begeistert gewesen war. Er hatte viele Bilder schöner nackter Frauen und kein einziges eines nackten Mannes. Eigentlich hasste er die Fotos nackter Männer. Die Fotos schöner nackter Frauen gefielen ihm sehr. Er sagte mir aber, dass selbst die Fotos von besonders schönen nackten Frauen ihn überhaupt nicht erregten. Ihm gefiel einfach die Form ihrer Körper, und das war alles. Seinen eigenen Körper liebte er nicht, weil er ihn einsam machte. Er entführte mich, weil er sicher war, dass ich von der Sexualität noch gar nichts wusste, jedoch offensichtlich einen normalen weiblichen Körper hatte. Er hoffte, mich so zu erziehen, dass er in mir eine vollkommene, gebildete weibliche Partnerin habe, die an keiner sexuellen Aktivität interessiert ist. Wahrscheinlich beschloss er, mich zu entführen, weil er mit meiner Mutter oft geplaudert hatte und dadurch zum Schluss gekommen war, dass auch ich sehr einsam sein musste. Da meine Eltern ihn schon seit einiger Zeit gekannt und wahrscheinlich für einen Freund gehalten hatten, konnte er mich entführen, ohne verdächtig zu werden. Oder wusste meine Mutter vielleicht sogar, dass er mich entführt hatte? Manchmal habe ich das Gefühl, dass er in ihren Augen mindestens verdächtig war, dass sie aber ihre eigenen Gründe hatte, nichts zu sagen.

*

Damals war ich für ihn eine geeignete Beute, denn ich suchte jemanden, der willig war, mich von meinen Eltern, von meiner Schule, von allen Bekannten und Unbekannten fortzuführen.

Ich hatte das Gefühl, dass niemand an mir interessiert war und dass ich niemandem etwas bedeutete. Ich träumte davon, interessant zu sein, begehrt zu sein, eben jemandem etwas zu bedeuten, der mir etwas bedeutete. Ich war aber an niemandem interessiert, wahrscheinlich weil kaum jemand an mir interessiert zu sein schien. Sobald viele Menschen an mir interessiert werden sollten, hoffte ich, auch an jemandem interessiert zu werden, weil ich dann die Gelegenheit zu wählen gehabt hätte. Alles, was ich damals tun konnte, war, einen geeigneten Entführer zu finden. Unter allen Leuten, die meinen Eltern und mir bekannt waren, schien Herr Lid der Einzige zu sein, der infrage hätte kommen können.

*

Meine Eltern gehören zu der niedrigsten sozialen Schicht. Als ich noch sehr klein war, waren sie bereits geschieden. Daher kannte ich sie nur als getrennt lebende Leute, die viel rauchten und tranken und Schimpfwörter gebrauchten, wenn sie miteinander stritten. Ich wusste nie, worum sie sich eigentlich stritten, aber ich hatte immer Angst vor ihnen. Damals lebte mein Vater in einer winzigen Wohnung in einem der unzähligen billigen Wohnblöcke in der Vorstadt, gebaut eigens für die Arbeiter und weit entfernt von allem, was die reizvolle Stadt der Musik so berühmt und begehrt macht. Mein Vater ist ein kleiner, völlig unattraktiver Mann mit einem riesigen Bauch, der seine dünnen Beine noch dünner erscheinen lässt, als sie es sind. Er war immer ein Kettenraucher und trank viel Bier. Ich erinnere mich wohl an sein gedunsenes Gesicht voll von violetten Äderchen und sein stark gelichtetes Haupthaar. Er versuchte nie, etwas mehr zu lernen, als er unbedingt für seine alltägliche Tätigkeit benötigte. Rauchen und Trinken waren seine einzigen Hobbys und erbaulichen Freizeitbeschäftigungen.

*

Gleich nach ihrer Scheidung fand meine Mutter einen Liebhaber. Es war ein vulgärer Mann von schwerem Körperbau, etwas jünger als meine Mutter, mit einem dichten Schopf und einem schwarzen Nietzsche-Schnurrbart. Er hatte zwei goldene Schneidezähne und an jeder Hand mindestens zwei große goldene Ringe. Er trug eine teure Armbanduhr und an beiden Handgelenken je eine Kette mit goldenen blattförmigen Anhängern. Seinen Hals schmückte er mit einer goldenen Kette, an der das Sternzeichen des Stiers befestigt war. Sein riesiges Auto war immer auf Hochglanz poliert. Gewöhnlich kam er abends, und jedes Mal schickte mich meine Mutter sofort in mein Zimmer. Da wurde ich wütend auf sie, und ich wollte damals, ich könnte mich an ihr rächen. Das Einzige aber, was ich machen konnte, war, sie zu ärgern, indem ich immer wieder auf die Toilette ging. Jedes Mal, wenn ich an ihnen vorbeiging, sah ich sie auf dem Sofa entweder aufeinander liegen oder sie auf seinem Schoß sitzen; dabei hielten sich die beiden fest umschlungen, sie ihre Arme um seinen Hals, er seine um ihre Taille und sein Gesicht tief verkrochen in ihrem Busen. Meine Mutter hatte meistens nur ihr Nachthemd an. Es war mir immer ein Rätsel, warum sie die Zeit mit ihrem Liebhaber nicht in ihrem Schlafzimmer verbrachte. Ich ging absichtlich möglichst langsam an ihnen vorbei, um sie so möglichst lange anzusehen. Das irritierte meine Mutter so sehr, dass sie jedes Mal aufsprang, mich in mein Zimmer zurückschubste und die Tür hinter mir zuschlug. In meiner Hilflosigkeit warf ich mich dann aufs Bett, verkroch das Gesicht in mein Kopfkissen oder drückte meinen Teddybär an die Brust und heulte.

Der Liebhaber meiner Mutter war Pferdehändler. Er kaufte und verkaufte nur die allerteuersten Pferde. Die Brusttasche seines Hemdes war immer prall gefüllt mit Geldscheinen. Manchmal sah ich, wie er eine Banknote aus der Tasche zog und sie meiner Mutter gab. Darauf bedankte sich meine Mutter bei ihm mit einem Kuss auf seine Boxernase. Immer, wenn ich das sah, wünschte ich mir, ich könnte ihn so auf die Nase schlagen, dass sie blute, und ihn dann zwingen, dass er vor mir niederknie und mich um Gnade anflehe. Natürlich konnte das nie geschehen. Eines Abends versetzte mir der Liebhaber meiner Mutter einen harten Fußtritt und schob mich grob in mein Zimmer, weil es ihn irritierte, dass ich immer wieder auf die Toilette ging. Gleich darauf beschloss ich, mich an ihnen zu rächen. Das Einzige, was ich tun konnte, war, meine Mutter zu bestrafen, weil sie nichts unternahm, um mich vor ihrem unverschämten Liebhaber zu schützen. Ich dachte darüber nach, wie ich ihn mit dem Küchenmesser erstechen könnte, wenn sie miteinander schliefen, wie das in Horrorfilmen geschieht. Die Idee gefiel mir eigentlich sehr, aber ich musste sie trotzdem aufgeben, denn ich hatte Angst, dass es mir nicht gelingen würde, meinen Plan auszuführen. Das wäre dann mein eigenes Ende gewesen, dessen war ich mir bewusst.

*

Ich dachte dann über die Möglichkeit nach, beide zu vergiften. In einem Radiodrama hatte ich gehört, dass Rattengift geeignet gewesen wäre, aber ich wusste nicht, wie an das Gift heranzukommen. Der Apotheker an der Ecke hatte bestimmt viele geeignete Substanzen, aber er hätte auch den Erwachsenen keine giftigen Stoffe verkauft, und erst recht nicht den Kindern. Ich wusste das. Nach langem Überlegen und Erwägen wurde es mir klar, dass ich weder nur den Liebhaber meiner Mutter noch beide gleichzeitig töten konnte. Als einzige Möglichkeit blieb, die schwächere Seite zu bestrafen, ohne jemandem von ihnen einen körperlichen Schaden zuzufügen. Es nahm mir schon etwas Zeit in Anspruch, einen Plan auszubrüten, den ich auch hätte verwirklichen können.

Nach langem Überlegen beschloss ich, von zu Hause wegzulaufen, plötzlich zu verschwinden und so meiner Mutter und zugleich auch meinem Vater, den ich auch nicht liebte, Schwierigkeiten zu bereiten.

*

Der Grund, warum ich ihn überhaupt nicht liebte, war nicht so sehr die Tatsache, dass meine Eltern geschieden waren und dass er viel trank, sondern weil ich immer das Gefühl hatte, dass er gar nicht mein leiblicher Vater war. Ich versuchte immer wieder festzustellen, ob mein Gesicht und das meines Vaters genügend ähnlich waren. Wenn meine Mutter wegging und mich allein zu Hause ließ, was jeden Tag geschah, nahm ich eines der Fotos meines Vaters, das mir für den Zweck geeignet schien, stellte mich vor den Spiegel und schaute abwechselnd mein Spiegelbild und das Foto meines Vaters an, das ich vor mir hielt. Es war ein recht großes Farbfoto, sodass man auch die Einzelheiten sehen konnte. Alle Teile meines Gesichts in meinem Spiegelbild, Nase, Lippen, Kinn, Augenbrauen, Augenlider, Wangen, Stirn, Ohren, einfach alles, sah ich mir immer wieder genau an und verglich sie mit jenen auf dem Foto in der Hoffnung, genügend Ähnlichkeit zu finden, denn das hätte mich von der Last meines nagenden Gefühls befreit. Trotz meiner großen Bemühung konnte ich bloß Unterschiede feststellen. Ich hatte gehört, dass Mädchen üblicherweise mehr von ihren Vätern als von ihren Müttern haben, und das verstärkte noch zusätzlich meine Vermutung, dass mein offizieller Vater eigentlich nicht mein leiblicher Vater war.

*

Vielleicht zweifelte mein Vater auch daran, dass ich seine leibliche Tochter war und hatte ein ähnliches Gefühl wie ich, denn er kam sehr selten mich besuchen. Und wenn er kam, machten wir nur einen Spaziergang, immer den gleichen Weg. Während des Spaziergangs sprachen wir kein Wort miteinander. Er rauchte die ganze Zeit, wobei er jede neue Zigarette mit dem Zigarettenstummel der vorangehenden anzündete. Falls ich an seiner rechten Seite ging, spürte ich den Rauch seiner Zigarette in der Nase. Ging ich auf die andere Seite, um dem unangenehmen, irritierenden Geruch auszuweichen, änderte auch der Zigarettenrauch die Richtung und fand wieder meine Nase, was mich sehr nervös machte. Am Ende eines jeden solchen Spazierganges fragte er mich unfehlbar, ob ich ein Eis möchte. Ebenso unfehlbar sagte ich nie etwas, sondern nickte lediglich. Jedes Mal, wenn er mich fragte, wandte er sich mir zu, und jedes Mal bekam ich seine dicke rote Nase und seine gedunsenen Wangen voll von violetten Äderchen zu sehen. In seinen Augenwinkeln gab es immer viel Augenbutter, und sein Atem roch nach Fäulnis. Nur in solchen Augenblicken war ich froh, dass ich zwischen meinem Spiegelbild und seinem Foto keine Ähnlichkeit feststellen konnte. Ob er aber trotz alledem mein leiblicher Vater war, konnte ich nicht wissen.

Ich wusste, dass mein Vater Böden in Häusern reparierte. Meine Mutter sagte mir einmal, dass sie in einem Altersheim arbeite. Das war alles, was ich über ihre Arbeit wusste. Es war aber offensichtlich, dass sie sehr unregelmäßige Arbeitszeiten hatte. Wenn ich manchmal frühmorgens aufstand, war sie nicht mehr zu Hause. Wenn ich nachmittags von der Schule kam, war sie nie zu Hause. Wir sahen uns kaum. Wenn ich morgens aufstand und wenn ich nachmittags von der Schule kam, fand ich immer dieselbe Nachricht auf dem Tisch: ‚Nimm etwas aus dem Kühlschrank.' So stand ich morgens immer allein auf, frühstückte allein, ging allein zur Schule und kehrte allein nach Hause zurück, denn in meiner Nachbarschaft gab es keine Kinder in meinem Alter. Meine Taschen waren immer voll von Erdnüssen und Pistazien, wenn ich morgens wegging, und sie waren leer, wenn ich nachmittags von der Schule zurückkam. Ich nahm zu, wurde eigentlich übergewichtig und litt an nervösen Schweißausbrüchen. Meine Wangen wurden rund, mein ganzes Gesicht ähnelte dem Vollmond, und ich fühlte mich schwach und müde. Die Ärztin, eine ältere

Dame, die uns zweimal jährlich in der Schule untersuchte, sagte meiner Lehrerin, dass mein Zustand nicht ganz als Cushing-Syndrom, sondern eher als cushingoid bezeichnet werden könnte und dass eine weitere Untersuchung angezeigt wäre. Meine Lehrerin verstand wahrscheinlich nicht, was die Ärztin gesagt hatte. Später fand ich heraus, dass der Grund meiner Fettsucht eigentlich die Nervosität sowie die übertriebene Einnahme von fettreicher Kost war. Meine Lehrerin, eine äußerst magere und knochige Frau, die bereits das kleinste Übergewicht verabscheute, vergaß, was die Ärztin ihr gesagt hatte. Die Ärztin gab mir das Rezept und sagte mir, ich solle es meiner Mutter geben. Es sei etwas sehr Wichtiges, betonte sie. Sobald ich gehört hatte, dass es etwas Wichtiges war, wusste ich, was damit zu tun, um meine Mutter zu bestrafen – das Stück Papier endete im Papierkorb.

*

Die Mädchen in meiner Klasse warfen oft kurze Blicke auf mich, steckten darauf ihre Köpfe zusammen und lachten verstohlen. Was sie heimlich besprachen, konnte ich nicht hören, aber ich war sicher, dass sie über mich redeten. Wir waren vierundzwanzig Kinder in der Klasse. Alle waren schlank, nur George und ich waren übergewichtig.

Nach dem Unterricht wollte ich mich Grace und Ann anschließen und mit ihnen mindestens hundert Schritte zusammen gehen. Das war das gemeinsame Stück des Heimweges. Sie rannten aber eine nach der anderen, zu schnell für mich, bis zum Punkt, wo die Straße sich gabelte und unsere Wege sich sowieso trennten. Dann setzten sie ihren Weg sehr langsam fort, sprachen miteinander und kicherten.

George ging nicht in die gleiche Richtung nach Hause wie ich. Einmal sprach er mich an und fragte mich, ob ich möchte, dass er meine Schulmappe trage. Ich schaute ihn verächtlich an und setzte allein meinen Weg fort. Ich verstand nicht, wieso er es wagen konnte, mir eine solche Frage zu stellen. Hätte Peter mir seine Hilfe angeboten, wäre es etwas ganz anders gewesen. Aber Georges Angebot war für mich fast eine Beleidigung. Einen zweiten Versuch wagte George nie mehr.

Der einzige Lehrer, den ich wirklich gern hatte, war mein Mathematiklehrer. Ich war gut in Mathematik, und er hatte mich gern. Er zog aber mit seiner Familie weg. Nachdem er weggegangen war, gab es in der Lehrerschaft an unserer Schule niemanden, den ich mochte, und ich hatte das Gefühl, dass auch niemand von ihnen mich mochte. Alle meine Lehrerinnen und Lehrer waren entweder strenge Vegetarier oder eine Art Gesundheitsfanatiker. In ihren Augen war ich ein tragischer Fall und ein abschreckendes Beispiel dafür, welche Folgen ungesunde Essgewohnheiten haben können. Ich wenigstens hatte den Eindruck.

Mag es auch befremdlich klingen, aber in meiner damaligen Lage war mein Kidnapper mein Befreier, ja mehr als das, er war mein Erretter. Jedenfalls bin ich jetzt davon überzeugt, dass alles, was mir begegnete, nötig war und geschehen musste.

*

An einem Nachmittag sah ich auf dem Heimweg von der Schule den grünen Lieferwagen von Herrn Lid etwa fünfzig Schritte von mir entfernt am Straßenrand stehen. Herr Lid und meine Mutter standen neben dem Wagen. Was mir zuerst auffiel, war, dass ihre Körper irgendwie zu nah aneinander standen. Auch hatte ich den Eindruck, dass sie irgendetwas tauschten. Ob Herr Lid mich gesehen hatte oder nicht, weiß ich nicht, aber ich glaube schon, denn sie trennten sich sofort, und er fuhr in seinem Auto weg. Meine Mutter eilte ebenso davon, und schon nach wenigen Augenblicken sah ich sie nicht mehr. Ich setzte meinen Heimweg langsam fort. Als ich nach Hause kam, war die Eingangstür wie üblich abgeschlossen. Die Schuhe meiner Mutter waren im Gang, und die Tür ihres Schlafzimmers war geschlossen. Ich wusste, was das bedeutete: Stör mich nicht, ich schlafe.

Ich war mir nicht mehr sicher, ob die Frau, die ich nur kurz davor auf der Straße gesehen hatte, meine Mutter war oder nicht. Ich ging in die Küche und nahm aus dem Kühlschrank eine Scheibe Brot und eine kleine Büchse mit Leberpastete. Wie immer dauerte es eine Weile, bis es mir gelang, die Büchse zu öffnen. Wir hatten mehrere Büchsenöffner, jedoch schien für jemanden mit meiner Geschicklichkeit keiner von ihnen gut genug zu sein. Damals, vor vielen Jahren, hörte ich jemanden sagen, dass es einfach nicht möglich war, einen idealen Büchsenöffner anzufertigen. Ich hoffe, dass die Dinge sich in dieser Hinsicht seit der Zeit geändert haben. Jetzt gibt es wahrscheinlich andere Dinge, die sich nicht zufriedenstellend herstellen lassen. In ein paar Jahren wird es wieder andere geben, und so weiter, solange die Menschen leben.

Ich strich die Pastete auf das Stück Brot und aß es. Es schmeckte wie üblich. Ich aß es, weil es Zeit war, etwas zu essen. Schließlich musste ich etwas tun, und essen war alles, was ich damals tun konnte.

*

Nach allem, was ich in meiner Gefangenschaft erlebt habe, und nach dem langen Gespräch mit Doktor Ovale habe ich den Eindruck, dass technische Errungenschaften – einerlei wie wichtig sie zu sein scheinen – nie wesentlich sind. Nur was das Leben möglich macht, ist grundlegend, sonst nichts. Technische Mittel haben das Leben auf der Erde weder hervorgebracht, noch machen sie es möglich. Was sie uns ermöglichen, ist bloß ein besonderer Lebens*stil.*

***

Im vierten Schuljahr, in der letzten Woche vor den Sommerferien, organisierte unsere Schule eine Exkursion ans Meer. Unsere Klassenlehrerin unterwies uns genau, was wir mitnehmen sollten. Sie erinnerte uns daran, den Badeanzug nicht zu vergessen, da wir jeden Tag baden gehen würden. Meine Klassenlehrerin, zugleich auch meine Sportlehrerin, war eine recht vulgäre Person. Sie pflegte in ihrem Badeanzug auch dort zu erscheinen, wo man voll bekleidet sein sollte. Vor ihr hatte ich Angst, weil sie äußerst muskulös war und sich tyrannisch aufführte.

*

Während der langen Fahrt zu unserem Reiseziel am Meer war der Sitzplatz neben mir die ganze Zeit frei. George wagte nicht mehr, es nochmals zu versuchen. In der Herberge war ich allein in einem Zweibettzimmer, und während der Mahlzeiten immer allein am Tisch. Am Strand versuchte ich, mich einigen Mädchen anzuschließen und mit ihnen im Wasser zu plantschen, aber sie verhielten sich, als wäre ich gar nicht anwesend. Allmählich entfernten sie sich ..."

*

Plötzlich verschwamm alles im Zimmer vor ihren Augen. Sie nahm das Taschentuch, das ihr Doktor Ovale gegeben hatte, und trocknete ihre Tränen.

Sie erinnerte sich noch genau. Unbeweglich stand sie allein da und blickte in die Ferne. Das graugrünliche Wasser und der graubläuliche Himmel – sehr ähnlich und ganz verschieden – schienen in dem fernen Nirgends miteinander zu verschmelzen. In dem Augenblick wünschte sie sich, dort zu sein, nirgends zu sein, dort, wo die beiden so verschiedenen Welten einander begegneten, miteinander verschmolzen und sich ineinander auflösten.

*

„Warum und worauf sollte ich noch länger warten?", dachte sie, während sie genau auf der Grenze zwischen Strand und Wasser stand, die Füße halb noch auf dem Trockenen, halb bereits im Wasser. Sollte sie den Schritt ins Formlos-Ungewisse wagen und dadurch mit einem Mal alle Leiden und Stiche des schmerzhaften Daseins loswerden? Oder sollte sie doch lieber zurückweichen und auf dem vertrauten Trockenen bleiben, wo das Fleisch als Zahlung und Ausgleich für den kurzen Augenblick der Verzückung, der es hervorgebracht hatte, zwar bis zum Schluss leiden musste, jedoch wenigstens genau wusste, wie die Dinge lagen und wo es daher grundsätzlich keine Überraschungen geben konnte?

*

Einer ihrer dicklichen Füße erhob sich und führte den ersten kleinen, zaghaften Schritt aus. Der andere Fuß folge ihm, und nun bewegte sie sich langsam vorwärts, immer weiter und weiter weg vom Strand. Mit jedem Schritt verschwand ihr molliger Körper stufenweise unter der Oberfläche, wie das Wasser immer tiefer wurde. Schließlich fühlte sie nicht mehr den Boden unter den Füßen und begann zu schwimmen. Eigentlich konnte sie recht gut schwimmen, und das Meerwasser trug sie gut. Sie wusste, dass sie auf dem Wasser liegen konnte, ohne die Glieder zu bewegen. Deswegen wusste sie, dass sie ziemlich lange schwimmen musste, bevor sie nicht mehr konnte. Aber sie war sicher, dass sie es irgendwie schaffen würde.

*

Es gab bereits Hunderte von Menschen am Strand, und es kamen noch viele neue hinzu. All ihre Schulkameraden waren mit Plantschen und Rennen im seichten Wasser beschäftigt, und niemand ging in die Tiefe. Sie hoffte, niemand würde ihre Abwesenheit merken.

Wie sie sich vom Strand entfernte, gab es immer weniger Badende in ihrer Nähe. Sie schwamm in Brustlage und hielt die ganze Zeit den Kopf über Wasser. Sie konnte nur so schwimmen. Nach einer Weile sah sie keine Badenden mehr vor sich. Alles, was sie nun sehen konnte, war die endlose, glatte Oberfläche des Wassers und der ferne Himmel. Die einzigen Lebewesen, die sie noch sehen und hören konnte, waren die Seemöwen, die über ihrem Kopf schwebten und schrieen und gelegentlich Sturzflüge ausführten, wenn sie einen Fisch zu erwischen versuchten.

Ihre Schreie und Sturzflüge lösten bei ihr eine ganze Reihe von neuen Gedanken und Fragen aus.

*

„Offensichtlich müssen sie auch kämpfen“, dachte sie.

„Warum kämpfen sie eigentlich? Wissen sie, was sie tun? Sie führen ihre Sturzflüge unmittelbar vor mir aus. Sie scheinen keine Angst vor mir zu haben. Vielleicht halten sie mich für ein verwandtes Wesen. Vielleicht spüren sie, dass meine Lage der ihrigen ähnlich ist. Offenbar können sie nichts fangen, wo es viele Leute gibt. Auch ich finde mich dort nicht zurecht. Die meisten ihrer Sturzflüge sind erfolglos, aber sie versuchen es immer wieder. Sie tun das von morgens bis abends, Tag für Tag, ihr ganzes Leben lang. Sie legen Eier, brüten, füttern die Jungen und kümmern sich um sie, Jahr für Jahr, bis ans Ende ihres Lebens. Es ist eine qualvolle Rolle im Spiel, dessen Gestalter ihnen unbekannt ist, weil sie kein Bewusstsein haben – wir vermuten es. Aber wissen wir, die so genannten bewussten Wesen, besser, was wir tun und wozu wir das tun, was wir tun? Ich kann mich nicht des Eindrucks erwehren, dass wir, die Krone der Schöpfung, weder wissen, was wir tun noch wozu wir tun, was wir tun. Wir bauen herrliche Straßen, fantastische Autos, Züge, Flugzeuge, um uns schnell fortbewegen zu können. Wir reisen Tausende von Meilen weit, nur um verschiedene Pflanzen, verschiedene Landschaften und einige Tiere zu sehen, die sich von jenen uns vertrauten unterscheiden. Wir jagen um die ganze Welt, um Gebäude zu sehen, welche die Menschen zu Ehren ihrer Götter errichteten, oder verschiedene Gerichte zu kosten und die Menschen zu sehen, deren Äußeres sich von unserem etwas unterscheidet, die aber – genau wie wir – täglich mit dem Engel des Alltags ringen müssen. Sind solche Einzelheiten ausreichende Gründe, um solch kostspielige und gefährliche Reisen zu rechtfertigen? Helfen uns solche Reisen wirklich, einander besser zu verstehen und mehr zu lieben? Alle meine Schulkollegen sind viel gereist. Eigentlich sind sie bereits an mehreren Orten auf jedem Kontinent gewesen. Sie haben verschiedene Früchte gekostet, die es nur dort gibt, wo sie ihre Ferien verbrachten. Sie kauften viele Gegenstände, die für jene Teile der Welt typisch sind und die nun ihre Zimmer schmücken. Sie aßen verschiedene Gerichte, die ich nie gekostet habe. Sie prahlen gern damit, dass sie in den fernen Ländern allerlei Zeremonien und Veranstaltungen miterlebt haben. Wenn sie miteinander reden, versuchen sie sich gegenseitig zu beeindrucken und zu unterstreichen, dass sie die Welt gesehen haben. Alles, was sie auf ihren langen Reisen gesehen haben, fassen sie in zwei Wörtern zusammen:

‚verschiedene Kulturen'. Wenn ich höre, was sie sagen – und sie bemühen sich oft darum, dass ich es höre –, kann ich nicht umhin zu glauben, dass sie es tun, um mich zu demütigen und mir zu zeigen wie unkultiviert und wie furchtbar unwissend ich bin. Ist es aber Kultur, die Speisen auf eine bestimmte Art zuzubereiten und zu servieren, zu essen, sich zu kleiden und den lokalen Gottheiten zu opfern? Falls das Kultur ist, dann sind alle Leute, die viel gereist sind und viel solches gesehen haben, automatisch kultiviert, und jene, die – wie ich – nicht gereist sind, können nicht kultiviert sein. Was ist aber eine solche Kultur wert, die man durch lange Reisen erlangt? Hilft eine solche Kultur tatsächlich, seine Mitmenschen mehr zu lieben und zu allen seinen Artgenossen freundlicher zu sein? In der Hinsicht haben solche Reisen meinen Schulkollegen nicht viel genützt. Sie behandeln mich sehr unfreundlich, nur weil ich molliger bin als andere Mädchen und weil mein Vater ein gewöhnlicher Bauarbeiter ist. Er verdient nicht viel, ich weiß, aber ich weiß auch, dass er etwas Nützliches tut, selbst wenn er zur Bequemlichkeit jener beiträgt, die mich demütigen und mich zwingen, einsam zu sein", dachte sie nach, während sie sich langsam vorwärts bewegte.

*

Einen Augenblick schien sie das Ziel vergessen zu haben, das sie nun schwimmend zu erreichen versuchte, denn plötzlich kamen in ihr Gedanken auf, die nur dann einen Sinn haben, wenn man beschlossen hat, auf dem vertrauten Festen zu bleiben.

„Wenn ich mich nicht daran gewöhne, allein zu sein, obwohl von vielen Menschen umgeben, werde ich zugrunde gehen. Falls es mir jedoch zu lernen gelingt, aus der Einsamkeit Nutzen zu ziehen, werde ich gute Aussichten haben, all jene zu überholen, die mich für zu niedrig halten und jede Gelegenheit nutzen, um mich zu demütigen", dachte sie, während sie sich langsam vorwärts auf das Nirgends zubewegte.

*

Ob sie die Richtung leicht geändert hatte, sodass die Sonnenstrahlen ihr nun in einem anderen Winkel in die Augen fielen, oder waren es die Myriaden von winzigen Wellen auf der Wasseroberfläche, die sich soeben zu kräuseln begann und das Sonnenlicht so streute, dass alles vor ihr zu glühen begann, war nicht auszumachen, aber auf einmal verwandelten sich das Graugrün des Wassers und das Graublau des Himmels in eine von Licht überflutete Bühne, mit ihr in der Mitte der blendenden Szene. Mehrere Filmkameras waren auf sie gerichtet und zahlreiche Mikrofone verschiedener Zeitungsagenturen sowie TV- und Radiostationen vor ihr aufgepflanzt. Ein Haufen von Journalisten stellte ihr Fragen, erpicht zu erfahren, wie sie es geschafft hatte und was das Geheimnis ihres unglaublichen Erfolgs war. Millionen von Lesern, Hörern und Zuschauern auf der ganzen Welt warteten ungeduldig, um über die außerordentliche junge Frau zu hören, der das buchstäblich Unmögliche gelungen war. Und dann sah sie all ihre hochnäsigen und unfreundlichen Schulkameraden irgendwo in der Menge, verloren und völlig bedeutungslos wie Staubkörnchen.

*

Mehr als eine halbe Stunde, nachdem Vivien den Strand verlassen hatte mit der Absicht, gegen den Horizont zu schwimmen, dorthin, wo das Oben und das Unten einander zu begegnen und sich zu versöhnen versprachen, erinnerte die Sportlehrerein die Kinder daran, dass sie bald gehen mussten. „Mittagessen“, sagte sie lakonisch. Einen Augenblick blieb sie stehen und zählte die Schüler, um sich zu vergewissern, dass alle da waren. Dann merkte sie aber, dass Vivien fehlte. Weil keines der Kinder wusste, wo Vivien sein konnte, sagte sie einigen, sie sollten versuchen, sie zu finden. Sie taten es sofort, aber bald kehrten sie zurück und teilten, mit den Achseln zuckend, der Lehrerin mit, sie hätten sie nicht gesehen. Wie vorher angewiesen, packten die Kinder jetzt ihre Sachen und machten sich bereit wegzugehen.

*

Die Sportlehrerin wurde besorgt. Sie schaute zwar noch immer umher, jedoch tat sie das nur, um die Angst zu unterdrücken, die sie beschlich. Dann rannte sie zum Bademeister und bat ihn um Hilfe. Der Bademeister und sein Kollege reagierten unverzüglich. Der Motor ihres Gummibootes sprang auf Anhieb an, und sie fuhren davon gegen das offene Meer, um zu sehen, ob sie zufällig unter den wenigen Schwimmern war, die sich weit vom Strand entfernt hatten. Die Sportlehrerin war mit ihnen. Etwa zweihundert Meter vom Strand entfernt gab es nur sehr wenige Schwimmer. Vivien war nicht unter ihnen. Sie fuhren noch etwas weiter gegen die offene See hinaus. Nach weiteren etwa zwei hundert Metern erblickten sie einen einzigen Kopf über der Wasseroberfläche. Das Gesicht des Schwimmers, der sich kaum vorwärts bewegte, konnten sie nicht sehen, denn sein Blick war auf die Linie zwischen dem Meer von Leiden unten und der Leere voll menschlicher Wünsche oben gerichtet.

„Sie ist es! Dort! Ich bin so glücklich, dass wir sie gefunden haben“, sagte die Lehrerin mit Erleichterung.

Sie näherten sich Vivien langsam von hinten. Weder drehte sie sich um, noch reagierte sie, als einer der Bademeister ins Wasser glitt und ihr half, den Rettungsgürtel anzulegen. Sein Kollege und die Sportlehrerin halfen ihnen, ins Boot zu steigen.

Vivien sank in eine Woge aus verwirrenden Musikklängen und Jubelrufen einer riesigen Menge, während sie von einigen außerordentlich gut aussehenden jungen Männern hoch emporgehoben wurde. Ein betäubender Aufschrei der begeisterten Menge war das Letzte, was sie hörte.

„Sie ist bereits eingeschlafen. Ich glaube, dass wir sie noch gerade im letzten Augenblick erreicht haben“, sagte der Bademeister.

„Nur eine Minute später wäre es zu spät gewesen“, fügte sein Kollege hinzu.

„Wir werden sie nicht wecken, sie ist erschöpft, muss gut ausruhen. Ihr Mittagessen kann sie später haben“, sagte die Lehrerin.

***

Vivien erinnerte sich wohl an die Zeit, bevor sie entführt wurde. Als sie kaum mehr als fünf Jahre alt war, musste sie oft den größten Teil des Tages allein zu Hause verbringen. Ihre Mutter ging jeden Morgen aus dem Haus. Jedes Mal versprach sie Vivien, sie würde bald zurück sein. Das ‚bald' geschah aber üblicherweise erst spät nachmittags. Sie erinnerte sich genau, wie sie damals vom schrecklichen Angstgefühl geplagt wurde, sie könnte für immer verlassen werden.

*

„Nimm deine Spielsachen und spiel mit ihnen, bis ich zurückkomme", sagte ihr die Mutter und zeigte auf den Karton mit Spielsachen jedes Mal, bevor sie wegging.

Der Karton war riesig und voll mit allerlei Spielsachen aus Plastik und Holz. Es gab Dutzende von Zwergen und Riesen, Feen und Hexen, allerlei Tieren und Ungeheuern. Vivien kannte sie alle, und für jedes Spielzeug hatte sie einen Namen und eine eigene Geschichte erfunden. Während ihre Mutter abwesend war, stellte sie alle Spielzeuge auf dem Boden auf. Um den Geist der Einsamkeit zu verscheuchen, hörte sie die ganze Zeit Radio, sprach zu ihren stummen Freunden und schickte sie auf Reisen, indem sie sie am Fußboden zwischen den Möbelstücken im ganzen Zimmer herumführte. Ihre Lieblingsspielsachen waren einige Puppen, die wegen ihrer farbigen Kleider in ihrer Fantasie eine Art Prinzen und Prinzessinnen darstellten. Sie wusste, welche von ihnen am besten als Pärchen zusammenpassten. Sie stellte sie zusammen, trennte sie dann wieder voneinander und probierte alle anderen Kombinationen aus. Sie machte sie eifersüchtig, glücklich, traurig, erfolgreich, arm, großzügig, geizig, einfach alles, was ihr in den Sinn kam. Aber die Puppen waren weder glücklich, wenn sie sie zusammentat, noch protestierten sie, wenn sie sie trennte. Ihre völlige Gleichgültigkeit machte Vivien traurig.

„Ich wollte, ihr könntet mir sagen, dass ihr mit mir einverstanden seid, aber es wäre mir noch lieber, wenn ihr meine Entscheidungen irgendwie ablehnen könntet“, dachte sie, während sie bestimmte Puppen als Pärchen aufstellte oder sie voneinander trennte.

*

Eines Tages beschloss sie, nicht mehr mit den Spielsachen zu spielen. Sie hatte nämlich gemerkt, dass es viel unterhaltsamer war, die Leute und das bunte Treiben unten auf der Straße zu beobachten, als leblose Puppen im Zimmer herumzuführen.

*

Ihre Mutter schloss jedes Mal die Türe ab, wenn sie wegging. Sobald sie das Klicken des Schlüssels hörte, rannte Vivien zum kleinen Erkerfenster und blieb dort die meiste Zeit. Allmählich wurde das winzige Erkerfenster für sie der kostbarste Teil der Wohnung, denn es ermöglichte ihr, die Straße unten in beiden Richtungen weit zu übersehen.

Viviens Eltern wohnten in einem alten, düsteren Gebäude. Trotzdem hatte sie Glück, denn ihre Wohnung befand sich im dritten Stock. Das war ziemlich hoch, sodass sie aus dem Fenster weit die Straße hinunter sehen konnte, jedoch nicht zu hoch, sodass sich sogar die Einzelheiten auf der Strasse sehen ließen. Außerdem gab es Erkerfenster nur in den alten Stadthäusern.

Auf der Straße war immer etwas los. Allerlei Menschen gingen vorbei oder beluden und entluden Autos von morgens bis abends.

Geschäftsleute mit ihren Aktentaschen konnte Vivien sehen, Hausfrauen mit ihren Einkaufswagen, Maler in ihren hellen, befleckten Overalls, die aus ihren kleinen Lieferwagen ihre Arbeitsgeräte holten, Kinder, die mit ihren Rucksäcken langsam und wie abwesend zur Schule schritten oder aber fröhlich von der Schule nach Hause rannten – alles in allem eine große Bühne mit Menschen, die darauf spielten.

Natürlich war alles, was unten vor sich ging, kein künstliches Getue wie in einem Theater, sondern eine echte Aufführung auf der Bühne des wahren Lebens.

*

Jedes Mal konnte sie sehen, wie ihre Mutter das Haus verließ und schnell die Straße hinunter davonschritt, fast rannte. Offensichtlich hatte sie es immer eilig.

Auch hatte sie gemerkt, dass ihre Mutter recht viel Zeit im Badezimmer verbrachte, bevor sie wegging. Wenn sie aus dem Badezimmer herauskam, sah ihr Gesicht anders aus. Ihre Augen schienen größer und auffallender, ihre Wangen waren weißer als sonst, und ihre Lippen waren blutrot.

Jedes Mal, wenn sie nach Hause kam, verbrachte sie wiederum viel Zeit im Badezimmer, und wenn sie herauskam, sah sie wieder wie üblich aus.

*

Eines Tages stand Vivien am Fenster und beobachtete das Treiben unten auf der Straße, als sie einen grünen Lieferwagen erblickte, der etwa fünfzig Schritte weiter weg anhielt. Das Auto fiel durch nichts auf, und sie hätte ihm keine besondere Beachtung geschenkt, aber als sich die Tür des Autos öffnete, stieg ihre Mutter aus. Vivien wusste, dass ihre

Eltern kein Auto hatten, und noch nie vorher hatte sie ihre Mutter einem fremden Auto entsteigen sehen.

Was sie nun gesehen hatte, machte sie neugierig, und sie beschloss, von nun an auf alle Autos zu achten, die in der Nähe ihres Hauses halten sollten, besonders auf alle grünen Lieferwagen.

Am Tag danach, sobald ihre Mutter weggegangen war, rannte Vivien zu ihrem Platz am Erkerfenster. Diesmal wollte sie das Treiben auf der Straße nicht bloß beobachten, um die Zeit totzuschlagen, sondern mit einer bestimmten Absicht.

Kaum hatte sie ihren Blick auf die Straße unten gerichtet, als sie den grünen Lieferwagen erblickte – er stand auf der anderen Straßenseite. Sie sah ihre Mutter auf der näheren Straßenseite schnell laufen und die Straße überqueren, als sie sich dem grünen Wagen genau gegenüber befand. Als sie nur noch einige Schritte vom Wagen entfernt war, öffnete sich die Tür, und sie hüpfte hinein. Einen Augenblick später fuhr der Wagen weg und verschwand bald in der grauen Ferne.

„Ich wollte, ich wäre älter und ginge bereits zur Schule. Dann könnte ich mich dort hinter der Ecke verstecken und sehen, wer sie abholen kommt. Aber ich bin noch nicht sechs Jahre alt. Man würde mir nicht gestatten, zur Schule zu gehen, bevor ich sechs Jahre alt bin, das weiß ich. Ich muss Geduld haben und warten“, dachte sie jedes Mal.

***

Tag für Tag sah Vivien zu, wie ihre Mutter völlig verändert aus dem Badezimmer herauskam, aus dem Haus eilte, zum grünen Lieferwagen hinunterrannte, hineinsprang und in der Ferne verschwand.

Der ganze Ablauf wiederholte sich, jedoch in umgekehrter Reihenfolge, wenn ihre Mutter nach Hause kam. Dann hielt der grüne Lieferwagen an, die Türe öffnete sich, sie stieg aus, rannte über die Straße und verschwand im Haus.

Für Vivien war das jeweils der Augenblick, ihren Platz am Erkerfenster zu verlassen, sich auf den Boden zu setzen und zu tun, als wäre sie damit beschäftigt, ihre Spielzeuge zu ordnen.

Jedes Mal, wenn Viviens Mutter die Türe öffnete, saß Vivien bereits am Boden, umgeben von einem Haufen von Spielzeugen.

„Du bist schön brav gewesen, nicht wahr?", war alles, was ihre Mutter jedes Mal automatisch sagte, wenn sie eintrat und bevor sie im Badezimmer verschwand, ohne dabei Vivien anzusehen. Vivien sagte nichts. Sie tat so, als wäre sie völlig versunken in irgendeine komplizierte Zusammenstellung von Spielsachen und Puppen und hörte daher nichts.

Im Badezimmer durchlief Viviens Mutter eine Reihe von Veränderungen, denn, wenn sie herauskam, sah sie ganz anders aus. Vivien hatte den Eindruck, eine andere Person vor sich zu sehen. Bevor sie morgens wegging, ging sie ins Badezimmer, einfach gekleidet als Hausfrau. Und wenn sie herauskam, war sie eine stark geschminkte, elegant gekleidete Dame.

Wenn sie von ihrem mysteriösen Aufenthalt zurückkam, ging sie ins Badezimmer als eine elegant gekleidete Dame und kam heraus als eine einfach gekleidete Hausfrau. Wie sie das fertig brachte, wusste Vivien nicht. Die Lösung des

Mysteriums steckte wohl in dem eingebauten Schrank im Badezimmer. Der war aber immer abgeschlossen, und der Schlüssel war nie dort.

*

Viviens Mutter ging damals etwa um die gleiche Zeit weg und kam ebenso etwa um die gleiche Zeit zurück. Tag für Tag blieb Vivien allein zu Hause, beobachtete das Treiben auf der Straße und sah der seltsamen Verwandlung ihrer Mutter ein ganzes Jahr lang zu. Es fiel ihr auf, dass nicht nur die Doppelverwandlung ihrer Mutter, sondern auch manches, was unten auf der Straße vor sich ging, sich wiederholte. All das schuf in ihr das Gefühl, dass alle Tage eigentlich ein und derselbe Tag waren.

*

„Alles, was geschieht, ist eigentlich immer das Selbe. Aber wir merken es einfach nicht, denn das Selbe geschieht jedes Mal auf eine andere Weise. Es ist sozusagen jedes Mal eine andere Anordnung des Selben, wie etwa die Anordnung der Spielsachen, mit denen ich spielte, als ich noch nicht sechs Jahre alt war. Die Spielsachen waren immer dieselben, aber ich ordnete sie jedes Mal anders. So war das Bild jedes Mal verschieden, obwohl die Spielzeuge, aus denen es bestand, dieselben waren. Anders gesagt, erscheint das Selbe immer als etwas anderes, und alle Unterschiede zusammengenommen machen eigentlich das Selbe aus.

Das verwirrt uns und verleitet uns zur Annahme, dass *die Art, wie* sich etwas präsentiert, *das Wesen selbst* dessen ist, was sich präsentiert. Wenn alles auf genau dieselbe Weise geschähe, würde eigentlich gar nichts geschehen. Aber nur weil meine Mutter ins Badezimmer ging und aus dem Badezimmer herauskam, weil sie wegging und zurückkam, weil der grüne Lieferwagen wartete und wegfuhr und so weiter, hatte ich den Eindruck, dass etwas geschah. Ich ordnete meine Spielsachen, dieselben Spielsachen, jedes Mal anders, und jedes Mal sah die Anordnung ein wenig anders aus, obwohl ich dieselben Spielsachen benutzte.

Hätte meine Mutter mich nicht allein zu Hause gelassen, wäre ich wahrscheinlich nie draufgekommen, so über die Dinge nachzudenken, wie ich es immer wieder tat. Weil sie mir aber nicht half, die Welt auf eine milde und angenehme Art zu entdecken, war ich gezwungen, es selbst zu tun. Daher geschah es, dass ich die Türen öffnete, die andere Kinder, welche von den Erwachsenen geführt und unterwiesen wurden, nie öffneten. Die angenehme Art, wie sie behandelt wurden und die mir unbekannt war, ersparte ihnen Schocks. Das war ihr Vorteil. In meiner Einsamkeit war ich weder geführt noch unterwiesen. Auf meinem Lebensweg musste ich wahllos die Türen öffnen, die zu den geheimen Kammern führten, um mit der Welt vertraut zu werden. Daher musste ich Erschütterndes und Äußerstes erfahren, was den anderen Kindern unbekannt blieb. Das war vielleicht mein Vorteil", überlegte Vivien, während sie in ihrem bequemen Bett im Universitätsspital dahindöste.

***

Im Alter von sechs Jahren war Vivien ein gut entwickeltes, außerordentlich intelligentes Kind. Daher durfte sie ein Jahr früher als ihre Klassenkameraden mit der ersten Schulklasse beginnen. Sie war das jüngste Kind in ihrer Klasse.

Ihre Mutter versuchte, ihren Schulbeginn aufzuschieben, aber der Schulpädagoge, der für die Zulassung zuständig war, sagte, sie sei sehr intelligent und fraglos reif, sodass es daher ein großer Fehler wäre, sie länger zu Hause warten zu lassen. Vivien war überglücklich, als sie das hörte, und als der Schulpädagoge sie fragte, ob sie gern zur Schule ginge, sagte sie, sie täte es mit Freude.

„Vivien hat die besten Aussichten, eine sehr gute Schülerin zu sein“, fügte der Schulpädagoge hinzu.

Ihre Mutter war gar nicht glücklich darüber, jedoch blieb ihr nichts anderes übrig, als nachzugeben.

„Meinetwegen, sie soll es haben“, sagte sie, ohne dabei Vivien anzuschauen.

Vivien war im Freudentaumel. Sie wartete ungeduldig darauf, allein hinausgehen zu dürfen. Sie wusste, dass sie nun die Gelegenheit haben würde herauszufinden, wer jeden Morgen in seinem grünen Lieferwagen kam, um ihre Mutter abzuholen. Auch freute sie sich darauf, frei auf der Straße zu gehen und sich aus der Nähe all jene Menschen anzusehen, die sie vorher nur von ihrem Erkerfenster aus beobachten konnte.

*

Sobald Vivien begonnen hatte, zur Schule zu gehen, verließ ihre Mutter die Wohnung nicht mehr so früh, wie sie es vorher getan hatte. Sie stand nicht einmal auf, bevor Vivien weggegangen war. So konnte Vivien nicht mehr zusehen, wie ihre Mutter in den Wagen sprang und wie sie dem Wagen entstieg.

*

Eines Tages beschloss sie, nicht zur Schule zu gehen, sondern sich stattdessen hinter dem Kiosk an der Straßenecke zu verstecken und von dort aus der Begegnung zwischen ihrer Mutter und dem Fahrer des grünen Lieferwagens zuzusehen. Der Kiosk war nur einige Schritte von dem Ort entfernt, wo der Wagen gewöhnlich wartete.

Zu ihrer großen Überraschung kam der grüne Lieferwagen nicht.

„Eine Ausnahme ist eben eine Ausnahme; ich werde es wieder versuchen", dachte sie.

Der Wagen kam aber weder am nächsten Tag noch am Tag darauf.

„Dies scheint nicht mehr eine Ausnahme, sondern eher die Regel zu sein", dachte sie.

„Irgendetwas ist geschehen. Jetzt kann ich nicht mehr herausfinden, ob sie all ihre Verwandlungen durchmacht, wie sie es zu tun pflegte, bevor ich mit der Schule begann. Auch weiß ich nicht, ob der grüne Lieferwagen überhaupt noch kommt, um sie abzuholen.

Warte aber einen Augenblick. Ich glaube, ich verstehe, was geschieht. Natürlich! Nun weiß sie, dass ich zur Schule gehe und dass ich jederzeit auf der Straße sein und daher auch sehen kann, wie sie von jemandem abgeholt wird. Deswegen war sie dagegen, dass ich mit der Schule beginne. Wahrscheinlich möchte sie nicht, dass ich erfahre, was sie macht. Sie weiß nicht, dass ich schon seit einiger Zeit zusehe, wie sie von jemandem abgeholt wird. Aber warum verheimlicht sie das? Hat sie vielleicht Angst, ich könnte es meinem Vater sagen? Möglich ist es, aber wenig wahrscheinlich. Mein Vater kommt praktisch nie heim. Ich weiß nicht einmal genau, wo er wohnt. Ich nehme an, sie sind nicht mehr zusammen. Sie wollen nicht, dass ich erfahre, was zwischen ihnen beiden los ist. Eigentlich wollen sie, dass ich nichts weiß. Ich frage mich, warum sie überhaupt beschlossen haben, ein Kind zu haben. Sie fragen mich nie etwas, und ich kann sie nichts fragen. Hätte es kein Radio zu Hause gegeben, hätte ich nie sprechen gelernt. Ich vermute, dass sie jetzt woanders abgeholt wird, nicht hier in der Nähe, wo ich sie sehen könnte. Vielleicht werde ich das einmal zufällig herausfinden. Die interessantesten Dinge geschehen zufällig. Alles, was sich ereignet, geschieht letzten Endes zufällig. Es ist aber nicht leicht zu erklären, was Zufall ist. Ich kenne das Wort Zufall, aber ich wüsste gern die eigentliche Bedeutung des Wortes. Jetzt weiß ich es nicht, aber vielleicht begegne ich einmal zufällig jemandem, der mir die eigentliche Bedeutung des Wortes Zufall erklären kann. Bis dann muss ich mich gedulden und hoffen."

***

Vivien öffnete die Augen. Es war dunkel. Durch die große Fensterscheibe war ein Meer von Stadtlichtern zu sehen. Sie wusste, dass sie den ganzen Nachmittag im Bett verbracht hatte. Jetzt war es noch immer Nacht, ihre letzte Nacht im Spital.

„Morgen, gleich nach dem Frühstück, werde ich diesem Zimmer und allem hier im Spital ade sagen.

Meine schriftliche Nachricht auf dem Tisch war sehr wirksam. Professor Frederic befolgte meinen Befehl. Es ist schon schön und angenehm, wichtig zu sein. Wäre ich ihm und allen anderen im Team nicht wichtig, wäre ihnen mein Wunsch nicht einen Deut wert. Ich glaube zu wissen, was Professor Frederic aus mir machen möchte. Ich erinnere mich wohl an das Gespräch mit ihm vor fünf Tagen in seinem Büro. Er hat Angst, ich könnte auf ihn zornig werden und ihn verlassen. Ja, er hat Angst, ich könnte ihn verlassen, obwohl ich nie bei ihm gewohnt habe. Es ist offensichtlich, dass er dieses Spital als sein Eigentum und mich als etwas, was ihm gehören muss, betrachtet, weil er offiziell als die größte Autorität auf dem Gebiet der Psychologie im Land gilt. Je mehr ich aber über seine Tätigkeit hier nachdenke, desto mehr habe ich den Eindruck, dass er völlig unnütz ist, ein ignoranter Parasit, der wegen der allgemeinen Verblödung der ganzen Gesellschaft jeden Monat für nichts einen hohen Lohn bezieht. Ich wollte, ich könnte irgendwie zusehen, wie er sich verhalten wird, wenn er schockiert feststellt, dass ich weggegangen bin, ohne es ihm vorher gesagt zu haben.

Und Herr Corner, das abscheuliche Plappermaul, ist nicht ein kleines bisschen besser. Er hält wie eine giftige Spinne alle Fäden in seinen Händen und erpresst jedermann. Er sagte mir während des Interviews in seinem Büro, dass er unmittelbar nach dem Interview unbedingt mit mir allein zu

Abend essen wollte. Ich erinnere mich wohl, wie seine Blicke auf meine Brüste gerichtet waren.

Und was sollte ich über Herrn Hole sagen? Ich spüre noch immer seine Hand auf meinem Gesäß. Auch er wird nicht weniger schockiert sein, wenn er hört, dass ich fort bin und dass ich keine Zeit habe, ihn zu empfangen. Bis jetzt ist alles nach Plan verlaufen", dachte sie.

*

Vivien drehte sich auf die andere Seite und fuhr fort mit ihren Gedanken über die Zeit, bevor sie entführt worden war.

Bevor sie begann, zur Schule zu gehen, wünschte sie sich, sie könnte ausgehen, sich frei auf der Straße bewegen und somit herausfinden, mit wem sich ihre Mutter traf und wohin sie ging. Sobald sie aber begonnen hatte, zur Schule zu gehen, hörte ihre Mutter auf, früh wegzugehen. Eigentlich stand sie nie auf, bevor Vivien weggegangen war. So konnte Vivien nicht wissen, ob ihre Mutter noch immer stark geschminkt und elegant gekleidet jeden Morgen aus dem Haus eilte, um ihren Lieferwagenfahrer zu treffen. Sie hatte aber das Gefühl, dass ihre Mutter es noch immer tat.

Alles, was sie tun musste, war festzustellen, wo der Lieferwagen auf ihre Mutter wartete. War das der Fall, dann wartete er irgendwo in der Nähe des Hauses, in dem sie lebten, jedoch nicht mehr dort, wo er früher auf sie zu warten pflegte, damals, als Vivien die Wohnung noch nicht verlassen durfte. Und er wartete bestimmt nirgends zwischen ihrem Wohnhaus und dem Schulgebäude, wo Vivien sie auf dem Schulweg hätte sehen können. Sie musste den grünen Lieferwagen auf der anderen Seite suchen, dort, wo sie ihn nicht sehen konnte, wenn sie zur Schule ging. Das waren Viviens Überlegungen.

Eines Tages beschloss sie, am Morgen nicht direkt zur Schule zu gehen sondern zuerst ein Stück Weges in die entgegengesetzte Richtung die Straße entlang zu laufen, sich hinter dem etwa hundert Schritte entfernten Kiosk zu verstecken und dort zu warten, um zu sehen, wohin ihre Mutter ging.

Mit etwas Glück – falls ihre Mutter noch immer so pünktlich war wie früher – würde sie sich in der Schule gar nicht verspäten. Falls sie sich aber verspäten sollte, hatte sie vor, sich bei ihrer Lehrerin einfach zu entschuldigen und ihr zu sagen, dass sie verschlafen habe. Das sollte ihr keine Schwierigkeiten bereiten, denn jeden Tag kam irgendjemand in ihrer Klasse zu spät in die erste Stunde. Und sollte das einmal auch ihr passieren, wäre sie weder der erste noch der einzige Fall.

*

Vivien brauchte nicht lange zu warten. Sobald sie sich hinter dem Kiosk postiert hatte, kam der grüne Lieferwagen und hielt nur einige Schritte vom Kiosk entfernt. Von ihrem Versteck aus konnte sie durch die Windschutzscheibe des Lieferwagens mühelos das Gesicht des Fahrers sehen. Es war ein Mann. Ihre Mutter kam eilig daher. Der Fahrer hatte sie im Rückspiegel kommen sehen und öffnete die Autotür nur einen Augenblick, bevor sie den Arm ausstreckte, um sie zu öffnen. Ihre Mutter sprang hinein, und der grüne Lieferwagen raste mit viel Lärm davon.

Weil alles pünktlich und äußerst schnell geschah, musste sich Vivien nicht beeilen. Sie hatte noch viel Zeit, um pünktlich in die erste Stunde zu kommen.

„Ich wollte, ich wüsste, wohin sie geht und wer der Fahrer ist. Ich muss versuchen, es herauszufinden. Dem Vater darf ich aber nichts sagen“, dachte sie.

*

Vivien hatte ihren Vater schon lange nicht mehr gesehen. Er kam nur äußerst selten nach Hause, und wenn er kam, geschah das sehr spät in der Nacht, manchmal sogar nach Mitternacht. Er war meistens betrunken, und man sprach nicht miteinander. Das war ja sowieso nicht möglich, denn es gab nichts, worüber sich die drei gern unterhalten hätten.

Jedes Mal stand er sehr früh auf, denn er musste sehr früh mit der Arbeit beginnen. Er ging weg, bevor seine Frau und seine Tochter aufstanden. Wenn er gelegentlich abends spät nach Hause kam, schliefen sie fast immer schon.

Viviens Mutter kümmerte sich nicht darum, wo ihr Mann arbeitete, was er tat und wie es ihm ging. Sie sagte ihm auch nie, er sollte zu trinken aufhören. Sie kümmerte sich nicht darum, ob das Geld, das er verdiente, für alles, was Vivien benötigte, reichen würde. Sie kümmerte sich nur um ihre eigenen Geschäfte, und ihr Mann kümmerte sich um seine. Darum, wie es ihr ging und wie sie in der Schule vorwärtskam, kümmerten sich Viviens Eltern nicht im Geringsten.

***

Als Viviens Mutter jung war, verliebte sie sich in einen besonders gut aussehenden, jedoch irgendwie wilden und ungestümen jungen Mann, der das Rasen mit seinem Motorrad mehr als sonst etwas auf der Welt genoss. Er verursachte mehrere Verkehrsunfälle, in denen einige Personen schwer verletzt wurden. Mehr als einmal wurde er dafür bestraft, aber er blieb unverbesserlich.

Ihre Cousine, eine wunderschöne junge Dame, spannte ihr ihren Liebhaber und Märchenprinzen aus. Die Demütigung trieb Viviens Mutter fast in den Wahnsinn. Sie überlegte sich, wie sie sich an den beiden am besten rächen könnte. Das Beste wäre, dachte sie, beide zu töten. Bevor sie aber ihren Plan ausführen konnte, verursachte ihr Märchenprinz einen neuen Verkehrsunfall, in dem unter den Verunglückten auch er selbst war. Ihre schöne Cousine blieb ohne ihren Liebhaber.

Einige Wochen nach dem Tode ihres Märchenprinzen suchte ihre Cousine den Arzt auf, weil sie sich ständig übergeben musste. Der Arzt gratulierte ihr und sagte, sie sei schwanger.

Der Lauf der Dinge hätte Viviens Mutter von ihren Racheplänen abbringen sollen, denn ihr untreuer Märchenprinz war weg, und die böse Cousine war gedemütigt und verzweifelt. Was den beiden zugestoßen war, befriedigte sie aber nicht. An ihnen wollte sie sich auf eine delikatere Art und Weise rächen.

*

Kurz nachdem sie das Kind geboren hatte – ein süßes, gesundes Mädchen, das sie Vivien nannte –, erkrankte die Cousine von Viviens Mutter schwer. Die Ärzte taten alles, was sie konnten, um ihr Leben zu retten, aber die Natur traf ihre eigene Entscheidung. Alles deutete darauf hin, dass Viviens leibliche Mutter bald sterben würde, und sie selbst war sich dessen bewusst. Sie wusste nur zu gut, was sie ihrer Cousine angetan hatte. Sie beschloss jedoch, sie trotzdem um Verzeihung und zugleich um den denkbar größten Gefallen zu bitten – für ihre kleine Waise zu sorgen und sich um sie zu kümmern.

Viviens Mutter versprach ihrer sterbenden Cousine, sie würde das selbstverständlich für sie tun und Vivien immer zur Verfügung stehen.

Viviens leibliche Mutter starb nur einen Tag, nachdem sie von ihrer Cousine das Versprechen erhalten hatte.

Vivien wuchs bei ihren Pflegeeltern auf, ohne zu wissen, dass sie nicht ihre leiblichen Eltern waren. Alle, die Viviens Pflegeeltern kannten, hielten Vivien für deren leibliches Kind. So erfuhr Vivien nie etwas von ihren leiblichen Eltern.

*

„Was ihm und ihr passiert ist, ist schon in Ordnung, sie haben es auch nicht anders verdient. Dagegen, dass der Himmel sie bestraft hat, habe ich nichts einzuwenden, aber ich will mich auf meine eigene Art und Weise rächen, sonst werde ich nie ganz befriedigt sein. Die beste und wirksamste Art, mich für alles zu rächen, was er und sie mir angetan haben, ist, glaube ich, dafür zu sorgen, dass ihr Kind leide. Es ist mir wohl bewusst, dass mein Plan dem der bösen Königinnen in Märchen ähnelt, aber ich kümmere mich nicht darum. Ich will meine Befriedigung haben. Übrigens, alle bösen Königinnen in Märchen haben eine sehr wichtige Rolle - ohne sie läuft nichts.

Ich könnte sie natürlich gleich vergiften, aber das wäre plump.

Warum sollte ich sie vergiften? Das würde die ganze Geschichte verderben. Nein, das darf ich nicht tun. Ich muss die ganze Geschichte etwas ausschmücken. Ich bin sicher, dass alle, die von meiner Tat erfahren, meine Bemühung schätzen werden. Das Beste, was ich tun kann, ist, sie leiden zu lassen. Ich werde weder für sie sorgen noch mich um sie kümmern. Lasst uns einmal im Märchen sein: Falls ihr Märchenprinz kommt, lass ihn kommen. Dann ist es mein Verdienst, dass ich sie nicht vergiftet habe. Falls der Märchenprinz nicht kommt, um sie glücklich zu machen, dann ist es sein und ihr Fehler, nicht meiner. Meine Aufgabe ist nicht, für sie den Märchenprinzen zu beschaffen. Meine Rolle im Märchen muss ich ernst nehmen und versuchen, ihn am Kommen zu hindern und somit die ganze Geschichte spannender zu machen", dachte sie.

Während sie so dachte und vor sich hin sprach, schaute sie sich immer wieder im Spiegel an, und je mehr sie sich im Spiegel ansah, umso mehr war sie überzeugt, dass sie genau das tat, was sie tun sollte.

*

Ihr Ehemann, Viviens Pflegevater, erkrankte an Mumps, als er noch ein kleiner Knabe war. Die Erkrankung hatte für ihn schwere Folgen. Nachdem er von seinem Arzt erfahren hatte, dass er wahrscheinlich unfruchtbar und impotent bleiben werde, wurde er mehr und mehr verbittert und gereizt, und zum Schluss hasste er alle und jedermann. Seitdem trank er viel, war recht unfreundlich zu allen und suchte immer eine Gelegenheit, um anderen Leid zuzufügen, um sich an allen und jedem für etwas zu rächen, was niemand verschuldet hatte.

Viviens Pflegemutter wusste Bescheid, wie es um ihren Mann bestellt war, jedoch heiratete sie ihn, weil sie dachte, dass er für ein Familienleben geeignet war, in dem Vivien leiden musste.

***

Eines Tages, etwa eine Woche nach der Exkursion am Meer, war Vivien allein zu Hause. Ihre Mutter blieb in der Stadt sogar länger als sonst.

Ganz unerwartet kam ihr Pflegevater herein. Nie vorher war er so früh nach Hause gekommen. Für Vivien war das ein Schock. Er war stark betrunken und näherte sich ihr torkelnd und brummend.

Sie verstand nicht genau, was er sprach, aber sie glaubte, ihn einige obszöne Wörter sagen zu hören. Sie erschrak so sehr, dass sie buchstäblich vom Stuhl sprang, um den Tisch herumrannte, um ihm auszuweichen und rannte aus dem Haus.

Ob ihr Pflegevater bloß ein Gespräch mit ihr suchte, wie das Betrunkene oft tun, oder ob er in seinem betrunkenen Zustand etwas tun wollte, was für sie hätte gefährlich sein können, wusste sie nicht.

Nun war sie auf der Straße und fragte sich, wohin sie gehen und was sie machen sollte.

*

„Ich weiß, dass ich nur zehn Jahre alt bin. Ich habe keine Erfahrung und keinen Beruf, und bin noch völlig von den anderen abhängig. Dennoch spüre ich, dass es keinen Weg zurück mehr gibt. Mit ihnen kann ich nicht mehr zusammenleben. Zu viel habe ich gelitten. Ich habe den Eindruck, dass meine Mutter an meinem Leiden Vergnügen findet und dass mein Vater unberechenbar und gefährlich ist. Ich habe Angst vor ihm. So oder so trachten sie mir beide irgendwie nach dem Leben. Dort darf ich nicht länger bleiben.

Heute muss der Weg, auf dem ich schreite, die Richtung ändern“, dachte Vivien, während sie die Straße entlang ging, die in die entgegengesetzte Richtung von ihrem Schulweg führte. Ihr Blick war auf die mit gräulichblauen Steinen gepflasterte Straße gerichtet.

„Bewege ich mich vorwärts, oder bewegen sich die Pflastersteine unter meinen Füßen rückwärts? Bliebe ich stehen, blieben auch sie stehen. Sobald ich mich jedoch bewege, bewegen sie sich auch. Das Leben ist schon seltsam", dachte sie.

Nach einer Weile merkte sie, dass es immer weniger Leute auf der Straße gab. Auch hatte sie den Eindruck, dass alles langsamer geschah, viel langsamer als auf der Straße unterhalb ihres Erkerfensters.

Sie erhob das Haupt und sah geradeaus. Die Straße kam ihr sehr lang vor. Sie konnte sich nicht erinnern, dass sie früher so lang war. Das gräuliche Straßenende verschmolz in der Ferne im gräulichen Dunst mit dem gräulichen Himmel.

„Nein, nein, dieses Mal will ich dort nichts suchen, dieses Mal nicht! Jetzt muss ich versuchen, meinen Weg im Diesseits, in diesem Leben, zu finden. Diese Seite und jene Seite können nur in unserer Fantasie einander begegnen. Im praktischen Leben müssen sie immer getrennt bleiben", murmelte sie vor sich hin.

*

Plötzlich sah sie auf der anderen Straßenseite, etwa hundert Schritte weiter weg, ihre Mutter aus dem grünen Lieferwagen aussteigen. Sie rannte zur Seite und versteckte sich hinter der Anbaukante des Hauses, an dem sie soeben vorüberging, um von ihrer Mutter nicht gesehen zu werden.

Von dort aus sah sie ihre Mutter auf der anderen Straßenseite auf dem Gehweg eilen. Sie wartete ab, bis ihre Mutter nicht mehr zu sehen war. Dann kam sie hervor und setzte ihren Weg fort. Jetzt schritt sie schneller als vorher, den Blick immer auf den grünen Lieferwagen gerichtet.

„Ich glaube, der günstige Augenblick ist gekommen. Jetzt muss ich tun, was ich kann. Und wenn die andere Seite entsprechend mitmacht, sollte nichts schief gehen. Ich trage nichts mit mir. Alles, was ich besitze, ist meine Jugend, meine Unschuld und meine Arglosigkeit. Mehr kann ich nicht mitbringen, niemand kann mehr mitbringen. Das ist der Beute begehrtester Zustand. Gelingt es mir, eine ganz besondere Beute zu werden, habe ich es geschafft. Nun bin ich etwa fünfzig Schritte entfernt; ich hoffe, er wird nicht abfahren, bevor ich ihn erreicht habe. Das wäre eine Katastrophe. Hier muss ich die Straße überqueren. Ich habe Glück, dass es in der Nähe keine anderen Autos gibt, auch keine Leute. Das macht alles viel einfacher. Ich muss meine Rolle gut spielen, denn selbst der kleinste Fehler kann alles verderben. Die größte Katastrophe und die größte Enttäuschung wird es sein, falls es sich herausstellt, dass er an mir gar nicht interessiert ist. Das dürfte jedoch nicht der Fall sein, denn mit meiner Mutter hat er offensichtlich ein ganz besonderes Verhältnis. Sie ist nicht mehr jung, und besonders attraktiv wird sie wohl nie gewesen sein. Wenn er sie begehren kann, wie viel mehr wird er dann an mir interessiert sein! Ich bin jung und frisch, und ich werde ihn so anschauen, dass mein Blick ihm alles sagen wird", dachte sie, während sie sich dem grünen Lieferwagen näherte.

Jetzt war sie kaum noch dreißig Schritte entfernt. Der Motor sprang an. Sie erblasste vor Angst, dass alles doch schief gehen könnte, und verlangsamte die Schritte, um ihm etwas mehr Zeit zu geben, falls er sie zu spät erblickt haben sollte.

***

Herr Lid hatte gerade einige Päckchen in versteckte Löcher im Doppelboden seines Lieferwagens gesteckt und wollte losfahren. Er warf noch schnell einen Blick in den Rückspiegel. Nur ein Augenblick genügte ihm zu entscheiden, was er tun musste.

„Jetzt oder nie", murmelte er.

Er nahm den Gang raus und zog die Handbremse an. Dann öffnete er schnell die Tür und stieg aus dem Wagen. Mit einem einzigen Schub öffnete er die große Schiebetür im selben Augenblick, als Vivien am Wagen vorbeiging. Er ergriff sie und zog sie in den Wagen. Er schloss die Tür hinter sich.

„Aber … wollen Sie wirklich … wollen Sie …", versuchte Vivien, etwas zu sagen, aber er drohte ihr mit einer Hand und mit der anderen Hand schloss er ihren Mund. Dann wies er sie an, sich zu setzen.

„Sei ruhig, und nicht schreien! Wir werden uns gut vertragen. Leute, die sich gegenseitig suchen, finden einander auch", sagte er.

*

Seine Worte überzeugten sie, dass sie auf dem richtigen Weg war und dass sie keinen Grund hatte zu protestieren oder zu schreien. Sie war sich der Tatsache bewusst, dass eine sehr wichtige Etappe ihres Lebens soeben begonnen hatte. Sie wusste, dass sie sich die größte Mühe geben musste, um all das, was gerade so gut begonnen hatte, nicht zu verderben. Nun saß sie auf einem großen Sack, der mit irgendetwas Weichem gefüllt war, und fühlte sich in der Mulde, die ihr Körper geschaffen hatte, eigentlich recht bequem.

„Sitzt du bequem?", fragte sie Herr Lid. Seine Stimme war nicht die übliche Stimme eines erwachsenen Mannes. Sie klang eher wie die Stimme einer Frau, und doch war sie anders als eine normale weibliche Stimme.

„Ja, danke“, antwortete Vivien.

*

Trotz der Tatsache, dass ihr Entführer zu ihr weder grob noch unfreundlich war, hatte sie ein wenig Angst, denn sie wusste, dass jede Entführung eine ernste Angelegenheit war, niemals ein Scherz. Sie war sich jedoch der Tatsache bewusst, dass sie bereit sein musste, ein Risiko einzugehen, falls sie ihre Eltern loswerden wollte. Übrigens, ihr Entführer schlug sie nicht, fesselte sie nicht und knebelte sie auch nicht. Er hatte sie sogar gefragt, ob sie bequem saß. All das half ihr, weniger Angst zu haben, als das wohl bei den entführten Menschen der Fall sein musste.

*

Nach etwa einer Viertelstunde hielt der grüne Lieferwagen vor einem schönen, allein stehenden Haus, mitten in einem großen Garten und umgeben von einer säuberlich gestutzten Hecke. Der Lieferwagen fuhr in eine geräumige Garage. Die Schiebetür hinter ihnen schloss automatisch. Herr Lid stieg aus dem Wagen, öffnete die Seitentür und half Vivien beim Aussteigen. Er führte sie in ein Zimmer ohne Fenster. Im Zimmer gab es eine Toilette und eine Dusche. Die Möblierung war einfach, und es war offensichtlich, dass das Zimmer für ein Kind vorgesehen war, das darin wohnen sollte, denn außer Bett und vielen Spielsachen für Kinder gab es auch einen kleinen Kleiderschrank, einen kleinen Kühlschrank, ein Radio und einen großen Spiegel an der Wand. Einige Spielsachen waren in einer kleinen Holztruhe, andere lagen am Boden. Die Bettwäsche und die Handtücher waren sauber. Auf dem Bett lag ein sorgfältig zusammengelegter Bademantel.

„Du kannst dich waschen und es dir bequem machen. Inzwischen bereite ich für dich das Abendessen zu, ich nehme an, du hast Hunger", sagte Herr Lid und verließ den Raum. Er schloss die Tür hinter sich ab. Die Tür war besonders dick und schwer.

„Alles hier drin sieht aus wie vorbereitet für jemanden in etwa meinem Alter. Ich frage mich, was er wohl im Schilde führt. Er lächelt nicht, und in seinem Gesicht gibt es etwas sehr Trauriges, aber grob scheint er nicht zu sein. Ich frage mich, warum er mich eigentlich entführt hat", dachte Vivien, während sie sich mit dem Handtuch abtrocknete. Dann sah sie sich im Spiegel an, zuerst ganz nackt und dann im Bademantel. Sie nahm den Kamm, der vor dem Spiegel lag, und kämmte sich das Haar.

„Viel kann ich nicht machen, aber ich muss machen, was ich kann", dachte sie. Dann las sie alle Spielsachen, die auf dem Boden lagen, auf, verstaute sie in der Holztruhe, in der es noch viele andere gab, schloss die Truhe und schob sie unters Bett.

*

Sie schaltete das Radio ein. Eine gute weibliche Stimme sang „… wird am Himmel jeden Tag ein Regenbogen für uns stehen? Was sein wird, wird sein, die Zukunft ist nicht zu sehen …"

„Nie vorher habe ich diese Melodie gehört; sie ist wunderschön. Ich wollte, ich wüsste den Titel und den Namen der Sängerin", dachte sie.

Die schwere Türe ging auf, und Herr Lid trat ein. Er trug auf einem Tablett Brot, Jogurt, Käse und Obst.

„Bitte schön. Im Kühlschrank gibt es eine Flasche mit Wasser und eine andere mit Fruchtsaft. Sieh dir alles genau an und sag mir, ob du noch etwas brauchst. Ich komme bald wieder“, sagte Herr Lid, ging hinaus und schloss die Tür ab.

„Im Lied hieß es ‚Was sein wird, wird sein'. Auf den ersten Blick klingen diese Worte wie eine Art Weisheit. Aber ist es wirklich eine Weisheit? Enthalten sie mehr Weisheit als wenn man zum Beispiel sagt ‚Was ein Stein ist, muss ein Stein sein'? Vielleicht bin ich nicht intelligent genug, um die Tiefe dieser Worte im Lied zu verstehen, aber ich glaube, sie drücken eine Scheinweisheit aus“, dachte Vivien, während sie aß.

Das Essen war gut, viel besser als jenes zu Hause.

„Hier gibt es kein Fenster – dort hatte ich ein Erkerfenster.

Dort konnte ich aus meinem Erkerfenster von hoch oben auf die Welt tief unten sehen – hier ist die ganze sichtbare Welt innerhalb dieser vier Wände.

Dort kümmerte sich niemand um mich – hier scheint es jemanden zu geben, der bereit ist, für mich zu sorgen und sich um mich zu kümmern.

Wenn ich all die Vorteile und Nachteile abwäge, habe ich den Eindruck, dass keine Seite überwiegt. Alles Angenehme ist offenbar nicht an einem Ort zu finden, alles Unangenehme allem Anschein nach auch nicht. In der Welt scheint alles überall verstreut und vermischt zu sein. Sinn und Unsinn sind anscheinend die nächsten Nachbarn, ebenso das Angenehme und das Unangenehme. Geschehen die Dinge überhaupt, wenn die Leute nicht – auf irgendeine Art – dazu beitragen?“, überlegte sich Vivien, während sie frisches, saftiges Obst im Zimmer ohne Fenster genoss.

„Alles hier drin scheint tatsächlich für jemanden vorbereitet zu sein“, dachte sie, denn es gab im Duschraum eine ungeöffnete Tube mit Zahnpaste sowie eine ungebrauchte Zahnbürste.

*

Kaum war sie mit Zähneputzen fertig, als die Tür aufging und Herr Lid hereinkam.

„Ich bringe dir einen Wecker und etwas zum Lesen, bevor du schlafen gehst“, sagte er, indem er Vivien einen Band mit Märchen reichte und den Wecker auf den kleinen Nachttisch stellte. Herr Lid verließ den Raum und schloss die Tür ab.

Vivien nahm das Buch und öffnete es. Es war ein großer Band mit wunderschönen Illustrationen.

„Es ist schon interessant, dass er mir dieses Buch gebracht hat. Wenn ich unter vielen Büchern wählen könnte, würde ich wahrscheinlich dieses nehmen. Er scheint zu wissen, was ich brauche und was ich gern habe“, dachte sie und sah auf den Wecker mit den zahlreichen bunten Schmetterlingen und Marienkäfern auf dem weißen Untergrund.

„Jetzt habe ich einen guten Wecker und kann jederzeit genau wissen, wie spät es ist, und aufstehen, wann auch immer es mir beliebt. Ich habe ein gutes Radio und kann die Nachrichten hören und somit wissen, was in der Welt geschieht. Für den Anfang ist es gar nicht so schlecht. Spätestens morgen werden sie mich für vermisst erklären. Ich hoffe, dass niemand meine Entführung gesehen hat. Ich wüsste gern, wie die Reaktion in der Schule sein wird. Meine Eltern werden sicher nicht traurig sein. Sie werden nervös sein und Angst haben, denn die Polizei wird sie verhören. Für sie wird es eine Katastrophe sein, falls es der Polizei gelingt, mich zu finden. Außer George wird niemand in meiner Klasse betrübt sein, aber ich kann ihm nicht helfen. Er hat seinen Weg, und ich habe meinen", dachte Vivien, während sie sich bereitmachte, zu Bett zu gehen.

*

Das Bett war bequem. Bevor sie mit der Lektüre irgendeines Märchens beginnen wollte, beschloss sie, sich zuerst einmal die schönen Illustrationen im Band anzusehen. Fast auf jeder Seite gab es eine, und alle waren beeindruckend. Eine, die ihr besonders gefiel, zeigte ein junges Mädchen, das aus einem Fenster ganz oben in einem hohen Turm hinausschaute. Die Haarpracht des Mädchens war in einen dicken, langen Zopf geflochten, der aus dem Fenster herunterhing und fast bis zum Boden reichte.

Vivien las das Märchen und schlief gleich ein, sobald sie es fertig gelesen hatte. Im Schlaf träumte sie, dass sie in einem Zimmer in einem hohen Turm eingeschlossen war. Im Zimmer gab es ein winziges Erkerfenster, aus dem sie sehen konnte, was unten geschah. Die Tür war aber abgeschlossen, und sie konnte das Zimmer nicht verlassen. Eine böse Hexe hatte den Türschlüssel. Der Schlüssel, mit dem sie die Tür abschloss, war riesig. Um ihre Gefangene seelisch zu quälen und ihr jegliche Hoffnung auf Freiheit zu rauben, zeigte sie ihr den Schlüssel jeden Tag und steckte ihn dann in eine Tasche, die ihr um den Hals hing.

„Warte auf ihn und hoffe, bemühe dich. Sei sicher, dass ich mich auch bemühen werde", sprach die Hexe mit frohlockendem Schmunzeln, bevor sie die Tür abschloss und verschwand.

*

Kaum war die Hexe weggegangen, als der Märchenprinz erschien. Er ritt auf einem grünen Schlachtross, das statt der vier Beine vier Räder hatte, und befreite sie aus dem Turm. Der Traum war so verwirrend, dass sie aufwachte. Herr Lid stand neben ihrem Bett.

„Ich hoffe, du hast letzte Nacht gut geschlafen. Jetzt kannst du aufstehen und dich zum Frühstück bereitmachen. Nach dem Frühstück werden wir unsere ersten Lektionen haben, zuerst in Grammatik, dann in Mathematik, dann in Geographie, dann in Geschichte. Das ist der Plan für heute. Alles, was wir für den Unterricht benötigen, bringe ich mit", sagte er.

Er sprach im gleichen Ton, wie er am Tag davor gesprochen hatte. Dann ging er weg und schloss die Tür ab.

Vivien stand auf, duschte und machte sich zum Frühstück bereit. Das Frühstück war ausgezeichnet. Nach dem Frühstück brachte Herr Lid Schreibpapier, Farbstifte, Bücher und für jedes Fach einen Ordner. Vivien genoss die Lektionen sehr. Sie waren ganz anders als die Lektionen in der Schule. Dort wurde sie nur gelegentlich aufgefordert, etwas zu sagen. In den Lektionen bei Herrn Lid war sie und nur sie die ganze Zeit dran.

*

Alles, was er sie unterrichtete, war äußerst interessant. Nie vorher hatte sie verstanden, was die Wortarten eigentlich darstellten. Nie vorher konnte sie die eigentliche Bedeutung der Dezimalzahlen verstehen. Sie ging mit ihnen um, wie der Lehrer in der Schule sie unterrichtet hatte. Von Herrn Lid lernte sie aber, was solche Zahlen eigentlich darstellten.

Nach der Mathematiklektion gab es das Mittagessen. Die Speise schmeckte ausgezeichnet. Nach dem Essen räumte er ab und trug das benutze Geschirr weg. Vivien konnte nicht verstehen, wieso er ein so feines Mittagessen zubereiten und gleichzeitig unterrichten konnte, denn er hatte den größten Teil des Vormittags in ihrem Zimmer verbracht.

Anschließend hatten sie Geographie und Geschichte. Er erzählte ihr in der Geographielektion, dass vor vielen Millionen von Jahren die Kontinente ein einziges, riesiges Stück Land bildeten, dass sie aber im Lauf von Hunderten von Jahrmillionen langsam auseinanderdrifteten und dass der Prozess noch immer andauerte. In der Geschichtslektion erklärte er ihr, warum einige Leute meinten, dass die Geschichte als die wichtigste Wissensquelle erachtet werden sollte, und warum andere der Ansicht waren, dass die ganze Menschheitsgeschichte bloß ein riesiger, mit Unsinn gefüllter Abfallkübel sei.

Nach der letzten Lektion sagte Herr Lid zu Vivien, sie sollte etwas lesen und ausruhen; am Abend würden sie dann zusammen spazieren gehen, fügte er noch hinzu. Dann ging er weg und schloss die Tür ab.

Kaum hatte Herr Lid den Raum verlassen, schaltete Vivien das Radio ein, um die neuesten Nachrichten zu hören. Nach den Nachrichten gab es die Meldung, dass ein Mädchen namens Vivien Praeda, zehn Jahre alt, blaue Augen, blondes Haar, vermisst werde. Das Mädchen trug Jeans, sagte der Sprecher. Die Polizei teilte mit, ohne irgendwelche Einzelheiten zu nennen, dass eine groß angelegte Suchaktion lief.

***

Gleich nach der Zusammenkunft des Betreuungsteams verließ Herr Corner den Konferenzsaal und eilte aus dem Spitalgebäude. Er schritt geradewegs auf seinen Sportwagen zu, den er unweit des Eingangs stehen gelassen hatte. Er stellte seine Aktentasche auf den Beifahrersitz, drehte den Zündschlüssel und raste schon im nächsten Augenblick mit viel Lärm davon.

Herr Corner liebte Sportautos. Alle im Land, die Zeitungen lasen und fernsahen, wussten, dass er ein großer Fan von Sportwagen war. Er besaß auch mehrere davon, und jeder von ihnen konnte als der beste von allen gelten, denn jeder von ihnen war von höchster Qualität. Heute fuhr er den schnellsten in seiner Kollektion. Er warf einen Blick auf seine teure Armbanduhr. In genau einer halben Stunde sollte er dort sein, hundert Kilometer von dem Ort entfernt, den er soeben verlassen hatte. Er würde sehr schnell fahren müssen – das wusste er –, um sich nicht zu verspäten. Natürlich hätte man dort auf ihn beliebig lange geduldig gewartet, und niemand wäre auf den Gedanken gekommen, ihm irgendetwas vorzuwerfen, denn alle waren ihm dankbar, dass er überhaupt bereit war, sich ihres Falles anzunehmen. Der Grund, dass er besonders schnell fahren musste, war vielmehr, dass er vor jedem Gedanken an einen Misserfolg einen Horror hatte. Und da eine jede Verspätung in seinen Augen als Misserfolg und Versagen galt, konnte er, durfte er sich eine Verspätung, eben ein Versagen einfach nicht erlauben.

*

Es ging um ein sehr wichtiges Treffen mit dem Botschafter eines Landes, das unter dem internationalen Handelsembargo stand und das ihn deswegen beauftragt hatte, ein TV-Programm vorzubereiten, in dem das verhängte Embargo als ungerechtfertigt dargestellt und daher unverzüglich aufgehoben werden sollte.

Herr Corner arbeitete gern unter Zeitdruck, weil sich ihm dadurch die Gelegenheit bot, seine schnellen Autos gebrauchen zu müssen, um alles trotz der Zeitknappheit doch noch zu bewältigen, kurzum zu zeigen, wer er war und was er vermochte. Er liebte insbesondere Treffen wie jenes, zu dem er soeben unterwegs war, weil alle kriminellen Regierungen bereit waren, für seine Dienste jeden Preis zu zahlen. Jedes Mal stärkte das bei ihm das Gefühl, dass er etwas sehr Wichtiges tat, denn jedes Mal trug sein Erfolg zur Stabilität der Weltlage bei und half, den *Status quo* aufrechtzuerhalten. Das war natürlich von entscheidender Bedeutung, denn die Welt war genau nach seinem Geschmack. Sein jeder Erfolg trug zu seinem Ansehen bei und empfahl ihn den anderen Staaten in ähnlicher Lage. Seine Klienten zahlten nicht nur kommentarlos jeden Preis, den er verlangte, sondern setzten in der Eisschale zuoberst eine schöne Kirsche auf, um ihn zu noch größerer Bemühung anzuregen. Die Kirsche erschien regelmäßig in der Person einer schönen jungen Frau, deren einzige Aufgabe war, neben ihm zu sitzen und ihn zu unterhalten, falls er es wünschte, sowie nach dem Treffen ihm gänzlich zur Verfügung zu stehen.

Jedes Mal ergriff er die ihm großzügig gebotene Gelegenheit und bereute es nie, denn die jungen Damen gaben sich die größte Mühe, alle seine Wünsche zu erfüllen.

*

Dieses Mal hatte er das vierte und letzte Treffen mit dem Botschafter, weil sie sich während der vergangenen Treffen in allen Punkten einigen konnten, und dieses Mal gab es nur einige Formalitäten, die hinzugefügt werden mussten. Er freute sich darauf, die junge Dame wieder zu sehen, mit der er die Zeit nach den drei früheren Treffen genießen konnte. Ihre Schönheit und ihre Großzügigkeit verhalfen ihm zum Vorgefühl des äußersten Genusses, den er mit Vivien zu erleben erwartete, sobald die Ausstrahlung des Interviews vorbei war. Während des Gesprächs mit Vivien allein hatte er mit ihr abgemacht, zusammen in den Urlaub zu fahren und weit weg vom Hetzen und Treiben einige Wochen auf einer Insel zu verbringen. Vivien hatte ihm versichert, dass sie von der Idee begeistert war.

Das Mädchen, das ihn während der Treffen mit dem Botschafter unterhielt, bot ihm ausgezeichnetes Training, das ihn auf das große Match vorbereiten sollte, welches er mit Vivien im Urlaub auf der Insel auszutragen vorhatte.

*

In seinem dynamischen Leben war er immer beschäftigt gewesen. Er war der große Medienguru, den alle Mächtigen des Landes brauchten. Seine Dienste bot er nur jenen Reichen an, die jeden Preis zahlen konnten und wollten. Das Einzige, worüber er sich mit seinen Klienten nie unterhielt, war der Preis für seine Dienste. Als Entgelt für seine Bemühung machten ihn seine Klienten reich und stellten ihm schöne junge Damen zur Verfügung. Er konsumierte ihre Körper, aber er verliebte sich in keine von ihnen. Jede neue junge Frau, deren Aufgabe es war, ihn zu unterhalten, ließ ihn alle früheren vergessen. Er wusste, dass es ihre Aufgabe war, ihn zu unterhalten, und er behandelte sie auch als Genuss- und Unterhaltungsgegenstände.

*

Nun war er reich, hatte eine Traumvilla im begehrtesten Stadtteil, ein hübsches kleines Haus in den Bergen, eine Villa am Meer mit der eigenen kleinen Bucht und eine Yacht, die von professionellen Leuten das ganze Jahr hindurch gewartet und immer in Bereitschaft gehalten wurde. Wegen seines riesigen Einkommens waren alle Ausgaben, die er hatte, einerlei wie hoch sie sein mochten, völlig bedeutungslos. Dennoch hatte er irgendwie Angst vor dem Zustand, den er soeben erreicht hatte, weil er wusste, dass sein Lebensweg keine höhere Stufe kannte, als reich, berühmt und begehrt zu sein. Da er nun diese Stufe erreicht hatte, wurde er von der Ungewissheit geplagt, was wohl darauf folgen würde.

*

Seit einiger Zeit musste er mit der unangenehmen Wirklichkeit leben, dass er nicht mehr jung war. Selbst die sehr speziellen und ebenso teuren Therapien, denen er sich mehrere Male unterzogen hatte, verfehlten völlig das erwünschte Ziel. Im Gegenteil, er hatte den Eindruck, dass sie seinen Zustand noch verschlechtert hatten. Die jungen Frauen, die aufgefordert wurden, ihn zu unterhalten, lobten zwar großzügig seine Leistung und seine Männlichkeit, aber er war sich bewusst, dass es zu ihrer Aufgabe gehörte, zu sagen, was sie sagten.

Daher dachte er, dass für ihn die Zeit gekommen war, an die Nachkommenschaft zu denken, die sein großes Vermögen erben sollte.

Es braucht nicht betont zu werden, dass er keine von den schönen jungen Frauen, deren Aufgabe es war, ihn zu unterhalten, als würdig erachtete, die Mutter seines Kindes zu sein. Sie waren zwar sehr schön und gebildet, intelligent und humorvoll, aber sie waren keine Jungfrauen.

Vivien mit ihrem außerordentlich schönen Körper und ihrer Unschuld hatte in ihm und in allen männlichen Mitgliedern des Teams denselben Wunsch erweckt. Er als die zentrale Figur des Teams, verantwortlich für den Erfolg des ganzen Programms, hielt sich für das Alphamännchen, den allein Berechtigten, das Vorrecht genießen zu dürfen, sich mit ihrer Jugend fortzupflanzen.

*

Jetzt raste er die ganze Zeit auf der Überholspur, auf einer jener Autobahnen, auf denen keine Geschwindigkeitsbegrenzung galt. Er war gewohnt, schneller als alle anderen zu sein, Erster zu sein, in der großen Arena des Lebens immer der Sieger zu sein.

Die zweirädrigen Rennwagen im Circus Maximus im alten Rom wurden von den schnellsten Pferden gezogen, jedoch, verglichen mit der Geschwindigkeit seines Wagens, bewegten sie sich kaum.

Sein vierrädriger Rennwagen wurde gezogen von einem Motor, dessen Kraft Hunderten von Pferdestärken entsprach. Und weil es niemanden vor ihm gab, beschleunigte er noch mehr. Die Autos auf der Fahrbahn daneben fuhren auch nicht langsam, aber er überholte sie so schnell, dass sie rückwärts verschwanden, als wären sie in die entgegengesetzte Richtung gefahren. Er war fraglos der Schnellste auf der Autobahn, auf der alle Freunde hoher Geschwindigkeit so schnell fahren durften, wie ihre Autos fahren konnten.

Er liebte solche Augenblicke absoluten Triumphs, die sein Selbstvertrauen und sein Gefühl nährten, allen anderen weit voraus zu sein.

Plötzlich empfand er einen unerträglich schmerzhaften Druck auf der Brust, und eine Sekunde später tauchte er in die Dunkelheit und wurde von allen Schmerzen und Wünschen befreit.

Er hatte alle Rennen gewonnen, an denen er sich beteiligt hatte, und die Sammlung von Trophäen, die er hinterlassen hatte, war eindrücklich. Er verabscheute den Gedanken an den Abstieg und verließ die Arena auf dem Höhepunkt seines Erfolgs.

***

Gleich nach dem Treffen des Betreuungsteams eilten Herr Hole und Herr Late in ihr Büro, denn sie hatten noch einige wichtige Dinge zu erledigen. Der Hauptgrund, dass sie so sehr eilten, war jedoch, dass Herr Late zufällig eine größere Beschädigung im obersten Teil, gerade unter der Dachkante ihres Bürogebäudes entdeckt hatte. Er hielt die Beschädigung für sehr ernst und wollte sie seinem Kollegen unbedingt sofort zeigen. Das ganze Gebäude, in dem ihre Büros untergebracht waren, gehörte ihnen und hatte ein Flachdach. Sobald sie angekommen waren, nahmen sie den Lift und fuhren hinauf.

Herr Late lehnte sich einige Male über das Schutzgeländer, um einen geeigneten Punkt zu finden, von dem man die Beschädigung am besten sehen konnte. Unterhalb der beschädigten Stelle gab es vom Dach bis zum Boden weder Fenster noch Balkone.

„Hier ist es. Ich frage mich, wie es bloß dazu kommen konnte“, sagte Herr Late, wobei er sich stark nach vorn über das Geländer neigte und den Kopf schüttelte.

„Lass mich mal schauen“, sagte Herr Hole, denn er wollte selbst die Beschädigung sehen.

„Du musst nach rechts schauen, und sei vorsichtig, weil man es nicht sehen kann, wenn man sich nicht stark nach vorn lehnt“, warnte Herr Late seinen Kollegen.

„Du hast Recht. Ich glaube, es wäre am besten, wenn du meine Beine fest hieltest, während ich mich nach vorn neige, sonst würde ich mich nicht sicher fühlen“, sagte Herr Hole.

„Das ist schon eine gute Idee, denn es könnte gefährlich sein“, sagte Herr Late.

Herr Hole lehnte sich nach vorn über das Geländer und versuchte die Beschädigung zu sehen.

„Du musst dich noch etwas mehr nach vorn lehnen und weiter nach unten schauen, auf der rechten Seite“, versuchte

Herr Late den Blick seines Partners zu lenken. Er hielt die Beine seines Kollegen fest, um ihm das Gefühl der Sicherheit zu geben, während sich jener über das Geländer stark vorwärtsneigte.

„Nur noch ein wenig, und du wirst es gleich sehen", gab Herr Late seine letzte Anweisung, drückte gleichzeitig seines Partners Beine noch fester zusammen und hob sie mit einer einzigen kräftigen Bewegung hoch über das Geländer. Herr Hole verschwand in der Tiefe, bevor er sich wehren, ein einziges Wort sagen oder irgendwie reagieren konnte. In der nächsten Sekunde hörte Herr Late einen dumpfen Schlag, als der Körper seines Partners unten auf dem Rasen aufprallte.

Herr Late ging gleich in sein Büro zurück. Alle Angestellten waren bereits nach Hause gegangen, und alle anderen Büroräume waren abgeschlossen. Er war allein im ganzen Gebäude.

„Nun ist die Situation bedeutend einfacher. Nun bin ich der Einzige, der im Namen der ganzen Firma spricht, und ebenso der einzige Eigentümer. Nun ist auch meine Aussicht, jenes zu erlangen, was er erlangen wollte, viel besser. Intelligente Leute begehen Selbstmord auf intelligente Weise. Es ist schon viel eleganter, von einem Hochhaus in die Tiefe zu springen, als sich vor den Zug zu werfen und dadurch irgendeinem armen Lokführer psychische Probleme zu bereiten.

Er hat auch eine schöne Ecke für den Sprung gewählt. Der Rasen ist frisch gemäht und getrimmt, in der Tat ein schönes Plätzchen. Keine Blutlache, keine Extrareinigung wird erforderlich sein. Schon die Tatsache allein beweist klar, dass er ein hohes ästhetisches Gefühl hatte.

Dies ist eine ruhige Ecke – die hohen Bäume gestatten keinen Einblick in das Geschehen hier drin. Das zeigt, dass ihm seine Intimsphäre wichtiger war als sonst etwas.

Er wird mir sehr fehlen. Ich bin völlig gebrochen. Alles, was ich in der jetzigen Situation tun kann, ist leider, den Dingen ihren Lauf zu lassen. Es kommt mir nichts in den Sinn, was ihn zu dem schrecklichen Schritt hätte bewogen haben. Er muss tiefe persönliche Probleme gehabt haben, über die er mit niemandem reden wollte, nicht einmal mit mir. Jetzt muss ich diesen wichtigen Vertrag allein abschließen", dachte und murmelte Herr Late vor sich hin, während er an seinem Schreibtisch saß und die Blätter herauslas, die er für den Vertrag nicht mehr benötigte.

***

Als Vivien am Morgen nach der Ausstrahlung des Interviews aufwachte, wartete das Frühstück bereits auf dem Tablett neben ihrem Bett. Sie genoss frische, noch warme Hörnchen mit Butter und Honig, ein gekochtes Ei und ein großes Glas kalte Milch. Sie fühlte sich gesund und stark genug, um von nun an allein leben zu können.

Nach dem Frühstück wusch sie sich, zog sich an und machte sich bereit wegzugehen. Sie nahm die Blätter mit den Sonetten, die ihr Professor Frederic gegeben hatte, zerriss sie und steckte die Fetzen in die Tasche mit der Absicht, sie in den erstbesten Abfalleimer zu werfen, sobald sie das Spitalgebäude verlassen habe. Dann nahm sie ein Blatt Papier und schrieb darauf mit großen Buchstaben:

SEHR GEEHRTE FRAU SIMPLE

DA ICH MICH WOHL FÜHLE, MÖCHTE ICH NICHT LÄNGER HIER BLEIBEN.

VIELEN DANK FÜR ALLES, WAS SIE FÜR MICH GETAN HABEN.

VIVIEN

Sie legte das Blatt mit der Nachricht auf den Tisch neben das andere Blatt, nahm die Aktentasche mit den Dokumenten, schloss die Tür auf und verließ das Zimmer.

*

Im Gang begegnete sie niemandem. Sie beschloss, nicht den Aufzug, sondern die Treppe zu benutzen. Erst als sie sich im Erdgeschoss befand, merkte sie, dass das Zimmer, in dem sie einige Zeit verbracht hatte, im siebten Stock war.

*

Wie sie auf den Ausgang zuschritt, näherte sich ihr ein sehr gut aussehender junger Mann mit grünen Augen und dunklem, leicht welligem Haar. Er grüsste sie, stellte sich entschuldigend als Peter Strong, ein Assistent von Professor Frederic, vor. Er sagte ihr, dass er sie erkennen konnte, weil er das Interview mit ihr im Fernsehen am Tag davor verfolgt hatte, und fragte sie auf freundliche Art, ob sie zufällig ein paar Minuten Zeit für ein kurzes Gespräch hätte, er wäre sehr froh, mit ihr sprechen zu dürfen.

Vivien fragte sich, wo sie bereits dieselben grünen Augen und dasselbe dunkle, wellige Haar gesehen hatte.

Herr Strong hatte regelmäßige Gesichtszüge und ein angenehmes Gesicht. Sie liebte seine Hände, sie waren stark und kantig. Sein Name passte genau zu seiner Statur und seiner ganzen Erscheinung. Was sie jedoch am meisten beeindruckte, war seine angenehme Baritonstimme – sie war weich und Vertrauen einflössend.

Vivien wurde von seiner einnehmenden Persönlichkeit so überwältigt, dass sie fast vergaß, wohin sie ging, und dass Doktor Ovale vor dem Spitalgebäude auf sie wartete, um sie in seinem Wagen nach Hause zu fahren, wie sie es abgemacht hatten.

*

„Jetzt muss ich gehen, aber ich gebe Ihnen meine Adresse und meine Telefonnummer. Es tut mir leid, aber heute wird es nicht möglich sein, weil ich viele Dinge erledigen muss. Aber rufen Sie mich morgen Abend gegen acht Uhr an. Dann können wir etwas abmachen. Ist das in Ordnung?“, sagte Vivien und schaute in seine weichen, grünen Augen.

Sie wusste, dass die Wartezeit bis zum Abend des darauf folgenden Tages sehr langsam vergehen würde.

„Wunderbar. Vielen Dank. Hier sind meine Telefonnummer und meine Adresse. Zögern Sie nicht, mich anzurufen, falls Sie irgendetwas benötigen sollten", sagte Herr Strong, indem er ihr seine Karte reichte. Seine weiche, Vertrauen einflössende Baritonstimme konnte seine Aufregung nicht ganz überdecken.

*

Herr Strong sah ihr nach, während sie sich dem Ausgang näherte. Ihre elegante Figur als Ganzes und jeder einzelne Teil ihres herrlich geformten Körpers führten bei jedem Schritt eine Art von s-förmigen Bewegungen aus. Herr Strong hatte den Eindruck, dass sie sich auf einer welligen Meeresoberfläche und nicht auf dem ebenen, polierten Steinboden bewegte.

Vivien öffnete die Eingangstür und verschwand. Herr Strong setzte sich in einen der Sessel, die in einer Reihe an der Wand standen. Er versuchte sich von dem Eindruck zu erholen, den die plötzliche Begegnung mit Vivien auf ihn gemacht hatte. Er wusste, dass sie genau die Frau war, auf die er so lange geduldig gewartet hatte.

*

„Alles in unserem Leben ist so erstaunlich und so seltsam. Natürlich ist dem so, nur falls wir uns der Seltsamkeit des Lebens auch bewusst sind. Die Psychologie nehme ich nicht ernst. Sie ist genauso lächerlich wie die Astrologie, denn sie tut so, als wäre sie eine Wissenschaft, dabei hat sie mit den Wissenschaften nichts zu tun. Wenn ich aber nicht in diese

Stadt gekommen wäre, um hier Psychologie zu studieren, wäre ich Vivien nie begegnet. Nun glaube ich, dass in meinem Leben die Psychologie ihre Arbeit getan hat – sie hat mich hierher gebracht, damit ich Vivien begegne. Ich brauche sie nicht mehr. Ich werde fortfahren, jenes zu tun, was ich bis vor einigen Monaten getan habe, Bienenkrankheiten bekämpfen. Es ist eine Arbeit, die viel theoretisches Wissen und ebenso viel Gefühl erfordert. Vivien weiß nicht, was mein eigentlicher Beruf ist. Ich bin neugierig zu sehen, wie sie reagieren wird, wenn sie hört, dass ich die Psychologie aufgebe. Jetzt muss ich hinaufgehen, um zu sehen, ob es in meinem Fach etwas gibt", dachte Herr Strong.

Er ging direkt ins Assistentenzimmer. Niemand war drin. In seinem Fach fand er nur ein einziges Blatt. Die Nachricht war vier Tage zuvor geschrieben und von Professor Frederic persönlich unterzeichnet worden. Alle Mitglieder der Abteilung von Professor Frederic wurden darin informiert, dass ein Treffen in zwei Wochen stattfinden würde. Es wurde betont, dass das Treffen für alle Mitglieder obligatorisch war. Er zerknüllte das Blatt und warf es in den Papierkorb.

Es herrschte eine merkwürdige Stille in der Luft, die ihn drängte, das Gebäude unverzüglich zu verlassen. Das seltsame Gefühl nahm er ernst und verließ schnell das Zimmer. Er eilte, als hätte er Angst gehabt, das Gebäude könnte jeden Augenblick einstürzen.

*

Eine Minute später war Herr Strong außerhalb des Spitals – die schwere Eingangstür schloss automatisch hinter ihm. Er war draußen, und das Institut für Psychologie lag hinter ihm, hinter der schweren Tür.

***

Erst jetzt wurde er sich des herrlichen Sommermorgens bewusst, der ihn begrüßte. Alles sah frisch und blank aus, und die Farben schienen leuchtender und kräftiger als vor seiner Ankunft. Es gab niemanden vor dem Spital.

Obwohl er einen recht langen Heimweg hatte, beschloss er, zu Fuß nach Hause zu gehen. Er fühlte sich frei, vielleicht zum ersten Mal in seinem Leben. Auch fragte er sich, woher wohl das wunderbare Gefühl kommen konnte. Es stimmte, dass er in jenem Teil der Welt lebte, in dem die Leute frei ins Ausland reisen durften, ohne irgendjemanden um Erlaubnis zu bitten. Das war ein wichtiger Aspekt der so genannten politischen Freiheit. Jedoch war er sich seiner persönlichen Freiheit vorher nie bewusst gewesen.

*

Nun ging er am Rand des wunderschönen Stadtparks entlang, allein und durch nichts gestört, und konnte über Sinn und Wesen der persönlichen Freiheit meditieren. Es bestand kein Zweifel daran, dass die politische Freiheit äußerst wichtig war. Die politische Freiheit setzte aber voraus, dass es jemanden geben musste, der erlauben, aber auch verbieten konnte, einerlei wer dieser Jemand war. Mochte dieser Jemand, der über die Freiheit des Einzelnen entscheiden konnte, ein tyrannischer Autokrat, eine Militärjunta oder die Mehrheit der ganzen Bevölkerung sein, war der Unterschied nur gradueller Natur, das Resultat letzten Endes dasselbe. Sobald es irgendeine Autorität gab, die dem Einzelnen die Freiheit geben oder denselben Einzelnen seiner Freiheit berauben konnte, war die persönliche Freiheit bloß eine Scheinfreiheit. Jene, die die Freiheit gewährten beziehungsweise der Freiheit beraubten, nahmen das so genannte Gesetz als Vorwand und sagten, sie täten es nicht nach ihrem

Gutdünken, sondern im Namen des Gesetzes. Das klang gut, aber das Gesetz wurde auch von jemandem bestimmt, der an der Macht war. Außerdem konnte das Gesetz geändert werden, was auch immer wieder geschah, und zwar immer dann, wenn der betreffende Jemand, der über die Entscheidungsmacht verfügte, es für passend hielt.

Gleich, ob der Herr streng oder nachgiebig, die Hundeleine kurz oder lang sein mochte, war ein beliebiger Hund in diesem oder jenem Fall doch nur ein Hund.

Nein, die Art von Freiheit war bestimmt nicht jenes Gefühl, von dem er nun erfüllt war.

*

Aber was war die Quelle seines Gefühls? War es der Umstand, dass er ein gesunder, intelligenter, gut aussehender, hoch gebildeter Mann war, der soeben eine wunderbare junge Frau kennen gelernt hatte?

Die bejahende Antwort wäre wohl die verlockendste, und doch hatte er das Gefühl, dass etwas anderes die Quelle seiner Freude, seiner Begeisterung und seines Freiheitsgefühls war. Aber was war es?

*

Peter wuchs als Einzelkind auf, nur mit seiner Mutter. Wer sein Vater war, wusste er nicht. Seine Mutter erzählte ihm, dass sie nur ein einziges Mal verliebt war. Und verliebt war sie in einen außerordentlich interessanten und intelligenten Mann, der Naturwissenschaften studierte und den sie nie mehr gesehen hatte. Das war auch der einzige Mann, mit dem sie eine intime Beziehung gehabt hatte. Sie erzählte ihm auch, dass er die Frucht ihrer einzigen Liebe war. Auf seine

Frage, warum sie denn mit diesem Mann, den sie liebte, nicht zusammengeblieben sei, erklärte sie ihm, dass sie es unmöglich konnte, da sie sich vor sich selbst schämen musste. Und warum sie sich schämte, wollte er wissen. Sie schämte sich vor sich selbst, weil sie seinen Vater, den Mann, den sie liebte, während ihrer kurzen gemeinsamen Beziehung betrogen hatte – nicht körperlich, jedoch in ihren Gedanken: Sie hatte fast eine Affäre mit einem Kollegen des Mannes, den sie liebte. Und warum sie nicht zu ihm zurückgegangen sei, um ihn um Verzeihung zu bitten? Sie sei nicht imstande gewesen, so viel moralische Kraft aufzubringen, sagte sie ihm, denn sie war sich bewusst, dass sie seine Verzeihung nicht verdiente.

Peters Mutter starb, zwei Jahre bevor er ins Ausland ging, Psychologie zu studieren. Bevor sie starb, sagte sie ihm, er solle in die Stadt gehen, wo sie seinen Vater kennen gelernt hatte.

*

Jetzt war Peter auf dem Heimweg, fest entschlossen, nie mehr zurückzukehren, um Psychologie zu studieren, und nie mehr zurückzukehren, um Professor Frederic zu sehen.

Bevor er gekommen war, um in der Abteilung von Professor Frederic zu studieren, dachte er, auch die Psychologie sei eine Art Wissenschaft. Sehr bald merkte er jedoch, dass Psychologie bloß leeres Geschwätz war.

Die Begegnung mit Vivien ließ aber alles, was mit seiner Mutter geschehen war, sowie alles, was er vorher erlebt hatte, in einem anderen Licht erscheinen. Die verlorene Zeit in der Abteilung bei Professor Frederic war offensichtlich notwendig gewesen, damit er Vivien begegnen konnte. So gesehen, brachte ihm die verlorene Zeit den größten Gewinn. Viviens schwere Erfahrung, entführt und jahrelang in Gefangenschaft gehalten zu werden, schien für ihre Begegnung ebenso notwendig gewesen zu sein.

*

Er schritt gemächlich, frei von jeglichem Bedürfnis zu eilen, und dachte über die verlorene und gewonnene Zeit nach, über den Sinn und Unsinn des menschlichen Tuns sowie über die Fragen im Zusammenhang mit dem menschlichen Schicksal. Je mehr er darüber nachdachte, umso überzeugter war er, dass alle Geschehnisse lediglich die Verwirklichung der seit immer echten – weil einzigen – Möglichkeiten waren, die ewig ihrer Stunde entgegenschlummerten, um verwirklicht zu werden. Nur was sich verwirklichte, bewies zugleich, dass es eine ewige Möglichkeit sein musste.

„Was auch immer geschieht, ist das Resultat des ewigen Kräftezusammenspiels, das unermüdlich, rastlos und ohne auch die leiseste Abschwächung am Werk ist. Keine Einzelkraft kann die Welt erschaffen, noch kann es die Mehrheit der Kräfte, gleich wie groß die Mehrheit ist. Nur alle Kräfte zusammen – ohne Ausnahme – machen das erforderliche Zusammenspiel aus, das für die resultierende Kraft ausreicht, die als Einzelkraft zwar nicht existiert, die aber jenes zustande bringt, was wir die Welt nennen. Haben wir das einmal begriffen, wird es uns auch bewusst, dass die ganze Welt sich an der Verwirklichung selbst jener Dinge und Ereignisse beteiligt, die völlig bedeutungslos zu sein scheinen. Gelänge uns irgendwie, das zu begreifen, würde sich unser Verhältnis zu allem grundsätzlich ändern. Dann würden wir in jedem noch so kleinen Element die ganze Welt und in jedem noch so trivialen Ereignis das ganze Weltgeschehen sehen und deswegen buchstäblich über alles staunen. Wir würden wissen, dass wir mit jedem Schritt und mit jeder Tat uns an der Gestaltung der künftigen Welt beteiligen. Wir würden uns die größte Mühe geben, um alle anderen Menschen glücklich zu machen, jene, die leben, und jene, die kommen sollen. Die Einsicht und die Denkweise werden an keiner Schule unterrichtet, obwohl sie für das Wohl der ganzen Menschheit unvergleichlich nützlicher wären als alle Pseudowissenschaften wie zum Beispiel Psychologie, Ethnologie, Soziologie, Archäologie, Theologie, Kosmologie, Anthropologie und viele andere „-logien“ zusammengenommen.

Die Einsicht und die Denkweise sind natürlich nur möglich, nachdem man begriffen hat, dass die Welt nie angefangen hat und nie enden wird sowie dass wir alle als Individuen nur Variationen eines und desselben Menschen sind. Je mehr wir uns dessen bewusst sind, desto größeren Anteil an demselben Menschen haben wir.

Ebenda liegt der Hase im Pfeffer, denn wahrscheinlich ist nichts so schwer, wie die überzeugendste und verführerischste aller Illusionen – Vergänglichkeit genannt – aufzugeben, die uns im Netz gefangen hält, das aus Anfängen und Enden geknüpft ist. Anfänge und Enden sind die Eltern des Schicksalskonzeptes, das uns mit Sorge schwer bedrückt, unseren Willen lähmt, unsere Herzen mit Angst vor dem Vergehen füllt und uns dadurch der Freiheit, des Friedens und des Glücks beraubt.“

Nach dem langen, angenehmen Spaziergang erreichte Herr Strong das Haus, in dem er sein Zimmer hatte. Zwar konnte er niemanden in der Nähe sehen, dennoch war die Luft von der angenehmsten Stimme erfüllt, die er je gehört hatte.

***

Sobald Herr Hole Herrn Lids Haus auf Viviens Namen übertragen hatte, ließ er jenen Raum, in dem Vivien gefangen gehalten worden war, an die Garage anschließen sowie manches im Inneren des Hauses umgestalten und das ganze Haus neu streichen.

Über diese Änderungen und die Renovation, die ihr künftiges Heim für sie bequemer gestalten sollten, hatte er Vivien nichts gesagt. Er wollte ihr damit eine angenehme Überraschung bereiten. Deswegen war Vivien in der Tat recht überrascht, als sie in verschiedenen Teilen des Hauses zahlreiche Änderungen feststellte. Alle Türen, Fenster und Böden waren neu und aus bestem Material. Alles war abbezahlt, und Vivien brauchte sich um keine Hypotheken oder Schulden zu kümmern.

*

Als Vivien und Doktor Ovale bei Viviens neuem Zuhause angekommen waren, blieb Vivien vor dem Haus stehen und sah es erstaunt an.

„Was ist geschehen? Gefällt es Ihnen nicht?“, fragte Doktor Ovale.

„Es gefällt mir sehr, aber jetzt sieht es ganz anders aus. Ich kann mich nicht entsinnen, dass ich jemals vorher in diesem Haus gewesen bin. Wüsste ich nicht, dass es dasselbe Haus sein muss, wäre ich versucht zu denken, dass ich mich woanders befinde. Gehen wir einmal hinein, um zu sehen, wie es im Inneren aussieht“, sagte Vivien. Sie war froh, nicht allein zu sein.

Die Änderungen im Innern waren sogar noch größer als jene draußen. Alle Wände waren weiß gestrichen, und alles schien leuchtend hell. Die Küche, nun viel größer, war ausgerüstet mit modernsten Küchengeräten. Das Gleiche galt für das Badezimmer. Das Wohnzimmer schien wesentlich größer als früher, aber ein Zimmer, das sich früher gleich daneben befand, war nicht mehr da.

„Lassen Sie mich Ihnen den Raum zeigen, in dem ich jahrelang eingesperrt war“, sagte Vivien.

„Ja, bitte“, sagte Doktor Ovale.

Sie schritten bis zum Ende des Ganges, wo sie erwartete, die gräuliche metallene Tür zu finden. Zu ihrer großen Überraschung gab es am Ende des Ganges keine Tür. Sie berührte und untersuchte die Wand überall, aber es war umsonst.

Vivien sah ihn an. Ihr Gesichtsausdruck verriet eine seltsame Mischung aus Überraschung, Nostalgie und Angst.

„Können Sie sich nicht erinnern, wo die Türe früher war?“, fragte Doktor Ovale.

„Sie war hier, und jetzt ist sie nicht mehr da“, sagte sie mit einer Spur Enttäuschung und Wut und klopfte dabei mit der Hand an die Wand.

„Ist das schlecht?“, fragte Doktor Ovale etwas überrascht, denn Vivien war offenbar nicht besonders glücklich.

„Na ja, ich wollte, sie wäre da“, sagte sie.

„Gibt es irgendeinen besonderen Grund dafür?“, fragte Doktor Ovale.

„Natürlich. Während meiner Gefangenschaft hier hatte ich viele Dinge, die ich lieb gewonnen hatte, wie zum Beispiel den Spiegel, den kleinen Nachttisch, das Radio und einiges andere. Von meinem Badezimmer mit einem Sticker an der Innenseite der Toilettentür gar nicht zu sprechen. Er erinnerte mich die ganze Zeit an den Anfang meiner Gefangenschaft“, sagte Vivien mit anklagender Stimme.

„Er erinnerte Sie?“, fragte Doktor Ovale.

„Ja, er erinnerte mich daran, es nicht zu vergessen“, sagte Vivien. Ihr Blick war ins Leere gerichtet und auf nichts fixiert.

„Was für ein Sticker war es?“, fragte Doktor Ovale.

„Es war einer mit einem schmalen blauen Rand und einem Stängel einer winzigen, zarten, blauen Blume auf weißem Untergrund. Darunter stand die Aufschrift ‚Vergiss mich nicht, und ich werde immer bei dir sein‘“, sagte sie.

„Jetzt haben Sie das beste Radio, mehrere schöne Spiegel und Nachttischchen und ein luxuriöses Badezimmer, wo Sie beliebig viele Stickers anbringen können“, sagte Doktor Ovale.

„Ja, ich weiß, aber es ist nicht dasselbe“, sagte Vivien entschieden.

„Es tut mir leid, aber ich kann nicht verstehen, warum alte Gegenstände wie Spiegel, Radios oder Stickers so wichtig sein können, dass man sie durch neue, viel bessere nicht ersetzen kann“, versuchte ihr Doktor Ovale mit logischen Argumenten zu helfen, obwohl ihn seine eigenen Worte auch nicht überzeugten.

„Es sind nicht die Gegenstände selbst, sondern vielmehr alles im Zusammenhang mit ihnen, all die Assoziationen – verstehen Sie, was ich meine? Was ich während meiner Gefangenschaft in jenem billigen Spiegel sehen konnte, kann ich jetzt in einem teuren Spiegel mit vergoldetem Rahmen nicht sehen, und was mir ein billiges Radio während meiner Gefangenschaft bot, kann mir jetzt, wo ich frei bin, keine Stereoanlage bieten“, sagte Vivien.

„Ich sehe, was Sie meinen. Für Gegenstände, die uns in besonderen Situationen besondere Dienste erweisen, entwickeln wir immer eine romantische Anhänglichkeit. In gewisser Hinsicht übersteigen sie den Rahmen ihres Zwecks, werden zu lieben Begleitern, ja gar zu Freunden. Ist es das, was Sie sagen möchten?“, fragte Doktor Ovale.

„Was ich meine, haben Sie treffend in Worte gekleidet“, sagte sie.

„Dennoch kann ich nicht verstehen, warum ein neuer Sticker, der genau gleich aussieht wie jener, den irgendjemand an die Toilettentür befestigt hat, nicht den Originalsticker ersetzen kann, denn einen sichtbaren Unterschied zwischen den beiden gibt es nicht", sagte Doktor Ovale.

„Der Sticker, den jemand in seiner Verzweiflung an der Toilettentür befestigt hat, um mich innerlich zu bewegen und zu bitten, dass ich ihn trotz allem nicht hasse, und gleichzeitig, um meine schwere Lage erträglich zu machen, denn offensichtlich bedeutete ich ihm alles, kann nicht die gleiche Bedeutung haben wie einer, den ich zum persönlichen Vergnügen aufklebe. Dinge sind das, was sie uns bedeuten, denn wir sind das Maß dafür, was sie sind. Darüber unterhielten wir uns doch gestern während unseres Spazierganges. Habe ich nicht Recht?", fragte Vivien.

„Bestimmt haben Sie Recht. Nicht nur Bücher, sondern auch alle anderen Dinge können ihre Schicksale und ihre Seelen haben, denn sie sind Produkte unserer Schicksale und unserer Seelen", sagte Doktor Ovale.

*

„Es ist wahr, dass ich in diesem Haus viel Zeit verbracht habe, jedoch als Gefangene. Die Zeit ist nun vorbei. Lasst uns jetzt einen ganz neuen Versuch wagen", sagte Vivien entschlossen.

„Die Umstände sind nun ganz anders, und das Haus ist praktisch neu gemacht. Aus dem einfachen Grund wäre, glaube ich, eine kleine Einweihungsfeier angebracht, aber nicht heute. Wenn ich bestimmte Dinge erledigt habe, werde ich Sie anrufen, und dann werden wir das Datum bestimmen. Was halten Sie von der Idee?", fragte sie.

„Ich bin begeistert", antwortete Doktor Ovale.

*

„Fein. Möchten Sie jetzt mitkommen und mir beim Einkaufen helfen? Ich wäre nämlich froh, wenn Sie bis Nachmittag hier bleiben könnten, sodass wir zusammen zu Mittag essen. Passt Ihnen das?", fragte Vivien

„Selbstverständlich, ich liebe die Idee. Gehen wir", sagte Doktor Ovale.

„Hören Sie gut zu, ich muss Sie warnen", sagte sie lächelnd.

„Mich warnen? Was meinen Sie?", fragte Doktor Ovale überrascht.

„Bis zu meinem zehnten Lebensjahr kochte niemand für mich, und ich kochte auch nie etwas. Während meiner Gefangenschaft kochte mein Entführer für mich. Während meines Aufenthaltes im Spital wurde ich wie ein Gast bedient. Wie Sie sehen, habe ich nie kochen gelernt. Verstehen Sie, was ich sagen möchte?", sagte Vivien.

„Ja, ich verstehe Sie sehr gut", sagte Doktor Ovale lächelnd.

„Einfach gesagt, heißt das: Vom Kochen habe ich keine Ahnung. Habe ich genügend klar gesprochen?", fragte Vivien lächelnd.

„Jawohl. Das ist aber das allerkleinste Problem auf dieser Welt", sagte Doktor Ovale.

„Sie sind ein Engel. Falls ich Sie richtig verstehe, haben Sie keine Absicht, ein strenger Richter zu sein, sondern mir stattdessen zu helfen. Habe ich Recht?", fragte Vivien.

„Sie haben sogar mehr als Recht", antwortete Doktor Ovale.

„Ich habe mehr als Recht? Gibt es so etwas überhaupt?", fragte Vivien.

„Gewöhnlich nicht. In diesem speziellen Fall jedoch schon", antwortete Doktor Ovale.

„Könnten Sie es mir bitte erklären?“, bat Vivien.

„Die Erklärung kann nicht einfacher sein: Seit Jahren koche ich meine Mahlzeiten selbst und habe viel Übung. Genügt das?“, sagte Doktor Ovale.

„Oh, Sie sind wirklich ein Schatz“, sagte Vivien.

„Erinnern Sie mich bitte daran, die Zeitung zu kaufen. Wir müssen sehen, ob es bereits irgendwelche kritischen Kommentare zum Interview mit Ihnen gibt“, sagte Doktor Ovale.

„Sie haben Recht, ich hatte es völlig vergessen. Ich vermute jedoch, dass es heute noch zu früh ist. Ich glaube, dass es die ersten Reaktionen erst morgen geben wird“, sagte Vivien.

„Sehen Sie, dort drüben gibt es einen Kiosk. Gehen wir über die Straße“, sagte Doktor Ovale.

„Sehen Sie mal, alle führenden Zeitungen bringen eine Sonderausgabe!“, sagte Vivien aufgeregt.

„Unglaublich! ‚Drei Mitglieder des Vivien-Teams tot‘“, las Doktor Ovale laut die Schlagzeile auf der ersten Seite einer der Zeitungen.

„Das ist schrecklich! Drei Leute auf einmal! Wie konnte das überhaupt geschehen?“, sagte Vivien leise.

„Wir werden es erfahren, wenn wir die Artikel gelesen haben“, sagte Doktor Ovale.

Sie kauften mehrere Zeitungen und steckten sie hastig in eine der Tragtaschen, die sie mitgenommen hatten.

„Wir müssen jetzt schnell einkaufen und dann nach Hause eilen. Die Artikel können wir lesen, während das Essen gekocht wird“, schlug Vivien vor.

Mit dem Einkaufen wurden sie schneller fertig, als Vivien erwartet hatte, weil Doktor Ovale genau wusste, was für einen guten Beginn erforderlich war. Bereits nach einer Viertelstunde marschierten sie mit vollen Einkaufstaschen in den Händen nach Hause.

Sobald sie zu Hause angekommen waren, setzte Doktor Ovale sein ganzes Wissen und seine ganze Kochkunst ein, um alles so schnell wie nur möglich zuzubereiten. Bald kochte und brodelte der Inhalt von drei kleinen Töpfen fröhlich auf dem Kochherd.

Vivien und Doktor Ovale nahmen die Zeitungen, die sie gekauft hatten, setzten sich nebeneinander auf das bequeme Ledersofa und lasen die Artikel in verschiedenen Zeitungen. Beide waren entsetzt.

„Im Fall von Professor Frederic sind sowohl die Polizei als auch die Ärzte überzeugt, dass es sich um einen tragischen Unfall handelt, denn es ist offensichtlich, dass Professor Frederic ausgerutscht und mit dem Gesicht auf die scharfe Kante der Zentralheizung gefallen ist. Da er sofort das Bewusstsein verloren hatte, konnte er nicht um Hilfe rufen. Am Körper von Professor Frederic gab es keine Spuren von Gewaltanwendung; deswegen gehen die Polizei und die Kriminologen davon aus, dass die schwere Kopfverletzung und der große Blutverlust die Todesursache waren. Die Untersuchung ist noch im Gange“, berichtete Vivien Doktor Ovale, sobald sie ihren ersten Artikel fertig gelesen hatte.

„Ich habe den Artikel über Herrn Corners Tod gelesen. Es geschah auf der Autobahn ohne Geschwindigkeitsbegrenzung. Gemäß dem medizinischen Bericht muss er einen Herzinfarkt erlitten haben, während er äußerst schnell fuhr“, war die Zusammenfassung des Artikels, den Doktor Ovale gelesen hatte.

Sobald Doktor Ovale Vivien über Herrn Corners Tod berichtet hatte, tauschten sie die Zeitungen und lasen die Artikel selbst, um mehr Einzelheiten zu erfahren. Nach einigen Minuten hatten sie beide auch die Lesung des zweiten Artikels beendet.

„In der Abteilung für Psychologie wird sich nun alles ändern, alles wird anders sein“, sagte Doktor Ovale.

„Was wird anders sein?“, fragte Vivien.

„Es ist nicht schön, Schlechtes über andere Leute zu erzählen, besonders wenn sie tot sind, denn sie können sich nicht verteidigen und haben keine Möglichkeit, das Gegenteil zu beweisen. Im Fall von Professor Frederic jedoch ist es fast nötig, offen zu sagen, dass er ein völliger Ignorant war, und zwar nicht nur in Naturwissenschaften, sondern selbst dort, wo er als die höchste Autorität im Land galt. Alles, was er tat, war nur ein großer Bluff. Jeder in unserer Abteilung wusste, dass er zum Abteilungsleiter bestimmt wurde, nur weil sein Bruder in der Regierung ein hohes Tier ist.

Jetzt aber hat Professor Bourgh sehr gute Aussichten, der Abteilungsleiter zu werden. Er ist genau das Gegenteil von Professor Frederic“, sagte Doktor Ovale.

„Kennen Sie Professor Bourgh?“, fragte Vivien.

„Ich habe nie mit ihm gesprochen, aber ich hatte nur ein einziges Mal die Gelegenheit, eine Vorlesung von ihm zu hören. Ich weiß nicht, warum er später keine Vorlesungen mehr gab. Er ist meiner Meinung nach ein brillanter, aber vielleicht zu bescheidener Mensch; man sieht ihn nie. Jemand hat mir gesagt, dass er sich nicht im Hintergrund hält sondern dass er eigentlich gezielt in den Hintergrund gedrängt wird. Ich persönlich würde ihn unterstützen, und wahrscheinlich würden alle, die ihn kennen, dasselbe tun“, sagte Doktor Ovale.

„Und was sagen Sie über den Tod von Herrn Corner?“, fragte Vivien.

„Herr Corner hatte zu viel Einfluss, er hatte zu viel Macht. Er war eine Art Spinne, die alle anderen in ihrem Netz hielt. Wer auch immer wichtig, berühmt, einflussreich werden wollte, musste zuerst in sein Netz geraten. Wer in sein Netz geriet, wurde von ihm völlig abhängig. Offensichtlich war er für seinen eigenen Thron zu groß und zu mächtig geworden. Der einzige Rivale, den er noch zu entthronen hatte, war er selbst, was er auf die seinem Charakter entsprechende Art und Weise auch tat.“

*

„Lassen Sie uns auch den letzten Artikel lesen“, schlug Vivien vor.

„Natürlich, fahren Sie fort. Während Sie lesen, werde ich mich um unsere Mahlzeit kümmern. Danach kann ich den Artikel auch lesen, und dann können wir uns darüber unterhalten“, sagte Doktor Ovale.

Vivien las den Artikel über Herrn Holes mysteriösen Tod. Die Polizei und die medizinischen Experten waren überzeugt, dass er – anders als die beiden anderen Teammitglieder – Selbstmord begangen hatte. In allen drei Artikeln wurde betont, dass alle drei Männer sehr erfolgreich und sehr einflussreich gewesen waren sowie dass alle drei mehrere Liebesaffären hatten, jedoch ohne verheiratet zu sein oder Kinder gehabt zu haben.

*

Während Doktor Ovale neben dem Kochherd stand und voller Hingabe mischte, rührte und würzte, saß Vivien ruhig auf dem Sofa und dachte über bestimmte Einzelheiten im Zusammenhang mit den drei toten Männern nach.

„Jeder von ihnen wollte mich nach dem Interview zum Abendessen einladen.

Jedes Mal, wenn wir allein waren, nahm Professor Frederic meine Hände und hielt sie umfasst in den seinen. Seine beiden Daumen steckten immer zwischen meinen Daumen und meinen Zeigefingern. Jedes Mal pflegte er seine Daumen in den schmalen Halbschlitzen auf und ab zu bewegen und gleichzeitig leichte kreisende Bewegungen auf meinen Handflächen auszuführen. Jedes Mal, wenn er das tat, wurde sein ganzes Gesicht, insbesondere seine riesige birnenförmige Nase sehr rot, sodass seine Augen noch näher aneinander als sonst zu stehen schienen.

Nun ist er tot.

Herr Corner wollte alle Einzelheiten über die Beziehung zwischen Herrn Lid und mir wissen. Er fragte mich, ob Herr Lid meine Geschlechtsteile berührt hatte und ob ich noch Jungfrau sei. Ich erinnere mich an den Ausdruck der Zufriedenheit in seinem Gesicht, als ich ihm sagte, dass ich noch vollkommene Jungfrau sei und dass ich meine Jungfräulichkeit nur dem Vater meines Kindes geben würde, jemandem, den ich hoch schätzte. Dann verlangte er von mir, dass ich aufstehe und mich vor ihm drehe, damit er sehen kann, was ich während des Interviews tragen sollte. Er prüfte die Form meines Pos, indem er mit beiden Händen meine Backen streichelte und mich aufforderte, sie mehrere Male nacheinander fest zusammenzukneifen – gleichzeitig murmelte er irgendetwas von Miniröcken und Bluejeans. Und als er mir sagte, ich sollte mich umdrehen und ihn ansehen, spürte ich seinen verschlingenden, geilen Blick auf meinen Brüsten. Nach dem Interview wollte er mich zum Abendessen einladen und gleich danach mit mir in den Urlaub fahren.

Nun ist er tot.

Herr Hole hatte mir zuerst gesagt, was er für mich zu tun vorhatte, weil ich ihm so wichtig war, viel wichtiger, als ich es mir vorstellen konnte. Dann brachte er alle Urkunden und Dokumente, um mir zu zeigen, dass er sein Wort gehalten hatte. Von seiner Bereitschaft, mir in meiner schweren Lage zu helfen, war ich tief beeindruckt und rannte sofort auf ihn zu, um ihm für seine elterliche Fürsorge zu danken. Er drückte mich aber so an seinen Körper, dass er die ganze Festigkeit meine Brüste fühlen konnte. Seine Hand glitt meinen Rücken entlang hinunter und blieb auf meinem Po stehen. Ich spürte das feine Zittern seiner Hand, während sie sich Millimeter für Millimeter abwärtsbewegte. Auch er wollte mich nach dem Interview zum Abendessen einladen.

Nun ist er tot.

Ich wusste, dass sie mich nicht nur zum Abendessen einladen wollten. Sie alle drei erwarteten von mir mehr, viel mehr. Alle drei waren bereits ältere Männer, reich und einflussreich, und keiner von ihnen hatte Kinder. Bis ans Ende ihres oberflächlichen Lebens gebrauchten und wechselten sie viele Frauen, wobei sie sie ohne Achtung als Vergnügungsobjekte behandelten. Nachdem sie gemerkt hatten, dass ihre Zeit der intensiven sexuellen Aktivität vorbei war, versuchten sie jenes zu tun, was sie früher hätten tun sollen, als sie jünger waren, sich fortzupflanzen. Sobald sie mir begegnet waren, wurde in jedem von ihnen derselbe Plan geboren. Jeder von ihnen sah in mir die ideale Gelegenheit, sich mit einem schönen, unschuldigen und naiven jungen Mädchen fortzupflanzen und sie dadurch völlig abhängig zu machen, um sicher zu sein, sie allein zu besitzen. Das Zusammenspiel der Kräfte war jedoch viel komplizierter, als sie dachten", überlegte Vivien, während sie auf dem luxuriösen hellblauen Ledersofa saß und durch die große Fensterscheibe im Wohnzimmer ihres eigenen Hauses hinausschaute.

***

Doktor Ovales „Die Tafel ist gedeckt, Madame“, das er mit scherzhafter Affektiertheit sagte und sich dabei tief verbeugte, riss sie aus ihren Gedanken.

„Sie sind ein Engel, ich komme. Wo sollen wir essen, in der Küche oder im Esszimmer?“, fragte Vivien.

„In der Küche, würde ich sagen, denn es ist noch nicht die offizielle Einweihung, aber Sie müssen entscheiden“, sagte Doktor Ovale.

„Ich bin ganz Ihrer Meinung, wir essen in der Küche“, sagte Vivien und rieb sich die Hände, denn sie hatte Hunger, und Doktor Ovales schmackhaftes Gericht kitzelte ihre Nase und versprach reinen Genuss.

*

Das Essen, das Doktor Ovale für seine Gastgeberin zubereitet hatte, war köstlich, sogar besser als jenes, das sie während ihres Aufenthaltes im Spital genießen durfte.

Nach dem Mittagessen gingen sie in den Garten und setzten sich auf eine Sitzbank aus Holz, umgeben von einem tadellos gepflegten Rasen.

„Ich liebe diesen Platz trotz der Tatsache, dass manches geändert wurde“, sagte Vivien.

„Es wäre kaum möglich, diesen Ort nicht zu lieben, alles ist traumhaft: das wunderbare Haus, dieser große Garten, der Rasen, die Blumen, der hohe Zaun – einfach alles. Wenn ich mir dieses Haus ansehe, komme ich fast in Versuchung zu denken, dass es schade wäre, es abzureißen, wenn unsere Straße zufällig gebaut würde“, sagte Doktor Ovale lächelnd.

„Es ist in der Tat ein bequemes Haus. Wir dürfen jedoch nicht vergessen, dass es wie alle anderen bloß ein Haufen Staub ist, der früher oder später verschwinden wird, wenn es nicht mehr dem Zweck dienen kann. Die Häuser in unserer

Straße könnten genauso bequem sein wie dieses hier. Neue bequeme Häuser zu bauen wäre eigentlich kein großes Problem. Unendlich schwerer würde es den meisten Menschen fallen, jene Objekte aufzugeben, die in der menschlichen Gemeinschaft völlig überflüssig wären, die in allen Gesellschaften aber die Aufgabe haben, die Macht und Bedeutung von allerlei religiösen und staatlichen Institutionen zu veranschaulichen."

„Ich sehe, was Sie meinen, aber selbst das würde reibungslos verlaufen, wenn die Leute irgendwie begreifen könnten, dass sie alle ein und dasselbe menschliche Wesen sind, das sich in verschiedenen Kleidern zeigt, die man Körper nennt", sagte Doktor Ovale.

„Bis jetzt hat irgendjemand den Rasen gemäht und alles für mich getan, aber von nun an werde ich alles selbst machen müssen. Alles ist großartig, es wird aber viel Arbeit erfordern, zu viel für eine Person", sagte Vivien.

„Es wird mir eine Ehre sein, immer, wenn Sie mich brauchen, Hand anlegen zu dürfen", sagte Doktor Ovale lächelnd.

„Aber werde ich für all die Hilfe zahlen können?", fragte Vivien.

„Ein Lächeln und ein nettes Gespräch werden mehr als genügen", antwortete Doktor Ovale.

„Sind Sie sicher, dass nur ein Lächeln und ein Gespräch wirklich genügen könnten?", fragte Vivien anspielend.

„Sie können und sie werden genügen müssen", sagte Doktor Ovale. Eine besondere Aufrichtigkeit schwang in seiner Stimme mit.

„Sie werden genügen *müssen*? Warum?", fragte Vivien überrascht.

„Nach unserem langen Gespräch glaube ich, dass Sie jemand sind, dem ich alles sagen kann", sagte Doktor Ovale.

„Sie erweisen mir eine zu große Ehre. Ich bin Ihnen sehr verpflichtet“, sagte Vivien.

„Haben Sie vielleicht schon einmal den Ausdruck ‚das Zusammenspiel der Kräfte‘ gehört?“

„Doch, doch“, antwortete Vivien.

„Eben aus dem Zusammenspiel der Kräfte ergab sich, dass meine Hoden nicht herabstiegen, was üblich geschieht. So musste ich mich in meiner frühesten Kindheit einer Operation unterziehen. Die Folge ist, dass ich keine Kinder haben kann und impotent bin. Bis zu unserem Gespräch war die Tatsache für mich von besonderer Bedeutung in dem Sinne, dass sie mich in jedem Aspekt meines Lebens wie eine schwere Last bedrückte und jeden meiner Gedanken mit Betrübtheit füllte. Das Gespräch mit Ihnen jedoch, insbesondere Ihre Idee, dass wir alle ein und dasselbe menschliche Wesen sind, dass derselbe Mensch in jedem Individuum ein anderes Kleid trägt, das wir Körper nennen, hat mich mit der wichtigsten Einsicht in meinem Leben bereichert. Die Einsicht hat mein Denken und Empfinden grundlegend verändert. Letzte Nacht konnte ich gut schlafen, denn die Traurigkeit hatte mein Herz verlassen, bevor ich zu Bett ging.

Nun begreife ich, dass es ohne Bedeutung ist, welches Individuum sich fortpflanzt und welches nicht, denn von Ihnen habe ich gelernt, dass wir alle bloß verschiedene Türen sind, durch welche jenes ein und dasselbe menschliche Wesen auf seinem Weg durchgehen und in bestimmten Kleidern erscheinen kann, die wir dann individuelle Personen nennen. So pflanzt sich das ein und dasselbe menschliche Wesen in jedem einzelnen Individuum auf eine andere Art und Weise fort. Was wir alle mühelos merken, sind die Unterscheide zwischen den Individuen. Was wir jedoch praktisch nie einsehen, ist das Selbe hinter allen Unterschieden, die uns so leicht irritieren.

Daher ist es von größter Bedeutung, ob jene, die sich fortpflanzen, *ebendiese* Einsicht haben oder nicht haben. Falls sie diese Einsicht haben, werden sie die Welt mit Liebe und Freude bereichern. Wenn sie sie nicht haben, werden sie die Welt mit Hass und Trauer belasten. Sie sind ein Engel in Person, und ich hoffe, dass Sie einen geeigneten Partner finden werden, und der geeignete Partner wird eine andere Version meines Wesen sein, wie ich eine andere Version seines Wesens sein werde. Sollten Sie einmal ein Kind haben, so wird es auch mein Kind sein", sagte Doktor Ovale mit unbeschreiblicher Gelassenheit.

„Sie sind großartig. Wir beide könnten bereits in unserer utopischen Straße leben. Es wäre wunderbar, wenn alle Leute irgendwie diese Einsicht erlangen könnten. Das Leben wäre viel tiefer und so viel intensiver, denn in dem Fall wären Leid und Freude eines Beliebigen Leid und Freude aller anderen – niemand würde sich einsam fühlen. Ich bin so glücklich, dass ich Ihnen begegnet bin. Sie helfen mir, jenes zu teilen, was sich vergrößert, wenn es geteilt wird", sagte Vivien.

„Das Zusammenspiel der Kräfte wollte es so. Lasst uns dieses Zusammenspiel auch weiterhin willkommen heißen, was auch immer sich daraus ergeben mag", fügte Doktor Ovale hinzu.

„Der Gedanke, dass sich alles aus dem verblüffenden Zusammenspiel der Kräfte ergibt, ist umwerfend. Jene drei reichen, erfolgreichen, einflussreichen Männer hatten ihre Pläne – solche Leute haben immer ihre Pläne –, und plötzlich starben sie am selben Tag. Ist das nicht unglaublich?", sagte Vivien.

„Das ist es in der Tat. Eigentlich ist aber alles unglaublich, insbesondere, dass es so etwas gibt, was wir als Leben bezeichnen, dass es uns gibt, dass wir denken und miteinander reden können, dass wir eben dadurch die Welt erschaffen, über die wir staunen", sagte Doktor Ovale.

„Sie haben für Professor Frederic jahrelang gearbeitet, nicht wahr? Haben Sie eine Ahnung, was mit ihm wohl passiert sein mag?", fragte Vivien.

„Ach, die Kriminologen und die medizinischen Experten werden schon herausfinden, was herausgefunden werden kann. Was nicht herausgefunden werden kann, hat Professor Frederic mit sich genommen. Unsere persönlichen Meinungen, betreffend die Ursache seines Todes, sind bloß Rätselraten. Nur jener kennt die wahre Ursache, dessen Kinder wir alle in dieser Geschichte sind", sagte Doktor Ovale.

„Ich sehe, was Sie meinen. Das muss auch auf den Tod der beiden anderen Männer zutreffen, nicht wahr?", fragte Vivien.

„Das trifft auf alle zu, die im Zusammenhang mit uns erwähnt werden", bestätigte er.

„Das ist großartig. Dem, der mit jeder Einzelheit im Zusammenhang mit uns allen vertraut ist, werden wir begegnen, sobald das Buch fertig ist, an dem wir uns beteiligen. Habe ich Recht?", fragte sie.

„Sie haben elegant ausgedrückt, was ich Ihnen gerade mit meinen unbeholfenen Sätzen mitteilen wollte", sagte er.

„Sie sind Psychologe, und ich nehme an, dass Sie sich über das Phänomen Gedanken gemacht haben, dass gesunde, gut situierte Leute in Positionen mit Macht und Einfluss Selbstmord begehen, nicht wahr?", fragte sie.

„Darüber habe ich viel nachgedacht", antwortete er.

„Haben Sie persönlich eine Erklärung dafür?", fragte sie.

„Ich glaube nicht, dass Psychologen dieses Phänomen besser als andere Leute verstehen. Nur jene Menschen, die nicht weiterleben möchten, wissen, warum sie es nicht möchten. Wenn sie einmal tot sind, kann man sie nicht bitten, ihre Gründe zu nennen. Die Lebenden können nur mutmaßen, warum bestimmte Leute freiwillig aus dem Leben scheiden, aber genau wissen können sie nie. Es gibt sehr viele Theorien, und sie alle beruhen auf Statistiken", sagte Doktor Ovale.

„Und was besagen die Statistiken?", fragte Vivien.

„Die Statistiken besagen, dass das Selbstmordphänomen mindestens so häufig bei den Begüterten vorkommt wie bei denen, die unter äußerst schweren materiellen Bedingungen leben. So viel ist uns bekannt. Alles, was wir tun können, ist, darüber zu spekulieren und unsere eigenen Theorien zu entwickeln, jedoch können wir nichts mit Sicherheit wissen. Zwischen den Lebenden und den Toten steht eine Mauer aus Schweigen. Die Toten können nicht bestätigen, ob die Ansichten und Theorien der Lebenden, betreffend die Ursachen der Selbstmorde jener, die weggegangen sind, stimmen oder nicht stimmen", antwortete er.

„Ich sehe: Die Lebenden scheinen die Idee zu fürchten, dass es zwischen hier und dort eine undurchdringliche Mauer gibt. Diese Angst liefert das erforderliche Futter für Religion und Psychologie.

Deswegen produzieren Religion und Psychologie Berge von Büchern, in denen sie die undurchdringliche Mauer abzureißen suchen, um somit die Menschen zu überzeugen, dass das Jenseits wichtiger sei als das diesseitige, praktische Leben.

Der Verstand auf der anderen Seite versucht unermüdlich, die undurchdringliche Mauer zu errichten und die Menschen zur Ansicht zu bewegen, dass man sich nicht um das unbekannte Jenseits, sondern nur um die Anliegen des praktischen, diesseitigen Lebens kümmern sollte.

Ich persönlich bin der Ansicht, dass weder jene, die die trennende Mauer zwischen hier und dort zu errichten, noch jene, die sie abzureißen suchen, die Welt verstehen", sagte Vivien.

„Vielleicht haben Sie Recht, aber falls weder die rationale Erklärung dieses Phänomens, die vom Verstand geboten wird, noch die irrationale – vertreten durch Religion und Psychologie – taugt, ist überhaupt eine andere Erklärung denkbar?", fragte Doktor Ovale.

„Ich glaube, dass es eine gibt. Sie ist nicht unbedingt vollkommen, aber sie ist mindestens viel besser als die beiden erwähnten", sagte Vivien.

„Sprechen Sie doch, lassen Sie mich nicht auf Ihre Erklärung warten!", drängte Doktor Ovale lächelnd.

„Die Mauer zwischen hier und dort kann nicht errichtet werden, und weil sie nicht errichtet werden kann, kann sie auch nicht abgerissen werden. Könnte man eine solche Mauer errichten, könnte man sie auch abreißen. Habe ich klar gesprochen?", fragte sie.

„Wahrscheinlich haben Sie sehr deutlich gesprochen, jedoch wüsste ich gern, warum die Mauer vom Verstand nicht errichtet werden kann", sagte er.

„Die Antwort auf die Frage ist sehr einfach", sagte Vivien.

„Die Antwort auf diese Frage soll einfach sein? Ist das möglich?", sagte Doktor Ovale erstaunt.

„Jawohl. Hören Sie zu", sagte sie.

„Ich bin ganz Ohr", sagte er.

„Sogar die dünnste Folie muss zwei Seiten haben, geschweige denn eine Mauer, die als trennende Sperre zwischen dem so genannten lebenden Bewusstsein und der so genannten toten Materie errichtet werden soll. Deswegen müssten die Elemente, aus denen die beiden Seiten einer solchen trennenden Mauer aufgebaut werden sollten, grundsätzlich verschieden sein, das heißt, auf völlig andere Art und

Weise zusammengesetzt werden. Die völlig andere Anordnungsart des Selben würde den Unterscheid ausmachen.

Wer auch immer versucht, die Mauer zwischen hier und dort zu errichten, vergisst sehr leicht, dass das Material, das ihm zur Verfügung steht, unvermeidlich aus den so genannten Stimuli bestehen muss, mit denen wir erst dann vertraut werden, nachdem sie von unseren Sinnen umkodiert und zu allerlei Eindrücken umgestaltet sowie im Prozess, den wir Denken nennen, von unserem Gehirn kombiniert und geordnet werden. Ohne unsere Sinne und ohne unser Gehirn gäbe es weder Stimuli noch Eindrücke noch Denken, also nichts Lebendiges und daher keine Möglichkeit, diese Frage zu erörtern.

Weil das Baumaterial für die andere Seite der hypothetischen trennenden Mauer die so genannte tote Materie sein müsste und weil es dort weder lebendige Sinne noch das lebendige Gehirn gäbe, gäbe es weder irgendwelche Stimuli noch Eindrücke noch Denken. Aus dem Grund könnte die andere Seite der trennenden Mauer zwischen hier und dort nicht mit dem diesseitigen Material aus Stimuli, Eindrücken und Denken, wie wir sie kennen, errichtet werden. Anders gesagt, hätte die Mauer nur eine Seite. Eine einseitige Mauer ist nicht denkbar", sprach sie natürlich, lebhaft, und während sie sprach, war ihr heiterer Blick ins Leere gerichtet.

„Das ist großartig. Ich glaube, dass diese Ihre Idee mehr enthält als alle Bücher über Theologie und Psychologie und …"

„Schluss mit der Übertreibung, Sie Schmeichler. Sie sind noch immer derselbe Schmeichler, mit dem ich den langen Spaziergang und ein wunderbares Gespräch hatte, nicht wahr? Zugeben!", sagte Vivien lachend und bewegte dabei den Zeigefinger ihrer rechten Hand, als wollte sie ihm drohen.

„Ich gebe zu, was Sie wollen, ich ergebe mich", sagte Doktor Ovale vor Freude lachend. Er war glücklich, jemanden zu haben, mit dem er über alles sprechen konnte.

„Das ist gut. Nur jene, die sich ergeben können, können auch siegen. Das hat mich das Leben gelehrt", sagte sie.

„Alles, was Sie sagen, ist eine Art Weisheit", sagte er.

„Sie sind unverbesserlich", erwiderte sie.

„Später werde ich mich schon bessern, aber jetzt muss ich Sie verlassen, weil ich bestimmte Dinge zu erledigen habe; auch Professor Bourgh muss ich anrufen und mit ihm die neue Situation besprechen", sagte er und stand auf.

„Sie sagten, Professor Bourgh sei ein sehr interessanter Mann, nicht wahr?", fragte sie.

„Jawohl. Er ist ein faszinierender Mensch", antwortete Doktor Ovale.

„Ich möchte ihn kennen lernen. Wie wäre es, dass wir ihn zu unserer Einweihung einladen?", fragte sie.

„Das wäre großartig", antwortete er.

„Gut, vergessen Sie nicht, ihm zu sagen, dass er willkommen ist. Sie können ihn mitnehmen, wenn Sie kommen. Ist das in Ordnung?", fragte sie.

„Bestens. Ich werde es tun", antwortete er.

„Wunderbar. Ich freue mich auf die Einweihung und darauf, Prinzessin zu sein, die das Vorrecht genießen darf, sich mit hoch gelehrten Herren zu unterhalten", sagte sie lächelnd.

„Übrigens, hier ist ein Bändchen mit wunderschönen Märchen. Eine Prinzessin sollte sie alle auswendig kennen und imstande sein, sie jedes Mal zu bereichern, wenn sie sie erzählt, ohne sie dabei zu ändern. Falls sie sie bereits kennt, sollte sie sie noch mehrere Male lesen, um sie noch besser zu kennen und jenen ausführlich erzählen zu können, die kommen werden, falls das Zusammenspiel der Kräfte es zulässt. Bereiten Sie sich auf das Leben in unserer Straße vor", sagte Doktor Ovale, indem er ihr ein schönes Bändchen mit Märchen, gedruckt auf besonders feinem Papier, überreichte.

„Sie können einfach nicht umhin, ein Engel zu sein. Sie unterrichten mich, Sie unterhalten mich, Sie bringen mich nach Hause, Sie kochen für mich und als Krönung von allem ermöglichen Sie mir, wunderbare Lektüre zu genießen und mein neues Leben märchenhaft zu beginnen. Wenn mir in meinem zukünftigen Leben irgendetwas Angenehmes begegnet, werde ich an Sie denken. Wenn mir etwas Unangenehmes begegnet, werden mir Ihre Worte helfen, es nicht ernst zu nehmen. Wie Sie sehen, habe ich den Rat nicht vergessen, den Sie mir gaben, als wir im Café saßen", sagte sie.

„Ich danke Ihnen, meine Prinzessin, ich danke Ihnen. Ich liebe all Ihre Komplimente. Ich bin sicher, dass ich von Ihnen viel mehr gelernt habe als Sie von mir", sagte er.

Vivien küsste Doktor Ovale auf die Wange, und er ging weg.

***

Sobald Doktor Ovale weggegangen war, beschloss Vivien, sich alles im Hause etwas genauer anzusehen. Zuerst ging sie in die Küche und sah sich um. Alles war blank geputzt und jeweils aus bestem Material wie polierte Steinplatten, Chromstahl, Glas und Eschenholz. Sichtbar durch die Glasvorderseite standen im eingebauten Geschirrschrank Schüsseln, Teller, Tassen, Gläser, Töpfe und Pfannen sowie allerlei andere Gefäße. In den Schubladen funkelten Bestecksets von feinstem Silber. Alles wartete darauf, gebraucht zu werden. Nie vorher hatte Vivien etwas Ähnliches gesehen.

Beim Anblick von all dem Luxus in ihrer Küche fiel ihr plötzlich ein, dass sie während ihrer Gefangenschaft auch Geschichtsbücher gelesen hatte, und sie erinnerte sich wohl an einige Illustrationen, die zeigten, wie die fernen Vorfahren des modernen Menschen vermutlich ausgesehen hatten und wie sie, halbnackt in einer Höhle um die Feuerstelle aneinandergedrückt, sich zu wärmen versuchten.

„Sie mussten trockenes Holz im Wald sammeln und unzählige Male versuchen, Feuer zu entfachen, da es praktisch nie auf Anhieb gelang. Alles, was wir heute tun müssen, ist, auf einen Knopf zu drücken oder einen Knopf zu drehen, und schon haben wir eine beliebig heiße Kochplatte sowie beliebig viel heißes Wasser.

Damals mussten unsere Vorfahren jeden Tag ums Überleben kämpfen. Dennoch scheinen sie das Gefühl gehabt zu haben, dass das Leben wichtiger war als sonst etwas, und waren bereit zu leiden und zu kämpfen, um bloß zu leben. Die Älteren opferten sich sogar auf, um den Jungen das Leben zu ermöglichen, denn sie wussten, dass ihre eigene Zukunft immer in der kommenden Generation enthalten war.

Heute können wir dank unserer langen Erfahrung und unserem großen Wissen ein bequemes Leben haben. Meine Eltern gehören zur niedrigsten Sozialschicht, und doch lebte ich in einer warmen Wohnung und hatte etwas zu essen, obwohl ich gar nicht arbeitete. Meine Eltern gaben sogar für Dinge wie Alkohol und Zigaretten recht viel Geld aus. Heute haben viele zu viel von allem, und viele bekommen all das mit wenig oder gar keiner Anstrengung, verglichen mit dem Kampf unserer Vorfahren.

Weil wir heute alles recht leicht erhalten, halten wir alles auch irgendwie für selbstverständlich. Leider verliert aber alles, was für selbstverständlich gehalten wird, seinen Reiz und Wert. Ist das nicht die überzeugendste Erklärung, warum wir nicht mehr so sehr am Fortbestehen des Lebens interessiert sind? Im Leben des modernen Menschen scheint nur jenes von Bedeutung zu sein, was viel Vergnügen sowie möglichst viele und möglichst starke Nervenkitzel bietet, obwohl gerade diese Haltung das Ende der menschlichen Art zu verursachen droht. Es steht außer Zweifel, dass nicht bloß Madame de Pompadour so dachte, sondern dass vielmehr zu allen Zeiten in der Vergangenheit ein Teil der Bevölkerung so dachte und handelte. Es ging natürlich immer um eine Minderheit, die ein parasitäres Leben führte und sich von der darbenden Mehrheit unterhalten ließ. Mit der Zeit wurde diese schmarotzende Minderheit immer größer, während der arbeitende Teil immer kleiner wurde. Heute jedoch ist es nur eine winzige Minderheit, die nicht so denkt und handelt“, dachte sie.

*

Einer Schublade entnahm sie einen Schöpflöffel. Der blanke Luxusgegenstand aus massivem Sterlingsilber strahlte seinen milchig-weißen Glanz verschwenderisch aus. Vivien ließ ihn langsam in der Hand wippen und genoss einige Augenblicke dessen angenehmes Gewicht. Dann legte sie ihn wieder zurück und schloss die Schublade.

*

Das Esszimmer grenzte unmittelbar an die Küche. Der Tisch und die Stühle, die Vorhänge und die Kommode waren vom feinsten Design und von höchster Qualität. In der Kommode gab es verschiedene pastellfarbene Tischtücher aus Damast mit jeweils dazu passenden Servietten. Wie in der Küche hatte sie auch hier das Gefühl, dass alles einfach darauf wartete, gebraucht zu werden. Sie nahm eine zusammengelegte Serviette und entfaltete sie. Das reflektierte Licht ließ die eingewobenen Blumenmuster sichtbar werden.

„Ich wüsste gern, wo sie hergestellt wurde und wer sie anfertigte. All diese faszinierenden Stoffstücke müssen wohl um die ganze Welt gereist sein, bevor sie hier gelangten, um mein Leben bequemer zu gestalten. Jene, die diesen luxuriösen Stoff herstellen, leben sehr wahrscheinlich in großer Armut. Ich weiß nicht einmal, wo sie hergestellt wurde, aber ich habe das Vorrecht, sie zu genießen. Alles ist so seltsam. Ist das die irdische Gerechtigkeit, möglich als solche dank der Genehmigung des Himmels? Ist die Gerechtigkeit nicht das Kind der Ungerechtigkeit, das geboren wird, wenn die Ungerechtigkeit trächtig wird, ihren Höhepunkt erreicht? Gäbe es überhaupt die eine ohne die andere? Ist die Gerechtigkeit nicht nur die andere Seite der Ungerechtigkeit und umgekehrt? Zwei Seiten derselben Medaille? Falls das der Fall ist, dann sind Gerechtigkeit und Ungerechtigkeit bloß Phantome, die sich von unserem Unwissen nähren. Falls sie aber zwei völlig verschiedene Wirklichkeiten vom gleichen Rang sind, wer ist befugt zu entscheiden, was gerecht und was ungerecht ist? Ich wollte, ich wüsste klare Antworten auf solche Fragen“, dachte sie.

*

Im großen Schlafzimmer gab es ein Doppelbett. Es war noch nicht gemacht. Einige schneeweiße Barchenttücher lagen sorgfältig zusammengelegt darauf. Sie waren von feinster Qualität, weich und flauschig und einladend. Eine große Daunendecke, leicht und weiß wie eine Wolke, lag daneben.

Außer dem großen Doppelbettzimmer gab es noch drei andere. Zwei waren gleich groß, eine Art Zwillingszimmer, etwas kleiner als das Doppelbettzimmer; das vierte war das kleinste von allen. Vivien war unschlüssig, in welchem Zimmer sie die erste Nacht in ihrem neuen Heim schlafen sollte. Die beiden gleich großen Zimmer kamen nicht infrage. Sie musste nun entscheiden zwischen dem größten mit dem Doppelbett und dem kleinsten mit einem Einzelbett. Alle Zimmer hatten große Fenster, das größte Zimmer hatte sogar zwei davon. Bevor sie in ihr neues Heim kam und während Doktor Ovale dort war, stellte sich die Frage gar nicht, in welchem Zimmer in ihrem neuen Heim sie die erste Nacht verbringen sollte. Erst jetzt wurde es ihr plötzlich bewusst, dass sie allein war. Sie konnte ihr eigenes Benehmen nicht verstehen, denn sie verbrachte viel Zeit allein, als sie noch ein kleines Kind war. Nun war sie aber eine erwachsene Person, und daher hätte es eigentlich völlig belanglos sein sollen, in welchem Zimmer sie schlafen würde. Die Frage hätte sich eigentlich gar nicht stellen sollen. Aber sie stellte sich, klar und entschieden.

*

Vivien ging ins Wohnzimmer, setzte sich auf das Sofa, wo sie mit Doktor Ovale gesessen hatte, während sie die Zeitungsartikel lasen.

„Das herrliche Doppelbett ist so einladend, und das Zimmer ist so groß und hell. Dort möchte ich so gern schlafen. Aber es ist zu groß für mich allein. Das Zimmer ist nicht für eine Person, wenigstens für mich allein nicht.

Ich wollte, das kleine Zimmer hätte eine metallene Tür und keine Fenster. Aber so, wie es ist, kann jedermann die einfache Holztür öffnen, sogar, wenn sie abgeschlossen ist. Außerdem gibt es dort auch ein Fenster. Jemand könnte durch das Fenster hereinklettern, während ich schlafe. Nein, dort kann ich nicht schlafen. Sollte ich Doktor Ovale anrufen und ihn bitten zu kommen, hier über Nacht zu bleiben und mir dadurch zu helfen, mich an die neue Situation zu gewöhnen? Er würde wahrscheinlich kommen, obwohl er gesagt hat, dass er wichtige Dinge zu erledigen habe. Aber jetzt, nach unserem langen Gespräch, wäre er mehr als erstaunt über mein Verhalten. Nein, das kann ich nicht machen. Er ist sehr lieb, und er kocht gern, aber ich befürchte, dass er meine Situation nicht ganz begreifen würde. Ich glaube nicht, dass er mir in diesem Augenblick helfen kann. Was soll ich …?“, unterbrach sie sich selbst, bevor sie ihre Frage beenden konnte.

„Warum warte ich? Herr Strong hat ausdrücklich betont, dass ich nicht zögern soll, ihn anzurufen, falls ich seine Hilfe benötigen sollte. Ich bin sicher, dass dies genau der Augenblick ist, wo ich seine Hilfe brauche“, sprach Vivien laut, nahm die Karte, die Herr Strong ihr gegeben hatte, und wählte die Nummer.

Es war offensichtlich, dass jemand am anderen Ende abgenommen hatte, denn sie bedankte sich und fügte hinzu, dass sie froh und glücklich sei.

„Eine halbe Stunde ist gerade richtig; ich kann noch duschen“, dachte sie, während sie den Hörer langsam auflegte.

***

Vivien ging in ihr luxuriöses Badezimmer, um zum ersten Mal in ihrem neuen Heim zu duschen. Das Badezimmer schien außerordentlich groß zu sein, und jede Einzelheit drin wurde von jemandem gewählt, der guten Geschmack hatte, und von jemandem bezahlt, der über die nötigen Mittel verfügte und bereit war, tief in die Tasche zu greifen. Als sie sich auszog, erblickte sie im Spiegel den schönen nackten Körper eines jungen Mädchens.

Nachdem sie geduscht hatte, trocknete sie sich ab und schaute sich gleichzeitig im Spiegel an, der eine ganze Wand einnahm und dadurch das ganze Badezimmer zweimal größer erscheinen ließ, als es eigentlich war.

Die Größe des Badezimmers ließ in ihr das Gefühl entstehen, dass die junge Frau im Spiegel nicht bloß das Bild ihres Körpers, sondern ein anderer Mensch war.

Die gesunde Frische des Bildes unterstrich die makellose Symmetrie ihrer Statur. Das Bild im Spiegel hatte Beine von atemberaubender Leichtigkeit, bereit, jeden Augenblick den schnellen Sprung eines jungen Rehs auszuführen. Sie drehte den Körper, um ihren Rücken zu sehen, und glitt mit ihren Händen über ihren Po. Dann bewegte sie die Hände langsam aufwärts entlang ihrer Taille, bis sie ihre Brüste erreichte, wo sie für einen Augenblick unterhalb zweier kleiner, kegelförmig spitz zulaufender, fester Hügel stehen blieben, als wollten sie sie unterstützen. Zärtlich versuchte sie sie aufwärts zu drücken, aber sie leisteten hartnäckig Widerstand und behielten ihre Form und ihre Stellung.

„Sie lassen sich weder aufwärts noch seitwärts schieben, sondern scheinen fest entschlossen, nicht nachzugeben, sondern zu warten, bis der Richtige kommt, um ihn zu besiegen, indem sie sich ihm ergeben“, dachte Vivien, während sie den schönen nackten Körper im Spiegel betrachtete.

Sie öffnete die türkisfarbige Vorderseite des eingebauten Schranks. Zahlreiche winzige Fläschchen, mit Parfums, geordnet in einer Reihe, noch länger als jene in ihrem Zimmer im Spital, warteten darauf, ihrem Zweck zu dienen. Sie öffnete das Fläschchen mit Veilchenduft, verteilte einen Tropfen auf der Fingerbeere ihres Zeigefingers und berührte jene Orte, an denen seit Anbeginn die begehrtesten Schlachten geschlagen wurden. Sie fühlte sich in eine unsichtbare Wolke aus verführerischem Duft gehüllt. Dann zog sie saubere Unterwäsche an und kleidete sich.

Nur eine Minute später hörte sie die Glocke läuten. Sie ging hinunter und öffnete die Tür. Herr Strong stand vor dem Eingang.

„Guten Tag, Frau..."

„Hallo. Sag einfach Vivien", half sie ihm, in seine Augen schauend. Sie waren von eigenartiger Farbe, etwas zwischen grasgrün und olivgrün.

„Ich bin Peter", sagte er. Seine Stimme war voller Freude, etwas schüchtern.

„Hallo, Peter", wiederholte sie ihren Gruß.

„Vielen Dank für die Einladung. Dies ist die angenehmste und kostbarste Überraschung in meinem Leben", sagte Peter.

„Ist es wahr?"

„Ja, in der Tat."

„Warum?", fragte sie.

„Nur einen Augenblick, bevor das Telefon läutete, wollte ich dich anrufen", antwortete er.

„Ist das wahr?", fragte sie.

„Jawohl. Ich glaube nicht an Dinge wie Telepathie, aber in diesem Fall änderte ich fast meine Meinung", sagte er.

„Ich glaube auch nicht an Telepathie, jedoch sehe ich die Möglichkeit, dass die Menschen, die gemeinsame Wünsche,

Interessen und Absichten haben, auf übereinstimmende Weise aneinander denken. Aus dem einfachen Grund könnten auch ihre Handlungen in besonderen Situationen übereinstimmend und entsprechend und ergänzend sein. Übrigens, welches dieser Wörter drückt am besten unsere Verhaltensweise aus? Könntest du mir das bitte erklären?", fragte sie.

„Nun, ich will es mal versuchen. Übereinstimmend bedeutet meiner Meinung nach gleich, jedoch als voneinander unabhängig gesehen; entsprechend bedeutet zwar zueinander passend und aufeinander bezogen, dennoch als getrennt empfunden; ergänzend sein bedeutet aber zusammen etwas Ganzes ausmachend, daher Höheres und Kostbareres als die bloße Summe der ergänzenden Elemente", sagte Peter.

Ihre Blicke begegneten einander, und sie hatten das Gefühl, dass ihre Gedanken sich ergänzten in der Erwartung desselben.

„Ich liebe deine Erklärung", sagte sie.

„Ich bin glücklich, das zu hören", erwiderte er.

„Und weißt du, warum?", fragte sie.

„Nein, sag es bitte."

„In deiner Erklärung bautest du elegant die Spannung auf, indem du damit anfingst, dass du vom Gleichen, jedoch Getrennten sprachst, dann zu jenem übergingst, was zueinander zwar passend, jedoch getrennt ist, und zum Schluss jenes besprachst, was entsteht, wenn getrennte Elemente sich zu einer höheren Einheit zusammenfügen. In der höheren Einheit gibt es weder Trennung noch Entsprechung, sondern bloß den Triumph der Freiheit auf der Grundlage des dynamischen Gleichgewichts. Habe ich Recht?", fragte sie.

„Ganz und gar hast du Recht, sogar mehr als das; 'dynamisches Gleichgewicht' ist ein sehr wichtiger wissenschaftlicher Begriff. Übrigens, weißt du, warum ich dir eine überzeugende Erklärung bieten konnte?", fragte er.

„Nein, sag es mir bitte.“

„Du hast die Wörter so geordnet, dass ich dann keine Mühe mehr hatte, die verschiedenen Stufen sofort zu sehen. Du hast das Fundament gelegt und mir erlaubt, darauf zu bauen“, sagte er.

„Komm, wir müssen weitermachen. Wir erörtern die Dinge, für die es bestimmt einen geeigneteren Ort gibt als hier im Flur“, sagte Vivien, indem sie Peter zärtlich beim Arm nahm.

*

Sie fühlte die Kraft seines Oberarmes und stellte sich vor, wie leicht er sie in seinen Armen heben und tragen könnte, wohin auch immer sie es begehrte.

Peter spürte das zärtliche Drücken ihrer Finger, die seinen Oberarm zu umfassen versuchten. Er genoss ihre Versuche, und sie genoss die Tatsache, dass alle ihre Versuche umsonst waren.

„Zuerst möchte ich dich durch das Haus führen. Du wirst sehen, dass alles wunderschön gemacht ist, aber auch, dass es für eine Person zu groß ist“, sagte sie.

„Das ist sehr nett, vielen Dank. Wo fangen wir an?“, fragte er.

„Mit der Küche, würde ich vorschlagen“, sagte sie.

„Es ist sehr interessant, dass du die Küche als den Startpunkt vorschlägst“, sagte er.

„Warum?“, fragte sie.

„Weil wir alle spüren, dass die Küche der zentrale, der wesentliche Punkt im Haus ist, obwohl wir nie darüber nachdenken. Unser moderner Kochherd ist der direkte Nachfahre der uralten Feuerstelle. Die Feuerstelle war der Ort, um den sich unsere Vorfahren versammelten, um sich zu wärmen und wo sie das Essen zubereiteten. Das war der heilige Ort, wichtiger als alle anderen. Zu jenen schweren Zeiten war die Frau, die Herrin des Hauses, dafür zuständig, das Feuer zu unterhalten und die Mahlzeiten zuzubereiten. Sie musste entscheiden, wie sie den vorhandenen Nahrungsvorrat über einen bestimmten Zeitraum verteilen sollte. Anders gesagt, sie musste das Gesetz der Feuerstelle kennen. Unser Wort Ökonomie ist von den griechischen Wörtern 'oikos' und 'nomos' für Feuerstelle und Gesetz abgeleitet worden", sagte er.

„Das ist sehr interessant. Hast du in der Schule Griechisch gelernt?", fragte sie.

„Ja, aber nicht sehr lange", antwortete er.

„Ich würde es auch gern lernen. Es ist interessant zu wissen, woher die Wörter stammen, nicht wahr?", sagte sie.

„Das ist es in der Tat. Je besser man ihre Herkunft kennt, umso reicher wird ihre Bedeutung", sagte er.

„Ist es möglich, die allererste Quelle jedes Wortes zu finden?", fragte sie.

„Bestimmt, aber sehr wenige Leute sind sich der allerersten Quelle der Sprache selbst bewusst", sagte er.

„Und was ist die allererste Quelle der Wörter?", fragte sie.

„Es ist das Lebewesen selbst, ein jedes auf seiner eigenen Ebene und auf seine eigene Art und Weise. Einige von ihnen sind auf der Ebene, auf der die Organismen nur auf die einzelnen äußeren Reize mit spezifischen Einzelhandlungen reagieren können. Andere sind auf der Ebene, auf der die Organismen auch auf kombinierte äußere Reize mit entsprechenden kombinierten Handlungen, die man Programme nennen könnte, reagieren können. Andere wiederum sind auf der Ebene, auf der die Organismen ihre Reaktionen und Programme spontan, aber auch geplant und jeder neuen

Situation angepasst ausführen können. Nur auf dieser Ebene sprechen wir vom abstrakten Denken", sagte er.

„Wenn ich dich richtig verstehe, haben alle Lebewesen eine Art Sprache", sagte sie.

„Wahrscheinlich hast du Recht, obwohl die meisten Wissenschaftler mit dir nicht einverstanden wären. Sie sagen, dass nur die Menschen die Sprache haben und dass die Sprache gerade jenes ist, was den Menschen so besonders und völlig anders macht und ihn von allen anderen Lebewesen grundsätzlich unterscheidet", sagte er.

„Deine Erklärung verstehe ich so, dass alle Lebewesen eine Sprache besitzen, die genau ihren Bedürfnissen entspricht", sagte sie.

„Genau. Es gibt Wissenschaftler, die ins andere Extrem gehen und behaupten, bewiesen zu haben, dass sogar individuelle Zellen als die kleinsten lebendigen Einheiten in höheren Organismen singen und Musik produzieren können. Wahrscheinlich verwechseln sie bestimmte Dinge; es ist aber interessant zu hören, wie verschieden die Ansichten sein können", sagte er.

„Komm, ich möchte dir zeigen, wo das Zimmer war, in welchem ich während meiner Gefangenschaft weilte", sagte sie.

„Gehen wir, ich möchte die berühmte Zelle sehen", sagte Peter lächelnd.

*

„Da war sie, aber jetzt gibt es sie nicht mehr", sagte Vivien und wies auf die Wand. Peter glaubte, eine Art Bedauern oder Enttäuschung aus ihrer Stimme herausgehört zu haben.

„Du sagtest, sie war da, aber wo ist sie jetzt?", fragte er.

„Ehrlich gesagt, weiß ich es nicht. Offenbar haben sie das

ganze Haus umgestaltet und meine Zelle irgendwie verschwinden lassen."

„Ich verstehe", sagte er.

„Diese Tür führt in die Garage", sagte Vivien und öffnete die Tür.

„Oh, der Raum ist sehr groß. Hatte dein Kidnapper zwei Autos?", fragte er.

„Eigentlich nicht. Er hatte nur einen grünen Lieferwagen. Ich habe den Eindruck, dass die Garage jetzt viel größer ist, als sie es damals war", sagte Vivien.

„Ich nehme an, dass deine Zelle jetzt ein Teil der Garage ist", sagte Peter.

„Du hast Recht, das ist die Antwort. Du hättest Architekt werden sollen", sagte Vivien.

„Und was ist dort hinter der kleinen Tür?", fragte Peter und wies auf die Tür in der Garagenecke. Sie war eingebaut und kaum sichtbar.

„Ich bemerkte sie gar nicht, als ich heute Morgen kam. Du hast Adleraugen", sagte sie und lächelte ihn an; sie nahm seine Hand, während sie sich langsam auf die Tür in der Ecke zubewegten. Als Antwort auf die reizenden Bewegungen ihrer Finger und ihr Anschmiegen an ihn umfing und drückte er zärtlich ihre Hand.

Vivien erwartete irgendeine Überraschung und war sehr aufgeregt. Peters starke Hand half ihr, sich sicher zu fühlen.

Peter öffnete langsam die Tür.

„Ich kann es nicht glauben!", schrie sie.

„Was ist passiert?", fragte Peter. Er konnte ihre Reaktion nicht verstehen, denn hinter der Tür gab es nichts außer einem kleinen Raum mit einer Dusche.

Sie drehte sich um und klammerte sich an ihn, wobei sie ihre Arme um seinen Hals legte. Ihre Augen waren voller Tränen. Peter sagte nichts, während er mit seiner rechten

Hand ihr Haupt streichelte. Er spürte den zarten Druck der Spitzen ihrer Brüste. Ihre Festigkeit ließ ihm das Blut in den Kopf steigen.

Eine Weile bewegten sie sich nicht. Dann hob sie ihr Gesicht zu ihm hinauf, und ihre Lippen begegneten sich.

„Er ist noch immer da", sagte sie.

„Wer? Was?", fragte er.

Sie zeigte auf einen Sticker an der Innenseite der Tür.

Peter warf schnell einen Blick darauf und las die Worte.

„Gehen wir hinauf, und dann kannst du mir mehr über den Sticker erzählen", sagte er.

***

Vivien zeigte Peter die Schlafzimmer, zuerst das kleinste, dann die beiden gleich großen und das größte mit dem Doppelbett zuletzt.

„Kannst du mir bitte helfen, das Bett zu machen?", bat Vivien Peter und nahm eines der makellos weißen Betttücher vom Stapel auf dem Bett.

„Sicher", sagte er und half ihr, das luxuriöse Barchenttuch auszubreiten.

„Dieses Bett ist groß, lässt sich nicht leicht machen, erfordert zwei", sagte sie neckisch lächelnd, als sich ihre Blicke begegneten.

„Ich bin mit dir einverstanden, es erfordert wirklich zwei", sagte Peter.

„Siehst du, wie leicht wir beide uns verständigen. Erstens weil der Einzelne sich sehr leicht verloren vorkommt und verzweifelt, insbesondere in der nächtlichen Dunkelheit, wenn der seltsame Besucher, Verlangen genannt, den Schlaf verscheucht. Bitte fahre fort ...", sagte sie lächelnd und richtete dabei den Zeigefinger auf ihn, als befähle sie ihm.

„Gibt es jedoch zwei, die sich gegenseitig unterstützen, wird der Geist des Verlangens leicht befriedigt, und dann drückt sein schwereloser Vetter, der Geist des Schlafes, so sachte auf ihre Augenlider, dass sie nicht merken, wann und wie sie in das Reich der zeitlosen Erfüllung versinken", sagte Peter.

„Ja, die aufregende Fahrt, die in der zeitlosen Erfüllung endet, ist genau das, wonach ich mich sehne", sagte Vivien andeutend.

„Eine solche Fahrt ist nur möglich, falls zwei Menschen zusammen reisen und dabei einander als Reiseleiter dienen", fügte Peter hinzu.

„Ich bin ganz deiner Meinung; denke daher einen Augenblick an die schönste Reiseroute und mach dich bereit, um sie mit allem, was du hast, zu genießen. Inzwischen werde ich mich für die Reise umziehen – besondere Reisen erfordern besondere Kleidung, und das gilt auch für dich“, sagte sie lächelnd und hüpfte zur Tür des angrenzenden Zimmers.

In der Tür hielt sie einen Augenblick inne – die Türklinke noch in der Hand –, wandte den Kopf um und schaute ihn über ihre Schulter an. Die Bewegung verursachte eine sanfte Drehung ihrer betörenden Figur und ein feines Hervortreten ihres herrlich geformten, prallen Pos gegen ihn. Ihre Wangen glühten, und ihr Blick war voller Verlangen. Dann verschwand sie hinter der Tür.

Peter, der ihr nachgesehen hatte, wie sie davonhüpfte, stand wie vom Blitz getroffen neben dem Bett.

Sobald das Bild der betörenden Schönheit vor ihm verschwunden war, ging er zum Fenster und zog den Vorhang zu. Im Nu wurde das Zimmer von leicht gedämpftem Türkislicht erfüllt. Er zog sein Hemd und seine Hose aus und legte sie auf die Sessellehne.

Gerade in dem Augenblick kam Vivien zurück. Sie hatte nur ein kurzes, fast durchsichtiges Nachtkleidchen, das ihr gerade bis unterhalb des Pos reichte.

Sie sagten nichts, als sie sich neben dem Bett trafen, denn der Augenblick war nicht für Worte geeignet. Sie hob ihre Arme und streckte sie aufwärts, als hätte sie sagen wollen: “Hier bin ich, bereit, mich zu ergeben, um dich zu besiegen.“ Sachte zog er ihr Nachtkleidchen hoch und warf es auf das Bett. Sie zog langsam den elastischen Rand seiner Unterhose auf sich zu, um das wuchtige Hindernis zu überwinden, das, leicht hinaufzeigend, auf sie gerichtet war.

Nun standen sie voreinander: sie, zart und von erstaunlichem Liebreiz, wie eine Fee, und er, herrlich gebaut, äußerst gut aussehend und wie ein junger Hengst von Kraft strotzend.

*

Vivien war immer ein neugieriges Mädchen gewesen. Während ihrer Gefangenschaft hatte sie manch ein Blatt in verschiedensten Büchern gewendet und unter anderem auch viele Bilder und Zeichnungen von nackten Körpern gut aussehender Männer gesehen; ihre Neugier wurde dadurch noch zusätzlich genährt und verstärkt. Was sich nun aber ihrem Anblick darbot, war nicht einfach ein gutes Bild von irgendetwas, es war die betörende Wirklichkeit. Ein Schauer der Erregung durchlief ihren ganzen Körper, während sie langsam Peters Unterhose hinunterzog und ihm half, sie auszuziehen. Ihre Wange berührte seine herausragende Macht.

*

In einem der Bücher, die ihr Herr Lid gebracht hatte, konnte sie lesen, dass der menschliche Speichel das beste und empfehlenswerteste Gleitmittel war, welches einen angenehmen Anfang bei der geschlechtlichen Vereinigung erleichtern konnte. Nun bot sich wohl der geeignetste Augenblick, dieses Wissen praktisch anzuwenden. Sie steckte die kräftig geschwollene Spitze seiner Macht in den Mund und machte sie mit ihrem Speichel reichlich nass. Gleichzeitig nahm sie sachte seine beiden Hoden in die Hand, um ihre Form zu spüren und eine praktische Ahnung davon zu bekommen, was die zahlreichen Bilder der männlichen Zeugungsorgane darstellten, die sie im Anatomieatlas und in einigen anderen Büchern gesehen hatte.

Peter war so erregt, dass er nicht länger warten konnte. Er hob sie sachte hoch und legte sie auf das Bett. Dazu brauchte er sich gar nicht anzustrengen, als wäre sie ein kleines Kind gewesen. Sie genoss das Gefühl, in seinen Armen sicher zu sein. Die Kraft seines Körpers und die

Leichtigkeit, mit der er sie hob, gaben ihr ein Vorgefühl davon, was noch kommen sollte.

***

Als junger Student musste Peter verschiedene kleinere Arbeiten erledigen, um seinen Lebensunterhalt zu verdienen. Einmal unterrichtete er zwei kleine Kinder eines ehrgeizigen, begüterten Ehepaares. Die Eltern wollten, dass ihre Kinder noch vor der ersten Schulklasse möglichst viel lernen. Die Kinder liebten ihn, und die Eltern der Kinder schätzten ihn und seine Arbeit sehr. Der Vater der Kinder war ein charmanter, sehr gut aussehender Mann. Oft war er geschäftlich abwesend. Die Mutter der Kinder war in Peters Augen das lebendige Ideal weiblicher Schönheit, und für sie war Peter, was ein idealer Mann sein sollte.

Jedoch ließen weder Peter noch die Mutter der Kinder durch irgendetwas andeuten, dass sie einander begehrten.

*

Eines Tages wurde der Vater der Kinder in einen Verkehrsunfall verwickelt, in dem er und vier andere Personen starben.

*

Peter hielt es für richtig, nicht mehr hinzugehen, um die Kinder der schönen Witwe zu unterrichten, denn er wollte nicht stören, da sie alle wegen des tragischen Ereignisses schwer erschüttert waren.

Einige Wochen später aber rief ihn die Mutter der Kinder an und bat ihn zu kommen und die Kinder weiter zu unterrichten. Peter folgte ihrer Einladung, und ihre Kinder waren glücklich.

Eines Abends, nachdem sie die Kinder ins Bett gebracht hatte, lud die Witwe Peter zum Abendessen ein. Peter nahm die Einladung dankbar an.

Nach dem Abendessen näherte sie sich ihm, wie sie aus der Küche kam, legte ihre Hand auf seinen Nacken und fragte ihn, was er lieber zum Nachtisch hätte, ein Stück Kuchen oder etwas Obst.

Das Blut stieg ihm in den Kopf, und er wurde völlig verwirrt, denn außer der streichelnden Hand seiner Mutter hatte er nie vorher die Handberührung einer Frau auf seinem Hals gespürt.

„Was Sie möchten, Ihr Wunsch ist meiner", sagte er etwas ungeschickt.

Auf einem Holztablett brachte sie zwei gesunde, glatte herzförmige Klaräpfel und zwei schöne längliche Pflaumen, deren hauchdünner, silbrigbläulicher Farbenschleier noch unberührt war.

„Diese Äpfel sind ausgezeichnet. Kosten Sie sie", sagte sie, während sie vor ihm stand und das Tablett mit Früchten unmittelbar unter ihren schön geformten Brüsten hielt. In der Art, wie sie ihn ansah, gab es etwas, was er vorher nie gesehen hatte. Das bewog ihn, einen Apfel zu nehmen.

„Er ist köstlich. Es läuft mir im wahrsten Sinne des Wortes im Munde zusammen; jetzt ist er wirklich voll von Speichel", sagte Peter.

„Das ist es genau, was Sie benötigen werden, um das Herrliche ins Göttliche zu verwandeln. Ich meinerseits werde zwei Pflaumen nehmen. Ich liebe Pflaumen, und ich weiß, was zu tun ist, damit das Herrliche zum Göttlichen wird", sagte sie. Dann nahm sie eine der beiden Pflaumen und umschloss sie mit ihren schön geformten, sinnlichen Lippen. Während sie ihren Kopf leicht nach links und rechts bewegte, bewegte sie langsam und behutsam den Unterkiefer, als ob sie kaute. Dabei beulten sich ihre Wangen abwechselnd leicht hervor. Jedoch kaute sie offensichtlich nicht, denn nur einige Sekunden später nahm sie die Pflaume aus dem Mund und hielt sie zwischen dem Daumen und dem Zeigefinger, um ihm zu zeigen, dass die Form der Pflaume unverändert war.

„Wie Sie sehen, ist es gar nicht gefährlich. Ich bin sehr vorsichtig, besonders wenn ich zwei Pflaumen gleichzeitig im Mund habe“, sagte sie lächelnd und sah ihm dabei gerade in die Augen.

Peter liebte ihre sinnlichen Lippen und den verführerischen Blick ihrer Mandelaugen. Plötzlich hatte er das Gefühl, eine Ahnung zu haben, was sie eigentlich mit den Pflaumen meinte und was sie zu tun vorhatte.

Sie stellte das Tablett auf den Tisch, ging dicht an ihn heran, neigte sich über ihn, sodass ihre Brüste fast seine Nase berührten, und streichelte zärtlich seinen Kopf. Der süße, betörende Duft ihres Busens bewog Peter aufzustehen. Er hob sie und trug sie bis zum Bett. Sie halfen einander, die Kleider abzulegen. Sobald Peter keine Unterhose mehr anhatte, nahm sie die fest geschwollene Spitze seiner Macht in den Mund und machte sie richtig nass mit ihrem Speichel. Gleichzeitig nahm sie seine beiden Hoden vorsichtig in die Hand und bewegte sie sachte so, dass sie aneinander glitten. Sie waren fest, und ihre Hand war voll.

„Sie sehen: Es ist gar nicht gefährlich, reines Vergnügen. Man muss sie mit äußerster Sorgfalt behandeln, denn sie sind kostbarer als sonst was auf der Welt“, sagte sie.

Peter hob sie und legte sie sachte auf das Bett. Er streichelte und küsste ihre Brüste. Nun konnte er sehen, dass sie tatsächlich die Form der beiden Äpfel hatten, die sie ihm angeboten hatte, und dass sie fest waren, obwohl sie zwei Kinder hatte. Ihre Haut war glatt wie Glas. Sie hob ihre Schenkel und drückte ihre gebeugten Beine rückwärts an ihren Körper. Er drückte sie zärtlich sogar noch etwas weiter, bis ihre Knie auf der gleichen Höhe wie ihre Brüste waren. Ihre wunderbare, üppige Orchidee präsentierte sich seinem

Blick in all ihrer Pracht, und in dem Augenblick begriff er, wozu er den Speichel in seinem Mund gebrauchen sollte. Die Pforte des Himmels öffnete sich, und er ging hinein, sachte, aber entschieden. Der Himmel empfing ihn mit Freude.

*

Nach dem ersten Teil der Reise, die sie in der Nacht gemacht hatten, standen sie auf, wuschen sich und genossen noch ein Stück Kuchen und ein Glas Süßwein.

Dann gingen sie wieder ins Bett und unterhielten sich vertraulich über dies und jenes wie zwei Menschen, die sich an unendlich viele gemeinsame Erlebnisse erinnern.

„Ich bin nicht mehr, was ich bis vor Kurzem war", sagte er, während er ihre apfelförmigen Brüste streichelte.

„Sind Sie besser oder schlechter geworden?", fragte sie ihn und streichelte ihm den Kopf.

„Weder besser noch schlechter. Jetzt bin ich einfach viel reicher, als ich vorher war", antwortet er.

„In welcher Hinsicht?", fragte sie.

„Bis jetzt kannte ich bloß das Wort ‚Paradies'. Jetzt bin ich zutiefst davon überzeugt, auch den Inhalt des Wortes zu kennen", sagte er.

„Es freut mich sehr, dass dem so ist. Ich heiße Marie. Darf ich Ihnen Peter sagen?", fragte sie.

„Es ist seltsam, aber ich hatte die ganze Zeit das Gefühl, dass du mir Peter sagtest. Sag mir, was dir am besten gefällt. So oder so bist du mein beschützender Engel, denn du hast mir den Weg zum Paradies gezeigt", sagte Peter.

„Ich bin einfach überglücklich zu wissen, dass du mit meiner Führung zum Paradies zufrieden bist. Das ermutigt mich, deine Fahrt im Paradies noch ein wenig auszuschmücken", sagte sie lächelnd.

„Ist das überhaupt möglich?", fragte er.

„Oh ja, mit etwas Fantasie kann man auch den Himmel verschönern", sagte sie.

„Aber wie?", fragte er.

„Komm, knie über mir", forderte sie ihn auf.

Er tat es. Nun lag sie zwischen seinen Oberschenkeln.

„So ist es richtig, jetzt wirst du eine andere Version des Himmels kennen lernen", sagte sie und rutschte zwischen seinen Oberschenkeln hinunter, bis ihr Mund unter seinen Hoden war. Jetzt begriff er genau, worauf sie anspielte, als sie die Pflaume in den Mund steckte und sie darin bewegte, ohne sie zu kauen.

„Hast du wirklich die Absicht …?", wollte er sie fragen.

„Du hast schon etwas Angst, nicht wahr?", unterbrach sie ihn auf ihre scherzhafte Art.

„Hab keine Angst. Meine Zähne sind zwar sehr scharf, aber ich werde sie nicht gebrauchen", beruhigte sie ihn und lachte dabei. „Komm nur etwas tiefer herunter, damit ich sie mit den Lippen bequem umschließen und fest halten kann", unterwies sie ihn.

Er tat es, und bald waren seine beiden kostbaren Pflaumen in ihrem Mund. Sie begann, an ihnen sachte zu ziehen, indem sie ihren Kopf langsam in alle Richtungen bewegte. Jeder zarte Druck ihrer Zunge und ihres Gaumens auf sie löste in ihm eine unbeschreibliche Genusswelle aus, die seinen ganzen Körper durchdrang. Das Bewusstsein, durch die höchste gegenseitige Vertrautheit und Ergebenheit mit gerade jener wunderschönen Frau vereint zu sein, die er seit dem ersten Tag ihrer Bekanntschaft begehrt hatte, gepaart mit der möglichen Gefahr, der er den delikatesten und kostbarsten Teil seines Körpers aussetzte, schuf bei ihm jene einmalige Mischung aus Genuss, Angst und Erregung, die nur von der Ungewissheit erzeugt werden kann.

Sein mächtiger Teil erwachte wieder und wurde so steif, dass es ihm fast einen leichten Schmerz verursachte. Sie berührte ihn, um sich zu vergewissern, dass er genügend fest war. Dann entließ sie seine Hoden sachte aus deren noblen Gefangenschaft und schob ihren Körper wieder in die vorherige Stellung.

„Tritt noch einmal ins Paradies ein", sagte sie ihm lächelnd.

Wiederum faltete sie ihre wunderschönen Schenkel zurück, und er tauchte von neuem mit aller Freude, Zärtlichkeit und Kraft in das betörende Rosa ihrer Orchidee ein. Ihre rechte Hand glitt über ihren Schenkel und umfasste sachte seine Hoden.

Im inneren Paradies bewegte sich sein mächtiger Teil zwischen den zart welligen Wänden des schönsten Blütenkelchs und genoss das herzlichste Willkommen. Im äußeren Paradies streichelte die liebste und zarteste Hand seine kostbarsten Teile.

Die Flanken des Berges, den sie hinaufkletterten, wurden immer steiler und steiler, und ihre gegenseitige Unterstützung wurde immer energischer und kraftvoller.

Einen Augenblick, bevor sie die Spitze erreichten, wurden sie beide von einer Wolke umhüllt, die es ihnen nicht gestattete, irgendetwas zu sehen, zu hören oder zu sagen.

*

Nachdem sich die Wolke aufgelöst hatte, konnten sie die Dinge wieder klar sehen. Sie lagen ineinander verschlungen.

„Kannst du dich noch daran erinnern, wie es im Paradies war?", fragte sie ihn lächelnd und streichelte seinen Kopf.

„Eigentlich nicht. Aber ich erinnere mich an den letzten Schritt, bevor ich hineintreten sollte. Ich starb gleich danach, glaube ich."

„Dem ist so. Die Schwelle zwischen hier und dort können wir nicht überqueren, es sei denn, wir sterben. Das Wunder, Liebe genannt, gestattet uns jedoch, immer höher und höher zu klettern und dabei die Schönheit und den Reiz des Pfades zu genießen, der uns bis an die Schwelle der verborgenen Welt führt. Wenn wir den Punkt erreichen, tauchen wir in die himmlische Wolke ein und entsterben. Bald aber auferstehen wir von neuem und kehren in die Welt zurück, in der wir von dem herrlichen letzten Schritt, dem Vorgeschmack des Paradieses, träumen und uns nach ihm sehnen können", sagte sie.

*

In der Nacht wurde Peter in die Schönheit der Beziehung zwischen zwei Menschen verschiedenen Geschlechtes, die einander lieben, begehren und schätzen, eingeweiht. Die Zeit, die sie miteinander verbrachten, bescherte ihnen unvergessliche Erfüllung. Die Kinder der schönen Witwe gewannen Peter lieb und sahen in ihm den liebsten und besten Freund.

Eines Nachts, während Marie an ihn geschmiegt lag, ihr Kopf auf seiner Brust, ihr linkes Bein auf seinen Schenkeln, raffte er sich auf und fragte sie, ob sie ihn heiraten würde.

Sie antwortete nicht, sondern schmiegte sich noch dichter an ihn. Plötzlich merkte er, dass sie schluchzte.

„Was ist geschehen? Habe ich dich verletzt?", fragte Peter. Er war verwirrt, denn er verstand nicht, was er falsch gemacht hatte.

Als Antwort auf seine Frage schüttelte sie nur leise den Kopf und schmiegte sich noch stärker an ihn.

„Sag mir bitte, was geschehen ist", versuchte er es noch einmal.

„Du bist noch nicht zwanzig, und ich bin schon fünfunddreißig. Der Unterschied ist viel zu groß. Jetzt reizt dich mein Körper, aber in zehn Jahren werde ich für dich nicht mehr gut genug sein. Das ist weder gut noch schlecht, sondern der übliche Lauf der Dinge. Du bist ein wunderbarer Liebhaber und ein außerordentlich lieber Mensch. Ich wollte, du wärest zwanzig Jahre älter. Wärest du es, würde ich dich bitten, bei mir zu bleiben und mit mir ein Kind zu haben. Meine Lage gestattet mir nicht, das Glück zu genießen. Trotz alledem habe ich, seitdem wir zusammen sind, nie irgendwelche Verhütungsmittel gebraucht. Ich habe Medizin studiert und kenne meinen Körper gut. Deswegen weiß ich genau, was, wann und wie. Deswegen bin ich nicht schwanger geworden", sagte sie.

„Aber wäre es trotz deiner Disziplin passiert, was ...?"

„In dem Fall hätte ich das Kind natürlich behalten, aber dir hätte ich nichts gesagt", antwortete sie.

„Bist du gegen die Abtreibung?", fragte er.

„Natürlich bin ich dagegen. Geschlechtsverkehr ist eine sehr intime Angelegenheit. Deswegen sollten sich die Leute ein wenig Gedanken darüber machen, bevor sie sich mit jemandem auf etwas so Intimes einlassen. Leute mit etwas Intelligenz und Selbstrespekt würden nur mit jemandem Geschlechtsverkehr haben, den sie lieben, begehren und so sehr schätzen, dass sie mit ihm gern verschmelzen möchten, das heißt ein Kind hätten. In dem Fall wären alle Kinder gewünscht und willkommen, und die Abtreibung wäre kein Thema. Statt ein wenig darüber nachzudenken, haben die meisten Leute Geschlechtsverkehr mit irgendjemandem, wie Hunde, und dann töten sie die hilflose Unschuld, die weder Plan noch Absicht hatte, gezeugt zu werden noch auf die Welt zu kommen", sagte sie.

„Mein Glück ist meine Strafe", flüsterte Peter, seine Trauer schluckend.

„Ich wurde für dich zu früh geboren, du für mich zu

spät. Ich hoffe, du verstehst mich", sagte sie.

„Ich werde es verstehen müssen", sagte Peter nach kurzem Schweigen.

*

Einige Wochen später sagte die schöne Witwe zu Peter, dass sie mit ihren Kindern in eine andere Stadt ziehen werde, und bat ihn, nicht zu versuchen, ihre neue Adresse herauszufinden oder sie zu grüßen, falls er ihr zufällig irgendwo begegnen sollte.

*

Peter hatte sein Wort gehalten. Seine Erinnerungen an die glücklichen Stunden, die er mit ihr zusammen verbracht hatte, waren so lebendig und so frisch, dass er sie jederzeit bis in alle Einzelheiten abrufen konnte. Er tat es auch, Tag für Tag, Nacht für Nacht, denn die Zeit, die er mit ihr verbracht hatte, war für ihn nicht einfach eine der oberflächlichen und albernen Geschichten wie jene, die von allerlei Casanovas und Don Juans persönlich oder aber von den anderen über sie erzählt wurden; es war seine kostbarste und intensivste Erfahrung. Ihre Beziehung war von niemandem geplant oder beabsichtigt, sondern das Resultat des spontanen Zusammenspiels der Kräfte, an dem sich die ganze Welt beteiligt hatte, ohne dass sich irgendjemand dessen bewusst war. Dieses Zusammenspiel der Kräfte lenkte ihre gegenseitige Anziehung und ihr Verlangen nacheinander und gestattete ihnen erst nach einem tragischen Ereignis, einander näher zu kommen. Für ihn waren sie zugleich ein wunderbarer Traum und die wichtigste Erfahrung in seinem vorherigen Leben. Die Beziehung zwischen ihm und der schönen

Witwe war für Peter von besonderer Bedeutung, weil sie seine allererste war und daher für alles entscheidend, was ihm in seinem späteren Leben begegnen sollte.

Die schöne Marie hatte Peter in das Wunder der Beziehung zwischen den Geschlechtern auf die herrlichste Weise eingeweiht und somit den höchsten Standard gleich am Anfang gesetzt.

*

Es vergingen Jahre, und Peter war nun fast dreißig. Die Frauen, denen er inzwischen begegnet war, konnten nicht einmal seine Leidenschaft wecken, geschweige denn ihn dazu bringen, dass er sich in sie verliebe. Die Erinnerung an die glückliche Zeit, die er mit der schönen Witwe verbracht hatte, gestattete es einfach nicht. Ihr Standard war zu hoch.

Sein Andenken an ihren Standard blieb gleich lebendig, und er kam nie in Versuchung, ihn aufzugeben. Er gehörte keiner Religion an und war Mitglied keiner politischen Partei; in der Hinsicht war ihm jede radikale Haltung fremd. Die schöne Witwe hatte jedoch in sein Herz eine radikale Haltung in seiner Beziehung zu den Frauen eingepflanzt. Er wartete geduldig und hoffte, Glück zu haben, wieder einmal einer Frau zu begegnen, die für ihn so attraktiv wäre und die ihn so sehr begehren sollte wie einst die schöne Witwe. Er hatte fest entschlossen, entweder jenes zu bekommen, wonach er sich sehnte, oder, falls das nicht geschehen sollte, auf alle oberflächlichen Beziehungen gänzlich zu verzichten und mit seinen schönen Erinnerungen allein zu leben.

***

Vivien lag auf dem großen weißen Bett und zitterte leicht vor Glück und Aufregung wie eine Lilie im Wind. Ihre Wangen glühten vor Leidenschaft, und ihre sinnlichen Lippen waren halb offen.

Sobald Peter ihre Schenkel berührt hatte, faltete sie ihre Beine zurück und streckte ihm gleichzeitig ihre Arme entgegen. Die ganze Pracht ihres jungen Körpers entfaltete sich vor ihm, als hätte er sagen wollen: "Genieße mich, ich warte auf dich."

Peter küsste ihren Hals unterhalb des Kinns, streichelte ihre festen, glockenförmigen Brüste und drückte zärtlich ihre rosa geschwollenen Brustwarzen mit den Zähnen zusammen, als wollte er sie abbeißen.

Laut atmend vor starker Erregung beugte Vivien den Kopf rückwärts und drückte ihre geschwollenen Brüste hinauf. Peters Lippen glitten hinunter. Er küsste die glatten Innenseiten ihrer Schenkel und benetzte gründlich das himmlische Rosa ihrer Orchidee mit seiner Zunge. Die betörende Mischung aus Veilchengeist und dem magischen Duft ihres gesunden jungen Körpers beraubte ihn beinahe jeglicher Selbstkontrolle.

Durch die Kraft der Erregung krümmte sich Viviens Körper zu einem flachen Bogen, sodass nur ihr Hinterkopf und ihr Po fest auf das Bett drückten, während alles dazwischen einen milden Bogen bildete. Sie streckte ihre Arme noch stärker, umarmte ihn und versuchte, ihn noch näher an sich zu ziehen und ihm zu helfen, ins Paradies einzugehen, das sie ihm bot.

Peter legte seinen linken Arm unter ihren Nacken und mit seiner rechten Hand hob er sachte ihren herrlich geformten, prallen Po, um ihr möglichst wenig Schmerz zu verursachen, wenn er sich den Weg durch den himmlischen Kelch ihrer jungen, noch unberührten Orchidee bahne.

Vivien dachte gar nicht daran, ob ihr die Entjungferung Schmerzen bereiten würde, denn sie konnte an gar nichts denken. Alles, was sie in dem Augenblick empfand, war einfach der unbegrenzte Wunsch, dass er in sie eindringe.

Peter erfüllte ihr den Wunsch mit größter Begeisterung und Freude, denn sein Wunsch und der ihrige ergänzten und steigerten sich gegenseitig. Er tat es so, dass sie gleichzeitig seine wilde Kraft und seine äußerste Zärtlichkeit, sein Begehren und seine Achtung spüren konnte.

Die ersten Stöße führte er besonders sachte und behutsam aus. Sobald aber die Entjungferung vollzogen worden war, wurde das Gleiten im Inneren ihrer Orchidee mit jedem Stoß für beide zum reinen Genuss, und ihre Bewegungen wurden schneller und wuchtiger. Der Sturm auf dem Ozean, auf dem sie nun schwammen, wurde jede Sekunde stärker und wilder und bewirkte, dass sie auf den Wellen immer höher emporstiegen und immer tiefer in die Täler dazwischen sanken. Der gemeinsame Wunsch brachte sie schnell jenseits des Punktes, von dem an es kein Zurück mehr gab, und zwang sie, dem Gesetz der liebenden Spontaneität zu folgen und das Äußerste ungewollt zu tun. Noch eine letzte Woge von unendlicher Höhe begegnete ihnen, und sie verschwanden in ihr.

*

Nach einer Weile kamen sie wieder zu Bewusstsein. Sie öffneten die Augen und merkten, dass sie noch immer aneinander geschmiegt waren.

„Darf ich …?“, fragte sie, während sie auf ihn stieg.

„Ich wollte dich gerade bitten, das zu tun“, antwortete er.

Nun klebten ihre Körper aneinander wie geleimt. Sie streichelten einander den Kopf und sahen einander in die

Augen. Er spürte die angenehme Berührung ihrer festen Brustwarzen. Sie genoss es, seine starken Schultern zu streicheln.

Eine Weile sprachen sie nicht, denn sie konnten nichts sagen. Ihr Gefühl der Befriedigung und Glückseligkeit war so überwältigend, dass irgendeine Äußerung oder Bemerkung trocken und bedeutungslos gewesen wäre.

*

„Während meiner Gefangenschaft las ich mehrere illustrierte Bücher über die Sexualität und über die Beziehung zwischen den Geschlechtern. Ich erinnere mich gut daran, dass dort immer wieder betont wurde, der erste Geschlechtsverkehr sei in den meisten Fällen recht enttäuschend", unterbrach sie nach einer Weile das Schweigen.

„Dem scheint so zu sein, jedoch kann ich meine erste Erfahrung als wunderbar und meine zweite als göttlich bezeichnen", sagte er und küsste sie.

„Erzähle mir bitte von deinen bisherigen Erfahrungen. Ich möchte mehr lernen und meinen Standard verbessern, um ..."

Sie konnte nicht fortfahren, denn er verschloss ihr den Mund mit der Hand und lächelte sie an.

Dann erzählte er ihr ausführlich über sein Verhältnis mit der schönen Witwe, über ihre feine Art und Geschicklichkeit, wie sehr er Glück hatte, dass jemand wie sie ihn in die Schönheit der Beziehung zwischen den Geschlechtern eingeweiht hatte und wie dankbar er ihr für alles war.

„Und deine zweite Erfahrung? Du sagtest, sie war göttlich", fragte sie.

„Ich genieße sie gerade", antwortete er.

„Nun verstehe ich, wieso es dir gelungen ist, mich so geschickt und auf eine so feine Art und Weise einzuweihen. Offensichtlich war sie eine außerordentlich gute Lehrerin, und du warst vielleicht ihr bester Schüler. Ich möchte deine beste Schülerin sein", sagte sie lächelnd.

„Ich musste ihr bester Schüler sein", sagte er.

„Du musstest? Wieso?", fragte sie.

„Weil ich der einzige war, den sie hatte", antwortete er.

„Wie kannst du das wissen?", fragte sie.

„Sie war nicht eine Frau, die Studenten suchte, um sie auszubilden", antwortete er.

„Aber sie nahm dich als ihren Studenten, nicht wahr?", sagte Vivien.

„Sie tat es, weil ein tragischer Unfall ihr ihren Ehemann entrissen hatte und sie allein geblieben war. Als er lebte, machte sie kein Zeichen, das mich hätte ermutigen können, mich ihr zu nähern, noch tat ich irgendetwas, um sie dazu zu bewegen. Später erfuhren wir voneinander, dass wir uns gegenseitig nicht bloß für liebenswürdig gehalten, sondern die ganze Zeit auch begehrt hatten", sagte er.

„Dachtest du auch daran, ihr einen Heiratantrag zu machen?", fragte Vivien.

„Natürlich, aber ich dachte nicht bloß daran, sondern ich tat es auch", antwortete Peter.

„Und wie reagierte sie darauf?", fragte sie.

„Sie war sehr traurig und weinte", antwortete er.

„Warum weinte sie?", fragte Vivien.

„Sie sagte mir, ich sei zu jung für sie. Sie war fünfunddreißig, und ich war noch nicht einmal zwanzig. Sie sagte mir, sie hätte Angst, dass ich sie später verlassen könnte, wenn sie für mich nicht mehr attraktiv wäre. Das hätte eine angenehme Erinnerung in eine unangenehme verwandelt. Ich war traurig, jedoch musste ich ihre Entscheidung annehmen", antwortete er.

„Bist du noch immer traurig, dass sie deinen Antrag nicht angenommen hatte?“, fragte sie ihn.

„Nein, traurig bin ich nicht. Ich bewundere sie sogar noch mehr. Jetzt begreife ich, wie weitsichtig und feinfühlig sie eigentlich war“, antwortete er.

„Wieso weißt du, dass sie weitsichtig war?“, fragte sie.

„Hätte sie meinen Antrag angenommen, wäre die Beziehung zwischen uns beiden ausgeschlossen. Ihre Entscheidung hat unsere Beziehung irgendwie ermöglicht. Verstehst du, was ich meine?“, antwortete er.

„Ja, ich verstehe es. Sie muss eine großartige Frau gewesen sein. Ich bin ihr dankbar“, sagte Vivien und legte ihre Wange auf Peters Brust.

„Peter!“

„Ja bitte?“

„Was meinst du, ist es etwas Schlechtes, Seitensprünge zu machen, wenn man verheiratet ist?“, fragte sie.

„Ich glaube nicht, dass die Wörter ‚gut‘ und ‚schlecht‘ geeignet sind, um Seitensprünge zu charakterisieren. Wenn Menschen mit ihren Partnern ein erfülltes und glückliches Leben haben, machen sie keine Seitensprünge. Außereheliche Affären sind immer ein Zeichen dafür, dass im Leben der Menschen, die sie machen, etwas Wichtiges fehlt. Wahrscheinlich war das Eheleben seit eh und je sehr problematisch, weil es meistens auf Pflicht und Verpflichtung und sehr selten auf Liebe gründete“, antwortete er.

„Was ist Liebe?“, fragte sie.

„Es ist ein Segen, der zum Glück weder gekauft noch befohlen noch erzwungen werden kann. Sie kommt wie der Dieb in der Nacht. Sie ist bereit, mehr zu dulden, als man sich vorstellen kann, aber man kann ihr nicht befehlen, dass sie es tut. Es ist die Sehnsucht der Lebewesen, die Grenze des individuellen Lebens zu überwinden und nach dem individuellen Tod weiterzuleben. Um das zu erreichen, versuchen zwei Lebewesen miteinander zu verschmelzen und ein neues Lebewesen hervorzubringen, in dem sie beide enthalten sind. Wenn wir in diesem Zusammenhang von Organismen sprechen, die kein Bewusstsein haben, bezeichnen wir dieses Bedürfnis als Trieb. Wenn wir von bewussten Wesen sprechen, nennen wir diese Sehnsucht Liebe“, antwortete er.

„Man spricht oft von der wahren Liebe. Was ist die wahre Liebe?“, fragte sie.

„Es ist die paradoxe Liebe, die immer gleich bleibt, obwohl sie sie sich ständig ändert. Nur *die* Liebe kann bis zum letzten Atemzug halten“, antwortete er.

„War deine Liebe zur schönen Witwe eine wahre Liebe?“, fragte sie.

„Sie war es nicht, sie ist es“, antwortete er.

„Liebst du sie noch immer?“, fragte sie.

„Natürlich liebe ich sie. Ich liebe sie in dir. Sie hat mir gezeigt, welchen Weg ich gehen soll, um dir zu begegnen. Du bist ihr Kind“, antwortete er.

„Könnten nicht all die Leute, die alle paar Wochen den Partner wechseln, sagen, dass ihre früheren Partner sie zu ihren neuen gebracht hätten und dass daher jede ihre Liebe die wahre Liebe ist?“, fragte sie.

„Nur, was man fühlt, gilt, nicht, was man sagt. Liebe ist eine Angelegenheit des Fühlens, nicht der Worte. Worte kann man dreimal wiederholen, und doch können sie leer und falsch sein, denn sie sind ein Produkt des Willens und des Verstandes. Gefühl ist immer echt, denn es gehorcht weder dem Willen noch dem Verstand noch irgendwelchem Befehl“, antwortete er.

„Ich bin so glücklich, das zu hören“, sagte sie.

Peters Hände glitten ihren Körper hinunter und begannen, ihren schönen hervortretenden Po zu streicheln.

„Ich bin in einer seltsamen Lage", sagte er.

„Warum?", fragte sie.

„Nun, ich hatte Glück, einer wunderbaren Frau zu begegnen, die mich auf die herrlichste Art und Weise in etwas absolut Wesentliches im menschlichen Leben einweihte. Sie liebte mich, aber sie wollte mich nicht heiraten, weil ich für sie zu jung war. Sie dachte nicht weniger an meine Zukunft als an ihre eigene. Sie war ein wunderbarer Mensch", sagte er.

„Ist das alles?", fragte sie.

„Nein, das ist nicht alles", antwortete er.

„Erzähle mir vom Rest deiner seltsamen Lage, ich bin neugierig", sagte sie.

„Nun fehlt mir der Mut, dir einen Heiratantrag zu machen, weil ich für dich zu alt bin. Ist das nicht eine seltsame Lage?", sagte er.

„Nein, sie ist gar nicht seltsam", antwortete sie mit verschmitztem Lächeln.

„Wie kannst du so grausam zu mir sein? Siehst du nicht ...?"

„Ja, ich bin grausam, und lass mich jetzt ein wenig grausam zu dir sein. Komm und knie über mir, stelle deine beiden Knie zu beiden Seiten meines Körpers, hilf mir, ein wenig grausam zu dir zu sein. Fühle mein grausames Wesen, vielleicht hilft es dir, den Mut zu fassen, jenes zu tun, wovor du Angst hast", sagte sie lächelnd und schaute ihm in die Augen.

Er folgte ihrem Befehl. Eine andere Wahl hatte er nicht, denn er ahnte, was sie vorhatte.

Sie glitt unter ihm hinunter, genau wie es die schöne Witwe Jahre davor getan hatte, bis ihr Mund unter seinen Hoden stand.

„Komm etwas tiefer", forderte sie ihn auf. Ihre süße Stimme war voller Sinnlichkeit.

Er tat, was sie von ihm verlangte, und sie nahm seine beiden Hoden, einen nach dem anderen, in den Mund und hielt sie fest mit ihren Lippen. Ihre Mundhöhle zwischen der Zunge und dem Gaumen war offensichtlich ganz ausgefüllt, denn ihre glatten rosa Wangen wurden noch praller. Als sie begann, ihren Kopf sachte nach links und rechts zu bewegen und zugleich den Druck auf seine Hoden zwischen ihrer Zunge und ihrem Gaumen abwechselnd zu erhöhen und zu verringern, vergaß er alles. Binnen Sekunden brach in der Tiefe seines ganzen Körpers eine Art Sturm los, und er war von neuem bereit, in ihr Paradies einzugehen. Zärtlich berührte sie seine Macht, um sich zu vergewissern. Dann entließ sie seine Hoden aus deren göttlichen Gefangenschaft und benetzte wieder die Spitze seiner Macht mit der Zunge.

„Das Paradies ist offen, es wartet auf dich“, sagte sie.

Sobald er den Weg durch den Kelch ihrer Orchidee gefunden hatte, begann das Schaukeln auf der unruhigen See.

Nach einer Reihe von wilden Höhen und Tiefen brach in ihnen beiden ein wuchtiger Sturm des Genusses aus.

Nur Sekunden später legte er sich wieder, und das Schlachtfeld mit den beiden aneinander geschmiegten Liebeskämpfern war von vollkommener Stille umhüllt.

***

Wie lange Vivien und Peter aneinander geschmiegt geschlafen hatten, wussten sie nicht. Es war jedoch irgendwann nach Mitternacht, als sie sich rührten und aufwachten.

„Gibt es irgendetwas Essbares in der Küche, ich habe Hunger?“, fragte Peter.

„Wunderbar. Ich wollte dich gerade fragen, ob du etwas essen möchtest. Telepathie! Telepathie!“, wiederholte sie lächelnd und pickte ihn gleichzeitig mit dem Zeigefinger in die Brust.

„Nun, falls Telepathie bedeutet, gleiche Gefühle und Gedanken mit jemandem auf große Entfernung zu haben, dann muss unser gemeinsames Hungergefühl nach einem so wunderbaren Crosscountry, das wir beide zusammen – die ganze Zeit eng aneinander geschmiegt – hatten, wohl eher Proxipathie genannt werden, nicht wahr?“, sagte er lächelnd.

„Du bist schlimm und gemein, geil und heiß wie Branntwein!“, sang sie ihre Worte und versuchte dabei, ihn mit ihrem Zeigefinger in die Brust zu stoßen.

„Ich bin schon, ich bin schon, was du selber bist“, ahmte er ihr Singen nach, so gut er es konnte, und versuchte, den Angriffen ihres spitzen Zeigefingers auszuweichen.

„Gehen wir zuerst duschen, um uns von allen unseren Sünden reinzuwaschen“, sagte sie lachend nach dem kurzen Kampf.

„Wie verstehst du das Wort ‚Sünde’?“, fragte er.

„Nun, während meiner Gefangenschaft dachte ich viel darüber nach, denn ich war nicht sicher, ob die Tat meines Entführers etwas Sündhaftes war“, sagte sie.

„Es war bestimmt keine Sünde“, sagte Peter.

„Du scheinst eine klare Meinung diesbezüglich zu haben. Warum war es keine sündhafte Tat?“, fragte sie.

„Eine sündhafte Tat ist jene, mit der man gegen das göttliche Gesetz verstößt. Sofern ich weiß, gibt es kein göttliches Gebot: Du sollst nicht entführen“, antwortete er.

„Was war dann die Tat meines Entführers, falls es keine Sünde war?“, fragte sie.

„Es war ein Verstoß gegen das menschliche Gesetz. Man kann es als Verbrechen bezeichnen“, sagte er.

„Ich sehe. Aber falls seine Absicht war, mich zu foltern oder gar zu töten, wäre das eine Sünde gewesen?“, fragte sie.

„In den Augen von jemandem, der an das göttliche Gesetz glaubt, wäre es eine Sünde gewesen. In den Augen von jemandem jedoch, der an Gott gar nicht glaubt und nur menschliche Gesetzte annimmt, wäre auch das bloß ein Verbrechen gewesen“, antwortete er.

„Übrigens, hast du vor, wieder in die Klinik zurückzukehren, ich meine, hast du vor, mit der Forschung für deine Dissertation fortzufahren? Ich frage dich, weil die Situation dort nun ganz anders ist“, fragte sie.

„Ich glaube nicht. Das Buch ‚Die Armut der Psychologie‘ von Arthur Koestler, das ich vor einigen Tagen gelesen habe, hat mich überzeugt, dass Psychologie etwas völlig Wertloses ist“, antwortete er.

„Ist es aber nicht interessant zu wissen, warum die Leute sich in bestimmten Situationen auf eine bestimmte Art und Weise verhalten?“, fragte sie.

„Natürlich ist es interessant. Alle Leute sollten über ihr eigenes Benehmen nachdenken und sich fragen, ob ihr Handeln korrekt ist oder nicht. Einfach gesagt, sollte jeder sein eigener Psychologe sein“, sagte Peter.

„Wie kann man aber genau wissen, ob das eigene Verhalten korrekt ist?“, fragte sie.

„Nichts auf der Welt ist so einfach wie das. Es gibt eine sehr einfache Unterweisung, die wahrscheinlich so alt ist wie die menschliche Art selbst. Wenn man der Unterweisung folgt, kann man einfach nichts falsch machen. Viele meinen, dass es ein von einem übernatürlichen Wesen erlassenes

Gesetz ist. Tatsächlich ist es aber ein feines Produkt des menschlichen Intellekts. Es ist eine äußerst einfache, präzise und intelligente Unterweisung, die jedoch trotz alledem völlig unwirksam bleiben muss", sagte er.

„Was für eine Unterweisung ist es?", fragte sie.

„Tue niemandem das an, was dir selbst zuwider ist", antwortete er.

„Der Wortlaut ist tatsächlich sehr einfach", sagte Vivien.

„Das ist wahr, jedoch ist es äußerst schwer, diese Unterweisung zu befolgen. Es ist so schwer, dass die meisten Menschen nie dazu imstande sein werden. Aus dem einfachen Grund muss es alle Arten von Konflikten unter den Menschen geben. Je entwickelter und verfeinerter die menschlichen Gesellschaften werden, umso schwerer wird es sein, diese einfache Unterweisung zu befolgen", sagte er.

„Wieso?", fragte sie überrascht.

„Dem ist so, weil es den Menschen an der Einsicht mangelt, dass alle menschlichen Individuen bloß Variationen desselben Menschen sind. Kurzum: Der andere, das bist du selbst, und zwar vollkommen gleich, ob der andere angenehm oder unangenehm ist. Wie viele Individuen es also gibt, so viele Male bist du selbst vorhanden. Und weil diese Einsicht in allen Gesellschaften fehlt, sind sie alle nach dem gleichen hierarchischen Prinzip wie Meuten und Horden organisiert, in denen die Individuen ständig miteinander um Überlegenheit kämpfen. In den menschlichen Gesellschaften sind jene mit Macht und Einfluss überzeugt, dass sie richtig handeln, wenn sie die Schwächeren unterdrücken, ausbeuten und demütigen. Ein schlechtes Gewissen können sie nicht haben, weil die Gesetze, die ja von denen an der Macht geschaffen werden, alles, was sie tun, rechtfertigen. Daher das Sprichwort ‚Quod licet Iovi non licet bovi'. In den hoch organisierten reichen Gesellschaften ist die Konkurrenz besonders stark. Was ist die Konkurrenz, wenn nicht eine Art Krieg? Der Unterschied zwischen den beiden ist rein gradueller Natur. Daher nimmt die Konkurrenz sehr leicht die Form des offenen Konflikts an, nicht nur innerhalb einer bestimmten Gesellschaft, sondern auch zwischen den Staaten als organisierten Gesellschaften", sagte er.

„Glaubst du, dass es einen weniger tierischen und mehr menschenwürdigen Ersatz für die Gesellschaften geben könnte, in denen wir leben und in denen Gruppen sowie Individuen unablässig versuchen, die Macht an sich zu reißen und die anderen zu beherrschen?", fragte Vivien neugierig, denn ihr Gespräch mit Peter hatte plötzlich den Charakter ihres Gesprächs mit Doktor Ovale angenommen.

„Natürlich gibt es einen denkbaren Ersatz, jedoch sind die Leute bis jetzt nicht imstande gewesen und werden voraussichtlich auch in der Zukunft nicht imstande sein, das zu begreifen", sagte er.

„Und was wäre der Ersatz?", fragte sie.

„Weil die Leute einfach nicht begreifen können, dass jede andere Person du selbst bist, können sie nur in den Begriffen der Hierarchie denken. Hierarchie als das System von Machtebenen ist die Basis, auf der alle Gesellschaften stehen. Die Fäden der Hierarchie sind die Kette, unterhalb und oberhalb welcher die Schussfäden eines jeden individuellen Lebens verlaufen. So entsteht das Gewebe, in das wir alle in allen unseren Gesellschaften eingewickelt sind, nicht anders als die wilden Tiere in ihre Gesetze der Meute, der Horde und der Herde", sagte er.

Vivien umarmte ihn, bevor sie etwas sagte.

„Ich habe das größte Glück und bin das glücklichste Wesen auf der Welt", flüsterte sie dann.

„Wollen wir nicht zu Bett gehen und noch ein wenig

schlafen? Es ist noch zu früh, und wir haben nicht viel geschlafen", fragte Peter.

„Natürlich, sicher, gewiss! Das ist genau, was auch ich brauche. Nichts ist höher, nichts ist nobler als ein bequemes Bett. Der Betterfinder muss ein Genie gewesen sein", sagte sie lachend.

Sie nahm ihn bei der Hand, und sie begaben sich auf ihr großes Schlafzimmer mit dem riesigen Bett, das auf sie geduldig wartete, wie das Meer, das beides sein konnte, ruhig und rau, immer im Einklang mit dem Zusammenspiel der Kräfte. Sie zogen sich aus und legten sich hin.

Vivien schmiegte sich an ihn. Er umschlang sie mit seinen Armen.

„Peter!", sagte sie.

„Ja bitte?"

„Bevor wir unseren zweiten Gang genossen, sagte ich dir, dass ich ein wenig grausam zu dir sein wollte, um dich zu ermutigen, jenes zu tun, wovor du Angst hattest. Erinnerst du dich noch daran?", fragte sie.

„Natürlich erinnere ich mich daran", antwortete er und drückte ihren Körper noch stärker an sich.

„Hat dir meine Grausamkeit gefallen, ich meine, war es so angenehm wie …?"

„Ich kann keine Worte finden, um mein Glück zu beschreiben, und ich glaube, dass es auch keine geeigneten Wort gibt, es zu beschreiben. Ein bescheidener Versuch, es zu tun, wäre vielleicht: Du hast das Äußerste übertroffen. Ich werde der Glücklichste unter den Lebenden sein, wenn du mir das Vorrecht gewährst, dasselbe wieder einmal zu genießen. Das ist alles, was ich sagen kann", antwortete er.

„Ich werde die Glücklichste sein, es für dich immer zu tun, wenn du es möchtest. Fass jetzt etwas Mut und tue, was du nicht zu tun wagtest. Dies ist mein Geheiß, mein Befehl.

Verstehst du mich, du kleiner Gauner?“, sagte Vivien und schmiegte sich noch stärker an ihn.

„Soll ich es wirklich wagen?“, fragte Peter und errötete ein wenig.

„Ein Befehl in einer gesunden, soliden, hierarchisch organisierten Gesellschaft wie der unsrigen ist sofort ernst zu nehmen und braucht nicht wiederholt zu werden. Los, ich höre dir zu!“, sagte Vivien lächelnd.

„Würden Ihro Gnaden sich herablassen und mich, den einfachen und ergebenen Untertan von Ihro Gnaden, zum Gemahl nehmen?“, fragte er lächelnd.

„Meine Antwort wirst du hören, aber erst, nachdem ich deine gehört habe. Hör jetzt zu. In Ordnung?“, sagte sie.

„In Ordnung“, sagte er.

„Möchte mein Herzog und zugleich mein ungezogener Junge sich herablassen und mich zu seiner Gemahlin und Herzogin nehmen?“, fragte sie.

„Natürlich möchte ich. Ich möchte dich zu meiner Königin nehmen, wenn du es willst“, sagte Peter glücklich lächelnd.

„In dem Fall wirst du mein Ehemann und Gemahl und, solltest du dich dessen würdig erweisen, gelegentlich auch mein ungezogener Junge sein“, sagte sie.

Peter umarmte sie noch kräftiger.

„Nun ist unsere Eheschließung auch hoch offiziell vollzogen worden. Heut' beschlossen, heut' geschlossen“, sagte Vivien mit Humor.

„Hoch offiziell, sagtest du?“, fragte Peter.

„Natürlich. Wir haben doch einander klare Fragen gestellt und klare Antworten erhalten. Jeder, der mit unserem Gespräch vertraut wird, wird auch genau wissen, was wir gefragt und was wir geantwortet haben, und somit zugleich Standesbeamter und Trauzeuge sein. Habe ich Recht?“, sagte sie lächelnd.

„Du hast mehr als Recht. Aber wie werden die Leute mit unserem Gespräch vertraut werden?“, fragte Peter.

„Davon erzähle ich dir morgen. Jetzt sollten wir einen schönen Schlaf haben. Später werden wir schon erfahren, was für eine Überraschung der kommende Tag für uns im Schoße birgt“, sagte sie.

Sie deckten sich mit dem feinen, leichten Duvet zu und versanken ins Reich, in welchem das völlig Unmögliche leicht zum Möglichen wird.

***

Irgendwann am späten Vormittag wachten Vivien und Peter auf. Die Sonnenstrahlen drangen durch die Vorhänge und warfen gedämpftes Türkislicht auf ihr Bett.

Sie genossen ihren dritten Gang. Der war sogar noch reicher als die beiden ersten.

„Peter!"

„Ja, meine Gemahlin, ich höre dir zu", sagte er.

„Ich möchte dir etwas sagen."

„Ich bin neugierig, sprich."

„Da wir nun verheiratet sind, sehe ich keinen Grund, warum wir getrennt leben sollten. Entweder gehen wir zu dir und wohnen dort, oder du kommst her und wirst mein Behüter und Beschützer. Hier im Haus gibt es viel Platz", sagte sie.

„Ich bin so glücklich, dass du schneller bist und gesagt hast, was ich dir vorschlagen wollte. Während meines Studiums spezialisierte ich mich auf dem Gebiet der Bienenzucht, wobei mein Hauptinteresse verschiedenen Bienenkrankheiten galt. Anders gesagt, bin ich eine Art Bienenarzt. Hier in der Nähe gibt es ein großes Bienenzuchtzentrum, wo ich arbeiten könnte. Eigentlich haben sie mir bereits eine interessante Stelle angeboten", sagte er.

„Das klingt sehr spannend. Mein süßer Schatz wird mir süßen Honig bringen, nicht wahr?", sagte sie lächelnd.

„Er wird es bestimmt machen", erwiderte Peter.

„Wärest du jeden Tag den ganzen Tag abwesend?", fragte sie.

„Nein, gar nicht, und das ist ein besonders interessanter Aspekt dieser Arbeit", antwortete er.

„Wieso?", fragte sie.

„Nun, in diesem Haus gibt es außer diesem Zimmer noch drei andere. Das kleinste Zimmer wäre für das Labor, das ich benötigen würde, gerade groß genug. Meine ganze

Laborarbeit könnte ich hier zu Hause erledigen und jeden Tag ins Zentrum gehen, um die Resultate meiner Behandlungsmethode zu kontrollieren. Das würde aber nicht länger als etwa eine Stunde dauern, das ist alles“, sagte er.

„Das ist großartig. Ich sage es, weil ich ein Buch über alles, was ich erlebt habe, und auch über vieles andere schreiben möchte. Um das richtig zu machen, würde ich deine Hilfe und Unterstützung benötigen. Dadurch könnte die Öffentlichkeit mit allem, was ich sagen möchte, vertraut werden. Das ist die Antwort auf die Frage, die du mir gestern stelltest“, sagte sie.

„Ich werde alles tun, was ich kann, und sogar mehr als das versuchen. Ich habe aber einen Wunsch“, sagte Peter.

„Es freut mich, wenn du Wünsche hast. Sprich, ich höre dir zu“, sagte sie.

„Seit Langem beschäftigt mich eine verrückte Idee“, sagte er.

„Eine verrückte Idee, das ist spannend. Ich liebe verrückte Ideen. Los, sprich!“, sagte Vivien.

„Diese meine verrückte Idee ist so unendlich radikal und so sehr anders als irgendetwas, was man in Büchern lesen, in Filmen sehen, in Vorlesungssälen an den Universitäten oder in Diskussionen in Parlamenten hören kann. Daher würde es wahrscheinlich tausendmal stärker als das denkbar verheerendste Erdbeben die Fundamente aller Gesellschaften und aller Dinge erschüttern, welche die Leute an der Macht mit allen Mitteln, die ihnen zur Verfügung stehen, zu bewahren suchen. Meine Idee ist natürlich nicht, die Welt zu zerstören. Im Gegenteil, sie zeigt wahrscheinlich den einzigen möglichen Weg, die Selbstvernichtung der menschlichen Art zu verhindern. Die Verwirklichung meiner Idee kann man weder durch die Gesetze verordnen noch mit Gewalt durchsetzen. Sie kann nur und ausschließlich durch Einsicht und

Verständnis der Leute an der Macht verwirklicht werden. Wenn sie nicht verstehen können, was auf dem Spiel steht, dann kann man nichts machen."

„Wie lange wirst du mich noch warten lassen? Sag mir doch, was diese deine verrückte Idee ist", sagte Vivien und schlug ungeduldig auf ihn los.

„Ich werde es dir sagen, aber versprich mir bitte, dass du nicht auf mich wütend sein oder mich etwa für einen Wahnsinnigen halten wirst, gleich was ich dir sage. Wenn du mir das nicht versprechen kannst, sage ich es dir nicht", sagte Peter mit großem Ernst im Gesicht.

„Das ist selbstverständlich, du abscheulicher Gauner, du ..., du zögerst deine Antwort hinaus, um mich zu quälen", sagte sie lachend und versuchte, ihn auf die Brust zu schlagen.

„Nun, es freut mich zu hören und zu wissen, dass du reif und fest und nüchtern genug bist, um so etwas Wuchtiges zu erfahren", sagte er.

„Schon wieder versuchst du, alles hinauszuzögern. Komm endlich zur Sache, du scheußliches Biest", sagte sie und versuchte, ihn noch stärker zu schlagen.

„Es geht um Folgendes: Alle Städte auf der Welt sollten abgerissen werden, und somit sollten alle Institutionen verschwinden, die jetzt in den Städten zu finden sind. Und wenn ich sage alle Städte und alle Institutionen, dann meine ich alle Städte und alle Institutionen welcher Art auch immer", sagte Peter, ohne zu lächeln.

Vivien hörte auf, ihn zu schlagen, und rührte sich nicht. Sie traute ihren Ohren nicht.

„Und was wäre der Ersatz für die Städte, die ja heute die übliche Form der menschlichen Siedlung sind?", fragte sie und schaute ihm in die Augen.

„Der Ersatz wäre etwas noch nie da Gewesenes; es würde einer Denkweise entsprechen, die sich von der in allen

Gesellschaften auf der Welt herrschenden grundsätzlich unterscheidet. Und was es ist, sollte in deinem Buch ausführlich erklärt werden", antwortete er.

Vivien umarmte ihn mit all ihrer Kraft und bedeckte sein Gesicht mit Küssen.

„Ich verstehe es nicht. Bist du nicht schockiert?", fragte er sie, durch ihre Reaktion etwas verblüfft.

„Schockiert?! Ich glaube, ich träume", sagte sie und schaute ihm gerade in die Augen.

*

Kaum hatte sie fertig gesprochen, dass sie von Peters Idee begeistert war, klingelte das Telefon. Vivien sprang nackt aus dem Bett und nahm ab.

„Frau Praeda am Telefon, kann ich Ihnen helfen?"

„Guten Morgen, Herr Late."

„Vorläufig ist es unmöglich, ich habe so viel zu tun."

„Das kann ich Ihnen nicht sagen, aber ich werde Sie so bald wie möglich anrufen."

„Ich danke Ihnen für den Anruf."

Vivien legte den Hörer auf und sprang zurück ins Bett.

„Wer war es?", fragte Peter.

„Herr Late, ein Mitglied des Teams, das gebildet wurde, um meinen Fall zu betreuen", antwortete sie.

„Was wollte er?"

„Er fragte mich, ob ich mit ihm zu Abend essen möchte. Herr Hole, sein Freund und Geschäftspartner, beging Selbstmord am selben Tag, als das Interview aufgenommen wurde. Auch er wollte mit mir am Tag nach der Ausstrahlung des Interviews zu Abend essen", sagte sie.

„Zwei weitere Mitglieder desselben Teams starben ebenso am gleichen Abend, nicht wahr?", sagte Peter.

„Das stimmt: Professor Frederic starb in seinem Zimmer. Auch er wollte mich zum Essen einladen“, bestätigte Vivien.

„Somit hattest du zwei wichtige Bewunderer“, sagte Peter.

„Es gab einen dritten. Er hieß Corner. Er war der einflussreichste von allen. Auch er erwartete, dass ich mit ihm nach dem Interview zu Abend esse. Auch er starb am selben Tag wie die beiden anderen. Siehst du, drei sehr wichtige Leute verließen uns unerwartet“, sagte sie.

„Und sie alle wollten mit dir zu Abend essen?“

„Sie sagten, sie wollten mit mir essen. Ich bin überzeugt, dass sie mehr als das wollten. Sie alle waren alte Junggesellen ohne Kinder. Sie alle sahen in mir eine gute Gelegenheit, sich in ihrem vorgerückten Alter mit einem jungen Mädchen fortzupflanzen“, sagte sie.

„Und dein Kidnapper beging Selbstmord; die vier machten dich zu einer Femme fatale“, sagte Peter lächelnd.

„Es ist völlig wahnsinnig. Sie alle hielten mich für das richtige Objekt, das ihren persönlichen Zwecken dienen sollte. Es scheint aber irgendwelche unsichtbaren Wesen zu geben, die dafür sorgen, dass die Dinge laufen, wie sie laufen“, sagte sie.

„Du kanntest all die vier Leute, die du soeben erwähnt hast. Waren alle vier von der gleichen Tragik?“, fragte er.

„Das würde ich nicht sagen. Die drei älteren Herren wollten sich erst in ihrem vorgerückten Alter fortpflanzen, nachdem sie reich und einflussreich geworden waren. Sie alle drei waren mehr oder weniger gleich“, antwortete sie.

„Könntest du deine Meinung ein wenig erläutern?“, fragte er.

„Sie waren verdorbene, skrupellose Typen. Es gelang ihnen, geschickt andere Leute zu betrügen und reich zu werden. Zum Schluss wollten sie auch die Natur überlisten. Die Geheimagenten der Natur, die unsichtbaren Wesen, die sich um den Lauf der Welt kümmern, bestraften sie dafür schwer", sagte Vivien.

„Und dein Kidnapper?", fragte Peter.

„Sein Fall war ganz verschieden. Was er hatte, konnte ihn nicht glücklich machen. Wonach er sich sehnte, konnte er nicht haben. Er entführte mich, weil er hoffte, jemanden zu haben, der für sein Leid Verständnis hatte. Er hatte keine Absicht, mich zu verletzen. Im Gegenteil, er hoffte, dass ich mit meiner Unschuld und meiner Trauer Balsam für seine Wunden sein könnte", sagte Vivien.

*

Nach dem Mittagessen beschlossen Vivien und Peter, zu Peters Wohnung zu gehen, um seine Bücher und Kleider zu holen. Unmittelbar bevor sie weggingen, klingelte das Telefon wieder. Vivien nahm ab. Es war Doktor Ovale.

„Doktor Ovale und Professor Bourgh sind die zwei Herren, die im Institut für Psychologie arbeiten. Habe ich Recht?", fragte Peter, nachdem Vivien ihr Telefongespräch beendet hatte.

„Vollkommen richtig. Doktor Ovale war der ältere Assistent des verstorbenen Professor Frederic. Ich hatte ein langes Gespräch mit Doktor Ovale, und er erzählte mir, dass Professor Bourgh außerordentlich fähig sei und dass nur er und sonst niemand der Abteilungsleiter sein sollte. Professor Bourgh wurde aber immer von Professor Frederic ausgeschlossen. Doktor Ovale ist sehr nett und hilfsbereit. Er brachte mich in seinem Auto nach Hause. Ich habe ihn und Professor Bourgh zur Einweihung eingeladen. Er hat mich soeben benachrichtigt, dass Professor Bourgh die Einladung angenommen hat. Ich sagte Doktor Ovale, dass ich vorhatte, ein Buch zu schreiben, und er versprach mir, es zu lesen und, falls nötig, den Text zu korrigieren. Er ist die erste Person, der ich gesagt habe, dass ich ein Buch schreiben möchte", sagte Vivien.

„Und wann wirst du mit dem Schreiben beginnen?", fragte Peter.

„Jetzt ist das nicht mehr so dringend", antwortete Vivien.

„Und warum nicht?", fragte Peter.

„Weil das Buch etwas für das Publikum wäre, nicht für uns beide", sagte sie.

„Ich verstehe", sagte Peter.

„Viel dringender ist es, dass wir beide einen Vertrag schließen, keinen schriftlichen, sondern den echten Vertrag in mündlicher Form, sogar noch besser in stiller, unausgesprochener Form. Das ist die beste Garantie, dass wir uns immer daran halten werden", sagte sie.

„Was sollte der Vertrag regeln?", fragte Peter.

„Er sollte nur eine einzige Angelegenheit in unserem gemeinsamen Leben regeln", antwortete Vivien.

„Welche?", fragte Peter.

„Es ist die Angelegenheit, in der alles andere enthalten ist", antwortete Vivien.

„Ich glaube, ich weiß, was du im Sinne hast. Du bist schneller als ich und drückst bereits aus, was ich erst fühle, sagst bereits, was ich erst denke, und tust bereits, was ich erst zu tun vorhabe. Das bewirkt, dass mein Glas des Glücks überläuft, einerlei wie schnell ich daraus trinke", sagte er.

„Was habe ich also im Sinn?", fragte sie ihn, umarmte ihn und schmiegte sich an ihn.

„Kein Aspekt unseres gemeinsamen Lebens darf auf Pflichten und Verpflichtungen gründen", sagte Peter.

Vivien nickte und schmiegte sich noch näher an ihn. Ihre Augen waren voller Tränen.

„Du bist mein scheußlicher Gauner und das Wesen meiner Seele. Ich glaub', ich schreib' kein Buch", flüsterte sie.

„Tausendfach ist mein Glück", sagte Peter.

*****

www.ingramcontent.com/pod-product-compliance
Lightning Source LLC
Chambersburg PA
CBHW030807310726
48980CB00006B/413/J

* 9 7 8 3 9 5 2 4 0 5 2 3 9 *